南开 21 世纪华人文学丛书

美国华人文学中的空间形式与身份认同

Spatial Forms and Cultural Identity in Chinese American Literature

蔡晓惠　著

南开大学出版社

天　津

图书在版编目(CIP)数据

美国华人文学中的空间形式与身份认同 / 蔡晓惠著
. —天津：南开大学出版社，2019.10
（南开 21 世纪华人文学丛书）
ISBN 978-7-310-05894-5

Ⅰ.①美… Ⅱ.①蔡… Ⅲ.①华人文学－文学研究－
美国 Ⅳ.①I712.06

中国版本图书馆 CIP 数据核字(2019)第 221598 号

版权所有 侵权必究

南开大学出版社出版发行
出版人：陈 敬
地址：天津市南开区卫津路 94 号　　邮政编码：300071
营销部电话：(022)23508339 23500755
营销部传真：(022)23508542　　邮购部电话：(022)23502200
*
北京建宏印刷有限公司印刷
全国各地新华书店经销
*
2019 年 10 月第 1 版　　2019 年 10 月第 1 次印刷
230×155 毫米 16 开本 18.25 印张 2 插页 263 千字
定价：55.00 元

如遇图书印装质量问题,请与本社营销部联系调换,电话:(022)23507125

　　本书由南开大学亚洲研究中心著作资助项目（项目编号：AS1722）、南开大学中央高校基本科研业务费专项资金（项目编号：63192425）及中国国家留学基金资助出版。

目　录

引　言

一、问题的提出

　　移居美国的华人是一个特殊的群体：一方面，由于远赴异国他乡，在空间上、身体上自然而然地疏离了故乡与故土、母国和本土文化；另一方面，虽然现实上栖居美国，但无论是其自身的心理距离还是美国主流意识形态和美国文化的有意异化，他们实际上都处于边缘地位。他们在美国生活的现实境遇，他们对于自己文化身份的困惑，以及他们对于母国的情怀等问题，都会通过美国华人文学创作表现出来。

　　"美国华人"这一字眼首先意味着一种地域空间上的位移：移民美国的华人远离了自己熟悉的故土，踏足完全陌生的异乡。这种特殊的境遇以自己的方式呈现于美国华人文学创作之中：美国华人移民小说大多有意无意地表现出对空间的关注。这首先从诸多华人小说的题目中可见一斑：《北京人在纽约》《芝加哥之死》《安乐乡的一日》《彼岸》《到美国去，到美国去》《美国故事》《家园》，等等，无不表现表现出作者对身处异域他乡的敏感；其次，移民小说文本中存在大量对原乡和异域的景观及生活空间的描写——这些描写，一方面成为文本的有机组成部分，推动小说故事和情节的发展；另一方面，这些描写又不仅仅止于简单的物理空间和地域迁徙，它们承载了丰富的文化意蕴以及不同的价值、伦理秩序，表达了作家对生活以及生命存在状态的感受。美国土生华裔虽然没有移民异乡的经历和感受，但是通过父辈们的描述和历史，华裔美国作家也在自己笔下用不同的方式想象中国——尽管这些描写和想象不免带有东方主义色彩，这也是由华裔美国人这一独特的文化身份所导致。

其次，"美国华人"也意味着文化身份的重新建构。生活在故土之中，所有的华人同胞一起共享着同样的文化源头，拥有大体相同的价值取向、伦理道德和风俗人情；但是移民美国之后，在文化冲击的影响下，既有的生活规律、价值观和信仰都受到了挑战，产生了身份认同的危机，移民主体开始重新回顾中国及中国文化，并对中美两种文化做出自己的判断和选择：一方面，是记忆或想象中的原乡，"祖国家园"是一种独特的空间形态，容纳着一个民族的文化积淀；另一方面，是现实生活中的异域，需要移民主体通过体验和探索，了解其生活规则和生存策略——在这个过程中，会产生失根或无根所带来的文化乡愁，比如於梨华的《又见棕榈，又见棕榈》；有适应新生活所带来的文化嬗变，如曹桂林的《北京人在纽约》；也有在异乡成功之后的炫耀和沾沾自喜，如周励的《曼哈顿的中国女人》。美国土生华裔生于美国长于美国，尽管他们未曾经历新移民所经历的文化冲击，甚至从骨子里自认为是美国人，但是他们身上流淌着中华民族的不绝血脉，加之美国主流意识形态的影响，使得华裔美国作家不得不对自己的尴尬身份做出反思。从水仙花的《春香夫人》对中国人形象的积极建构，到后来赵健秀对"华裔美国感性"的强调，以及谭恩美笔下不断冲突和解的母女关系，无不体现了"华裔美国人"这一独特的文化身份对华裔美国文学所带来的影响和冲击。

20世纪著名哲学家巴什拉曾经在他的《空间诗学》中提出：文学作品的空间首先是作家感知的对象，作家与空间建立起某种联系，并赋予空间以意义；作家会对现实人们的生存状态以及精神世界做出自己的生命价值判断，并把这一切赋予在空间之中，使空间具有明确的生命意识。因而，文学文本中的空间尽管与地域空间有着种种联系，又不能单纯理解为地域空间，它更应该是作家人文理念和精神向度的表达方式。那么，华人文学创作中的空间以什么样的方式存在于文本之中？它又与精神层次的身份认同有着什么样的关系？这成为研究美国华人文学一个值得关注的问题。

二、研究对象

在美国居住的华裔或华人移民（包括入籍和未入籍的）进行文学创作的作家群体，其成分非常复杂，从不同的角度划分，会形成不同的作家群落。对于这些作家所创作的文学作品，学界出现了几个相互关联，在指涉上又各有侧重的概念：亚裔美国文学、华裔美国文学、美国华文文学、旅美华人文学、留学生文学。

亚裔美国文学。这一概念最初是由美国学者使用，但是美国学界对这一概念在创作主体、创作题材和创作语言的界定上并未达成共识。亚裔美国作家及评论家赵健秀在其参与编著的亚裔文学作品集《哎咿!》一书前言中，把亚裔美国作家定义为"在美国出生和长大的菲律宾、中国、日本族裔的美国人，他们对中国和日本的认识是从收音机、电影、电视，从滑稽故事书，从美国白人文化的推行者那儿得来的"[1]。这一定义强调亚裔作家必须在美国出生和长大，并且原属族裔也局限于菲律宾、中国和日本，甚至对亚裔作家对自己文化属性的认识也做了限制，其偏颇之处显而易见。之后的韩裔学者金惠经把亚裔美国文学定义为"中国、菲律宾、日本和韩国族裔作家用英语创作的关于美国经历的文学作品"[2]。虽然在创作题材上，金惠经"美国经历"一说曾被广泛接受，但是亚裔作家诸如汤亭亭、谭恩美等想象中国的作品就会被排除在外，而这些作品恰恰是亚裔美国文学中相当重要和精彩的部分。鉴于上述定义的狭隘，近年来中外学者对亚裔美国文学的定义日趋包容和开放。张敬珏等人在《亚裔美国文学：注释书目》中选择亚裔美国文学作品的依据是"在美国和加拿大定居的亚洲族裔作家的作品，不论他们在哪儿出生，何时来北美定居，如

---

① Frank Chin. "Preface", in *Aiiieeeee! An Anthology of Asian American Writers* [C]. Eds., Frank Chin, et al. Washington, D. C.: Howard University Press, 1974: ix

② Elain Kim. *Asian American Literature: An Introduction to the Writings and Their Social Context* [M]. Philadelphia: Temple University Press, 1982: 285.

何阐释他们的经验"①。杰西嘉·海基多恩甚至主张用"世界文学"代替"亚裔美国文学",因为后者有太多矛盾和异质元素。在笔者看来,把亚裔美国文学仅限于中国、菲律宾、日本和韩国等国家固然失之偏颇,但是把亚裔美国文学扩展到加拿大或者称之为"世界文学",也消弭了亚裔美国文学的个性和独立存在的必要性。国内学者吴冰教授提出了广义的亚裔美国文学和狭义的亚裔美国文学之说。她认为,"从广义上讲,亚裔美国文学包括所有具有亚洲人血统的美国公民用英文或其他亚洲文字所写的作品;从狭义上讲,常指具有美国国籍的亚洲人后裔用英文所写的关于亚裔美国人在美经历的作品"②。这个区分是很有意义的:一方面从理论上照顾了亚裔美国文学的包容性,另一方面又为具体的亚裔美国文学研究提供了可行性。实际上,在美国以及国内的亚裔美国文学的研究实践中,往往运用的就是狭义的亚裔美国文学概念。

华裔美国文学。与亚裔美国文学类似,在华裔美国文学(或者美国华裔文学)定义上也存在着许多争议。在美国,华裔美国文学很少单独使用,它往往与其他亚洲少数族裔的文学共称亚裔美国文学,并且对其定义也日趋宽泛和包容。林英敏认为华裔美国文学是"受双重民族属性和文化传统影响,努力争取平等,怀着自豪感描写在美经历的华人及其后代"③所创作的文学作品,并未对作品使用的语言做出限定。尹晓煌的《美国华裔文学史》中不仅包括了英文作品,也专辟章节讨论了华文作家和作品。国内学者吴冰教授也认为,对美国华裔文学的研究不能局限于对英语作品的关注。然而,正如董美含在《"美国华裔文学"的概念界定》一文中所提出的,这"不仅给世界华文文学领域的研究者增添困惑,也同时将美国华裔文学的界定推向大而不

---

① King-Kok Cheung and Stan Yogi. *Asian American Literature: An Annotated Bibliography* [C]. New York: MLA Press, 1988: v.

② 吴冰. 20 世纪兴起的亚裔美国文学. 英美文学研究论丛[J]. 上海:上海外语教育出版社, 2001(7).

③ Amy Ling. *Between Worlds: Women Writers of Chinese Ancestry* [M]. New York: Pergamon Press, 1990: xi.

当的危机边缘"①。所以有些学者认为，应当把华裔美国文学的创作语言限定为英语，创作主体限定为由旅美华侨或美籍华人所生、在美国成长受教育、具有美国国籍的作家。本书支持这样的观点，并且在国内华裔美国文学研究界中，多数也沿用了这样的一个范畴界定，比如吴冰、王立礼主编的《华裔美国作家研究》、陆薇所著的《走向文化研究的华裔美国文学》等。

美国华文文学。美国华文文学是世界华文文学的一个重要分支和组成部分。华文文学作为一个独特的文学研究领域进入大陆学者的视野不过是近三四十年的事情。它的兴起始于 20 世纪 70 年代末 80 年代初，由台港澳文学研究扩展延伸而来；它的命名，也经历了一个从"海外华文文学"（1986 年深圳第三届"台湾香港文学学术讨论会"首次提出）到"世界华文文学"（1988 年、1991 年、1993 年的多届研讨会均有提及）的流变过程。关于"华文文学"，《华文文学》创刊主编陈贤茂如是定义："华文文学，顾名思义，凡是用华文（即汉语，海外华人多称之为'华文'）作为表达工具而创作的作品，都可称为华文文学。"② 关于"海外华文文学"，杨匡汉先生是这样定义的："'海外华文文学'是指中国本土以外其他国家、地区用华文创作的文学，是中华文化流传与外播以后，与世界各民族文化相遇、交融而呈现的一种特殊的汉语文学形态。"③海外华文文学与世界华文文学的关系，杨匡汉先生用了这样一个数学公式非常简洁和形象地表达出来：中国（大陆）文学+台港澳地区文学+海外华文文学=世界华文文学④。而无论是在"海外华文文学"背景下，还是在"世界华文文学"的框架中，美国华文文学都毫无疑问是重要组成部分，但是对于"美国华文文学"，学界并没有非常精准的界定。黄万华教授主编的《美国华文文学论》（山东文艺出版社，2000 年 5 月第 1 版）是一部专门讨论美国华文文学的专著，其中收录了多篇关于华文文学的论文。但是这部书中没有

---

① 董美含."华裔美国文学"的概念界定[J]. 文艺争鸣，2011（3）.
② 陈贤茂. 海外华文文学史[M]. 厦门，鹭汀出版社，1999；6.
③ 杨匡汉. 海外华文文学：学科之名与学理之弦[J]. 暨南学报（哲学社会科学版），2012（6）.
④ 杨匡汉. 海外华文文学：学科之名与学理之弦[J]. 暨南学报（哲学社会科学版），2012（6）.

对"美国华文文学"进行概念界定。刘登翰主编的《双重经验的跨域书写——20 世纪美华文学史论》在"引论"中提到,"美华文学,指的是在美国运用华文(汉语)创作的文学"①。但是在借鉴美国华人学者杜国清关于世华文学"华"的三个层次理论之后,又主张将华人或华裔的非汉语写作纳入华文文学的研究视野之内。那么照此意见,美国华文文学也应当包括美国华人或华裔的非汉语写作。杜国清还主张对美国华文文学的创作主体做族裔性的限定,即美国华文文学的创作主体只能是美国华人。黄万华、王晋民等学者则认为非华裔作家的华文创作,也可以划入华文文学的范畴。据此,澳大利亚人白杰明和韩国作家许世旭的汉语创作也可以归为华文文学。本书认为,"美国华文文学"命名中一个显而易见的规定就是书写媒介为汉语(或华文),主张将非汉语写作纳入其研究视野,将使美国华文文学的学科边界极为晦涩不明,将给美国华语文学研究者带来困扰,并使这一概念本身沦为大而不当,而将其创作主体限定在华人范围内,又失之偏狭。因而美国华文文学较为合理的界定应该是:在美国地域范围内,用汉语(华文)创作的文学。

旅美华人文学。 向忆秋在 2008 年第 5 期的《华文文学》期刊中撰文提出了"旅美华人文学"的概念,强调华人创作主体的旅居性,"从美国境外移民、定居美国的第一代华人(不管是否获得法律身份,也不管是华侨或是入籍的美国公民),或者因为种种原因暂时在美国逗留过的华人,用汉语或非汉语(主要是英语)写作的文学作品(不管在美国出版或者他国出版)"②都属于旅美华人文学。按照这个定义,伍廷芳、胡适、闻一多等创作的关乎美国的作品都可以包括在内。这个概念比美国华文文学宽泛,因为它突破了语种的局限,涵括了旅美华人用英语创作的作品。在很大程度上,这个概念的提出是与"华裔美国文学"相区别的,因为"华裔美国文学"创作主体往往为美国土生华人或者更多侧重美国土生华人。

---

① 刘登翰. 双重经验的跨域书写——20 世纪美华文学史论[C]. 上海:上海三联书店, 2007:1.
② 向忆秋. 华裔美国文学·美国华文文学·美国华人文学·旅美华人文学[J]. 华文文学, 2008 (5).

留学生文学。留学生文学与世界华文文学有着千丝万缕的联系，但是在所指上又有显著的差别。华文文学强调文学的书写媒介，而留学生文学则是针对某个群体的类型文学。正如王少杰在《留学生文学：定义和区分》一文中所说，留学生文学是"以研究出国游学人的文学创作以及文艺思潮、文学运动为主要内容，也探索中国人走向世界时的精神活动轨迹"[①]。留学生文学理论上应该自中华民族有出国游学活动之时就已有之，但是在晚清以前，其数量和规模都非常有限。清朝末年，中国人开眼看世界，清政府派遣了大批留学生至美、英、法、日等国，这一时期至20世纪二三十年代产生了中国第一代留学生，"留学生文学"也应运而生，容闳、胡适、林语堂、鲁迅、郁达夫等是其中代表。留学生文学真正开始发展壮大、引人瞩目始自20世纪50至70年代。在这一时期，大陆相对封闭，大部分留学生都来自宝岛台湾，因而又称"台湾留学生文学"。白先勇、於梨华、聂华苓等是其中的杰出代表，於梨华更被称为"留学生文学的鼻祖"。 这一时期的基本主题便是以留学生为代表的中国人身处异乡所经历的文化冲突以及种种挫败感、漂泊感和孤独感。虽然台湾留学生文学没有语言媒介的限制，但是这一时期的文学作品却几乎全部以汉语写就，因此也就理所当然成为美国华文文学的一个组成部分。留学生文学的第三个浪潮出现在20世纪80年代至今。这时，中国大陆实行了改革开放政策，大批大陆留学生奔赴美国，继而出现数量可观的源自大陆的留学生作家和作品，是为"新移民文学"。依据陈贤茂在《海外华文文学史》第四卷的定义，新移民文学指代"自20世纪70年代末80年代初以来，由于各种各样目的（如留学、打工、经商、投资等），由中国大陆移居海外的人士，用华文作为表达工具而创作的，反映其移居国外期间生活境遇、心态等诸方面状况的文学作品"[②]。倪立秋在《新移民小说研究》中扩大了新移民文学的视野，认为新移民创作的作家主体不仅包括大陆移民，也包括台湾、香港和澳门移居海外的人士，创作媒介

---

① 王少杰. 留学生文学：定义和区分[J]. 寒山师范学院学报，2005（2）.
② 陈贤茂. 海外华文文学史（第四卷）[M]. 厦门：鹭江出版社，1999：638-639.

"可以是中文，也可以是英文或其他语言文字"①，这些作家包括严歌苓、查建英、周励等。

上述几个概念在指涉上各有侧重：华裔美国文学主要关注美国土生华裔用英语创作的文学作品；美国华文文学则侧重于在美国用汉语创作的作品；旅美华人文学强调作家主体的旅居性，不包括美国土生华裔的创作；包括台湾留学生文学和新移民文学在内的留学生文学则聚焦于海外华人中"留学生"这一特定的群体。没有一个整体性概念可以指代在美国的华人（不论其使用的语言媒介，不论其作家主体所处的时代）所进行的文学创作。

2002 年，在美国加州大学伯克利分校举行的"开花结果在海外：海外华人文学"研讨会上，加拿大学者梁丽芳首次提出了"华人文学"的概念。她认为当时的海外华文文学研究未把华人非汉语写作包括在内，视野太过局限，而且"漠视了这些非华文文学的'根'仍是炎黄子孙"，"漠视了海外华人在国际文坛上取得的成就"，"漠视了海外华人的种族认同"，"漠视了海外华人受到的歧视和他们心灵的追寻"，主张从华人文化的根的共同文学性质来考虑，重视海外华人的非汉语写作，把海外华文文学扩大为海外华人文学②。"华人文学"这一概念提出以后，引发了学界关于"华文文学"与"华人文学"的论争。支持这一概念者有之，反对者亦不在少数。黄万华教授认为"华人文学"是"一种有意义的视野"：他从华人文学与华人文化的深层联系着眼，认为华人文学记录着海外华人的漂泊命运和精神归宿，在文化上兼具本源性和世界性两个根本特征，是一种扩展了的文化视角和空间③。赵毅衡认为华人小说概念"有助于综合研究华人的华文小说与外文小说"，"华人用获得语——主要是英语、法语，但是也有荷兰语、瑞典语等——写作，也应当在本学科的讨论范围之内。困难会有的，困难

---

① 倪立秋. 新移民小说研究[M]. 上海：上海交通大学出版社，2009：003.

② 梁丽芳. 扩大视野：从海外华文文学到海外华人文学[J]. 当代外国文学，2004（4）.

③ 黄万华. 华人文学：拓展了的文化视角和空间[J]. 福建师范大学学报（哲学社会科学版），2006（5）.

不是学科划分的理由"①，主张将海外华文文学更名为华人文学。中国社科院的黎湘萍从重构文学史的角度出发，对"华人文学"也持肯定态度，认为它以及相关概念是"一个或许可以用来叙述一部整合的华人文学史的可能的方案"②。但是，对"华人文学"这一概念，也存在很多质疑的声音。胡贤林、朱文斌在《华文文学与华人文学之辩——关于华文文学研究转向华人文学的反思》一文中提出，由于华人文学和华文文学"在内涵和外延上存在较大的差异，华人文学显然无力从整体上去替代华文文学"③。胡贤林接着又在《范式转换还是学科重构？》一文中，从华人文学本身的复杂面向、覆盖面大小、文学性与族裔政治的纠葛以及跨学科与学科建制之惑四个方面，对华人文学取代华文文学提出质疑。公仲在《离散与文学》一文中也试图捍卫"华文文学"的学科独立性。他的理由有这样几项：汉语言文字是海外华人离而不散的重要因素，是中华文化的派生，是海外华人的精神家园、生命依托和灵魂皈依；文学是语言的艺术，以语种来界定文学的性质，应该是最科学、最严密、最准确的；国内的华文研究者中，精通外语人员缺乏。④

　　学界关于华文文学和华人文学的争辩，无非三种倾向：主张华文文学将非汉语写作纳入研究视野，扩大华文文学的外延；主张用新的华人文学概念替代原有的华文文学；或者认为华文文学和华人文学各有其学科归属，无法相互取代。本书认为，主张华文文学涵盖华人的非汉语书写，既不符合读者或研究者对这一学科的期待视野，也使华文文学概念本身应有之义的华文框定失去了意义，但是主张以"华人文学"取代"华文文学"则太过偏颇。华人文学与华文文学，各有其存在的学理依据和研究视野，并不是非此即彼、互相敌对的关系。它们在研究对象上或有交叉重叠之处，在研究方法上或有相互借鉴之便，

　　① 赵毅衡. 三层茧内：华人小说的题材自限[J]. 暨南学报（哲学社会科学版），2005（2）.

　　② 黎湘萍. 族群、文化身份与华人文学——以台湾香港澳门文学史的撰述为例[J]. 华文文学，2004（1）.

　　③ 胡贤林，朱文斌. 华文文学与华人文学之辩——关于华文文学转向华人文学的反思[J]. 安徽大学学报（哲学社会科学版），2007（5）.

　　④ 公仲. 离散与文学[J]. 华文文学，2007（5）.

但是它们命名的出发点各异：华人文学以"族性"为其命名的出发点，而华文文学则是以文学的书写媒介为其核心框定。华人文学虽然是一个相对整合的视野，但是却并不能覆盖华文文学的全部：尽管华文文学的创作主体大部分为华人，但在其华文为核心的研究视野下，不能排除其他族裔的汉语文学创作。然而"华人文学"的提出，从创作主体的族裔身份命名，突破了语种的限制，涵盖了所有华人用不同语言创作的文学作品，对于梳理和研究海外华人文学提供了新的研究范畴和整合视野，这是非常有意义的。

美国华人文学毫无疑问是世界华人文学或者海外华人文学版图中的一个重镇，学界以此为研究对象的论文数量斐然，但是给出的准确界定却并不多见。南京大学的刘俊教授曾在《第一代美国华人文学的多重面向——以白先勇、聂华苓、严歌苓、哈金为例》一文中提出这样的定义："美国华人文学就是由美国华人作家以及他们创作的文学作品所组成的文学……命名依据是以族裔（华人、华裔、Chinese）为标准，只要是生活在美国的华人、华裔，无论他们用何种文字进行创作都可称为美国华人文学。"①向忆秋依据学界对海外华人文学的理解，给出了如下定义：美国华人文学是"在地域上限定于美国，是生活于美国的华人种族（华侨、公民身份的华人移民、土生华人）创作的、不拘语文属性的文学作品"，并且强调它具有"美国华人性"，是由"建立了自己独特'美国华人身份'的这类华人族群所创造、既相异于美国本土文化、又与中华母国文化有了千丝万缕的差异"②。这两个定义已经比较成熟，但在实际操作上可能还是会遇到一些问题。比如：1."华人"是个歧义丛生的字眼，"美国华人文学"中的"华人"是在何种层面上使用 "华人"这一概念的？身为中英混血儿的伊迪丝·莫德·伊顿（Edith Maud Eton，笔名"水仙花"）的作品算不算美国华人文学？2."地域上限定于美国"是指创作主体在美国生活期间

---

① 刘俊. 第一代美国华人文学的多重面向——以白先勇、聂华苓、严歌苓、哈金为例[J]. 常州工学院学报，2006（12）.

② 向忆秋. 华裔美国文学·美国华文文学·美国华人文学·旅美华人文学[J]. 华文文学，2008（5）.

创作的作品，还是作品的内容以美国为其背景和描写对象？还是作品在美国发表？3."在美国生活"有没有时间的限制？在如今这个时代，整个地球都以"村"的概念指代，跨国往来日趋频繁，赴美短期访问或居留的中国作家或其他国籍华人作家应该不在少数，这些作家是否应该包括在美国华人作家之内？4. 何为"美国华人性"？如果这个词是 Chinese-Americanness 的中文译名的话，那么它应是 Chinese-American（在英语里，这个词可以用作名词，也可以用作形容词，意思是：美籍华人/美籍华裔；美籍华人的/美籍华裔的）加名词词缀-ness 构成，这是否意味着美国华人文学的创作主体应该是美籍华人或华裔？那么一些没有美国人身份的旅美华人作家如伍廷芳、胡适等人以在美经历为题材的作品是否还包括在内？5."美国华人性"如何衡量？怎样才算具有美国华人性？如果这是基于作品中中美两种文化视野而作的论断的话，那么严歌苓的小说《小姨多鹤》应该是一个道道地地的中国故事，与美国几乎没有任何关系，这还算不算美国华人文学？

鉴于现有的美国华人文学定义无法回答上述种种疑问，笔者认为有必要对美国华人文学做进一步细致和清晰的界定。

首先，美国华人文学的首要关注是作家的族裔，即创作主体应该是华人种族或华人。何为华人？周南京教授主编的《世界华侨华人词典》对"华人"一词的解释是：①对具有中国血统者的泛称；②又称外籍华人，华族，英语为 ethnic Chinese。已取得外国国籍的原华侨及其后裔，华侨丧失或放弃中国国籍，并取得外国国籍后，即改变身份为华人①。"美国华人文学"中的"华人"，应该是第二个层面的含义，这样便与中国大陆以及港澳台等地的具有中国血统的华人区分开来。美国华人文学的创作主体必须属于华人种族，即拥有华人血统的华裔或者华人移民。非华人作家无论用英语还是汉语创作的作品都不属于美国华人文学的研究范畴。以此界定，尽管赛珍珠创作了大量关于中国题材的作品，并且获得了诺贝尔文学奖，但这些作品却不属于美国

---

① 周南京. 世界华侨华人词典[C]. 北京：北京大学出版社，1993：267-268.

华人文学；葛浩文将大量华人作品翻译成英语，并且自己用汉语创作《萧红传》，但是他的译作和汉语作品都不属于美国华人文学。

其次，"美国华人文学"中"美国"这个限定应该包含两方面的意义。其一是作家的身份应该是获得美国居住权的华侨、取得美国国籍的华人移民或土生华人，这些人具有相对稳定的"美国人"身份。之所以做这样的界定，是因为在美国有大量的旅美华人，这些华人有相当一部分来自中国大陆和港澳台地区，还有一些来自其他国家或者拥有其他国家国籍的华人，他们之中不乏优秀的文学创作和作家，这些作家和作品虽然也有在他者文化中的生存体验和中美文化双重视野，但是他们终归是属于自己国籍所在的国的文学，而不应属于美国华人文学。比如获得加拿大国籍的张翎，她也曾在美国居住，而且作品中也是中美文化的视野，但是却不应属于美国华人文学。此外，伍廷芳、胡适等旅美华人虽在美国逗留居住过，甚至用英文发表作品，但是却不应当归于美国华人文学研究范畴之内。这可能与现在的很多美国华人文学研究背道而驰，但是这样的一个排除却并非毫无理由：翻看这些作家的作品，我们会发现，这些作家描述在美经历或与美国社会有关的作品只是其众多作品中的一部分；而且，更为重要的是，这些作家在国内的现当代文学研究中都占有重要的一席之地，换言之，这些作家的作品在国内学界已经有其学科归属或定位。如果某些学者坚持以这些作家留美经历的作品为研究对象的话，也大可以将其归为"旅美华人文学"或"留学生文学"。将旅美华人文学排除在美国华人文学研究视野之外，还在于它的难以规约性：在交通发达的当代社会，国际间的学术交流、旅游探亲以及种种涉外活动，已然成为很多人的生活常态，华人作家更换栖居地也是常有之事，以作家的栖居地来命名某个文学类别势必会造成学科边界不明的巨大困扰。国内作家去美国讲学或者暂住是司空见惯之事，将他们的作品列为美国华人文学也似乎多有不妥。陈若曦曾在美国、中国和加拿大等地多次辗转，严歌苓也经常回中国居住或者参加各种文学活动，但因为她们的美籍华人身份，我们更倾向于认为她们是美国华人作家。

其二是这些作家所进行的文学创作应该是在美国生活期间。有一些优秀作家，在国内时已经出版了多部作品，移民美国后继续进行文学创作，比如聂华苓、白先勇和严歌苓等。白先勇的作品以1964年定居美国为界分为前期和后期，只有后期在美国生活期间创作的作品才属于美国华人文学。而严歌苓1989年开始定居美国，只有定居美国之后的作品才属于美国华人文学。或许这样的界定割裂了这些作家创作的整体性和连续性，但是其中有些作家的作品确实因为移居美国呈现出某些阶段性的特征，目前的美国华人文学研究关注的也往往是这些作家定居美国后的作品。

以创作主体的身份来界定美国华人文学，也会遇到一些困扰：美国华人文学萌芽于19世纪末，以天使岛诗歌为源头，这些早期的华人文学创作者有些甚至连姓名都不可考，更谈不上稳定的身份（以当时的社会历史背景来看，这些作者也不大可能获得美国人身份）。那么以作家的身份对其进行界定也就失去了意义。在这一点上，笔者主张将天使岛诗歌和其他早期的华人创作作为特例，采用模糊处理的方法，统一划入美国华人文学。因为这部分文学作品不仅是美国华文文学的滥觞，也是美国华裔文学的发端，在文学史上占有特殊的地位，它的文学史价值和文献价值远远大于其文学价值，可以视为美国华人文学的雏形。

再次，关于美国华人文学中的"美国华人性"，笔者认为，这既非成为美国华人文学的充分条件，也非必要条件。依据向忆秋的定义，"美国华人性"强调创作主体独特的美国华人身份以及由此产生的作品题材中的独特的文化视野，既相异于美国本土文化，又与中华文化有着千丝万缕的联系。由于大部分美国华人作家经历了一个由中国移民美国的过程（如於梨华、曹桂林、白先勇等很多美国华文作家），或者自己出身华裔家庭而深受家族背景的影响（比如大部分美国华裔作家，如汤亭亭、赵健秀、谭恩美等），因而作品中往往具有中美双重文化视野，打上了两种文化的胎记，这是美国华人文学创作中的一个普遍的现象。但是也有一些美国华人作家，在自己的某些作品中，摆脱了身份的困扰，开辟了新的创作题材和领域。比如，有"心理外科医生"之称的欧阳子在自己的作品中探索人类幽深隐秘的心理；严歌苓在《小姨多鹤》《陆犯焉识》等作品中则致力于普遍人性的追寻和历史的重新审视。在上述作家的很多作品中，身份或文化的意识和烙印已经相当淡化了，但这些无疑都是美国华人文学创作中非常优秀的部分。而且，从前瞻性的角度考虑，在未来的美国华人文学创作中，在题材选择上有可能更加多元，所谓的"美国华人性"很有可能会成为一种过时的观念和美国华人文学发展的桎梏。再者，"美国华人性"本身是一个非常抽象的概念，它与赵健秀所提出的"华裔美国感性"一样，无论从文化角度还是从身份角度上来说，所指都非常含混，用这样一个内涵不明的概念无法起到规约和界定作用。因此，笔者主张，在"美国华人文学"这一领域，对题材和内容不做规约，持一种开放和包容的态度。

综上所述，笔者提出关于美国华人文学的定义：由拥有华人血统的华裔或者华人移民（包括拥有美国居住权的华侨、取得美国国籍的华人移民和土生华裔）在美国生活期间创作的，以英语、汉语或其他语种为语言媒介的文学作品。美国华人文学包括了全部的华裔美国文学和一部分美国华文文学，与留学生文学也有交叉之处，却不包括旅美华人文学。

以上界定的美国华人文学便是本书的研究对象。但是囿于笔者的语言能力，同时也因为美国华人用其他语种进行文学创作的数量稀少，本书将把注意力集中于美国华人用中文和英文创作的作品。本书在选取作家和作品时，基本上遵守了上述界定，但是有两个作家例外：一个是林语堂，一个是王周生。这两个作家并非严格意义上的美国华人——林语堂在美居住三十多年，并未加入美国国籍；王周生也在旅美四年后返回中国。但是，林语堂的英语获得语写作在美国产生了深远影响，在中国文化的对外传播上做出了很大贡献，在讨论时无法绕过，所以做了特例化处理。王周生的《陪读夫人》是表现东西方文化冲突的佳作，非常有代表性和典型性，所以也成为本书讨论的一个重要文本。

美国华人文学就体裁而言，当然包括诗歌、剧作、散文等多种体裁，但是本书将主要以"小说"这种叙事类文学体裁为研究对象。这主要基于以下几个原因：首先，诗歌和散文等文学体裁，不仅在作家创作原理上与小说等叙事类作品差别较大，从文学批评方法和理论资源借鉴方面，也殊为不同。如果将诗歌、散文等体裁和小说类等并置讨论，势必由于研究对象的混杂和差异而带来讨论的巨大不便，其中牵扯的阅读广度以及理论深度也远远超出了笔者的学术能力；其次，虽然美国华人文学在诗歌、散文等方面也成绩斐然，出现了很多优秀的作家和作品，比如郑愁予、杨牧、王性初、梁志英、哈金等人的诗歌，许达然、刘荒田等人的散文创作等，但是小说等叙事类文学作品无疑是美国华人文学中成就最大、数量最多，也最有代表性的文学体裁。在无法兼顾所有体裁的前提下，以小说为研究对象，可以大致把握美国华人文学的整体面貌和创作特色；再次，叙事性作品无论空间现象还是身份认同现象，都比其他体裁更为丰富和复杂。叙事类作品中的空间不仅仅存在于故事层的实体空间，也存在于小说虚拟世界里的人际交往空间、社会空间等诸多空间形式之中，而话语层中的自传体、空间形式等概念更为叙事性文本所独有，每一个层面的空间形式都不同程度折射出作家的身份认同倾向，这为空间理论与身份认同理论提供了很好的结合路径和平台，这是其他文学体裁所无法企及的。

三、国内外研究现状概述

关于美国华人文学的研究，目前主要有三大板块，在研究对象和研究方法上略有不同，即美国版块、中国台湾版块和中国大陆板块。

美国的华裔美国文学隶属于亚裔美国文学，是美国文学研究中一个很小的分支。自 20 世纪 60 年代末，随着亚裔美国文学英语创作在美国的兴盛和发展，与亚裔美国文学共生共荣的华裔美国文学研究成为美国学界的一个新热点，出现了一批在此领域中孜孜以求并且做出突出贡献的学者以及一些刊载亚裔文学作品及评论的文学刊物。赵健秀、陈耀光、徐忠雄等人编辑出版了《哎咿！亚裔美国作家文选》（*Aiiieeeee! An Anthology of Asian American Writers*，1974）以及《大哎咿！华裔与日裔美国文学选集》（*The Big Aiiieeeee!: An Anthology of*

Chinese American and Japanese American Literature，1991)。在这两部选集中，赵健秀等人挖掘和梳理了亚裔美国文学传统，并在其"前言"中阐述了选集的遴选标准及其文学主张。虽然其观点饱受争议和质疑，但是这两部选集在华裔美国文学研究界无疑具有里程碑意义。随后，韩裔学者金惠经出版了其专著《亚裔美国文学：作品及社会背景介绍》(*Asian American Literature: An Introduction to the Writings and Their Social Context*，1982)。在该书中，金惠经将亚裔英语文学创作置于其社会历史语境之中对其进行了历时性考察。该书已然成为华裔美国文学研究的开山之作和必读经典。随后的诸多研究者分别从不同视角丰富和拓展了华裔美国文学研究，如黄秀玲的《亚裔美国文学导读：从必须到奢侈》(*Reading Asian American Literature: From Necessity to Extravagance*，1993)、张敬珏的《亚裔美国文学：注释书目》(*Asian American Literature: An Annotated Bibliography*，1988)、林英敏的《世界之间：华裔美国女作家》(*Between Worlds: Women Writers of Chinese Ancestry*，1990)、凌津奇的《叙述民族主义：亚裔美国文学中的意识形态与形式》(*Narrating Nationalisms: Ideology and Form in Asian American Literature*，1998)、尹晓煌的《美国华裔文学史》(*Chinese American Literature Since the 1850s*，2000)等。除了上述专门从事华裔美国文学研究的学者及其论著之外，美国还出现了一些关注少数族裔的学术期刊和杂志，比如1974年由"现代语文学会"创办的 *MELUS* 期刊，还有《桥》(*Bridge*)、《新兵读物》(*Yardbird*)、《亚美杂志》(*Amerasia Journal*)、《对比法》(*Counter-point*) 和《新地皮评论》(*Greenfield Review*) 等，专门刊载亚裔作家作品和评论文章。除此之外，美国高校中有不少硕士、博士研究生以华裔美国文学为选题撰写毕业论文。美国的华裔美国文学研究群体中，亚裔学者占据了压倒性优势，白人学者较少，这说明华裔美国文学研究虽然摆脱了以前的沉寂状态，呈现出兴旺发展的势头，但是在主流学界的影响并不算大。而且，除了尹晓煌的《美国华裔文学史》兼顾到美国华文文学，大部分亚裔学者的研究还是以英语作品为主。美国的亚裔文学批评视角包括侧重社会历史语境的历时性考察、全球化语境下的离散视角、后殖民理论的切

入以及女性主义批评等多种批评方法。

中国台湾学者对美国华人文学的研究几乎与美国学界同步展开，并在研究方法上与美国学界联系紧密。早在 1981 年，刘绍铭即在其《唐人街的小说世界中》评介并翻译了新兴的华裔美国文学。台湾"中央研究院"欧美研究所在学者单德兴的带领下出版了多部论文集和作家访谈录，包括《文化属性与华裔美国文学》(1994)、《再现政治与华裔美国文学》(1996)、《对话与交流：当代中外作家、批评家访谈录》(2001)、《"开疆"与"辟土"——美国华裔文学与文化》(2006)、《故事与新生：华美文学与文化研究》(2009)，在美国华人文学研究中成果显著。但是中国台湾的美国华人文学研究对美国学界跟得太紧，几乎是亦步亦趋，因此在研究视角和方法上几乎是对美国学界的一种复制，未能充分体现台湾本土视角。

中国大陆对于美国华人文学的研究分为两个分支：华裔美国英文文学和美国华文文学。前者主要集中于各大学的英文系，而后者则由各大学中文系师生承担。美国华文文学研究隶属于海外华文文学研究，是以地域区分的包括北美、欧洲、澳洲、东南亚、台港澳文学的海外华文文学的一个分支。这一研究的领军人物是暨南大学的饶芃子教授。近年来，复旦大学也迎头赶上，出现了林涧教授的"华人文学研究所"。在这一领域，涌现了一大批中青年学者，如蒲若茜、刘俊等。《华文文学》于 1985 年在汕头创刊，至今已有三十多年的历史。2002 年，中国世界华文文学学会正式成立。中国大陆的华裔美国英语文学开始于20 世纪 90 年代。2003 年，北京外国语大学成立了华裔美国研究中心，推动了华裔美国英文文学研究的发展。译林出版社推出了张子清先生主持的"华裔美国文学译丛"；南开大学出版社出版了"华裔美国文学研究丛书"。几年来，也出现了一批对华裔美国文学做出突出贡献的研究者，如吴冰、徐颖果、赵文书、陈爱敏、陆薇、卫景宜、石平萍、薛玉凤等。

2000 年以后，中国大陆出版的美国华人文学（包括华文和英文）专著不下二十部，论文超过二百篇，中国大陆对这一文学新领域的兴趣与日俱增，呈不断上涨的势头。从目前来看，中国大陆发表的相关专著、论文大体分为以下几类：

第一，对文学史的改写或整理。华裔美国文学和美国华文文学在中国大陆是 20 世纪 80 年代以后"新冒现的学科"，在以往的文学史中鲜有提及，更没有专门的论著对其梳理。80 年代以后，中国大陆陆续出现了相关文学史的编撰和对以往文学史的改写。比如：刘海平和王守仁主编的四卷本《新编美国文学史》（上海外语教育出版社，2000—2002）中就开辟了两个专章——第二卷第七章"有关美国华裔的文学"和第四卷第五章"华裔美国文学的兴起"，来介绍华裔美国文学。1999 年，陈贤茂教授主编的《海外华文文学史》隆重出版（鹭江出版社，1999）。中国大陆最早的"美国华文文学"论著、黄万华教授主编的《美国华文文学论》2000 年 5 月由山东文艺出版社出版。2007年 6 月，三联书店出版了刘登翰主编的《双重经验的跨域书写——20世纪美华文学史论》。饶芃子、杨匡汉主编的《海外华文文学教程》（暨南大学出版社，2009）第三章梳理了北美华文文学的发展脉络，介绍了相关作家和作品，并总结了北美华文文学的特质和主题。吴冰、王立礼主编的《华裔美国作家研究》以作家为编排体例，按照时间顺序梳理了华裔美国文学的历史及主要华裔作家和相关作品。美国学者尹晓煌所著的《美国华裔文学史》中文版（南开大学出版社）于 2006年面世，该书从社会和历史的角度对于用英文和中文创作的美国华裔文学进行了探讨和研究，对于华裔美国文学研究者有很高的参考价值。

第二，对相关研究对象进行命名、廓清和定义。华裔美国文学和海外华文文学在国内升温不过是近三十年的事情，因而学界对于这个新兴的文学领域在很多概念和定义上都还未达成共识，很多研究者撰文尝试廓清相关概念，cnki 搜索结果，此类文章不下二十篇。向忆秋撰文区分了"华裔美国文学""美国华人文学""美国华文文学"和"旅美华文文学"四个概念。澳大利亚学者何与怀在《关于华文文学的几个问题》中论述了华文文学的名称与定义、世界华文文学的版图及其拓展、不同时代的留学生文学、世界华文文学与中国传统文化的关系、世界华文文学多元文学中心，以及从世界华文文学到华人世界文学等诸多问题。刘登翰和刘小新的文章《关于华文文学几个基础性概念的学术清理》，清理并阐释了"语种的华文文学""文化的华文文学""族性的华文文学"和"个人化的华文文学"等几个概念。吴冰教授在《关于华裔美国文学研究的思考》一文中，论及了 Chinese American Literature 的译名与界定、华裔美国文学的学科归属、华裔美国文学的翻译等多个问题。胡贤林、朱文斌在《华文文学与华人文学之辩》中对从华文文学转向华人文学的学术转向做出反思，认为华文文学和华人文学各有其学理依据，无法相互取代。迄今为止，对于相关概念的争论仍未停止，新的观点和分歧还在出现。

　　第三，对华裔美国文学或美国华文文学的研究状况进行综述或提出可能的批评视角和范式。如《"从边缘走向主流"——海外华人文学的现状和将来》《"新冒现的文学"——美国华裔文学研究综述》《从"本土"到"离散"——近三十年华裔美国文学批评理论评述》《大陆海外华文文学研究概说》《对美国华文文学研究的分类评析》《华裔美国文学研究的整合之路》《近二十年来美国华裔文学的崛起》《论美国华裔文学的发展阶段和主题内容》《异域的彩虹：海外华人文学概述》等都是此类综述性文章。还有研究者对华裔美国文学或华文文学研究范式提出质疑或新的研究路径。孙胜忠在《质疑华裔美国文学研究中的"唯文化批评"》一文中指出："将华裔美国文学研究的视野仅局限于文化批评，那么最终失去的将是华裔美国文学研究本身，因为这是一种舍本逐末，自我否定和消解的行为……对华裔美国文学作'外部'和'内部'相结合的研究之路似乎才是正途。对文学性的探讨，即细读文本，并对此进行结构分析和审美评价的内部研究是文学批评的起点，它是洞悉隐藏在文本背后道德意识、社会意义、人际关系和文化生态的手段，是文学批评的应有之义和本来面目。"[①]《成长小说：一种解读华裔美国文学的新视点》一文提出了成长小说的概念，从六个方面阐述了华裔美国成长小说的特点。此外，邹涛撰文提出了"海外华文文学商文学"的概念，陆薇把哥特叙事引进了华裔美国文学研究，等等。这些新的研究视角创新和丰富了美国华裔文学和华文文学

---

① 孙胜忠. 质疑华裔美国文学研究中的"唯文化批评" [J]. 外国文学，2007（3）.

研究。

以上三类论著和论文都是从总体上和宏观上把握或描述华裔美国文学或华文文学,而下面的几类则深入文本,具体而微地展开论述和研究。

第四,从跨文化的角度,对中国文化和美国文化的关系做出解读,对美国华人文学作品中的中国记忆和情怀进行阐释。这类文章包括吴冰教授的《从异国情调、真实反映到批判创造——试论中国文化在不同历史时期的华裔美国文学中的反映》,李亚萍、饶芃子的《从"怀乡"到"望乡"——20 世纪美国华文文学中故国情怀的变迁》,赵文书的《华裔美国的文学创新与中国的文化传统》,张子清的《中美文化的撞击与融汇在华裔美国文学中的体现》,饶芃子、费勇的《海外华文文学的中国意识》,其他还有《留恋·排斥·融合——论华裔美国文学对中国传统文化的接受》《全球化视野下看中国文化在华裔美国文学中的消解》《跨文化视野中严歌苓小说研究》《论美国华裔女性文学中呈现的中国文化》《美国语境里的中国文化:华裔文化》等。除了在学术期刊发表的文章,还有相当数量的硕士、博士以此为选题,撰写自己的毕业论文。例如:复旦大学唐海东的博士论文《异域情调·故国想象·原乡记忆——美国英语文学中的中国形象》、暨南大学詹乔的博士论文《论华裔美国英语叙事文本中的中国形象》、吉林大学张卓的博士论文《跨文化交流与当代留学生文学研究》、长沙理工大学黄河卫的硕士论文《西方人眼中完美的中国形象》等。此外,国内还有多部专著出版,如《跨文化视野下的美国华裔文学——赵健秀作品研究》(徐颖果著,南开大学出版社,2008)、《和声与变奏——华美文学文化取向的历史嬗变》(赵文书著,南开大学出版社,2009)等。

第五,美国华人文学中的文化身份问题。如果说文化批评是美国华人文学一个切中利害的视角,那么美国华人作家的文化身份问题则是另一个令人非常着迷的议题。各种学术期刊出版的专著和论文超过三分之一都是从这两个角度进行批评的。"我是谁"这个问题,既令人困惑,又至关重要,尤其对于处于两种或多种文化边缘的华人作家而言。从事美国华人文学研究的学者从不同方面和角度阐述了美华作品中的文化身份认同问题，这其中既包括对美国华人作家中某个群体的身份认同问题的关注，也有对个别作家或作品的关注。华中师范大学吕红的博士论文《追索与建构：论海外华人文学的身份认同》，从个体的现实身份、群体的族裔身份、性别身份、语言身份和艺术身份等角度透析了海外华人文学的身份认同问题。上海外国语大学付明端的博士论文《从伤痛到弥合》则重点关注了美国华裔女作家笔下女性的身份认同。有些研究者梳理了美国华人文学中文化身份的变迁，认为在文化认同问题上，美国华人作家经历了一个从迷茫到认同到超越的过程，持此类观点的文章有《从文化碰撞、文化认同到文化杂糅——华裔美国文学中的文化身份重构》《从认同、反认同再到否定的认同——华裔美国文学中文化身份定位的变迁》《从迷茫到认同到超越：三代华裔女作家文化身份的构建》等。还有些研究者特别关注某个作家或作品的身份观，如章燕的《论任璧莲作品中的身份流动观》、赵爱华的硕士论文《论严歌苓多元、开放、平等的文化身份观的展示》等。

第六，从文学作品的诗学立场出发，探讨美国华人文学作品的叙事策略、母题、互文性、翻译等问题。这类文章在美国华人文学研究中比例很小，但是却立足文学文本的"文学性"或"审美性"，表现出对美国华人文学作为文学本位的看重。例如万涛在《论华裔美国文学的沉默主题——以谭恩美小说为例》中，借助米歇尔·福柯的权力话语理论和苏珊·兰瑟的女性叙述声音理论，探讨作品的沉默主题，分析沉默的原因、内涵以及作品中女性如何打破沉默。陆薇撰文阐述了华裔美国文学中的幽灵叙事。李卫华在《华裔美国文学的互文性策略之解构与建构》一文中，对华裔美国文学三个代表人物汤亭亭、赵健秀和黄哲伦的作品进行了互文性阅读，揭示其以引用、暗示、仿作和戏拟的手法与中国传统文化及文化意象、与其他经典作品的联系。此外，还有一些论著文章，专门讨论了美国华人文学中的母题和主题，比如蒲若茜的专著《族裔经验与文化想象：华裔美国小说典型母题研究》（中国社会科学出版社，2006）、李亚萍的专著《故国回望：20世纪中后期美国华文文学主题研究》（中国社会科学出版社，2006），以及广西师范大学2007级硕士李晓鸥的硕士论文《美国华文文学文革题材小说研究》等。

国内外的美国华人文学研究取得了丰硕的成果，但也存在一些问题。

1. 国内外的美国华人文学研究中，往往由于语言能力的限制或为研究便利起见，对美国华人文学研究中的特定群体表现出偏重：大部分美国学者往往聚焦于美国华人英语文学，而对华语文学关注不够；而国内的美国华人文学研究则由外语系和中文系分而治之——外语系以华裔美国文学为研究对象，而中文系则因为语言能力的限制，主要关注华文文学。所以，总体而言，国内外的美国华人文学研究缺乏对美国华人文学的一种总体观照和整合视野。

2. 国内外的美国华人文学研究虽然已经起步并逐渐成为热点，但是从某种程度上来说，其实并不成熟。除去对文学史进行改写和对相关概念廓清和梳理等学科建设性研究，对美国华人文学的文本研究表现出研究视角的集中和单一：文化批评占据了压倒性优势。虽然也有一些立足文学诗学立场探讨文本母题、叙事策略等的文章，但是比例很小。既有的美国华人文学批评多采用文化、历史、后殖民等"外部研究"的视角，对美国华人文学中的艺术形式和文学性关注不够，而后者才应该是文学研究的本体和主要关注点及用力方向。

3. 身份认同研究是美国华人文学研究中的热点和重要命题，现在的身份认同研究也成果斐然，出现了从后殖民、流散批评、性别和文化等不同视角切入身份认同的研究成果（详见本书第一章第二节），但主要还是集中于意识形态批评，将文学文本艺术形式和作为精神向度的身份认同相结合的批评路径比较少见。

美国华人文学研究呼唤新的批评理论的介入。兴起于 20 世纪 70 年代的空间理论带来了文学批评的空间转向，它重视文学作品中空间因素的张扬和阐发，并且吸收了地理学、建筑学、社会学等多个学科的理论资源，具有强大的理论活力，为美国华人文学研究提供了新的批评路径和诠释平台。但是目前的美国华人文学研究中，空间批评仍然是少有人走的"未选之路"。

本书以"美国华人文学中的空间形式与身份认同"为选题，希望将空间理论引入美国华人文学研究，尤其是以空间批评切入美国华人文学中的身份认同，探讨文学文本中空间形式与身份认同的关系。它对于美国华人文学研究的意义是多重的：

1. 它打破了美国华文文学和华裔美国文学各自为政的情况，是对以族性为核心的美国华人文学的一种总体观照和整合视野。

2. 它将空间理论引入美国华人文学研究，这在美国华人文学研究领域还较少有人尝试，这为由社会文化批评独霸的美国华人文学研究开辟了新的研究路径和理论视阈。

3. 它将空间理论和身份认同批评结合起来，这同时拓宽了空间理论和身份认同研究的疆域，也是在文学文本中将以艺术表现形式为核心的"内部研究"与注重社会历史语境的"外部研究"相结合的一种尝试。

第一章 空间批评与美国华人文学中的身份认同

在对美国华人文学中的空间形式和身份认同问题进行具体的现象研究之前，有必要对空间批评和身份认同问题进行一番梳理，这不仅仅是本书产生的背景和前提，更为本书提供可资借鉴的理论资源和理论框架，其意义是显而易见的。

第一节 空间理论与文学批评的空间转向

20 世纪末，空间理论开始在西方学术界兴起并渐成兴旺之势，继"语言学转向""历史转向"等一系列学术思潮的转变之后，学界又开始经历"空间转向"的洗礼。这一转向被称认为是 20 世纪后半叶政治和知识发展中最为举足轻重的事件之一，建筑、地理、文化、政治等不同知识领域的学者纷纷把给予时间的关注逐渐转移到空间上来，"空间"成为近年来学术研究的又一热点。

1.1.1 传统哲学与文学领域对空间的误解与遮蔽

人类是在时间和空间的基本架构下存在的，二者也是人们认识事物的两个重要维度，正如卡西尔在《人论》中所提到的，"空间和时间是一切实在与之相关联的架构。我们只有在空间和时间的条件下才能设想任何真实的事物"①。但是在特定的历史阶段，人们对时间和空间的认识和理解往往表现为对某一方面的侧重：对时间的侧重一般表现为注重对事物的历时性考察，以事物的线性发展及内在规律为导向，形成以时间化、历时化为特点的理论思路；对空间的侧重则往往将事物置于某空间场域，注重其在场性、构成性、同时性。在人类思想的发展历史中，时间意识相对较强，而空间则往往被忽视。各门学科都离不开以时间为隐在思维方式的历时叙事，哲学史、经济史、文学史、文化史无不注重研究对象的线性维度和历时性考察。与此相反，空间的理论研究相对薄弱，这不仅体现为空间理论的缺失，还体现在人们对"空间"的理解上。长期以来，人们对于空间的盛行观念为："空间是一个空空荡荡的容器，其内部了无趣味，里面上演着历史与人类情欲的真实戏剧。"②空间被看作是"死寂、固定、非辩证和静止的东西，相反，时间则是丰富的、多产的、有生命的、辩证的"③。古希腊时期的人们把空间看作客观的存在，是一种对象化客体，需要人们去认识和感知。柏拉图和亚里士多德都曾表达过类似的观点：前者认为空间是在场与不在场的神秘替换，后者则认为空间是事物所占位置的总和。古希腊的哲学家，无论其如何定义空间和思考空间，从根本上说都是思考事物在"容器"中的形成、发展、组合、变化，空间不脱它作为容器的预设。近现代的哲学思想在空间观念上有所改变：笛卡尔的空间概念与他的哲学二元论紧密契合，是与精神实体相区别的物质实体的广延；康德在《纯粹理性批判》中强调空间的先天性，是先天的感知现象的形式；黑格尔认为"空间是一种单纯的形式，即一种抽象，而且是直接外在性的抽象"，"它们是单纯相异的，没有任何规定的"④。传统哲学思想在对空间的认识上尽管各有差异，却都强

---

① [德] 恩斯特·卡西尔. 人论[M]. 甘阳译. 上海：上海译文出版社，2004：058.

② [美] 菲利普·韦格纳. 空间批评：批评的地理、空间、场所与文本性[A]. 阎嘉主编. 文学理论精粹读本[C]. 北京：人民大学出版社，2006：135.

③ [法] 福柯. 地理学问题[A]. 夏铸九、王志弘编译. 空间的文化形式与社会理论读本[C]. 台北：台湾明文书局，2002：392.

④ [德] 黑格尔. 自然哲学[M]. 梁志学译. 北京：商务印书馆，1980：39-42，55-60.

调空间的内在同质性，并且不可避免地陷入了主观与客观、精神与物质、理性与感性的二元对立模式，对空间的理解趋于简单抽象和空洞，即形而上学化。正如谢纳在《空间生产与文化表征》一书中所说，"本体论或认识论哲学的形而上学特性，使空间成为等待人去直观反映或理性认知的纯粹客体，成为超离于人、抽象于人的纯粹实在，空间因此成为一种绝对的、抽象的、永恒的、无限的、静止的实体存在或神秘存在"[①]。受制于形而上学宏大叙事和历史决定论的影响，在传统哲学视野中，空间始终处于被遮蔽的状态，空间观念本身也具有从属性和同质性等特点：空间从属于时间，是时间演绎的容器；就空间自身来说，追求空间是一个有机的整体，关注其内部各种成分和事物的和谐统一。

与人们在哲学历史领域中的空间观相对应，在文学批评领域也存在重视时间维度而轻视空间维度的倾向，"时间性、历史性、事件性等历时性分析成为文学理论研究的主导模式"[②]。这种高扬时间和历史的线性思维体现在文学基本原理、作家创作和文本分析等文学研究的各个层面。19世纪末20世纪初之前的文学批评中，叙事时间、情节结构、故事逻辑等因素在文学理论和文学批评论著中被反复提及和阐释，空间则沦为人物性格和故事发展的表演舞台、等待事件发生和来临的场所、毫无生机和意义的空洞容器。柏拉图、亚里士多德、贺拉斯甚至郎加纳斯都曾提到过文学的整体结构理论。亚里士多德认为在文学的六要素（情节、性格、言辞、思想、形象与歌曲）中，情节最为重要，因为情节是事件的安排，情节贯穿于作品的整体。德国新古典主义文论家莱辛在《拉奥孔》中以空间和时间来区分诗和画：他认为绘画是空间的艺术，而诗是属于时间的，诗是"时间的符号，宜于表现在时间中持续的全体或部分的事物"[③]。亨利·詹姆斯把对人

---

① 谢纳. 空间生产与文化表征——空间转向视域中的文学研究[M]. 北京：中国人民大学出版社，2010：40.

② 谢纳. 空间生产与文化表征——空间转向视域中的文学研究[M]. 北京：中国人民大学出版社，2010：2.

③ 罗志野. 西方文学批评史[M]. 桂林：广西师范大学出版社，1991：126.

物心理的描绘推崇为叙事艺术的最高成就，人物是在空间或“场景”中展开的时间建构，空间不过是人物发展的戏剧得以展开的舞台，被当作一种场景。20 世纪小说评论家 E. M. 福斯特在其广受欢迎的文学批评专著《小说面面观》中不惜笔墨地论述时间在故事中的重要性，“故事所能做的是叙述时间中的生活……在小说中，对时间的效忠是强制性的：没有了它就写不成小说了……一位小说家在他的小说结构中决无可能否认时间的存在：它必须附着于他的故事线索之上，不管附着是多么轻微，他必须触及那条无始无终的绦虫，否则他就成了怪物，无人能懂”[①]。该书虽命名为“小说面面观”，对“空间”这一面却几乎未着一词。伊丽莎白·鲍温也认为，“时间是小说的一个主要组成部分。我认为时间同故事和人物具有同等重要的价值”[②]。在文学批评的理论和实践中，空间都沦为一个从属的地位，在很多情况下，甚至处于被遮蔽的状态。

1.1.2　空间理论的兴起和发展

1974 年，列斐伏尔《空间的生产》一书出版，在学术思想界吹来一股强劲的新风，开启了文化思想领域令人瞩目的“空间转向”（spatial turn），极大地挑战和颠覆了传统的思维模式，带来了思想范式的重大转型。在此书中，列斐伏尔开创性地提出“（社会）空间是一种（社会）生产”[③]的观点。空间本身就是一种生产模式，而不是承载各种社会关系的空洞容器；它既是社会生产的产物又是生产者，空间本身在各种人类行为和社会生产进程中形成，却又反过来影响、改变甚至指导人们在社会中的行为方式，“空间里弥漫着社会关系；它不仅被社会关系支持，也被社会关系所生产”[④]；空间不仅仅是一个名词，也是一

①　[英] E. M. 福斯特. 小说面面观[M]. 冯涛译. 北京：人民文学出版社，2009：25.

②　[英] 鲍温. 小说家的技巧[A]. 吕同六主编. 20 世纪世界小说经典·上卷[C]. 北京：华夏出版社，1995：602.

③　Henri Lefebvre. *The Production of Space* [M]. Trans., Donald Nicholson-Smith. Massachusetts: Blackwell, 1991: 26.

④　Henri Lefebvre. *The Production of Space* [M]. Trans., Donald Nicholson-Smith. Massachusetts: Blackwell, 1991: 165.

个内含着社会生活和生产关系的动词；它也不再止步于静止的地理或物理概念，而是一个复杂的变动不居的社会概念；空间成为一个流动性的过程，这个过程充满了动态的变化以及种种矛盾和异质性，社会关系和社会秩序在这个过程中进行重组和建构。在革新了空间观念本身之后，列斐伏尔从不同角度对空间进行了划分。他首先把空间分为物理空间、心理空间和社会空间。在这三种空间中，列斐伏尔认为起决定作用的是社会空间。从空间的社会属性出发，列斐伏尔又提出了一个全新的空间阐释模式：他认为，任何空间都是由空间实践（spatial practices）、空间的表征（representation of space）和表征的空间（space of representation）三种相互关联的空间辩证地混合而成。空间的实践就是人类感知的空间，它是一种具体化、社会生产的和经验的空间。空间的表征是指特定的构思空间的方式，它是"概念化的空间，是科学家、设计师、城市学家、各种政治技术专家、社会工程师们的空间，是艺术精神与科学思想相结合的特定类型的空间，所有这些专家都把现实存在与感知的内容设想为构想的空间"[①]；空间的表征往往与某种社会关系紧密相关，它控制和影响着人们书写和言说的方式并进而支配空间知识的生产。表征的空间是"体现个体文化经验的空间，包括组成这一空间所有的符号、意象、形式和象征等"[②]；表征的空间是指在特定社会中具有象征意义或文化意义的空间，它是精神的虚构物，象征着特定的空间对符号、意象、象征等更有创意的使用。列斐伏尔以马克思理论为基础，大大突出了空间的社会学意义，恢复了空间的本体地位，为空间理论的进一步拓展和多维研究打下了基础。列斐伏尔之后，福柯又从政治和权力的角度分析了空间的社会性，把空间看作种种关系和权力角逐和斗争的场所。

列斐伏尔和福柯以及其他空间理论学者如吉登斯、布尔迪厄、大

---

① Henri Lefebvre. *The Production of Space* [M]. Trans., Donald Nicholson-Smith. Massachusetts: Blackwell, 1991: 38.

② Philip E.Wegner. "Spacial Criticism: Critical Geography, Space, Place and Textuality", in *Introducing Criticism at the 21st Century* [C]. Ed., Julian Wolfreys. Edinburgh: Edinburgh University Press, 2002: 182.

卫·哈维、曼纽尔·卡斯特尔、詹姆逊等人主要关注空间的社会属性，并且以此为基础展开自己的空间研究。他们使空间摆脱了原来单纯的地理学属性，赋予空间以"社会定位"，极大程度上解构了传统的空间观念，打破了原来时间和线性叙事一统天下的局面。

20 世纪 90 年代后，空间理论与文化研究相融合，文化属性成为空间理论的焦点。这一时期的代表为英国学者迈克·克朗和美国学者菲利普·韦格纳。在《文化地理学》一书中，克朗从文化定位入手，着重研究地理景观和空间研究中的文化内涵，地理景观被看作具有价值观念的象征系统。他以家庭住宅、英国乡村住宅和园林以及中国皇宫为例，深入研究了社会意识形态与地理景观形成相互影响的过程。克朗还专门辟章节论述了文学与地理景观的关系：在克朗看来，文学地理学是文学与地理的融合；文学并不是单纯地反映外部世界，而是现实世界复杂意义之网的一部分，文学作品会改变现实生活中的地理景观，而价值观念、文化传统也影响着文学中地理景观的表现方式，"在文学作品中，社会价值与意识形态是借助包含道德和意识形态因素的地理范畴来发挥影响的"[1]。值得注意的是，克朗和韦格纳从文化角度关注空间的同时，还结合了身份认同理论，注重空间的主体性研究，确定了自我、他者、性别、民族等身份概念与地理空间的联系。克朗指出，"我们简便地运用空间总结其他群体的特征，根据其居住地对'他们'进行界定，又根据'他们'对所居住地进行界定……空间对于界定'他者'群体至关重要，这种身份认同以一种不平等的关系建立了起来，这一过程通常被称作'他者化'"[2]，由此提出"他者空间"的概念。韦格纳在其长文《空间批评：批评的地理、空间、场所与文本性》中，首次提出了文学"空间批评"的概念。他认为，对空间的关注已经从多角度进入了文学研究，诸如后殖民角度、女性主义角度等；并且召唤以一种更加包容的姿态和多维的视野进行文学空间的阐释，"有必要在绘制任何全球空间的地图时超越经典的高雅与低俗的对立，

---

① [英] 迈克·克朗. 文化地理学[M]. 杨淑华，宋慧敏译. 南京：南京大学出版社，2003：61.
② Mike Crang. *Cultural Geography* [M]. London: Routledge, 1998: 61.

超越中心与边缘的空间对立，代之以创造一种新的多点透视观，以考察文学和文化活动，交换和流通，只有这样，我们才能获得对于我们今天寓居其中的全球空间的复杂性和原创性更加丰富的理解"①。

空间理论发展到第三阶段，由爱德华·索亚继续发扬光大，并推出了著名的"空间三部曲"，即《后现代地理学——重申社会批判理论中的空间》（1991）、《第三空间——去往洛杉矶和其他真实和想象地方的旅程》（1996）及《后大都市：城市和区域的批判性研究》（2000）。在这几部著作中，爱德华·索亚继承了列斐伏尔的空间思想，并在借鉴其他西方马克思主义者空间思想的基础上，提出了其对空间本体论的构想。他认为，空间性、历史性和社会性是所有社会的共有特性，这三个维度共生共存，无法相互替代，任何人、任何生产都同时在时间、空间和社会关系三个维度中存在，"在空间、时间和社会存在三者之间，或者说在现在可以叫得更清楚一些的人文地理的创造、历史的构建和社会的构筑彼此之间，需要一种恰当的阐释平衡"②。由此，索亚提出了包括"社会—空间的辩证法"和"地理—历史唯物主义"两方面内容的"存在论的三元辩证法"。然而，索亚最新颖也最有内涵性的理论是其"第三空间"理论。基于列斐伏尔的三度空间理论，索亚提出空间是由物质化的第一空间、概念性的第二空间和实践性与想象性相结合的第三空间构成，并提出了他的三种"空间认识论"："第一空间认识论"是最为悠久和传统的认识时间的方式，即列斐伏尔提到的空间实践，就是可以通过感知和经验把握的空间；"第二空间认识论"是对"第一空间认识论"客观性和物质化的一种颠覆和反动，它是一种概念化的空间，类似于列斐伏尔所说的"构想的"空间；而"第三空间认识论"既解构了前两种空间认识论，又是对它们的一种重构，"不仅是为了批判第一空间和第二空间思维方式，还是为了通过注入

---

① [美] 菲利普·韦格纳. 空间批评：批评的地理、空间、场所与文本性[A]. 阎嘉编. 文学理论精粹读本[C]. 北京：中国人民大学出版社，2006：168.

② [美] 爱德华·W. 索亚. 后现代地理学——重申批判社会理论中的空间[M]. 王文斌译. 北京：商务印书馆，2004：37.

新的可能性来使它们掌握空间知识的手段恢复活力"[①]。一切貌似对立的二元观念都可以纳入第三空间里，诸如自我和他者、主体与客体、抽象与具象、实践与想象、意识与无意识，等等。索亚的第三空间概念突破了非此即彼的二元对立思维模式，开辟了一片灰色地带，为种种对立、异质、边缘提供了容纳之所，具有极大的开放性和包容性，也给其他女权主义批评、后殖民批评等批评理论带来了新的启发。

1.1.3　文学批评的空间转向

在西方空间理论的构建过程中以及西方文化思想界"空间转向"暗流汹涌的浪潮中，文学理论从来都不曾置身事外，而是积极参与其中。文学理论与空间理论在交叉互动中展开：一方面，西方的空间理论学家，无论其是否从事文学研究，都或多或少表现出对文学空间的关注，他们对空间问题的探讨也往往涉及文学艺术领域，因而从不同角度启发了文学的空间批评——比如，英国的克朗原本是一位地理学家，却在《文化地理学》中，以多个文学文本（如《德伯维尔家的苔丝》《奥德赛》《悲惨世界》）为例专章讨论文学与地理的关系；另一方面，西方的文学批评家也通过自己的文学理论建构和文学研究对空间理论做出了贡献：诸如雷蒙德·威廉斯在其著作《乡村与城市》中，以文化变迁和情感结构的变迁为旨归，勾勒出英国不同时期文学中，乡村与城市的错综复杂的地理变迁，表现出鲜明的空间视野；巴赫金在"时空体"理论中，把空间和时间看作共融的整体，两者互为呈现的方式，也强调了空间在事件发展中的作用；萨义德从后殖民的视角，以"对位阅读法"剖析包括《曼斯菲尔德庄园》在内的众多文学经典时，虽然重点探讨了文本中种族、阶级斗争、边缘、意识形态等因素，亦展现了对空间、地理、地点的关注。文学的空间性思考和文学文本的空间批评在文学理论和空间理论相互渗透和融合过程中、在文学和空间的互动阐释中得以不断展开，从而形成文学批评的"空间转向"。

---

① [美] 爱德华·W. 索亚. 第三空间——去往洛杉矶和其他真实和想象地方的旅程[M]. 陆扬等译. 上海：上海教育出版社，2005：102.

文学批评的空间转向对文学理论和批评的影响是深入而多维的，概而言之，主要表现在以下几个方面：

首先，空间理论渗入文学研究领域后，催生了诗学理论对于文学文本空间结构和内部空间意蕴的思考和关注。美国学者约瑟夫·弗兰克早于 1945 年就在《现代小说的空间形式》一书中提出了小说空间形式的理论。他认为，现代小说通过并置、主题重复、多重故事、夸大反讽等手段中断叙事的时间顺序、打破线性叙事结构而呈现强烈空间化特点，读者也必须将小说作为一个整体通过反应参照等空间化思维才能对作品有深入理解和把握。这不仅解决了传统叙事理论对现代小说阐释方面的危机和缺陷，也催生了一门新的叙事领域——空间叙事学（尽管空间叙事学就其理论内涵和批评关注点与《现代小说的空间形式》相去甚远，但其渊源关系却不容忽视）。法国批评家布朗·肖在《文学空间》中，以马拉美、卡夫卡等人的现代主义文本为分析对象，将文学空间理解为人类生存的体验方式，揭示出空间的内在生存意蕴，体现了空间存在论的理论旨趣。继布朗·肖之后，法国理论家巴什拉于 1957 年出版《空间诗学》一书。该书将现象学哲学与精神分析学相结合，探索空间内在的生存意蕴和心理内涵；他推崇空间，贬抑时间，认为真正的艺术应该放弃时间、忘却历史，只有从时间与历史之中全身而退，人才可能进入充满想象、神奇的诗意空间，从而获得永恒宁静的诗意生存空间。而苏联文论家巴赫金的小说时空体研究，突破了莱辛"文学是时间艺术"的形式主义倾向，在对小说时间形式的研究中，做了空间化意义的阐释。

其次，文学批评的空间转向改变了文学文本中景观、环境等地理因素的诠释方式：文本中的空间不再只是故事发生的背景和环境，而是作为一种象征系统和指涉系统，与其他文学元素一起参与文本的叙事以及主题意蕴生成。传统的文学研究中，往往注重文学与空间环境的线性关系，分析文学作品如何再现地理区域中的地域形貌和物象景观，并未触及文学空间的幽深隐秘之处和真正意义内涵。在当代空间理论的视野中，政治文化以及意识形态在空间生产中扮演着重要的角色，使得文学空间成为具有深厚历史性、文化性和社会性的场域，文学作品中的空间成为具有文化表征意义的空间建构。在空间理论的观照下，《简·爱》和《1984 年》中的空间，超越了其单纯的地理意义和建筑意义，更大程度上作为伦理道德冲突或权力斗争的场所，空间的社会意义被张扬和阐发。由此，文学批评突破了原来文本空间作为"空荡容器"的观点，文学作品中的空间作为文化表征与文本的精神旨趣、主题意蕴紧密相关。因此，"文学在文化表征实践过程中如何运用表现、再现、意指、想象、隐喻、象征等表征方式对空间进行意义的编码重组，揭示现代性空间重组的文化政治内涵及其社会历史意义，从而揭示出文学生产与社会生产的内在关联"①成为文学空间批评和研究的主题和焦点。

再次，在空间理论的视野中，文学从根本上是一种空间生产，文学作品不单是对地理景观做简单的描写，而是也同时提供了认识和诠释世界的方法，是一个以地理经历为基础却包容广泛的领域。文学诚然是社会和现实世界的产物，但是文学也反作用于社会和现实世界，影响着现实生活的地理景观和社会发展的进程。这使文学与文学之外的世界的关系发生了根本的改变：文学与现实世界不复是原来的模仿与被模仿、反映与被反映的关系，文学本身就是社会生产和现实生活的一部分，与社会生活的其他元素共同参与意义建构，成为庞大的现实空间意义之网中的一个环节以及多元开放的空间经验的一个有机部分。换句话说，"文学与空间就不再是互不相干的两种知识秩序——所谓前者高扬想象，后者注重事实，相反它们都是文本铸造的社会空间的生产和再生产"②，文学空间与现实空间之间的藩篱被打破，二者之间没有清晰的界限而是混杂共生，这使得传统文学研究向文化研究转变有了理论基础。

文学的空间批评早已从诸多角度进入文学研究，如从殖民后殖民的角度、女性主义和性别批评的角度、通俗文化和风格研究的角度等。文学的空间批评也在空间理论与人类学、地理学、建筑学等跨学科的

---

① 谢纳. 空间生产与文化表征——空间转向视域中的文学研究[M]. 北京·中国人民大学出版社, 2010: 11.

② 陆扬. 空间理论与文学空间[J]. 外国文学研究, 2004（4）.

多维视野中，在文学研究实践与空间理论的互动阐释中不断展开，为文学研究提供新的视域和理论生长点。但是文学的空间转向这一过程还远未终结，它仍处于一种持续和开放的状态，期待更多的文学实践和理论参与其中。

第二节 美国华人文学中的身份认同研究

1.2.1 身份认同理论

身份认同是学术批评的一个热点问题，不仅出入于文学研究的论域，也涉足教育、文化、民族、历史、种族研究，更与后殖民、女权主义等理论深度结合，具有强大的跨学科能力，成为一种充满活力的理论话语。与流行于国内的诸多批评术语一样，身份认同这一概念也源于西方批评界。

何为身份认同？我们首先看一下它的词源背景：身份认同是由英文单词 identity 翻译而来，而 identity 一词源自中世纪拉丁语 identitas，它的词根是 idem（the same），意为"同一"，identitas 是它的名词形式，identitas 释义为 sameness，而 identity 即"同一"[①]。"同一"这个内涵被现代英语词 identity 继承了下来。各种英语词典尽管对 identity 释义略有差异，但概括起来不外乎三种：1. 身份（who or what somebody/something is）；2. 使某人区别于他人的特点、感情、信念等（the characteristics, feelings or beliefs that distinguish people from others）；3. 同一，一致（the state or fact of being the same one）。中国台湾学者孟樊曾在《后现代的认同政治》中讨论了 identity 的中文译名问题："'认同'一词，英文称为 identity，国内学者有译为'认同'、'身份'、'属性'或者是'正身'者。"然而，由于后现代语境下身份与认同紧密相连，"加之 identity 原有'同一'、'同一性'或'同一人

---

① Identitas[EB/OL]. Wictionary. http://en.wiktionary.org/wiki/identitas#Latin, 2013-10-25.

（物）'之意"，因此也译为"认同"①。但是笔者认为，任何一个译名都偏重于 identity 词义的一个侧面，比较之下"身份认同"似乎意思稍显完备。

身份认同关注的问题是：我是谁？我从哪里来？要到哪里去？所以，身份认同是主体自我意识的一种觉醒，认同问题的核心其实就是主体问题："认同从根本上说是一个主体问题，是主体在特定社会—文化关系中的一种关系定位和自我确认，一种有关自我主体性的建构与追问。"②

为什么会产生身份认同？用一句话来回答，就是身份认同的产生源于认同危机。一个人在熟悉的环境里，与所在的共同体分享着大体相同的价值观、文化、风俗、思维方式，不会产生身份认同问题，或者说身份认同问题处于一个隐在的位置。这时候，认同就是"一种熟悉自身的感觉，一种'知道个人未来目标'的感觉，一种从他信赖的人们中获得所期待的认可的内在自信"③。但是当个人或群体移居异域或者与一种异质文化正面相逢时（比如中国的少数民族与汉族交往，中国人移民海外），在与异族的交往过程中，不同文化之间的差异凸显出来，彼此的风俗习惯、思维方式、价值体系迥然不同甚至产生冲突和对抗，身份认同问题便从隐性位置走到了前台。著名美国华人作家白先勇在谈到自己初到美国时的经历时曾经这样写道："像许多留学生，一出国外，受到外来文化的冲击，产生了所谓认同危机，对本身的价值观和信仰都得重新估计。"④这正如学者张宁所言："文化身份问题的提出总是在与异质文化的交往中浮出意识层面的：一种是共时横向文化交往中产生的异质感，另一种是在异质文化影响下经历历史转型所产生的文化缺失感或危机感。一般说来，认同欲望的产生总是与某种缺失或丧失感相联系的。"⑤

---

① 孟樊. 后现代的认同政治[M]. 台北：扬智文化事业股份有限公司，2001：16-17.

② 周宪. 文学与认同：跨学科的反思[C]. 北京：中华书局，2008：188.

③ 转引自[美]赫根汉. 人格心理学导论[M]. 何瑾，冯增俊译. 海口：海南人民出版社，1988：162.

④ [美] 白先勇. 白先勇经典作品[M]. 北京：当代世界出版社，2004：26.

⑤ 张宁. 文化认同的多面性[A]. 周宪主编. 中国文学与文化的认同[C]. 北京：北京大学出版社，2008：12.

　　"认同危机"的概念最早由心理学家埃里克森所提出，用来指代人在缺乏自我认同感时所感到的混乱和失望。加拿大学者查尔斯·泰勒曾就"现代认同危机"做过这样的论述："当然，某些人已出现了这种处境。这就是我们称之为'认同危机'的处境，一种严重的无方向感的形式，人们常用不知他们是谁来表达它，但也可被看作是对他们站在何处的极端的不确定性。他们缺乏这样的框架或视界，在其中事物可获得稳定意义，在其中某些生活的可能性可被看作是好的或有意义的，而另一些则是坏的或浅薄的。所有这些可能性的意义都是固定的、易变的或非决定性的。这是痛苦的和可怕的经验。"[①] 正是由于出现了这样的认同危机，人们才会重新审视自己的身份认同，身份认同才会成为一个问题。

　　身份认同是一个含义非常丰富的概念，依据不同的视角，可以分为不同的类型。陶家俊曾把身份认同分为四类："一，个体身份认同：在个体与特定文化的认同过程中，文化机构的权力运作促使个体积极或消极地参与文化实践活动，以实现其身份认同。二，集体身份认同：文化主体在两个不同文化群体或亚群体之间进行抉择。受不同文化影响，文化主体须将一种文化视为集体文化自我，将另一种文化视为他者。三，自我身份认同：强调自我的心理和身体体验，以自我为核心，这是启蒙哲学、现象学和存在主义哲学关注的对象。四，社会身份认同：强调人的社会属性，是社会学、文化人类学等研究的对象。"[②]学者王成兵认为身份认同最核心的问题即为"主我"与"他者"的关系，以"我"为原点审视自我与周围他者的关系，认同最重要的是在这关系中确定"我"的位置感和归属感，因而把认同分为两大部分，即人的自我认同和社会（集体、群体）认同："人的自我认同是一种内在性认同，它是一种内在化过程和内在深度感，是个人依据个人经历所形成的、作为反思性理解的自我。它主要集中于对人的主体性问题的研究。人的自我认同的直接对象是对人自身的意义的反思。人的社会（集

---

　　① [加] 查尔斯·泰勒. 自我的根源：现代认同的形成[M]. 韩震等译. 南京：凤凰出版传媒集团，2008：33.

　　② 赵一凡，张中载，李德恩. 西方文论关键词[M]. 北京：外语教学与研究出版社，2006：465.

体、群体）认同是人在劳动中形成的、在特定的社区中对该社区的特定的价值、文化和信念的共同或者本质上接近的态度。社会认同的直接对象是人的行为的普遍和客观的社会意义。"①笔者认为，这些分类关注的都是认同的主体，而从认同的内容来看，还可以分为政治认同、国家认同、民族认同、性别认同、文化认同、宗教认同等；就认同的方式来看，还可以分为语言认同、区域认同、身体认同等。然而，笔者认为，这些划分其实都是人为的。实际上，一个人的认同有时候无法严格地区分到底是哪一种认同，因为一个人在社会中扮演的角色绝对不是单一的，而是一个集种种社会角色于一身的复合体。所以一个人或一个群体的认同也是多重认同的融合。比如，一个藏人在国家认同上认同中华人民共和国，在宗教上认同藏传佛教，在文化上认同藏族文化，等等。换句话说，就是认同本身具有多元性，"认同从来就不是一种单一的构成，而是一种多元的构成，包括不同的、常常是交叉的、敌对的话语、实践或立场"②。

　　人们为什么要进行身份认同？身份认同的必要性在哪里？诚如卡斯特所言："认同是人们经验与意义的来源。"③鲍曼则认为："'拥有一种身份'似乎是人类最普遍的需要之一。"④ 身份认同是人类的一种基本需要，在对自我主体的叩问和建构中，人们找到自我在社会中的定位和价值，同时满足自己心灵上的归属感和安全感。从形而上的意义来说，这是人类自我意识的觉醒和体现；从现实的角度来说，人只有在构建合理的身份认同前提下，才能有效实现自己的现实目的，满足自我价值感的心理需求。可以说，身份认同是人采取种种行为的最深层次的动机之一。

　　身份认同是一个主体问题，西方世界很早就开始了主体的反思，柏拉图在古希腊时期就提出要"认识你自己"。启蒙时期笛卡尔的名

---

① 王成兵. 对当代认同概念的一种理解[J]. 学习与探索，2004（6）.

② [英] 霍尔. 导论：谁需要认同？[A]. 周宪主编. 文学与认同：跨学科的反思. 北京：中华书局，2008：6.

③ [英] 曼纽尔·卡斯特. 认同的力量[M]. 夏铸九，黄丽玲等译. 北京：社会科学文献出版社，2003：2.

④ [英] 齐格蒙特·鲍曼. 作为实践的文化[M]. 郑莉译. 北京：北京大学出版社，2009：39.

言"我思，故我在"肯定了人的思想在建构主体意识的重要作用，人的自我身份几乎等同于人的思想。黑格尔在《精神现象学》中提出启蒙主体的发展路径：意识、自我意识、理性、精神、绝对精神。启蒙主体观高扬理性，认为认识是以自我为中心的一个统一体。以社会为中心的身份认同则强调各种社会力量和社会经验对自我存在的决定性：马克思认为生产关系才是个人身份的决定因素；后殖民主义、新历史主义、女权主义也纷纷强调社会、经济、权力、政治等因素对身份建构的影响。自尼采以来，相对主义大行其道，解构主义理论进一步加深了主体认识的危机，身份认同进入后现代去中心阶段。德里达依靠其延宕和互文等概念，分裂了结构主义语言学的能指和所指；福柯和拉康走得更远，要解构历史和主体。后现代主体观失去了其本质性、统一性和稳定性，"主体在不同时期获得不同身份，统一自我不再是中心。我们包含相互矛盾的身份认同，力量指向四面八方，因此身份认同总是一个不断变动的过程"①。

心理学领域对于身份理论的丰富和发展做出了巨大的贡献。精神分析学的先驱弗洛伊德开创了一系列与人格和心理发展有关的认同理论，他用"认同过程"（identification/incorporation/internalization）指代儿童感情上或心理上与周围关系密切的人趋同的过程，或者儿童吸收父母之中某一位的品格特征而形成自己人格的过程。弗洛伊德在使用这一概念时，是作为一种病理性防御机制探讨认同与心理发育和人格形成的关系，他的全部关注点是人的本能和生物性，带有明显的精神分析学派的特征。心理学家埃里克森也关注认同对于心理发育和人格健康的作用，并提出了"认同危机"概念。他认为，"个人的健全人格正是在与环境的相互作用中形成的"②。埃里克森把人的一生分为八个时期，而身份危机贯穿每个时期。在认同危机的产生和解决方面，埃里克森强调了个人心理和社会文化的双重作用，这对于弗洛伊德的封闭性的生物认同理论，是一个很大的进步。同样重视社会作用的是

---

① Stuart Hall. "The Question of Cultural Identity", in *Modernity and its Future* [M]. Ed., Stuart Hall. Cambridge: Polity Press, 1991: 277.

② 转引自周宪主编. 中国文学与文化的认同[M]. 北京：北京大学出版社，2008：261-262.

社会心理学家查尔斯·库利。库利认为人的自我观念是在人与他人的交往过程中产生的。这一理念在他有名的"镜中我"理论中得到很好的体现。库利以"镜中我"概念来形容自我是自己与他人互动的产物：我通过他人的视角来审视和评价自己的行为和想法。库利之后，芝加哥学派的乔治·米德继续阐释和发展"镜中我"理论，并提出了"主我"（I）和"客我"（me）的概念：客我是通过扮演各种社会角色而获得的社会性的自我，是社会角色的内化；而主我是作为一个独立主体的自我；任何个人都是主我和客我的混合体。基于其符号互动理论，米德关注的是符号活动或人际沟通对于自我认同发展的重要性，强调了自我与社会之间的相互关联。法国的精神分析学家雅克·拉康在解构弗洛伊德理论的同时，提出了自己的"镜像理论"，这与库利的"镜中我"大异其趣：他认为，儿童在镜子中看到的我，只是一个图像，一个他者是宾格的"我"，只是在母亲的确认下，才建立起自我与镜中图像的联系，正是通过对镜子中图像的想象性认同才建立起"自我"的概念。因此，镜像阶段是人格发展中的关键性阶段，是从儿童一片混沌的状态到确立主体意识的转折。心理学领域建立了一套认同话语体系，诸如"认同危机""镜中我"等，并大大拓展和深化了认同理论。

以上是身份认同理论发展的一个脉络梳理。虽然身份认同问题一直是哲学、社会学或心理学等学科的一个研究对象，并不断有理论资源问世，但是身份认同真正成为西方学界一个关注的焦点话题则始于20世纪90年代初。美国《批评探索》学术理论刊物上刊登了一系列有关"身份政治"的论文，后来由凯姆·安瑟尼·阿皮亚和亨利·路易斯·盖茨结集出版，标题即为"身份认同"（Identities）。两位编者发现身份认同正逐渐成为学术界的热点话题并表现出强大的跨学科能力："来自各学科的学者都开始探讨被我们称为认同的政治的话题……对身份认同的研究超越了多学科的界限，探讨了这样一些将种族、阶级与女权主义的性别、女性和男性同性恋研究交织一体的论题，以及后殖民主义、民族主义与族裔研究和区域研究中的族裔性等相互关联的论题。"①此言非虚，身份认同现在早已成为弥漫于教育、文化、历史、种族等各学科的理论话语和研究路径，并与诸多理论范式联姻。

结合以上的梳理，我们可以看出，身份认同已经拥有相当丰富的理论资源，甚至趋于错综复杂，让人眼花缭乱。但是从宏观角度把握，身份认同理论大致纳入两个大的类型之内，即本质主义认同论和建构主义认同论。

何为本质主义认同论？本质主义的认同论认为人有一种稳定的、本质的、统一的自我认同："从研究方法上看，传统上对身份问题和认同问题的研究往往先从某种先验的'设想'出发，即把'自我'设想为某种固定的、独立的、自立的、自律的东西，认为身份与认同是对这种固定不变的'自我'的追寻和确认，并据此对某种不同于这种'自我'的、外在的'他者'作出回应。"② 从柏拉图到奥古斯丁直至启蒙时期的笛卡尔，无不秉承本质主义的身份观。笛卡尔之后的"以社会为中心的社会身份认同"，虽然在社会历史语境中考察身份，但是仍然主张和谐统一的自我观念。

建构主义认同论随着"后现代去中心身份观"应运而生，在理论旨趣上，与解构主义思潮形成暗合。建构主义认同论"把身份看成是流动的、建构的和不断形成的，重视差异、杂交、迁移和流离"③，强调认同具有变化性、差异性、多样性和话语实践性。而持建构主义认同观的代表有英国的斯图亚特·霍尔、美国的本尼迪克特·安德森和英国的霍布斯鲍姆。霍尔认为，"身份并不像我们所认为的那样透明或毫无问题，也许，我们先不要那身份看作已经完成的，然后由新的文化实践加以再现的事实，而应该把身份视作一种'生产'，它永不完结，永远处于过程之中，而且总是在内部而非在外部构成的再现"④。霍尔的解构主义的认同观并没有完全否定和抛弃认同的概

---

① Kwame Anthony Appiah and Henry Louis Gates, Jr. eds. *Identities* [C]. Chicago: University of Chicago Press, 1995: 1.

② 周宪. 中国文学与文化的认同[C]. 北京：北京大学出版社，2008：6.

③ 周宪. 中国文学与文化的认同[C]. 北京：北京大学出版社，2008：8-9.

④ [英] 斯图亚特·霍尔. 文化身份与族裔散居[A]. 罗钢，刘象愚编. 文化研究读本[C]. 北京：中国社会科学出版社，2000：208.

念，而只是在一种新的意义上来重新考察认同："我认为这种去中心化过程所需要的——如福柯的研究进展所清楚显示的——不是对'主体'的放弃或消解，而是重新概念化，即在范式内从新的错置的或去中心的立场来思考主体。"①

后现代的建构主义认同观对于本质主义认同观是一种强有力的回拨或反叛，它也确有其新颖和深刻之处，但是本质主义认同观就真的过时或一无是处了吗？认同到底是本质的还是建构的？在《认同的困境》一书中，格罗塞给出了他的回答："有一个古老并再次引发激烈争论的因果二元论断：个人之身份是与生俱来的还是后天获取的结果？答案是如此明显，我很难理解为什么会有那么多诠释热情的爆发：有一部分是天生的，也有一部分是习得的，只是各占比例多少的问题，这里缺乏的恰恰就是逻辑协调性。比如，收养孩子就是假设人们相信借助教育环境、借助未来的习得，融入新的家庭是可能的。而如果孩子的人格只是由其先祖的生物基因延续下来的，这种假设就会毫无意义。"② 周宪也认为："我们一般认为，文化身份与认同并非天生不可变更的。身份既有着自然天成的因素，同时也有着后天建构的成分。"③对于以上两位中外学者的看法，笔者较为赞同，他们也确实道出了身份认同过程中一些真理性的因素。实际上，在身份认同这个问题上，笔者认为，如果完全的本质主义和完全的建构主义是黑白两极的话，在这两极之间，存在着色度不同的灰色地带，就像渐进的光谱。每个人由于自我的性格、心理等诸多因素，对于异质文化或新环境的接受度其实是千差万别的，所以往往其身份认同处于光谱的某一个频段。完全本质主义或完全建构主义的认同也不是完全不存在，只不过较为罕见而已。有一个流传很广的寓言故事：在一锅水中，分别放入石头、鸡蛋、胡萝卜加热煮沸，分别产生了不一样的结果，石头没有变化，鸡蛋外表没变但是里面发生了变化，胡萝卜则逐渐变软成泥。

---

① 周宪. 中国文学与文化的认同[C]. 北京：北京大学出版社，2008：4.

② [法] 阿尔弗雷德·格罗塞, 身份认同的困境[M] 王鲲译. 北京，社会科学文献出版社，2010：73.

③ 周宪. 中国文学与文化的认同[C]. 北京：北京大学出版社，2008：90.

用这个故事来说明认同的本质或建构或许并不完全恰切，但是至少可以做一个类比：完全的本质论好像石头，完全的建构主义则像胡萝卜。但是实际上大千世界里的物质是多种多样的，在开水中煮出来的效果也千差万别。我的同门樊义红博士认为，"认同的本质属性应该是兼而有之的，但又是以建构为主的"①。笔者不大同意这样的观点，认同最大的特点就是它的差异性和多样性，很难说它到底是以建构为主，还是以本质为主，认为这种以建构为主认同论的结论还是稍显武断。

身份认同是否与时间和空间有关？换言之，它是否存在一个时间维度和空间维度？答案是肯定的。在身份认同的建构中，始终存在过去、现在和未来三个互相关联的时间层面。格罗塞在《认同的困境》一书第二章"记忆与影响"中，特别论述了集体记忆和个人记忆在身份建构中所起的重要作用："我今天的身份很明显是来自于我昨天的经历，以及它在我身体和意识中留下的痕迹。大大小小的'我想起'都是'我'的建构成分。我的记忆由回忆构成，但不仅仅是回忆，它还包含了很多因素，吸收了我们称为'集体记忆'的东西。"②他也同时指出，集体记忆在内化为个人记忆和身份建构过程中其实存在一些问题，比如个人的社会属性会埋没某些集体记忆（比如：并不是每个经历过 2008 年的人都必然对北京奥运会有深刻的印象）；另外，有些集体记忆由于是后天习得，可能由于传播媒介（如家庭、学校、阶层、媒体等）所做的取舍（或有意无意的歪曲）会影响个人的身份认同。无论集体记忆还是个人记忆，都充分体现了时间维度中过去对于身份认同的影响。然而身份认同中最活跃也最有现实意义的还是"现在"层面，现在才是重组过去和面向未来的关键，"相对于'真实的过去'之不可改变，'未来的'不确定，'现在'为建构者的主体经验参与到认同建构中提供了机遇"③。英国文化理论学家霍尔也曾经说过："它

---

① 樊义红. 从本质的认同论到建构的认同论[J]. 武汉科技大学学报（哲学社会科学版），2012（4）.

② [法] 阿尔弗雷德·格罗塞. 身份认同的困境[M]. 王鲲译. 北京：社会科学文献出版社，2010：033.

③ 殷曼楟. 认同建构中的时间取向[A]. 周宪主编. 中国文学与文化的认同[C]. 北京：北京大学出版社，2008：232.

（文化身份——笔者注）属于过去也同样属于未来。它不是已经存在的、超越时间、地点、历史和文化的东西。"① 时间向度中的未来层面对于现在的身份建构行为具有导向作用。面向未来的身份建构往往预设了某种身份理想，这种理想对于现在的自我具有召唤和吸引作用；或者是立足于现在的身份，主体在未来的身份发展趋势。身份认同中过去、现在、未来的三个层面实际上对应了三个问题：我曾经是谁？我现在是谁？将来我想变成谁，或者我会变为谁？但是这三个层面又不是截然分开，而是相互纠结相互影响的。换言之，过去的自我会对现在和未来的我发生作用，未来的我对现在的我和过去的我也可能会产生影响。现在的我既立足于过去，又面向着未来。

　　身份认同除了具有时间性之外，还存在一个空间维度。任何一种身份的生成和建构，无不与特定的地域和空间相联系。所谓一方水土养一方人，充分说明了地理环境对于人的影响。中国古代的闺阁小姐，大门不出二门不迈，生存空间被限制在绣楼、花园等有限的空间内，这成为彰显她们阶层和性别的一种方式。在美国种族歧视盛行的时期，实行种族隔离制度，黑人甚至不能和白人同车而行，更是在空间使用上彰显不同身份的极端表现。不仅现实生活中如此，文学作品中的空间，同样参与身份的建构。《红楼梦》中的贾府，从外面看，高门大院，红墙彩瓦，里面更是亭台楼榭，花团锦簇，在空间建构上充分体现了贾府钟鸣鼎食之家的富足、煊赫；哈代笔下的威赛克斯郡也与他笔下那些英国古老乡村的小人物息息相关。克朗以《奥德赛》和凯鲁亚克的诗集为例说明，男性和女性都受制于空间关系，地理揭示了两性的所欲所求，因而地区体验与自我身份之间产生紧密的关联。克朗也看到了空间对于定义他者群体起着关键性的作用："我们采用空间速记的方法来总结其他群体的特征，即根据他们所居住的地方对'他们'进行定义，又根据'他们'，对所住的地方进行定义。"②在克朗的眼里，空间是定义他者身份的重要手段，两者几乎是一种同构关系。霍尔在

----

① [英] 斯图亚特·霍尔. 文化身份与族裔散居[A]. 罗钢，刘象愚编. 文化研究读本[C]. 北京：中国社会科学出版社，2000：211.

② [英] 迈克·克朗. 文化地理学[M]. 杨淑华，宋慧敏译. 南京：南京大学出版社，2003：77-78.

思考加勒比人的文化身份时，也注意到了空间对于文化身份定位和重新定位中的作用。霍尔认为，三个在场，即"非洲的在场""欧洲的在场"和"美洲的在场"共同参与加勒比人的身份建构："非洲的在场"是被压抑的场所，这种在场体现在加勒比人生活的方方面面，诸如生活习惯、语言结构、宗教信仰等，"非洲的在场/缺场成了加勒比人身份新观念的特权能指"①；而"欧洲的在场"是对加勒比人无休止的演说，是发号施令的角色；"美洲的在场"使得牙买加人成为移民社群的民族。霍尔从其后殖民的视野，说明渗透着意识形态的空间是如何影响并塑造着被殖民者的身份建构的。

1.2.2 美国华人文学研究中身份认同研究综述

美国华人文学按照所使用的语言媒介，可以分为美国华人英语文学和华语文学两个分支（这在引言部分已有论述），但是无论英语文学还是华语文学都表现出对身份认同的困惑和执迷。虽然近年来，优秀华语作家严歌苓的文学创作对普遍人性表现出更多的关注，何舜莲等新生代华裔美国作家也在作品中试图摆脱族裔属性的影响，都表现出超越文化身份认同的趋势和渴望。但是到目前为止，绝大部分华人文学作品中，身份问题都是挥之不去的阴影，萦绕在众多华人作家的心头及笔下。这种现象其实不难理解。

从美国华人英语文学的发展源流来看，早期的华裔美国作家（如水仙花等人）生活在美国种族歧视盛行的年代，当时中国人被称为"黄祸"，这使得无论白人还是华裔都对中国人的身份格外敏感。在主流意识形态的影响下，白人的文学作品形成对中国人的刻板印象：华人女性一般是性感、神秘的妓女、龙女形象，华人男性往往行为怪诞、猥琐瘦小、缺乏阳刚之气。白人对华人的"种族主义之恨"和"种族主义之爱"②通过两个华人形象表现出来：阴险、狡诈、恶毒、冷血的异教徒傅满洲和矮胖、阴柔、对白人唯唯诺诺的陈查理。这样的社

---

① [英] 斯图亚特·霍尔. 文化身份与族裔散居[A]. 罗钢，刘象愚编. 文化研究读本[C]. 北京：中国社会科学出版社，2000：217.

② Frank Chin et al. eds. *The Big Aiiieeeee!: An Anthology of Chinese American and Japanese American Literature*. New York: Meridian, 1971: 8-9.

会现实迫使美国华裔在文学创作中不得不关注华人的身份和形象：水仙花在《春香夫人》中努力构建华人的正面形象；黄玉雪在《华女阿五》中树立华人女性成为"模范少数族裔"；20 世纪 70 年代华裔美国文学史上有名的"赵汤之争"，其核心也是在白人社会华裔的身份建构问题。更重要的是，华裔作家的血统提供给他们的不仅仅是华人少数族裔这一身份，还提供了无尽的创作灵感和素材：黄玉雪笔下对唐人街华人文化景观的陈列，赵健秀和汤亭亭对中国传统文化中《三国演义》《水浒传》及花木兰故事的征用，以及谭恩美对中国风俗和鬼怪故事的描写，都表现出强烈的"中国风"味道。从另一方面看，美国华裔作家笔下所展现的中国景观和东方神韵也强化了他们的华人身份，是其中国血统的一种确认和传承。美国土生华裔，无论他们操一口多么纯熟的英语，在思维方式和生活习惯上多么的美国化，黄皮肤黑头发的生理特征仍会彰显他们在种属和血统上与白人的差异，他们的中国背景仍会给他们的创作带来或深或浅的影响。所以，身份认同问题在美国华裔文学中成为显学，实在是再自然不过之事。

对于华语文学创作而言，其创作主体往往是从中国迁居美国的新移民，移民经验是一种分裂的经验，意味着从熟悉的环境和文化连根拔起，移植入完全不同的异质文化之中，自己原有的伦理观念、风俗习惯、价值体系都不得不在"文化冲击"下重新调整，相当一部分人在这个过程中产生"认同危机"也是在所难免的事。只不过在危机过后，不同的作家主体会根据自己对中西方文化的体认，在两种文化之间表现出不同的认同趋势：早期华人作家如於梨华等笔下不断书写无根的文化乡愁，是身份迷失的极度心理不适；白先勇在《纽约客》系列中表现出对冷漠、浮华的西方都市文明的疏离和厌弃，是其强烈的中国文化认同使然；周励在《曼哈顿的中国女人》中自称"纽约女人"，完全皈依西方文化尤其是西方都市文化。凡此种种，都没有脱离身份认同带给华人移民的尴尬和焦虑。

从上面来看，以身份认同为切入点研究美国华人文学实是一种恰切和直中要害的研究路径。国内的学术界也确实在此领域成果斐然，各种美国华人文学研究著作都或多或少涉及身份认同问题，cnki 上关于华人身份认同研究的文章更以千计。概括起来，国内学术界对美国华人文学身份认同的研究集中在以下几个方面：

一、后殖民视角

从"天使岛"诗歌的源头开始，美国华人文学就一直贯穿着美国主流社会对华人的歧视和华人对这种社会现实所做出的种种回应。因而，很多学者借用赛义德和霍米·巴巴的后殖民理论，发现和阐述东方主义在华人文学中的表征以及对华人身份认同的影响。这其中比较有代表性的是陆薇的《走向文化研究的华裔美国文学》和程爱敏的《认同与疏离：美国华裔流散文学批评的东方主义视野》两本专著。《走向文化研究的华裔美国文学》一书采用赛义德的"对位式阅读"和一系列后殖民理论话语如含混、模拟、杂糅等概念，以黄玉雪、汤亭亭、赵健秀、伍慧明、黄哲伦的经典文本为分析对象，梳理了 20 世纪 40 年代至 90 年代的华裔美国文学，分析了种族主义和殖民主义带给美国华裔的精神创伤，挖掘了华裔作家通过各种抵抗策略解构白人社会对华人的刻板印象并重构自我身份的努力。程爱敏的《认同与疏离》运用赛义德"东方主义"理论，考察华裔美国文学书写中表现出来的民族认同和民族疏离，前者以汤亭亭、谭恩美及赵健秀对中国文学经典和民间故事的重构为主线，讨论了华裔美国文学对中华文化和民族精神的认同；后者以哈金、闵安琪等作品中刻意丑化中国形象、自我贱民化等文学书写为依据，阐述了文学书写中与中华民族认同疏离的倾向并挖掘了其社会历史根源。此外，一些学者以霍米·巴巴的第三空间理论分析华裔美国人在建构身份认同中的困境和焦虑。巴巴在《文化的定位》中，提出了"第三空间"的概念，用以指代"既非这个也非那个（自我或他者），而是之外的某物"①。"第三空间"的提出解构了殖民话语中的自我/他者、东方/西方、中心/边缘的分界，开辟了一片模拟混杂的居间空间，为彷徨于母国与移居国、母国文化与移居国文化之间为身份问题所困扰的华人及华人作家重新检视身份认同、社群归属和跨越种族藩篱提供了新的视角和启发，《在"第三空间"建

---

① Homi K. Bhabha. *The Location of Culture* [M]. New York: Routledge, 1994: 28.

构文化身份：〈女勇士〉中文化移植和改写现象的后殖民解读》《〈沉没之鱼〉中陈璧璧的"第三空间"身份解读》都属于此类文章。

二、流散视角

流散理论本属于后殖民理论范畴，是后殖民理论发展到 20 世纪90 年代与后现代身份政治相结合的产物。而流散文学批评则是针对全球化过程中出现的流散现象和流散写作，力图解读流散文学创作写作的一种理论和批评话语，尤为关注流散者的生存困惑和文化身份认同等问题研究。1991 年，一本名为《流散》（Diaspora）的杂志创刊，专门从事"流散者"研究，并聚拢了一大批流散理论家如卡锡克·托洛彦、苏德西·米什拉和伊恩·钱伯斯等。英国的斯图亚特·霍尔以后现代身份认同介入后殖民理论，提出了较为系统的族裔散居认同理论。空间流散批评主要研究的对象是"由于政治、经济、战争或文化等原因自愿或被迫远离故土到他国/乡寄居、创作的作家或作品。虽然这些作家居住在移居国（host country）内，但从感情和思想意识上又和自己的故国（home country）保持着千丝万缕的联系。他们既具有强烈的全球意识，在心理上又不轻易认同于任何国家、文化，时刻保持着跨界的清醒与独特视角"①。从上面的讨论可以看出，美国华人文学显然属于流散文学。汕头大学的李贵苍教授在《文化的重量：解读当代华裔美国文学》（人民文学出版社，2006）中看到了流散文学对于华人文学的研究意义。众多研究者从流散文学角度探讨美国华人文学中的身份认同问题，这其中既有流散文学与华人文学结合的理论追索，也有把流散理论与具体文本相结合的文本分析。从理论层面来说，王宁教授较早发现了流散文学与文化身份认同的关系，在《流散文学与文化身份认同》一文中，考察了全球化背景下流散现象的出现以及流散写作的历史演变与传统，并对华裔流散文学身份认同的多重性进行了探讨。此外，公仲在《离散与文学》中则强调"离散"是海外华文文学的特色和优势。澳大利亚的庄伟杰认为海外华人作家在流散中更能体会中西两种文化的差异，具有双重文化的优势，因而"流

---

① 王宁. 全球化：文学研究与文化研究[M]. 桂林：广西师范大学出版社，2003：204-205.

散书写不仅充实了海外华人的生活，更为东西方文化的比较提供一个相对理想的具体参照"①。深圳大学的钱超英认为，海外华文文学的近期发展凸显了一个潜在的总主题，即"身份的焦虑，因而'身份问题'是流散文学的核心问题"②。他提醒学界在运用流散文学批评时需摆脱对西方理论的盲目追随，避免过度阐释，并在此基础上提出流散文学与华文文学研究结合的三个维度，即历史的维度、社会结构的维度和审美的维度——这对于华文文学从流散视角研究身份认同具有很大的指导意义。从流散理论与文本结合的实际操作层面上，出现了大量以具体作家和文本为研究对象，以流散批评为理论资源的论文，如晁婧、赵爱、杨慧等人的硕士毕业论文都是以流散视角，分别考察了谭恩美的《接骨师之女》、伍慧明的《骨》及白先勇的作品及其身份建构问题。除此之外，还有一些期刊论文如陈爱敏的《流散书写与民族认同》、郑海霞的《美国华裔流散写作中的身份焦虑》等也采用了流散批评的视角。

三、性别视角

从性别视角研究美国华人文学中的身份问题肇始于 20 世纪 70 年代的"赵汤之争"。所谓的"赵汤之争"，是指华裔美国作家汤亭亭在出版《女勇士》（1976 年）之后引发的一系列有关种族意识和性别问题的论争。赵健秀指责汤亭亭在该书中歪曲了中国历史和文化，并败坏了华裔美国男性形象，是美国主流意识形态中华人刻板印象的"黄种代言人"。而汤亭亭则认为，作为作家，自己有权利拥有个人的艺术眼界，没有义务代表除了自己之外的任何人。而后，众多华裔文学批评者参与了此番争论，纷纷发表自己对此问题的看法。韩裔学者金惠经在其著作《亚裔美国文学：作品及社会背景介绍》中以"唐人街牛仔和女勇士"为题专章讨论了赵汤二人的分歧和矛盾，她认为赵的激烈的否定言辞和男性沙文主义以及他笔下的男性华裔形象"难以克

---

① [澳] 庄伟杰. 流散写作、华人散居和华文文学[J]. 世界华文文学论坛，2010（3）.

② 钱超英. 流散文学与身份研究——兼论海外华人华文文学阐释空间的拓展[J]. 中国比较文学，2006（2）.

服种族歧视对华裔美国男性的灾难性影响"①，并且认为二人在试图获得主流认同方面，共同之处大于分歧。凌津奇对以赵健秀为代表的华裔男性作家只注重华裔男性困境，不考虑父权制度下女性处境做出批判，但是他又对女性作家群体对赵的抗争态度有所保留：在他看来，华裔美国文学"一直以呈现妇女问题为主，好像男性不必置身性别的社会机制之中就可以说清楚自己的性别体验，女性的表述也不需要考量相关历史就可以自然而然地建构她们的主体"②。他的观点在其论文《身份危机与性别政治：对亚裔美国男子气概的再借用》中得到体现。尹晓煌认为《女勇士》在刻画男性华裔形象上面有失公允，客观上附和并强化了主流意识形态对华裔男性刻板丑陋的形象刻画。但是他也反对赵健秀对华裔女作家的批评和非难，他认为："美国华裔妇女和男性都是误导下的白人公众之偏见与种族主义的牺牲品。"③ 赵汤之争及其余论开创并奠定了美国华人文学研究中注重性别身份的传统。而后，众多国内外学者都曾从性别的角度切入身份研究。美国华裔学者大卫·英格（David L. Eng）的博士论文《亚裔美国文学男性气质》（*Managing Masculinity: Race and Psychoanalysis in Asian American Literature*）（1995）以种族和心理分析为切入点关注了亚裔文学中的男性气质。黄秀玲在《亚裔美国文学中的性/别》（"Gender and Sexuality in Asian American Literature"）一文中提出性和性别是理解、表达和建构人的种族身份的最基本条件之一。张卓的博士论文《美国华裔文学中的社会性别身份建构》以社会性别理论为基础，集中探讨性别主题，提出华裔性别身份建构是重建华裔形象、置换被美国主流文化歪曲形象的基础，也是华裔在美国获得平等的国家身份和广泛社会认同的基础。肖薇在其博士论文《异质文化语境下的女性书写——海外华人女性写作比较研究》中探讨了汤亭亭、谭恩美、聂华苓、严歌苓等华人

---

① Elaine Kim. *Asian American Literature: An Introduction to the Writings and Their Social Context* [M]. Philadelphia: Temple University Press, 1982: 189.

② Ling Jinqi. "Identity Crisis and Gender Politics: Reappropriating Asian American Miscibility", in *An Interethnic Companion to Asian American Literature*[M]. Ed., King-Kok Cheung. Cambridge: Cambridge University Press, 1997: 313.

③ [美] 尹晓煌. 美国华裔文学史[M]. 徐颖果主译. 天津：南开大学出版社，2006：278.

女作家的女性书写特质及与主流男性作家写作方式的差异。李丽华也在博士论文《华裔美国文学的性与性别》中以黄哲伦的《蝴蝶君》、赵健秀的《甘加丁之路》和汤亭亭的《第五和平书》为例考察了在族裔背景下华裔文学中生物性别、社会性别和性欲的相互关系和多元流动特征。除了相关硕博论文之外，还有相当数量的期刊论文以性别视角考察身份认同，如《海外华人女性视阈的文学书写》（刘艳）、《华裔美国作家男性主体意识与女性主体意识的二元对立》（杨洁）、《海外新移民女作家的边缘写作及文化身份透视》（吕红）等。

四、文化视角

美国华人文学中的华文文学作家大多数都是从中国移民美国的新移民，在美国生活期间无可避免地会遭遇"文化冲击"，因而文化冲突成为华文文学中一个突出并不断绵延的主题。华裔美国作家虽然没有经历这个过程，但是身后的中国背景和中国传统也以各种方式显现于作品之中。因而从文化角度探寻身份问题成为一个无法回避而且顺理成章的研究路径。事实上，这几乎成为华人文学批评的极为老套的方式，无怪乎有的学者召唤要走出"唯文化批评的误区"（孙胜忠）。但还是有很多研究者在这方面做出了贡献。赵文书 2009 年出版的《和声与变奏：华美文学文化取向的历史嬗变》，在多个章节中涉及文化取向与族裔身份、性别身份的建构问题。关合凤的博士论文《东西方文化碰撞中的身份需求——美国华裔女性文学研究》（河南大学，2002年）以"文化批评"为理论依据，解读美国华裔女作家作品中族裔身份和性别身份的寻求。除此以外，还有大量期刊论文以文化为视角，探讨身份认同问题，此处不再赘述。

以上是国内外对美国华人文学身份认同的一个梳理，难免失之粗糙，挂一漏万，但是大致可以反映美国华人身份认同问题研究的总体图像和脉络。令笔者惊异的是，以空间切入美国华人文学尤其是华人文学身份认同的研究何其之少：在 ProQuest 和 EBSCO 上，以space/place+Chinese American literature 为主题词搜索，没有与文学相关的结果。这显示出：作为少数族裔文学的美国华裔文学，还没有将空间理论与华裔美国文学研究结合的先例，这在国外暂时还是盲点。

从国内来看，虽然对空间理论的研究已经起步并有学术专著问世，如谢纳的《空间生产与文化表征》、吴冶平的《空间理论与文学的再现》、包亚明主编的《现代性与都市文化理论》《后现代性与地理学的政治》、冯雷的专著《理解空间：现代空间观念的批判与重构》等，亦有将空间理论与文学批评相结合的研究，如肖庆华的《都市空间与文学空间：多丽丝·莱辛小说研究》、王安的《空间叙事理论视阈中的纳博科夫小说研究》等，但是就目前笔者所掌握的资料来看，并没有任何专著是有关空间理论视阈中的美国华人文学研究的。这不能不说是一种缺憾。中国知网 cnki 搜索结果，相关论文也不过十篇左右。其中，黄继刚的论文《空间批评中的文化身份维度》首次将空间批评与文化身份结合起来思考，很有前瞻性和开创性，但是在空间批评与身份认同结合适用性、合理性方面，还欠缺理论挖掘和深度思考。天津理工大学的徐颖果教授较早发现了空间批评对于解读华裔美国文学的意义，在《空间批评：美国族裔文学阐释的新视角——美国华裔作家赵健秀短篇小说评析》一文中，以赵健秀的短篇小说《铁路标准时间》中的"铁路"等空间意象为例，探讨了空间在重塑华裔男性形象、建构族裔身份中的作用，并提出了空间与族裔文学结合的一些可能的研究视角。吴翔宇的《论新移民小说的空间诗学建构》讨论了在新移民小说中的空间想象中，两个并置的物理空间"原乡"与"异乡"如何通过异质对立又交融补充，实现了文本意义的增殖，而移民主体在文化空间中的身份认同及行为意向的文化选择是空间意义的重要来源。许锬的《〈接骨师之女〉中的空间设置与华裔的身份认同》是在美国华人文学研究中把空间设置与身份认同结合的可贵尝试。该文试图从记忆中的中国与想象中的美国两个空间维度讨论华裔在美国的身份建构问题，但是该文空间意识不强，未能很好地论证空间如何参与身份建构。董晓烨《史诗的空间讲述——〈中国佬〉的叙事空间研究》从章节编排、情节展现和空间寓意三个方面探讨了《中国佬》中空间化叙事方式和空间意象与文本意义生成和主题表达之间的关系，理论意识较强，实现了空间叙事与华人美国文学个案文本的结合。江西师范人学邹创的硕士论文《在真实和想象的空间中建构自我身份——读华裔美国作家伍慧明的〈骨〉》，将空间理论和身份认同理论结合对《骨》进行分析，提出"身份空间化"和"空间身份化"两个很新颖的概念。但是该文在空间理论与身份认同结合上缺乏论证过程，两个概念的提出稍显突兀和空洞，并且该文在运用霍尔"三个在场"理论时过于机械。

空间批评和身份认同的结合是非常新颖的视角，国内外在这方面的研究还远远不够，本书愿意在这方面做一次大胆的尝试。下面一节将针对空间理论与美国华人文学结合的合理性和可能性进行探讨。

第三节 空间理论与美国华人文学中的 身份认同

空间理论在西方学术界的兴起带来了文化思想范式的重大转型，它在多个领域中改变了人们的提问方式、言说方式和解释方式，被称为是"20 世纪后半叶政治和知识发展中最为举足轻重的事件之一"。在空间理论的照拂之下，无论是现实生活中的空间还是文学作品中的空间，都变得无限丰富和活跃，空间不仅是意义的载体和容器，它本身即产生意义，社会性、人文性、历史性成为空间的固有属性之一。而身份认同关注的是个体的自我意识，是主体在社会文化语境下对"我是谁"这个问题的发现和追寻，对身份认同研究做出重大贡献的是心理学、人类学、文化学等人文学科，因此身份认同具有强烈的人文性和意识形态性，这与空间理论对于空间的意识形态性的强调不谋而合，使得二者有了结合的前提和基础。上一节中已经提到，身份认同本身就具有一个空间维度，这正是空间理论与身份认同结合的合理性的一种体现和证明。除此之外，空间理论融汇吸收了地理、文化、建筑、政治、社会等多个领域的理论资源，表现出强烈的跨学科特征。这为空间理论切入美国华人文学的身份认同研究提供了多种可能和丰富的阐释空间。

1.3.1　地志空间与身份认同

空间理论中的文化地理学和人文地理学认为，人类的主观性在地方和空间的建构中扮演着积极和重要的角色，使得空间超越了简单的物质属性，成为充满意义的社会和文化实体。美国华裔人文地理学家段义夫（Yi-fu Tuan）指出，"地点"的一个重要功能便是促使人们对该地产生依恋感和归属感，并用"恋地情结"这一概念指代这种人地关系[1]。爱德华·雷尔夫（Edward Relph）认为，"地方意义的精华在于无意识的能动性使其成为了人类'存在'的中心，以及人类在整个社会与文化结构中定位自身的一个坐标体系"[2]。与此同时，地方和空间也参与个人和群体身份的建构，因为身份建构涉及多种心理的、社会的和文化的符码和隐喻，地方和空间不仅是这些社会文化符码的构成部分，而且个人在整体的空间意义系统中所处的位置也是自我诠释和定位的关键因素。环境心理学家普罗夏斯基（Proshansky）指出，任何物理环境同时也是一个社会环境，人们通过意识与无意识中的信仰、想法、情感、目标等与周围环境复杂的交互关系确定自我认同。凯西（Casey）也认为，人在与地方的不断互动中，建立起一种亲密关系，由此，地方慢慢成为自我的一个隐喻，成为定义自我的一个关键元素。

由上可见，身份认同与地方、空间建构之间存在一种复杂的互动关系：一方面，自我通过对地方和环境的体验和诠释，来确认自我身份，理解自我的存在；另一方面，人又不断被所处的地方所标记，成为地方所定义的客体。这为我们理解和诠释美国华人文学中空间建构和身份认同的关系，提供了一种视角和眼光。

美国华人文学是一种"跨域"（刘登翰语）书写。这种"跨域"首先表现为地理上的跨域，与地理跨域相伴而生的是国家、民族、文化的跨域和自我身份认同的调整和重构。文化地理学认为，"在文学作

---

① Tuan Y. F. *Topophilia: A Study of Environmental Perception* [M]. Englewood Cliffs: Prentice Hall, 1974: 1-125.

② 转引自朱竑等. 地方与认同：欧美人文地理学对于地方的再认识[J]. 人文地理，2010（6）.

品中，社会价值与意识形态是借助包含道德和意识形态因素的地理范畴来发挥影响的"[①]。因此，文学作品中地理、环境、景观等空间因素也成为人物和作家建构身份认同的手段之一。"跨域"所涉及的物理层面就是地域和生活空间的改变，身份诉求、价值取向往往附着于地域、环境、景观等物化层面，为身份认同与文学文本中地志空间结合提供了可能。

不同的作家对地志空间和身份认同的结合采用了不同的表现方式。有些作家把对个人身份的困惑与思考用隐喻的方式传达出来，使笔下的中美形象或空间建构与人物或作家的身份认同呈现一种同构关系。在白先勇《纽约客》系列中，"摩天楼"冰冷、威严，拒人千里之外，"地下酒馆""街道"等作为西方文化的符码，被构建成浮躁、功利、充满肉欲和沉沦气息的场所；纽约、芝加哥等大都市被描绘成鬼影憧憧的"魔都"景象，充满死亡和衰败的气息，这正暗示了作家对西方都市文明和西方文化的拒斥和否定。在《典型的美国人》中，任璧莲赋予笔下的房屋空间以象征性力量，不仅用来定义个人的物质成功，也代表华人在美国社会的地位和身份；空间的转换和流动也象征着人物身份以及价值观的改变。

在有的作家笔下，人物的身份认同与空间建构出现悖谬。人物对于中国熟悉的故土和家园拥有深刻的"恋地情结"，当他们进入美国，优越的物质条件和美好的空间环境并不必然唤起他们的认同感，反而产生强烈的异质感和隔膜感。王周生的《陪读夫人》便是一例：蒋卓君住在宽敞的西比尔夫妇家，却产生深陷囹圄般的痛苦感受。《安乐乡的一日》中的依萍，虽然身处美国中产阶级社区，却与周围环境格格不入，这与她坚持中国人身份认同不无关系。

在更多情况下，人物和作家的身份认同是通过对比的方式呈现出来的，这其中有同一作家对中国和美国的空间对比，也有不同作家笔下对同一空间的表征方式差异。移民，作为全球化语境下的文化现象，首先涉及的便是空间地域的位移和变迁。作为原乡的中国和现实栖居

① [英] 迈克·克朗. 文化地理学[M]. 杨淑华，宋慧敏译. 南京：南京大学出版社，2003：61.

地的美国始终横亘于华人作家的创作思维并诉诸文本中，在创作主体和读者头脑中形成一种下意识的空间比较。这种比较不简单是物理空间的表层，更是富含价值伦理秩序的作为文化表征体系的比较。正是在原乡与异乡的观看、反思和批判中，文化主体找到自己精神皈依的方向。於梨华的《又见棕榈，又见棕榈》中，牟天磊对于美国景象颇多负面的描绘和回忆：芝加哥又穷又脏，美国古迹缺乏个性，他所居住的地下室和公寓带给他无数屈辱和寂寞的联想；相反，台北的居住空间虽然狭小，却承载了许多温馨甜蜜的原乡记忆，台湾和大陆的风貌给予他久违的愉悦和亲切感，这一切都与牟天磊们心向故国的认同倾向有着直接的关系。作家的身份认同不仅可以通过比较同一作家笔下中国和美国两种空间形象差异体现出来，还可以通过审视同一空间建构在不同作家笔下的呈现方式而有所体现。白先勇笔下的"魔都"纽约，在《曼哈顿的中国女人》中，却成了富足、繁荣的"人间天堂"：公园大道气派、豪华，Helmsley 大厦灯火辉煌、令人炫目，美国普通人的家中都"有名贵的油画和大钢琴，客厅之外是起居室、书房……家家都有举办鸡尾酒会的酒吧……房前的草坪鲜花盛开，房后的果树橘橙累累，河中有他们的游艇，不远处是绿茵茵的高尔夫球场"①。同样的西方城市，在不同的作家笔下判若云泥，其根本原因在于隐藏在文本背后的作家秉持了不同的文化"透镜"：白先勇对中华传统文化有着深深的喜爱和眷恋，对西方文化却始终存在心理上的异质感和距离感；而在周励身上，则是对西方文化的完全臣服，不仅行为方式上完全西化：听歌剧、看芭蕾、混迹西方商贾名流之中，而且以"纽约女人"自居，对纽约表现出强烈的主人翁精神，甚至发出这样的感叹："纽约，是我们的家园啊！"②

　　用英语创作的土生华裔作家群没有华语作家的跨域经历，他们的中国印象是从父辈那里继承下来的模糊轮廓，他们的美国经历和价值观念是其想象中国的先期预设。在谭恩美、汤亭亭等笔下的空间建构

---

① [美] 周励. 曼哈顿的中国女人[M]. 上海：上海文艺出版社，2003：406.

② [美] 周励. 曼哈顿的中国女人[M]. 上海：上海文艺出版社，2003：12.

中，中国被描绘成一个神秘、肮脏、落后、丑陋的地方，并且通过各种奇闻怪事把中国社会刻画成充满性别压迫和陈规陋习的"他者"社会，而美国则安全、文明、进步、民主，这正是其西方主流价值观造成的东方主义视野在文学中的表征。

在美国华人文学中，有一处极为特别的空间建构——唐人街。唐人街作为美国社会"缩微中国"，它的产生有着深刻的社会、政治和历史根源，是美国排华政策和种族隔离制度的产物和表现形式，它的产生和存在是列斐伏尔和福柯空间理论的完美注脚，体现着美国社会的空间生产和权力宰制。唐人街本身就是身份化的空间，是代表华裔作为美国少数族裔的地理符号和身份能指。美国华人文学与唐人街有着深刻的渊源和剪不断、理还乱的纠葛：一方面它为华裔作家提供了丰富的想象空间和文学素材，成为华裔作家构建族裔属性的社会文化来源；另一方面，很多华裔作家也通过对唐人街的背弃和逃离，实现与中国传统文化的疏离以及融入美国社会的努力。华裔作家也通过对唐人街的不同表征方式，传达出对自身文化属性和身份认同的理解和认知：这其中既有纠偏主流社会刻板印象的努力，也有依附白人意识形态的东方主义文化陈列；更多情况下，成为华裔作家试图逃离、反叛和留守的精神原乡。

1.3.2　空间在文学作品的多层次存在方式

以上是地域空间与美国华人文学身份认同结合的可能性，但是文学文本中的空间不仅仅是地理空间，而是以多种形式存在于文本的各个层面。国内学者冯雷曾经指出，"空间的形态并不仅仅意味着地理学或者物理学的空间，还包括意识当中的想象空间、艺术当中的表现空间等等"[①]。空间概念在现代空间理论中无论内涵和外延已经获得无限的延伸，它虽然与传统空间有着不可或缺的关联，有其物质属性的一面，但是在很大程度上已经成为一种知识生产的话语。列斐伏尔曾经说过，"别人是选择其他方式去探讨现代社会的复杂关系，诸如借助

---

① 冯雷. 理解空间：现代空间观念的批判与重构[M]. 北京：中央编译出版社，2008：175.

于文学、无意识或语言，而他则是选择空间，坚持不懈要将它形成概念，努力阐释它的所有含义"①。列斐伏尔就曾使用过诸如社会空间、国家空间、日常生活空间、经济空间等形形色色的空间概念。后来经过索亚的添加和整理，又包括了绝对空间、抽象空间、适宜空间、构造空间、建筑空间、行为空间、身体空间、资本主义空间、构想空间、具体空间、矛盾空间、文化空间等 60 余种空间概念。"空间"，如同其他流行于西方学术界的理论术语一样，成为一种统摄和阐释社会现象的工具和思维方式。文学领域里的空间概念，也早已超越了对于传统地域、场景、环境的限制。张世君在《〈红楼梦〉的空间叙事》中，提出了实体的场景空间、虚化的香气空间和虚拟的梦幻空间三个空间概念，后续者在研究《三国演义》《水浒传》等文学经典时还提出"天命空间"等概念。

在对空间概念以上认识的基础上，本书针对美国华人文学这一研究对象，借助叙事学对于文学文本故事层和话语层的区分，将文学文本的空间分为故事层的空间和话语层的空间。而地志空间（或者称为实体空间/物理空间）只是文本故事层的一个空间层面。除此之外，文本故事层的空间还有一个人文空间层面。人文空间当然是一个较大的范畴，可以包含文化空间、心理空间等诸多与空间物质属性暂时分离的空间概念。本书依据美国华人文学研究对象的特点，将重点关注人文空间中的人际交往空间和文化空间，这主要是因为：一，美国华人文学处于中美文化交锋的前沿地带，对于两种文化的差异和碰撞格外敏感，容易把两种文化的差异铺陈于文学文本中，并且将文化主体的身份认同蕴含于中美文化的体认和感知中；二，美国华人文学中的人际交往模式具有极大的特殊性：作为移民美国的华人或华裔，无论其交往对象还是人际关系远近亲疏的影响因素，都与国内社会有了很大的差别：美国华人除了与本民族同胞交往外，还有与主流社会和白人种族互动的可能，因而，美国华人的人际交往格局按照由近及远的顺序，可以分为三个外环：家庭内部、同胞关系、异族交往。在每一个

---

① 转引自陆扬. 析索亚的"第三空间"理论[J]. 天津社会科学，2005（2）.

外环中，华人的身份认同都对其人际交往模式产生了相当大的影响；由此，研究人际交往空间对于美国华人文学的身份认同有着显著的意义。

无论地志空间、人际交往空间还是文化空间，都是属于文本故事层的空间。现有的空间理论，无论是人文地理学资源还是列斐伏尔的社会空间思想、福柯的空间权力学说，都是针对现实社会，虽然有些人涉及了文学作品中的空间建构（比如英国文化地理学家克朗），但他们还是强调文学文本与现实世界的关联性和相似性，对于文学文本独特的结构和艺术形式并未涉及。文学作为单独的学科，应该有其学科的相对独立性，俄国形式主义和新批评割裂了文学与社会历史语境的联系，片面强调文学的艺术形式，固然失之极端和偏颇，但是重视作品语言、形式、结构、技巧等属于文学自身的因素，是对文学本体地位的强调，这本就是文学批评的重要关注点之一。文学作品不应沦为社会学、人类学、文化学等其他人文学科的注脚，对于文学性和审美性的提倡应该是文学研究的应有之义。因此，本书针对文学文本的特殊性拓展了空间理论，将空间理论与叙事学结合起来，提出了文本话语层的几个空间概念：语言空间、文体空间，并借用弗兰克的"空间形式"概念，用以指代文学文本的结构特征。

美国华人文学话语层的语言空间有其独特之处，它涉及两种语言：英语和汉语。一种语言内涵了相应的文化符码和价值体系，承载了一个民族的集体无意识，因此作家的创作语言，不仅仅是选择一种书写媒介那么简单，往往与作家本人的身份认同存在着密切的关联。在美国华人文学的文体空间中，自传体裁一直不绝如缕，极为盛行，这既与美国华人在异质语境中自我意识增强、自我身份不明的焦虑有关，又与白人群体对华裔族群的窥视欲和期待视野有关。在这种双重合力的作用下，自传成为华裔少数族群与美国主流社会互动和交流的一种绝佳体裁。"空间形式"由美国学者弗兰克提出，指的是现代小说文本结构上的特征。美国华人文学对于文本空间形式进行了很多大胆而新颖的探索，比如《桑青与桃红》中的双线结构、《中国佬》中的六层蛋糕结构等。这些文本结构作为一种"有意味的形式"，又体现了作家的精神诉求和价值追索。

1.3.3　第三空间与美国华人文学

　　后现代地理学家爱德华·索亚在列斐伏尔空间理论的基础上，提出了一个极为新颖而内涵丰富的"第三空间"理论，他认为，空间是由物质化的第一空间、概念性的第二空间和实践性与想象性相结合的第三空间构成。"第三空间"既解构了前两种空间认识论，又是对它们的一种重构，一切貌似对立的二元观念都可以纳入第三空间里，诸如自我和他者、主体与客体、抽象与具象、实践与想象、意识与无意识，等等。索亚的第三空间概念，突破了非此即彼的二元对立思维模式，开辟了一片灰色地带，为种种对立、异质、边缘提供了容纳之所，具有极大的开放性和包容性。索亚的第三空间理论在后殖民批评家霍米·巴巴那里得到了应和：巴巴在《文化的定位》中用"第三空间"概念指代"既非这个也非那个（自我或他者），而是之外的某物"[1]，这是一片通过"杂糅性"开辟的协商地带。在笔者看来，"第三空间"就是对一切"既是……也是""既不是……也不是"的包容和概括。

　　在美的华人移民和华裔，生活于中美两个世界和两种文化之间的边缘地带，徘徊于"既是中国，又不是中国；既是美国，又不是美国"的非此非彼又亦此亦彼的第三空间。美国华人文学从书写特质和精神内涵上也呈现出"第三空间"色彩，成为第三空间理论的完美诠释。

　　首先，从语言层面，无论是美国华人作家的中文书写还是英语书写，都表现出两种语言的杂交和共融。在中国文学书写中，有时也会出现夹杂外来语或者直译外来语的现象，但在美国华人文学的中文书写中，这几乎是非常普遍且司空见惯的现象。在於梨华、白先勇、查建英、严歌苓、王周生、陈谦等很多作家的作品里都不乏这样的例子。除了直接用英语之外，中文创作中还存在直译英语表达的现象。在华文文学跨域书写中，英语已经以或显或隐的方式侵入了文学文本，华语作家在英语包围的语言环境中，无论是语言还是思维方式，都无法

---

[1] Homi K. Bhabha. *The Location of Culture* [M]. New York: Routledge, 1994: 28.

摒除英语的干扰而保持中文书写的纯粹性，这种中英文杂糅的文学书写正是一种"第三空间"的语言呈现。在华人作家的英语书写中，这种现象却反其道而行之——在英语文本中夹杂大量中文人名、词汇或谚语的汉语拼音。这种夹杂汉语的洋泾浜英语在很多华裔小说里都可以见到，是其在英语文坛昭显其族裔属性的方式。

其次，美国华人作家的"第三空间"书写特质还体现在对中国传说和故事的改写上。美国华裔作家，尤其是汤亭亭、赵健秀、谭恩美等人，经常在文学书写中化用中华传统文化的神话传说、民间故事和文学经典。但是这些作家笔下的中华文化又产生了扭曲和变形，与我们熟悉的文化样貌相去甚远。华裔作家文学作品中的中华文化是西方价值观念和意识形态与中华文化元素嫁接融合之后的产物。这种文化形态既不是中华文化，也不是美国文化，而是二者杂交后产生的"第三空间"文化。

美国华人文学中普遍存在的"第三空间"书写现象，是其身处两个世界之间又同时被两种文化边缘化的独特呈现方式，是其缓解身份焦虑、构建文化属性的积极尝试。移民的跨域经验和华裔作为少数族裔的尴尬处境使他们试图跨越稳定的疆界对立，以杂糅和推倒壁垒的方式构建一种超越二元对立、跨越边界游走的文化身份，包容万象的"第三空间"为饱受身份困扰的华人作家提供了最终的栖身之所。

以上分三个方面阐述了空间理论与美国华人文学结合的可能性和路径，即地志空间与身份认同；空间在美国华人文学文本中的多层次存在方式；第三空间与美国华人文学。这也大致形成了本书的章节结构：第二章，故事层的地志空间与身份认同；第三章，故事层的人文空间与身份认同；第四章，话语层的空间形式与身份认同；第五章，第三空间：美国华人文学的书写策略和身份归宿。

1.3.4 "空间形式"与"身份认同"——关键词解题

最后，在进行具体的文本分析之前，有必要澄清一下本书题目（《美国华人文学中的空间形式与身份认同》）所使用的关键词——空间形式。在本章第一节中已经提到，弗兰克在《现代小说中的空间形式》

中炮制出"空间形式"这一术语，用以说明现代小说中通过并置、主题重复、夸大反讽等手段中断叙述的时间流、打破文本的时间顺序而获得的空间性特征，"空间"和"形式"两个词之间的连接逻辑是隐喻，即"类似于空间或造型物的文本结构"。需要特别指出的是，本书并不是从这一意义上使用"空间形式"这一概念的，而应该理解为"空间在文学文本中存在的形式"，比如地志空间、人际交往空间、文化空间、语言空间、文体空间等。文本的空间结构，或者说弗兰克的"空间形式"，是本书考察的一部分内容，但并不是全部或重点。另外，笔者很慎重地未使用"空间叙事"这一概念，因为空间叙事关注的是空间如何参与和影响了叙事，这也不是本书关注的重点。

另一个关键词是"身份认同"。本章第二节曾经提到，身份认同是个含义丰富的概念，依据不同的划分标准，会得出不同的身份类型，比如依据认同主体划分，会有自我认同、个体认同和群体认同等概念；而依据认同的内容看，则有政治认同、国家认同、民族认同、性别认同、文化认同、宗教认同；从认同的方式来看，还可以分为语言认同、区域认同、身体认同等。本书是从空间的角度来探讨美国华人文学中的身份认同，主要关注在异族和异文化语境下经常产生的文化认同、族群认同以及国家认同，而性别认同、宗教认同和政治认同无关本题，不在研究范围之内。

另外一个问题是，文学作品中的身份认同到底是人物的身份认同还是作家的身份认同？笔者以为，这两者既有区别但又联系紧密：美国华人文学中很多作品是自传性的，或有很强的自传痕迹，所以文本中的主人公就是作者的喉舌，他的认同倾向就代表了作者的认同；有些作品，作家是通过文本中的主要人物来表现自己的文化身份观；在一些其他的作品中，作家通过同情或者否定人物的身份来表达自己的身份认同。无论上述哪种情形，作家的身份认同都与人物的身份认同纠结在一起，不可能剥离开来，因此在某些文本中讨论人物的身份认同也就讨论了作家的身份认同。在本书中，故事层的身份认同以人物的身份认同为切入点，最终会落脚在作家的身份认同上，而第四章、第五章直接以作家的身份认同为讨论对象。

本章小结

　　本章第一节首先对西方空间理论进行了概览式的梳理，并总结了文化思想界的空间转向对于文学批评所带来的影响；第二节则对身份认同理论资源进行了细致的考察和梳理，并综述了美国华人文学中身份认同研究的现状和成果，在此基础上指出：空间批评路径在美国华人文学研究中处于缺失状态，尤其是空间理论与身份认同结合更是鲜有人尝试。在第一、二节对空间理论和身份认同理论梳理的基础上，本章第三节讨论了在美国华人文学研究领域将空间理论与身份认同结合的合理性和可行性，并对本书题目中的两个关键词，即"空间形式"和"身份认同"进行了澄清和阐释。

第二章 故事层的地志空间与身份认同

　　结构主义叙事学家将叙事作品划分为"故事"和"话语"两个层面。"故事"是叙事的"是什么"（what）；而"话语"是叙事的"如何"（way）；换言之，"话语"是文本的表现形式，而"故事"指涉叙事文本中的虚构世界。如申丹所言，"作品中的故事并非真实事件，而是作者虚构出来的，它同时具有人造性、摹仿性和主题性"①。文本是对现实世界的一种模仿，而现实世界里的人物需要活动的场所，事情的发生需要位置和背景，即，现实世界中存在一个物理空间维度，这个空间维度也必然折射于文学文本的故事层面中。因而，"作为一种文学形式，小说天生就具有地理属性。小说的世界是由方位、场地、场景边界、视角和视野构成的"②，地志空间是文学作品中不可或缺的一个空间层面。但是文学作品中的空间虽然是对现实世界空间的模仿，又不等同于现实世界的空间，二者之间的关系相当复杂：一方面，文学作品中的空间因素曾被当作一种资料来源，为地理学等领域提供参考资料（尽管准确性相当可疑），并且文学作品还会改变现实世界中的地理景观（比如，华兹华斯对大湖区的描写使之成为旅游胜地），但是文学作品对现实世界的影响是文化地理学的研究任务，不是本书考察的重点；另一方面，文学作品中的空间又不同于现实生活中的空间，它带有强烈的主观性和人造性，它是经过作家滤镜透视过后的结果，

---

　　① 申丹."故事与话语"解构之解构[J]. 外国文学评论，2002（2）.
　　② [英] H. C. 达比. 托马斯·哈代蜽克斯的区域地理[J]. 英国地理学家会刊，1993（4）.

文学中空间这种主观性特征并非一种缺陷，因为正是这种主观性"说明了地点和空间的社会意义"①。在空间理论的观照下，文学作品中的空间观念有了根本改变，不复是原来空空荡荡的容器，而是成为负载着作家精神追求和主体诉求的空间表征或表征性空间，文学中的地理范畴以及空间建构成为作家表达主题意蕴、道德伦理、价值观念、思想感情的重要方式，直接参与文本意义的建构。

具体到美国华人文学中来，美国华人文学创作主体分为两类，一类是从中国移居美国的移民，一类是美国土生华裔。对于移民美国的创作主体来说，首先是从原乡到新土的地域变迁，随之而来的是附着于地域变迁上的伦理秩序、价值观念等一系列精神层次的深刻调整，进而是在新的环境中对自我身份的追问和重构，所以空间的变迁和身份的重构往往纠结在一起。对于美国土生华裔来说，虽然没有从一地迁居另一地的移民体验，但是他们的中国背景以及身上的中国血脉致使他们在一个被白人包围的环境里拥有强烈的身份意识，这种意识也深深影响着他们笔下的空间建构。所以在美国华人文学中，无论其创作主体是新移民还是老华裔，空间建构和身份问题都纠结在一起，中国/美国两种空间横亘在华人文学创作中，与创作主体的文化认同、国家认同、民族认同等形成错综复杂的关系。

美国华人文学作品表现出强烈的空间意识和身份意识。这首先从众多华人作家作品的命名上可以管窥一斑。美国华人文学作品依据命名可以分为两类：一类以地域或空间命名，一类以人物身份命名，这几乎成了华人作家惯常的题目命名方式。这样的例子不胜枚举，以地域空间命名的有：《千山外，水长流》《丛林下的冰河》《芝加哥之死》《到美国去，到美国去》《彼岸》等；以身份命名的有《中国佬》《中国人》《接骨师之女》《典型的美国人》《曼哈顿的中国女人》《北京人在纽约》《吴川是个黄女孩》等。对身处异域的敏感和身份的焦虑萦绕于众多华人作家的心头，成为其关注的重心和作品中的核心主题。那么，华人作家的身份认同如何影响了笔下的地理空间建构？作品中的地理空间表征与

①　Mike Crang. *Cultural Geography* [M]. London: Routledge, 1998: 44.

作家的身份认同是一种什么样的关系？这将成为本章考察的重点。

　　值得注意的是，依据不同的标准，空间可以划分为不同的层次或者不同的空间概念，这在第一章里已经有所论述，在此不再赘述。本章所说的空间，指的是作品故事层的地志空间、物理空间或实体空间，它指的是文学文本所建构的虚拟故事世界里，人物活动的场所、故事展开的环境和背景，所以本章的地志空间包括了传统文论中的环境、场景、地点等要素。

第一节　美国华人文学中地志空间与身份认同的隐喻模式

　　在进入美国华人文学地志空间与身份认同的讨论之前，笔者试图解决以下问题：何为隐喻？它是一个修辞学概念还是一种思维模式？文学作品中的地志空间与人物身份是否存在一种可能的隐喻关系？

2.1.1　作为思维模式的隐喻

　　隐喻，无论在西方学术视野还是中国学术传统之中，首先是作为一种修辞概念被阐发的。在古希腊时期，亚里士多德在《诗学》中对隐喻做出如下定义："隐喻字是属于别的事物的字，借来作隐喻，或借'属'作'种'，或借'种'作'属'，或借'种'作'种'或借用类同字。"①亚氏认为隐喻是一个词替代另一个同一意义的词的重要手段，两者是一种对比关系，而隐喻的主要功能是其修饰作用，主要用于文学作品之中。受亚氏隐喻"对比论"影响，罗马修辞学家昆提良提出了"替代论"，认为隐喻就是一词替代另一词的修辞现象。由亚氏开创的传统修辞学研究始终把隐喻看作一种修辞现象，局限于语言层面和修辞学层面，是一种可有可无的增强语言表现力的修饰手段。20世纪30年代，理查兹的著作《修辞的哲学》问世。在此书中，理

---

① [古希腊] 亚里士多德. 诗学[M]. 罗念生译. 上海：上海人民出版社，2006：74.

查兹提出了影响深远的隐喻"互动理论"。他认为,"隐喻的规律就是当我们使用隐喻的时候,关于不同事物的两种角度的想象产生相互作用,并被导向一个语词,或是句子,而该词或句子的意义正是这一相互作用的必然结果"[1]。理查兹将隐喻从词汇层次提高到句子层次,并开始注重隐喻的语义功能。

隐喻作为一种思维模式始见于维科的《新科学》。在该书中,隐喻被认为是人类诗性智慧的重要构成部分,在人类思维和文化发展和形成过程中起着举足轻重的作用:"一切比喻……都是一切原始的诗性民族所必用的表现方式,原来都有完全本土的特性。"[2]卡西尔在《语言与神话》中所倡导的思想与维科异曲同工。卡西尔挑战了逻辑思维在哲学领域中的统治地位,认为神话的隐喻思维才是人类最基本最原始的思维方式,"人类的全部知识和全部文化从根本上说并不是建立在逻辑概念和逻辑思维的基础之上,而是建立在隐喻思维这种'先于逻辑的概念和表达方式'之上"[3]。

由上可见,对于隐喻的认识和理解历经了一个从修辞学到语义学再到认知和思维方式的发展过程。在笔者看来,隐喻的不同概念和阐释是可以并行不悖的,对于文学文本而言,只是观照的层面和诠释方式不同而已。但是,以上的梳理至少可以让我们确认一点:隐喻作为一种思维模式对文学文本进行诠释是可行的。

究竟何为隐喻?由于隐喻的复杂性和跨学科性,要为这个概念下一个明确的定义几乎是不可能完成的任务。鉴于此,艾布拉姆斯《文学术语词典》罗列了隐喻的诸种理论,却也未曾给出一个明晰的定义;季广茂在《隐喻视野中的诗性传统》中尝试着给出了一个功能性定义:"作为一种心理行为和精神行为,隐喻是以彼类事物感知、体验、想象、理解此类事物的心理活动和精神活动。"[4]他又进一步将隐喻分为"微

---

① I. A. Richards. *The Philosophy of Rhetoric* [M]. London: Oxford University Press, 1936: 62.

② [意大利] 维科. 新科学[M]. 朱光潜译. 北京: 人民文学出版社, 1986: 183.

③ 甘阳. 从"理性的批判"到"文化的批判"[A]. 语言与神话·代序. 北京: 生活·读书·新知三联书店, 1988: 13.

④ 季广茂. 隐喻视野中的诗性传统[M]. 北京: 高等教育出版社, 1998: 12.

隐喻"（micro-metaphor）和"宏隐喻"（macro-metaphor）：微隐喻是修辞学意义上的隐喻，而宏隐喻则是文化意义上的隐喻。笔者认为，这一划分对于文学批评是非常有创见和有意义的：微隐喻关注的是文学作品的语言层面和修辞学层面，而宏隐喻的提出则为从深层次的结构上把握文本，或者从文本与语境、社会的联系出发诠释文本提供了可能。本文提出的地志空间与身份认同的隐喻模式实际上就是一种宏隐喻。在微隐喻的层面，有必要区分意象、隐喻、象征等文学手法，但是这三个概念都可统摄在作为思维模式的宏隐喻之下。

2.1.2　《纽约客》与《典型的美国人》的文本分析

笔者试图以隐喻思维来诠释美国华人文学中空间与身份认同的关系，这个想法首先受惠于我的导师刘俐俐教授。在《"文学"如何：理论与方法》一书中，刘俐俐教授指出，"隐喻与转喻也可以成为叙事性文学作品的艺术构思方式……隐喻采用相似原理，某形象通过一些艺术手法形成了意象，除了起到形象原有作用之外，还暗含了某种对于全篇来说重要的意义、价值等方面的东西，这时，隐喻就发生了……大部分小说作品都以隐喻性思维方式结构而成"[①]。在对《厄歇尔府的倒塌》进行文本分析时，她发现"人的死亡与厄歇尔府的倒塌两个意象形成互为隐喻的关系，用房屋的倒塌喻人的死亡，以人的死亡来加强房屋倒塌的恐怖"[②]，厄歇尔府这个空间意象对于人物的命运起了暗示或者同构的作用。那么，在美国华人文学作品中，空间建构与人物身份认同之间是否也存在类似的隐喻关系呢？我们先看几个案例分析：

案例分析1：白先勇《纽约客》系列中的空间书写与身份认同

白先勇被夏志清先生誉为"当代短篇小说家中少见的奇才"[③]，赴美之前即在《现代文学》上发表了一系列有特色的短篇小说，文学

---

① 刘俐俐. "文学"如何：理论与方法[M]. 北京：北京大学出版社，2009：96.

② 刘俐俐. 外国经典小说文本分析[M] 北京：北京大学出版社，2004. 4.

③ 夏志清. 白先勇早期的短篇小说[A]. 寂寞的十七岁[M]. 白先勇著. 桂林：广西师范大学出版社，2010：397-398.

才华初露。留学美国之后，白先勇的创作进入一个新的境界，短篇小说集《纽约客》便是这一时期的重要收获。从中国台湾到美国，一方面是地域空间的巨大转变，另一方面是从母体文化剥离而根植于完全不同的异质文化。这种空间位移和转变以及文化断裂所产生的认同危机贯穿和凝结于《纽约客》系列中，成为这些作品中的核心情感和主题。在 1964 至 1965 年的《纽约客》短篇小说创作中，由于身处异域的现实触动，白先勇更多地关注处于文化夹缝中的海外留学生的生存状况和精神困境：怀揣着对西方文化的向往，中国留学生们漂洋过海奔赴异域，却发现在强势的西方文化面前根本无所适从，难以融入。这种因文化失衡而导致的精神痛苦和西方社会边缘人的现实境遇也渗入白先勇笔下的空间描写和空间意象之中。白先勇《纽约客》系列中，无论景观空间还是生活空间，常常可以作象征性解读，这些空间意象和象征与作家的主观情感以及作家对西方世界的体认水乳交融，形成一系列意蕴深远的文化表征空间。

1. 地下室：文化边缘人的生存隐喻

《芝加哥之死》中的吴汉魂，来美六年获得博士学位，却在与妓女罗娜春风一度后，自沉密歇根湖。吴汉魂所栖居的地下室，"空气潮湿，光线阴暗，租钱只有普通住房三分之一"[①]。恶劣的生存环境，不仅形象地表现出以吴汉魂为代表的中国留学生在西方社会中现实生活的窘迫，更是吴汉魂们在中西文化夹缝中的生存隐喻，象征着一个与美国文化、中国文化相隔绝的"真空带"。这个位于芝加哥城中区南克拉克街的二十层楼的地下室，与故乡台北隔了千万里。在这里，曾经情真意切的恋人由亲切熟悉到慢慢疏离，最后终于嫁做他人妇，留在吴汉魂手里的是一捧又温又软的纸灰和挥不去的记忆；在这里，他辜负了母亲的殷殷企盼，让母亲带着憾恨而终也没能回去看她一眼。恋人和母亲的离开象征着吴汉魂对母体文化的所有维系被一一斩断。故乡，或者母体文化，对吴汉魂来讲，已经失去了所有吸引力。虽然吴汉魂在个人简历中把自己定位为"中国人"，但是显然，无论是事

---

① [美] 白先勇. 白先勇自选集[M]. 广州：花城出版社，2009：67.

实上还是心理上，吴汉魂已经背离了中华母体文化，成为中华文化的他者。那么，吴汉魂向往的西方文化又当如何呢？

白先勇在小说中多次提到地下室的窗口：吴汉魂读书时，"尘垢满布的玻璃窗上，时常人影幢幢"①，吴汉魂只得用手塞了耳朵，"听不到声音，他就觉得他那间地下室，与世隔离了一般"②；冬天下雪时，雪把窗户完全封了起来，吴汉魂便觉得"像爱斯基摩人似的，很有安全感"③。窗，众所周知，是人们从一个封闭空间向外界获取信息的途径以及与外界沟通和连接的出口。吴汉魂地下室的窗口，便隐喻了他对西方世界的了解和认知：一方面，对于窗外灯红酒绿的芝加哥都市文明，吴汉魂不是不为所动的，也曾经"分神"向往；另一方面，对于西方世界，他又是隔膜的（"尘垢满布"的玻璃窗不可能使他认清外面的世界）甚至是排斥的，因为只有窗口被雪完全封闭，他才会觉得安全。然而，吴汉魂对西方文化这种鸵鸟式的逃避态度并不能维持多久。毕业之际，在开放的芝加哥大学广场被晒了三个小时之后，吴汉魂衬衫湿透，头晕目眩。如果说这象征着吴汉魂对突然展现的芝加哥都市感到震撼和不适，恐怕并不为过。回到地下室，窗外传来芝城野性奔放的种种噪音，像"扭扭舞的爵士乐"，窗外的风景是各种女人的腿子，"乳白色的小腿，稻黄色的小腿，巧克力色的小腿，像一列各色玉柱，嵌在窗框里"④，这似乎是芝加哥充满艳情和肉欲的诱惑和召唤。受了这种召唤，吴汉魂走出地下室，进入灯红酒绿的芝加哥，才发现对他而言，芝加哥完全是一个陌生的世界，他从来不曾属于这里。与妓女罗娜的接触更加深了这种陌生感和隔阂感。对于西方文化，吴汉魂也是一个不折不扣的"他者"。那个远离中国母体文化也与西方文化隔绝的地下室，吴汉魂不愿回去也回不去了，死亡似乎成为这个中西两种文化边缘人的唯一结局。而吴汉魂所栖居的狭窄逼仄的地下室，在现实生存空间的表层意义之上，也获得了一种形

---

① [美] 白先勇. 白先勇自选集[M]. 广州：花城出版社，2009：67.
② [美] 白先勇. 白先勇自选集[M]. 广州：花城出版社，2009：67-68.
③ [美] 白先勇. 白先勇自选集[M]. 广州：花城出版社，2009：68.
④ [美] 白先勇. 白先勇自选集[M]. 广州：花城出版社，2009：69.

而上的象征意义，隐喻着吴汉魂们与中西文化双重隔离的边缘境遇。

2. 街道、摩天楼、地下酒馆：西方都市文明的象征

加斯东·巴什拉的《空间诗学》从现象学和心理学的角度，对"家屋"等空间意象进行了场所分析和原型分析。在对家宅、抽屉、箱子、柜子、鸟巢、贝壳、角落、缩影和圆等意象的诗意观照之中，巴什拉建构出"栖居的诗学"观：空间并非仅仅是物质意义上的载物体容器，而是人类意识的栖居之所；空间形象唤起人们的想象力，具有丰富的人性价值。巴什拉对空间的分析有助于我们理解白先勇《纽约客》系列中的西方世界。

"摩天楼"是在《纽约客》系列中反复出现的意象，它"既有高度发达的现代都市文明的傲人光环，又闪烁着玻璃和金属的冰冷光泽"[①]。《谪仙怨》里的黄凤仪迷失在纽约钢筋混凝土的丛林中，仰头看见"摩天大楼一排排往后退，觉得自己只有一点点大"[②]。摩天楼给人心理上巨大的压迫感，不由让人觉得渺小和迷失。《芝加哥之死》之中的"幽黑的高楼，重重叠叠，矗立四周，如同古墓中逃脱的精灵"[③]，摩天楼给人感觉诡异、神秘甚至夹杂着死亡的气息。在《上摩天楼去》中，摩天楼更是一个贯穿始终的空间意象：玫宝初到纽约，看到曼赫登上的大厦"像一大堆矗立不动，穿戴深紫盔甲的巨人"[④]；与被西方文化熏陶异化的姐姐见面之后，一个人去看帝国大厦，看见它"高耸入云，像个神话中的帝王，君临万方，顶上两筒明亮的探照灯，如同两只高抬的手臂，在天空里前后左右的发号施令"[⑤]。摩天楼的形象高大、威严，甚至如神明般令人膜拜，但同时它也冷漠、遥远、不近人情，甚至带了几分粗暴和专制。摩天楼所唤起的心理感受，始终与主人公的身份认同密切相关：黄凤仪屈从于美国文化，"完全忘记自己的身份"，认为自己变成了一个"十足的纽约客"，容忍着西方

① 朱立立. 身份认同与华文文学研究[M]. 上海：上海三联书店，2008：6.
② [美] 白先勇. 白先勇经典作品[M]. 北京：当代世界出版社，2004：308.
③ [美] 白先勇. 白先勇自选集[M]. 广州：花城出版社，2009：76.
④ [美] 白先勇. 寂寞的十七岁[M]. 桂林：广西师范大学出版社，2010：299.
⑤ [美] 白先勇. 寂寞的十七岁[M]. 桂林：广西师范大学出版社，2010：312.

人对自己面目模糊的身份判断和东方主义解读，在地下酒馆的色相交易中，甚至转化成有商业价值的东方情调。摩天大楼没有带来压迫感，反而是自由和放纵，这似乎是一种微妙的暗示，"放弃中国身份与放纵堕落之间有微妙的平行同构关系"①。吴汉魂作为中西方文化的双重他者，在文化选择之痛中迷失了方向，摩天楼便成为葬身之所的幽灵。摩天楼更是充分具象化了初到美国的玫宝所感受到的西方文化的侵略性、攻击性。摩天楼成为了一种符号性的空间，隐喻了霸道强势、高高在上的西方文化与卑微渺小的中国人之间的对立。

《纽约客》系列中有多处对于芝加哥和纽约街道的描写。《芝加哥之死》中关于街道的描写甚至多达九处："街道如同棋盘，纵横相连""城中区的街道挤满了人流车辆""街上卡车像困兽怒吼""街上华灯四起，人潮像打脱笼门的来亨鸡"……这些描写形象展现了西方都市的繁忙、喧闹、嘈杂和拥挤。吴汉魂沿街行走，眼睛所到之处，一派富丽奢华景象：大厦"金碧辉煌，华贵骄奢"，街道橱窗里"琳琅满目"，这与《上摩天楼去》中玫宝的所见惊人相似，"密密麻麻的报摊，水果摊，精品食物铺，一个紧挨一个，看得玫宝目不暇接"②。然而，物质文明高度发达的西方现代都市影像读来却并不使人愉悦，在白先勇的空间建构中，充斥着浮躁、世俗和功利色彩。

酒吧是西方文化的另一个典型象征。《谪仙怨》中的地下酒馆，"里面挤满了人，玫瑰色的灯光中，散满了乳白色的烟色"，《芝加哥之死》中的红木兰酒吧充满了"呛鼻的雪茄"和"泼翻的酒酸"以及"女人身上的浓香"，"空气闷浊"，"座地唱机一遍又一遍地播着几个野性勃勃的爵士歌曲"。白先勇通过声觉、视觉、味觉等多方面细致地构建了一个充满肉欲和沉沦气息的声色场所。这样的一个空间符码象征了作家对西方文化的体认，暗示了作家在文化认同上的态度：在作家貌似客观冷静的第三人称叙述中，透露出对声色犬马、灯红酒绿的西方世界的厌弃。

---

① 朱立立. 身份认同与华文文学研究[M]. 上海：上海三联书店，2008：64.

② [美] 白先勇. 寂寞的十七岁[M]. 桂林：广西师范大学出版社，2010：300.

摩天楼、街道、地下酒馆共同构成西方文化的空间符码，作家在对空间赋形的过程中，空间的地理性表征总是与作家的价值观念、意识形态和个人情感紧密融合在一起，"文学空间不仅仅是一种地理性的存在，更是作家精神追求和文学主题诉求的意象性存在"①。在白先勇的文学空间想象中，芝加哥和纽约等美国大都市被建构成喧哗、浮躁、冷漠、色情的异质空间。

在白先勇的笔下，"地下室"隐喻了吴汉魂们被中西两种文化隔离的边缘处境，而摩天楼、街道和地下酒馆所代表的西方大都市则被塑造为冷漠、浮躁、喧嚣、杂乱的"魔都"形象，这正是白先勇对西方世界和西方文化的索引和暗示。白先勇在《纽约客》的序言中提到："纽约是一个地道的移民大都会，世界上各种不同民族、不同国家的人都聚集在一起，个体混杂在这个熔炉中，很快便消失了自我。纽约，在我心中渐渐退隐成一个遥远的魔都，城门大敞，还在无条件接纳一些络绎不绝的飘荡灵魂。"②就白先勇的个人经历而言，他自小深受中国传统文化的浸泡和熏染，中国传统文化以及与之相关的价值观念、审美情趣、思维特征已经深植于他的血脉之中。因而在白先勇的心中，对中华文化有一种由衷的喜好与向往，他自己曾明确表示，"我们的文化史多么渊博、深沉，每一回顾，我就会感到我身上的 burden"③。到美国后，有感于西方文化的挤迫与嚣张，"几乎是本能地对西方文化产生了一种心理上的异质感和距离感，而对自己的母体文化兴起一股不无情绪化了的依恋和维护"④。白先勇在《纽约客》中的空间书写与他的文化认同显然是互为映照的。

案例分析 2：《典型的美国人》中的空间书写与身份认同

出生于 20 世纪 50 年代的任璧莲（Gish Jen）是继黄玉雪、汤亭亭、谭恩美之后又一位打入美国文坛的华裔女作家，她以机智流畅的文风

① 张文诺. 空间转向视阈下的中国现当代文学研究[J]. 烟台大学学报（哲学社会科学版），2012（1）.

② [美] 白先勇. 纽约客序言[A]. 白先勇自选集[M] 广州：花城出版社，2000：3.

③ [美] 白先勇. 暮然回首[M]. 台北：尔雅出版社，1978：177.

④ 刘俊. 悲悯情怀：白先勇评传[M]. 广州：花城出版社，2000：166-167.

和特有的"金色幽默"重新诠释了美国华裔在美国社会的身份认同和身份建构问题，摆脱了谭恩美和汤亭亭笔下经常出现的异国情调和东方主义色彩，突破了关于华裔的本质主义的认同论，更强调华裔身份建构中的流动性；换言之，她更感兴趣的是"外人如何从边缘进入主流（how outsiders move from the margins into the mainstream）"[①]。《典型的美国人》（*Typical American*）就是这样一部作品。

《典型的美国人》于 1991 年出版，是任璧莲的第一部长篇小说。该书一出版便好评如潮，《纽约时报图书评论》《洛杉矶时报图书评论》《波士顿环球报》等报纸都对此书赞誉有加，现在更是已然被列为华裔美国文学研究中的经典，成为文学论文的一个常见选题。该书以拉尔夫·张（Ralph Chang）一家人（包括拉尔夫的姐姐特蕾莎 Theresa、妻子海伦 Helen）在美国的生活为主线，探讨了具有普遍意义的移民故事以及移民在美国环境下身份的转型和困惑，引导读者重新思考家庭、美国梦的定义以及到底什么是"典型的美国人"。拉尔夫（张毅峰）原本是中国上海一个富商家庭的儿子，接受的是中国传统文化的教育和熏陶，移民美国的目的是拿到工程学博士学位，成为父亲的好儿子，为张家光耀门楣。在赴美的船上，他为自己开列了一系列目标，包括要保留美德、为张家带来荣耀、不跟女性有任何瓜葛等。然而，随着拉尔夫在美国生活的一步步展开，他不仅违背了对自己许下的承诺，爱上了漂亮的美国女人——留学生秘书凯米，还自觉接受了美国的成功学和金钱观，后来在美国大骗子格罗弗的蛊惑之下，放弃了自己在大学的终身教职，鬼迷心窍地追逐物质上的成功，开了一家炸鸡店，最后却因炸鸡店坍塌而负债累累。不仅拉尔夫经历了价值观和文化认同的嬗变，他的妻子海伦、姐姐特蕾莎也不同程度上有意无意中接受了美国思维方式和价值观念的渗透，慢慢成为曾被他们所不齿的"典型的美国人"。

一个人住在哪里本身就是一种身份的标志，"地点与向上的运动相关联，在合适的时间合适的地方绝不仅仅是一句谚语。从社会的角

---

① J. C. Simpson. "Fresh Voices above the Noisy Din" [N]. *Time*, 1991-06-03.

度来说，它可以把你从无名小卒变成举足轻重的大人物"①。 拉尔夫
一家人在美国生活的起起落落中，空间场景扮演了一个不可或缺的角
色。任璧莲通过拉尔夫一家人居住空间的改变，昭示了他们身份的改
变，一系列空间意象的设置，也暗示了拉尔夫一家人在与美国社会交
往碰撞过程中思想观念、思维方式的悄然转变。拉尔夫在美国的生活
大体可以分为三个阶段，每个阶段都对应着一个典型的空间建构，而
相应的空间建构也承载着他们思想意识的变迁，蕴含着他们对自己身
份的认知和设想；从外在的角度来看，也反映出其社会地位的改变。
因而，任璧莲《典型的美国人》中的空间场景，便具有了浓重的象征
意味，与人物的身份认同呈现一种同构关系。

　　拉尔夫到美国不久，因签证问题而中断学业，后来迫于生计，不
得不在唐人街的一家地下屠宰场工作。地下屠宰场是一个重要的空间
意象，具有浓重的象征意味。在昏暗的地下室里，拉尔夫整天与待宰
的猪、蛇、鸡等为伍，地下室里粪便、垃圾、烂肉的气味令他作呕、
脸色发白。作为一种封闭的空间，地下室有三个特点：隐秘、黑暗、
与世隔绝。这正是拉尔夫现实生活的写照：为了躲避移民局的追捕，
拉尔夫告诉每个人不要跟别人提起他，并且切断了与几乎所有熟人的
联系，自觉变成了美国社会的隐形人。像著名黑人作家拉尔夫·埃里
森笔下那个跌入废弃煤窑的"看不见的人"一样，过着一种偷偷摸摸
见不得光的生活，成为一个没有身份、只能隐藏于地下的"黑人"。
地下室的空间既是他生活状况和社会身份的隐喻，也是他自己身份选
择的结果。在拉尔夫生活开始动荡之前，拉尔夫的父母曾经写信让他
回家，但是美国害怕这些中国留学生会为共产党效力，将他们扣留在
美国，提出可以让他们转变为美国公民作为弥补。拉尔夫像其他留学
生一样，对美国扣留中国留学生的行为义愤填膺，"美国人那么讲究法
律和秩序，红绿灯到处都是，他们怎么能这样做呢？"②，并且坚决

<hr />

① Cristina Chevereşan. "Asian-Americans in New York: Two Men's Adventures in Immigrant-Land" [J]. *Arcadia*, 2013, 48 (1).

② Gish Jen. *Typical American* [M]. Boston: Houghton Mifflin/Seymour Lawrence, 1991: 23.

拒绝成为美国公民，对旨在帮助他们的救济法案 thumbed his nose[①]。在国家认同和民族认同上，拉尔夫坚决站在了中国一边，但是却为没有成为美国公民付出了巨大代价。拉尔夫流离失所的直接原因是签证失效，如果他当初选择成为美国公民，根本不会有签证问题，更不会被移民局追赶。所以拉尔夫栖居地下室的悲惨处境和"隐形人"身份困境也是自己身份选择的结果。但是在这种貌似坚决的民族认同和文化认同上，拉尔夫内心里其实已经出现了摇摆和犹疑，"如果他能够回国他会回去吗？他希望（wish）知道自己会愿意为家庭和国家冒着生命危险回国——他在用正确的方式爱着他们"[②]。原文中此处用了虚拟语气，"希望"这个词用的是 wish 而不是 hope，这是一种渺茫而不大可能实现的愿望，意味着拉尔夫自己都不大相信自己会这样做。作为家园的中国已经像"在理发店挂了太久的画一样在慢慢褪色——他甚至已经都不知道自己的家在哪里了"[③]。在价值观念上，拉尔夫也慢慢表现出与儒家文化和中国传统的偏离：不仅爱上了美国留学生凯米，还在西方金钱至上爱情观的影响下，以送贵重礼物作为获得爱情的法宝。拉尔夫在地下屠宰场暗无天日的生活，既是美国社会环境对拉尔夫的惩罚和流放，也是拉尔夫在中西两种文化摇摆不定的自我边缘化的外在体现。

　　在拉尔夫走投无路之际，拉尔夫的姐姐特蕾莎和她的好友海伦奇迹般地出现在他面前，三个人共同租了一个破旧不堪、没有电梯、空气中散发着霉味和狗味的公寓。特雷萨哀叹说，"我们不是住这种地方的人"[④]。但是窘迫的经济状况也只能允许他们住在这样的房子里。"地点是个人标识必不可少的一部分，也是其自我形象塑造，更重要的是，在他人面前形象展示的一部分"[⑤]，张家人无论从社会地位还是经济

① Thumb one's nose: 张开手掌，用大拇指顶着自己的鼻尖，这个手势表示的是不喜欢、蔑视的意思。

② Gish Jen. *Typical American* [M]. Boston: Houghton Mifflin/Seymour Lawrence, 1991: 23.

③ Gish Jen. Typical American [M]. Boston: Houghton Mifflin/Seymour Lawrence, 1991: 23.

④ Gish Jen. *Typical American* [M]. Boston: Houghton Mifflin/Seymour Lawrence, 1991: 65.

⑤ Cristina Chevereşan. "Asian-Americans in New York: Two Men's Adventures in Immigrant-Land" [J]. *Arcadia*, 2013, 48 (1).

状况上来讲，都处于社会的最底层，他们在 125 号大街北面租住的这座年久失修的公寓就是他们在美国社会所处的位置的物化象征。尽管如此，张家人在自己的居住空间内建立起一个小小的家庭共同体，来把自己与作为他者的美国人区分开来，甚至带点阿 Q 精神地把所有负面的特征都归结为"典型的美国人"：

> 很快，谁也不知道怎么来的，"典型的彼得"变成了"典型的美国人"，典型的美国人这个，典型的美国人那个。拉尔夫说，"典型的美国人一无是处"；特蕾莎说，"典型的美国人不知道该怎么跟别人相处"；海伦说"典型的美国人总想成为中心"。①

这样的一种做法不仅使拉尔夫一家人在事实上处于劣势的环境中获得一种心理上的优越感，也把自己私人空间中的生活和价值观念与在公众和职业领域中的同化和融合分隔开来，"用这种奇怪的方式，这个词组的神秘重复捍卫了他们的纯洁，保证他们的华人性不被侵染"②。张家人也有意无意通过一些中国人特有的风俗或价值观来强化这种自我与他者的边界，比如女性要有小脚，在家里男人说了算，等等。张家的居住空间，从内部角度来看，成为张家人标识自我身份、抵御美国同化的堡垒，"对张家人来说，在家意味着受到保护，不用扮演双重角色，可以拥有独属于中国一个国家的完整性，追随真正内心的自我"③。

然而这个堡垒并不坚固，美国的思维方式和价值观念早就悄悄入驻：特蕾莎违背了中国的传统伦理道德，与拉尔夫的同事老赵有了婚外情；在美国大众消费文化的熏陶影响下，海伦养成了阅读美国报纸杂志和听美国广播的习惯，在性格上，从一个依附家人和丈夫的传统

---

① Gish Jen. *Typical American* [M]. Boston: Houghton Mifflin/Seymour Lawrence, 1991: 67.

② Manini Samarth. "Affirmations: Speaking the self into being" [J]. *Parnassus: Poetry in Review*, Vol 17, 1992.

③ Manini Samarth. "Affirmations: Speaking the self into being" [J]. *Parnassus: Poetry in Review*, Vol 17, 1992.

妇女逐渐变得独立坚强，自己做窗帘、修暖气，并因此获得了自我价值感；张家人在家里也开始说英语，有些说法不知道该如何用汉语表达。与格罗弗的"一见钟情"更促使拉尔夫急速向美国实利主义和拜金主义看齐（格罗弗是美国土生华裔，除了具有华人的生理特征外，其做派、价值观、道德完全是美国化的）。在格罗弗的蛊惑下，拉尔夫成为了"梦想工程师"（imagineer），做起了白手起家的美国发财梦。美国社会和文化对于张家人的侵蚀被任璧莲通过空间意象象征性地表达了出来，张家公寓的后墙上的裂缝越来越大，"一旦将文件柜从墙边推开，他们就可以看到一弯天空从这里射入，亮光光白花花"①。

　　如果说，住在有裂缝的公寓里象征拉尔夫一家在保留中国传统和美国同化力量的平衡，那么张家人购入并搬进郊区的错层别墅则意味着美国化过程的彻底完成，"房屋成为同化的最终领域，成为自我成功转变的无可置疑的征兆"②。经过艰苦的努力，拉尔夫获得了博士学位和终身教职，特蕾莎开始了挂牌行医，张家人最终变成了美国公民。他们用高额贷款购置了郊区的错层别墅，住进了美国中产阶级社区。此时，他们的生活方式和价值观念都已经美国化了：他们除了过春节之外还过圣诞节，经常光顾无线城市音乐厅；特蕾莎曾经努力地把汉语翻译成英语，现在她"已经用英语思考了——他们全都用英语思考"③。

　　格罗弗入住别墅最终使张家这个传统的中国家庭分崩离析：特蕾莎搬出去自己租房子住了；海伦没有抵挡住格罗弗的甜言蜜语委身成了他的情人。"张家人的转变既是主观上对主流文化的认同，又是客观上被主流文化同化的过程。但是这样的转变给张家人带来的不是幸福，而是灾难。"④拉尔夫的炸鸡店因为地基问题出现裂缝，后来几近坍塌，只好关门停业。格罗弗有意无意透露了他和海伦之间的暧昧关系，拉尔夫大怒之下开快车，不幸撞到特蕾莎，致使后者不省人事。张家的

---

① Gish Jen. *Typical American* [M]. Boston: Houghton Mifflin/Seymour Lawrence, 1991: 120.

② Cristina Chevereşan. "Asian-Americans in New York: Two Men's Adventures in Immigrant-Land" [J]. *Arcadia*, 2013, 48 (1).

③ Gish Jen. *Typical American* [M]. Boston: Houghton Mifflin/Seymour Lawrence, 1991: 123.

④ 石平萍.《典型美国人》中的文化认同[J]. 南京师大学报（社会科学版），2001（4）.

危机状况也通过房子的破败和炸鸡店的摇摇欲坠表现出来：张家的别墅 "一天晚上，水槽溢水了，水流满了房子前院；还有天晚上，房顶的瓦片给刮飞了，第二天四散在草坪上"[①]；由于地基下陷，气派的 "拉尔夫炸鸡天堂"（Ralph Fried Chicken Palace）少了一个字母，变成了 "拉尔夫炸鸡场"（Ralph Fried Chicken Place），店里的裂缝越来越大，濒临倒塌，只好关门停业。这些空间场景绝非作家的无心插柳，而是为了表现拉尔夫一家人成为 "典型的美国人" 之后遭遇的颓败和打击作者所进行的有意安排。

在《典型的美国人》中，任璧莲赋予笔下的房屋空间以象征性力量，不仅用来定义个人的物质成功，也代表华人在美国社会的地位和身份：空间的转换和流动也象征着人物身份以及价值观的改变。《典型的美国人》中的张毅峰一家人从最初对美国人和美国文化充满反感，到不知不觉接受了美国社会的价值观和行为方式，最后成为了 "典型的美国人"。这也间接说明了任璧莲的流动身份观：在任璧莲看来，一个人的文化身份并不是一成不变的，而是在环境的压力和个人的主观因素作用下，经历明显的迁徙和流动。

以上，我们以白先勇和任璧莲的作品做个案分析，发现文本中的地志空间建构和空间意象与作家的身份认同旨趣密切关联。不仅这两位作家如此，众多的华人作家把关于自己身份的困惑或思考诉诸笔下的空间书写，以隐喻的方式实现对中国形象或者美国形象的构造，使身份认同与空间建构呈现一种同构关系。著名美国华人作家丛甦作品也用生活空间来隐喻美国华人在美生存处境。在她的《想飞》《百老汇上》《癫妇日记》等作品中，主人公居住的生活空间色调是灰暗而压抑的：公寓大楼无一例外的 "灰旧" 和暗无天日，甬道狭长而破旧，甚至弥漫着出死亡的气息，即便是铺着地毯，"也是一条薄长的暗红色的地毯，中间人行的地方都被磨出大小破洞，露出底下乌黑的地板"[②]。灰色、暗红色、紫色象征着华人生活的沉重和压抑，而 "沉寂狭长的

---

① Gish Jen. *Typical American* [M]. Boston: Houghton Mifflin/Seymour Lawrence, 1991: 262.

② [美] 丛甦. 想飞[M]. 台北：联经出版事业公司，1977：206.

过道，像走不尽的隧道，寂静如墓"①，也象征着当时美国华人狭窄封闭的生存空间。她笔下的纽约都市，充满了各种黑帮、暴力、谋杀以及莫名其妙的灾祸，它不仅失去了美国人口中"大苹果"（"大苹果"是美国人对纽约市的别称——笔者注）的鲜艳光泽，甚至幻化为梦魇缠绕的黑暗都市。这种负面的空间描写与丛甦的身份认同有着潜在的契合：丛甦曾在多篇小说中借主人公之口传达对中国人身份的认同和骄傲，以及对冰冷无情的西方文化的抗拒和抵制："'家'和'中国'就在每个中国人的心里，不管你在天涯海角，天南地北……中国，中国人！这多么荣耀又多么沉重的名词呀！"②。

人文地理学认为，地方和空间也会参与到个人和群体的身份建构当中，人们通过有意无意的想法、信仰、情感等与周围的地域空间产生互动，以此确定自己的身份定位。丛甦、白先勇等人对美国形象的负面建构，正喻示了其对西方社会与文化的疏离态度。反之亦然，也正是由于对西方文化的不认同，才会将美国地志空间表征为负面的他者。

第二节　美国华人文学中地志空间与身份认同的反讽模式

认同，即认为自我具有从属于某个群体的身份，"是在诸种所属群体里，激活对自己所属的民族这个群体的忠诚、归属感和身份的自我"③。但是这种激活的背景，往往是个体遭遇异质的文化背景产生文化冲突的时候。个人对某个群体的认同和归属感，在熟悉的环境和同类族群中，是以隐在的方式存在的，并且往往附着于相应的地域和空间。"家园"和"故乡"以两种形态存在于游子的头脑和心灵中：从精神层面来说，是温暖的人文环境和熟悉的亲朋好友；从物化层面

① [美] 丛甦. 想飞[M]. 台北：联经出版事业公司，1977：97.

② [美] 丛甦. 兽与魔[M]. 石家庄：河北教育出版社，1995：189.

③ 刘俐俐. 文学中身份印痕的复杂与魅力[J]. 甘肃社会科学，2002（1）.

来说，是居住空间的一砖一瓦、一草一木，是故乡的河流山川、村落庭院。精神层面和物化层面的家园与故乡水乳交融，共同唤起进入异质文化的移民和游子对于所属国家民族以及文化的认同感。然而，移民美国的身份主体，却与熟悉的生活空间相剥离，面对完全陌生的异域。尽管美国相对于中国，尤其是 20 世纪七八十年代以前的中国，在物质条件和生活环境上来说，有诸多优越之处，但是，这并不天然地唤起移民主体对这一方土地和其中的文化伦理秩序的认同。相反，移民主体由于文化差异、种族歧视等原因，对美国的一切产生深度不适，优越的条件和宜人的环境在移民心中产生的是强烈的隔膜感和异质感，即移民主体的身份认同与地域空间呈现一种反讽模式。

2.2.1　现代反讽的意义内涵

反讽（irony）是一个流行于西方文学批评界的术语，它经历了从古希腊文论经由德国浪漫主义到新批评的一个递嬗生衍过程。在古希腊文论中，反讽是一种佯装无知、运用听似傻话实则包含真理的语言击败自视高明的对手的角色类型。18 世纪末 19 世纪初，德国浪漫主义文论家施莱格尔兄弟和佐格尔等人复活了反讽概念，它不再仅限于一种局部性的修辞手法，而扩展成为一种文学创作原则。20 世纪上半期，"新批评"学派则把反讽概念变成诗歌语言的基本原则，甚至成为诗歌的基本思想方法和哲学态度。从功能的角度看，反讽可分为言语反讽、情境反讽、结构反讽和模式反讽①。以新批评反讽话语转型为分界，反讽又分为古典反讽和现代反讽，"古典反讽主要是作为一种文学修辞手法来运用，而现代反讽则不仅是一种文学修辞手法，而且扩展成了一种文学结构原则而运用……古典反讽的运作机制是在说'与本意相反的事'这一逻辑前提的指导下，拉开作品表层意义与深层意义之间的距离以便对需要否定或讽刺的现象或命题做出含蓄而更强烈的否定或讽刺；而现代反讽的运作机制主要是将相反或相对的异质因素并置而创造出一个动态的张力结构，从而揭示现实世界或精神

---

① 杨钧. 试论小说中反讽的四种类型[J]. 学术交流，1994（6）.

世界的某种荒谬的悖论性处境"①。在现代反讽视阈下，"姹紫嫣红开遍，似这般都付与断壁残垣"就是一种反讽，姹紫嫣红的赏心美景与断壁残垣之间构成对峙和悖谬，两个意象并置产生一种反讽效果。"小怜玉体横陈夜，已报周师入晋阳"是"直接矛盾式反讽"，因为香艳的春宫场景与大军压境岌岌可危的画面形成一种悖谬性情境。方方的小说《桃花灿烂》中，"如云如霞，如火如荼"的桃花意象与星子抑郁忧伤的心境相乖离，成为情境反讽。本书正是从"现代反讽"的意义内涵上使用反讽这一概念的，即本书的反讽更强调互相矛盾的或异质的元素之间的并置或对立，而不是单纯指一种"言在此意在彼"讽刺性言语。正如浦安迪所言，它是"作者用来说明小说本意上的表里虚实之悬殊的一整套结构和修辞手法"②。

2.2.2　《陪读夫人》与《安乐乡的一日》的文本分析

具体到美国华人文学来说，地志空间与身份认同的反讽模式是指空间书写或空间意象与人物的身份认同形成悖谬。如果说隐喻模式是建立在地志空间与身份认同的相似性或同构性基础之上，那么，反讽模式则是基于空间建构与身份认同的悖谬和不协调。

王周生的《陪读夫人》（初次发表于1992—1993年的《小说界》，曾获上海市中长篇小说三等奖和第六届《小说月报》百花奖）讲的是一个名为蒋卓君的中国女性弃职携子到大洋彼岸为在美国求学的丈夫伴读，迫于经济压力而到一个美国家庭做保姆的种种经历。

蒋卓君是一个六岁孩子的母亲，拥有中华传统文化的很多美德：谦逊、内敛、含蓄、宽容、忍让、富于牺牲精神。她在搬入西比尔夫妇家做住家保姆之后，发现与身为主妇的露西亚在生活习惯、价值观念等各方面相去迥异，从起居饮食到育儿观念、从恋爱婚姻到法制信仰，蒋卓君随时处于中国文化与西方文化的冲突和对抗之中，并经历了从不适、忍让到自尊受损愤而离家出走的心理过程。

---

① 马金起. 论古典反讽与现代反讽[J]. 山东社会科学，2005（10）.

② 浦安迪. 中国叙事学[M]. 北京：北京大学出版社，1996：123.

按照心理学和精神分析学对于认同的定义，认同是指"个人与外界的对象之间产生心理上、情感上的结合关系，并通过心理的内摄作用将外界对象包容到自我之中，成为自我的一个组成部分"[①]。蒋卓君自小生活在中国传统文化之中，中国文化的价值观念、生活习俗已经植入骨血，成为其自身身份构成的无法剥离的部分，蒋对中国文化的认同是自觉自愿并且深入骨髓的。对于露西亚所代表的西方文化，蒋虽不至于排斥、抗拒，但在内心里却是不以为然的。她虽然接受了露西亚给她起的英文名字"艾拉"，但在心里非常反感，而更喜欢自己儒雅文气的中国名字"卓君"；对露西亚让孩子趴着睡、允许孩子随便吮手指、在太阳下曝晒等要求，虽然按照身为雇主的露西亚的要求照办了，但是心里对露西亚的育儿理念很不服气，"不管有什么不一样，我们的孩子都成长的很好。在国际比赛中，我们得的奖不比你们少"[②]。露西亚以性感为标准的审美观以及性爱和金钱至上的婚恋观在蒋卓君眼里看来更是"奇谈怪论"，无法理解，更谈不上认同和接受。在西比尔家中，露西亚拥有女主人的优越位置，蒋卓君本身寄人篱下，在生活习惯、育儿观念上需要处处让步；更加之，露西亚本人自私、强势、爱争辩、对金钱斤斤计较、从不考虑他人感受，客观上形成以露西亚为代表的美国文化对蒋卓君所代表的中国文化的压制，蒋卓君在这场没有硝烟的文化战场上处处落于下风，这对于外表柔弱内心自尊的卓君来说是一种巨大的伤害。两种文化的交锋由于一张八角三分钱的电话单达到高潮：露西亚本着"永远不要轻易开你的支票，哪怕只有一分钱"的金钱理念，查对一个长途电话，蒋卓君解释后仍然怀疑是她打的，这对于中国传统下的知识女性无异于人格的侮辱。虽然蒋卓君用自己的方式证明了清白，但是深受以露西亚为代表的西方文化的压制和伤害，蒋卓君能做到理解西方人及其价值观念已属不易，遑论从心理上接受和认同并使之"成为自我的一部分"。

与蒋卓君对以露西亚为代表的美国文化的龃龉和不满形成巨大

---

① 杨妍. 地域主义与国家认同[M]. 天津：天津人民出版社，2007：7.

② 王周生. 陪读夫人[M]. 北京：华龄出版社，2000：7.

反差的，是小说中优美的景观空间和舒适的生活空间建构。小说总体采用第三人称外聚焦叙事，但是叙述视角很多时候都与小说人物蒋卓君合二为一，叙述者通过蒋卓君的眼光向读者展示无数优美宜人的画面：

> 长长的擦得发亮的黑色餐桌上铺上雪白的桌布，银色的莲花吊灯闪着幽暗的光，透明的玻璃杯擦得亮晶晶，精致的餐具里盛满了中国菜……①
>
> 一股清新的带着泥土和花草香味的空气从窗口涌进房间，她深深地吸了一口气。窗前是一个菱形的大草坪，草坪两侧是高大茂盛的树林……②
>
> 浴室很大，分隔成两间，一间是粉红色椭圆型浴缸，绿色的植物从四壁挂下，壁灯照在这些植物上，青翠欲滴。③
>
> 一望无际的高尔夫球场像仙境一般，绿绒似的草坪，从脚下一直铺到远处的山坡，山上的树葱绿苍翠，枝繁茂密，一棵棵高大的狗木树缀满簇簇白花，像一朵朵棉花状的云萦绕山间。天空湛蓝湛蓝，蓝得像海。④
>
> 八月的洛杉矶，阳光灿烂带点妩媚，空气温热带着夹着花草的馨香。茂密的树林环绕着整座花园，花坛里开着五颜六色的玫瑰花、天鹅花、紫铃花。绿丝绒般的草坪上一只小松鼠悠然自得地坐在她身旁……⑤

无论叙述者、作为故事人物的蒋卓君还是读者都会被这样舒适美好的空间建构吸引。但是正如前文所述，优越的物质条件和良好的环境并不必然唤起人物对此处的认同感。对于蒋卓君而言，她对这里不

---

① 王周生. 陪读夫人[M]. 北京：华龄出版社，2000：11.
② 王周生. 陪读夫人[M]. 北京：华龄出版社，2000：22.
③ 王周生. 陪读夫人[M]. 北京：华龄出版社，2000：26.
④ 王周生. 陪读夫人[M]. 北京：华龄出版社，2000：37.
⑤ 王周生. 陪读夫人[M]. 北京：华龄出版社，2000：64.

仅无法认同，甚至多次以"监狱"作比："感觉像是在监狱里一样""我被囚禁在这里了""像在地狱里一样"。在美丽的高尔夫球场，一群富裕的美国人在悠闲之余，对中国的"文化大革命"大发议论："我简直不能相信，没有逮捕证可以随便抓人，还有什么叫……批斗……这是 mob（暴民，聚众闹事），对了，mob！上帝啊！太可怕了！"①本来，蒋卓君一家在"文化大革命"中深受其害，关于这个话题，如果需要诉苦，她是有很多话可讲的。但是作为一个中国人，不愿意听到这些养尊处优的西方人居高临下地对中国的事情指指点点，在个人的委屈和国家民族的尊严之间，她毫不犹豫选择了后者。

关于空间对于身份的意义，克朗曾有过这样的论述："我们通过空间速记的方法来总结其他群体的特征，即根据他们所居住的地方对'他们'进行定义，又根据'他们'对所居住的地方进行定义……空间对于定义其他群体起着关键性作用。"②"我们"和"他们"身份上的差别，也通过划出空间界限得到确认和强化。在蒋卓君这里，"他们"以一种更生疏并且带有反感意味的"别人""人家"的字眼来代替，对美国文化的疏离也以空间上的分界清楚表现出来：

觉得自己竟然像个乞丐似地在人家花园里乞讨③

八月的洛杉矶……很美，可是这是人家的花园④

我为什么来到这儿，坐在别人的花园里，面对不属于我的一草一木，浪费我的生命和精力。⑤

英国建筑评论家和地志学家 Ian Nairn 认为，人有多少身份，地点就有多少身份，因为地点不仅仅是一个城市或一处风景的物理风貌，它也存在于观看者的经验、眼光、头脑和意向之中，而个人会有意无

① 王周生. 陪读夫人[M]. 北京：华龄出版社，2000：42.
② [英] 迈克·克朗. 文化地理学[M]. 杨淑华，宋慧敏译. 南京：南京大学出版社，2003：77-78.
③ 王周生. 陪读夫人[M]. 北京：华龄出版社，2000：52.
④ 王周生. 陪读夫人[M]. 北京：华龄出版社，2000：64.
⑤ 王周生. 陪读夫人[M]. 北京：华龄出版社，2000：77

意地为一处空间定义或命名。蒋卓君把花园定义为"别人的""人家的"花园，显然是从一个"局外者"的眼光看待这个空间建构，因而表现了身份上的有意疏离和自我他者化。

优美的空间建构与人物的身份认同之间出现悖谬和乖离，蒋卓君无心享受这些舒适和美好，反而倍觉辛酸和压抑，"这儿是那样美丽，这里有那么多欢声笑语，自己为什么就高兴不起来呢？就像江水和海水有明显的分界线那样，她觉得自己和这里的一切都那样格格不入"①。在身份认同上，虽然在露西亚的挑战和质疑下，也曾对中国文化产生迷惘和困惑，但是依然坚持中华传统文化的本位认同，坚持让儿子森森学中文，自觉维护"黄皮肤、黑眼睛、黑头发的中国人"身份。

在这个貌似舒适的美国大房子里，在这个传说中自由的国度，蒋卓君找不到归属感和家园感，反而数次产生逃离的冲动，因而空间建构与主体身份认同因为相互背离呈现一种反讽。

《陪读夫人》是王周生基于自己在美国伴读的经历并糅合了其他陪读夫人的故事写成，应该算是一部半自传体的小说。但值得注意的是，作者王周生超越了狭隘的民族主义身份认同，更多表现出一种世界主义情怀，一种胸怀开阔的大爱精神。就像她在《陪读夫人》"后记"中所讲的，"我把我的同情给了作品中所有的人物，无论是中国人还是美国人，无论是男人还是女人，无论他们的性格有着怎样的差异，无论他们有多大的矛盾冲突和情感纠葛，一切都可以在他们各自的文化传统里找到存在的理由，体现其合理性……无需追求同一，我们需要的是理解。无论东西方有多大的差异和冲突，只要心灵上能沟通就行"②。因此，作者在《陪读夫人》里特别设计了"狗木树"的意象，象征人与人之间沟通的可能；还在小说结尾，设计了西比尔夫妇为蒋卓君庆祝生日一节，象征不同种族和文化背景的人和睦相处的理想。但是，理解两种文化的差异，愿意追求沟通的可能，并不代

---

① 王周生. 陪读夫人[M]. 北京：华龄出版社，2000：57.
② 王周生. 这是一个小世界（后记）[A]. 陪读夫人[M]. 上海：上海译文出版社，1993：247.

表认同那种文化。王周生在 1988 年返国，她称之为"倦鸟归林"，或许是她身份追寻的最好答案。

相对于《陪读夫人》中人物身份认同与空间建构的断裂，白先勇《安乐乡的一日》具有更强的反讽意味，这不仅体现在空间描写中，也体现在情境设置之中。

布鲁克斯曾说，反讽就是"语境对于一个陈述语的明显歪曲"①。从小说题目"安乐乡的一日"中，读者会自然联想起桃花源式的黄发垂髫怡然自乐、亲戚邻里和睦相处的平安喜乐景象，然而故事的主人公依萍在这个叫作"安乐乡"的小镇里丝毫称不上安乐。

安乐乡是位于美国近郊的一个小城，是美国中上阶级聚居之所，市容整洁。这里的人们收入丰厚均匀，对于住在这里的美国家庭而言，可能确实是一片乐土，但是对于身为中国人的依萍而言，情形则大异其趣。依萍一家是这个小镇里唯一的中国家庭，所以周围的美国人对她报以过分的热情和好奇，不断向其询问关于中国的风土人情。这种将她区别对待的他者化，更使依萍敏感于自己的中国性，促使她在这些美国主妇面前下意识地表演自己的中国特征，这样做的结果又使她不胜疲累，只好慢慢断了往来；社区的其他活动，也因为各种原因，不能很好地融入。依萍住进了美国高档社区，但并没有因此就成为美国社会的一员，在被安乐乡他者化和自我他者化的过程中，依萍产生深深的孤独、寂寞、压抑和疲惫，找不到归属感和认同感，周围的环境不能给她带来安乐，而是独在异乡为异客的郁闷孤独。不仅在社区里依萍是个异类，甚至在自己的家庭里，也被深深美国化的丈夫和女儿边缘化了。

依萍对中国的民族文化有很强的认同感，尽管在美国居住多年，依萍依然不改自己是中国人的初衷，维护自己的中国人身份，并且坚持让女儿宝莉学中文。但是才进小学二年级，宝莉就不肯讲中文了，不仅记不住父母的中文名字，甚至对依萍直呼其名（英文名 Rose）。

---

① [美] 布鲁克斯. 反讽———种结构原则（1949）[A]. 赵毅衡主编. "新批评"文集[C]. 天津：百花文艺出版社，2001：379.

与女儿的矛盾与其说是两代人之间的代沟，倒不如说是中西方文化冲突更为合理。这种冲突在依萍与女儿关于中国人的争吵中达到高潮：宝莉坚决不承认自己是中国人，认为同学叫她中国人是一种侮辱，而依萍强行向宝莉灌输她是中国人的概念，"我一定要你跟着我说：我——是——个——中——国——人——"①。依萍和女儿宝莉之间的冲突，"集中体现了海外中国人身份不明、精神和文化无所归依的状况"②。

因为坚持中国人的习惯和身份，依萍在安乐乡无法像美国化的丈夫和女儿那样怡然自得，更像是衣食不缺的笼中鸟。依萍在安乐乡所感觉到的深深的隔膜感和异类感，与题目"安乐乡的一日"形成悖谬和反讽。

这种反讽还体现在作家对空间的描述之中。白先勇显然把同情的目光投射给了依萍。在小说一开始，有五段总共 1580 字关于安乐乡地貌环境和社区居民日常生活图景的长篇铺陈。在这段空间描述之中，已经透出对所谓"安乐乡"的鲜明反讽意味。白先勇的空间描写中，经常出现空间比喻联想和空间描写的悖逆乖离，在本体和喻体的矛盾统一体中体现了浓郁的反讽意味，生成了强大的艺术张力。小说开头描述安乐乡时是这样写的，"市容经过建筑家的规划，十分整齐。空气清澈，街道、房屋、树木都分外的清洁。没有灰尘，没有煤烟"③。照常理推断，这本应该是一幅清新宜人的景象，这个小镇环境优雅，非常宜居，然而接下来的几句话却发人深思，"好像全经卫生院消毒过，所有的微生物都杀死了一般，给予人一种手术室里的清洁感"④。干净整齐的宜居小镇唤起的居然是卫生院和手术室的恐怖联想，本体和喻体之间产生巨大的意义断裂和悖谬，反讽意味油然而生。在这种空间反讽中，安乐乡的冷漠色彩和非人本质昭然若揭，作者对这一处所谓安乐乡的质疑和批判也不言自明了。类似的例子还有多处："城中的

---

① [美] 白先勇. 寂寞的十七岁[M]. 桂林：广西师范大学出版社，2010：343.

② 饶芃子，杨匡汉. 海外华文文学教程[C]，广州：暨南大学出版社，2009：113.

③ [美] 白先勇. 寂寞的十七岁[M]. 桂林：广西师范大学出版社，2010：331.

④ [美] 白先勇. 寂寞的十七岁[M]. 桂林：广西师范大学出版社，2010：331.

街道，两旁都有人工栽植的林木及草坪，林木的树叶，绿沃得出奇，大概土壤经过良好的化学施肥，叶瓣都油滑肥肿得像装饰店卖的绿蜡假盆景。草坪由于经常过分的修葺，处处刀削斧凿，一样高低，一色款式，家家门前都如同铺上一张从 Macy's 百货公司买回来的塑胶绿地毯。"[1]在作家貌似客观冷静的克制性陈述中，字里行间却充满了反讽，"绿蜡假盆景"和"塑胶绿地毯"是对"绿沃"和修葺严整的林木草坪的辛辣悖反以及小镇过分人工而缺乏个性的揭伪去蔽，从更深层次来讲，是对西方文明冷漠和非人化的深深质疑。

第三节　美国华人文学中地志空间与身份　　　　认同的对比模式

对比，来源于差异；没有差异，也就谈不上对比。对于进入美国的新老移民而言，感受最深的，便是东西方之间、中美之间的差异。这种差异体现在两个方面：一方面是物理环境的差异；一方面是文化观念的差异。物理差异处于显在层面，文化和价值观的差异处于隐在层面，这两个方面水乳交融，思想感情、文化观念附着和内含于特定的地点和空间，而物理环境、空间和场景又体现和表征着价值观念的差异。华人作家有意无意地形成了中西文化的比较意识，这种比较意识又渗透于笔下的空间建构，在这种比较和选择中，华人作家自觉不自觉地确定身份认同的方向。对于用英语创作的土生华裔作家群而言，中国印象是从父辈那里继承下来的模糊轮廓，在中国想象和现实美国之间，也会自然形成一种比较，他们的身份认同也在这种比较中自然显现。

移民，作为全球化语境下的文化现象，首先涉及的便是空间地域的位移和变迁。作为原乡的中国和现实栖居地的美国始终横亘于华人作家的创作思维并诉诸文本中，在创作主体和读者头脑中形成一种下

---

① [美] 白先勇. 寂寞的十七岁[M]. 桂林：广西师范大学出版社，2010：331.

意识的空间比较：这种比较不简单在物理空间的表层，更是富含价值伦理秩序的作为文化表征体系的比较。正是在原乡与异乡的观看、反思和批判中，文化主体找到自己精神皈依的方向。

2.3.1　《又见棕榈，又见棕榈》文本分析

於梨华的《又见棕榈，又见棕榈》以牟天磊去国十年回台湾为线，勾连起过去、现在、未来三个时间和美国、中国台湾、中国大陆三个空间，小说频繁采用意识流的写法，不断穿梭于回忆与现实，以牟天磊的意识为中心，将客观世界的所见所闻化为牟天磊主观世界的精神影像，使人物在中国台湾现实场景的触景生情之中，不断牵扯出美国生活的记忆，现实中的中国台湾与回忆中的美国互相映照。小说看似通篇游记体，实则是主人公的寻根记。在美国，牟陷入失根的迷惘和苦闷之中；去国十年之后重返故乡，发现故乡同样陌生，迷惘、感伤、寂寞、痛苦成为牟挥之不去的情感梦魇。在当时大批中国台湾留学生赴美的背景下，牟天磊的境遇超越了特例化的个人书写，成为一个时代的剪影，牟天磊也被称为"无根一代"的代言人。牟天磊和他的故事反映了在特定的历史条件下，漂泊海外的中国人在寻求文化上的认同和事业上的归宿时所表现出来的苦闷心态。

在牟天磊的台湾行程中，现实中的故乡不断勾起他的美国记忆，形成原乡与异域的并置和对比。"19 世纪以后的空间图示：它的核心在于，基地（即 site）只有在同别的基地发生关系的过程中才能恰当地定位。一个基地只有参照另一个基地才能获得自身的意义"[①]，两种基地的参照关系才能凸显各自的意义。牟天磊在台湾的居住空间只有六个榻榻米大小，靠窗的是一张狭床。但是这个小小的空间却承载了牟天磊的青春记忆，满溢着亲情和爱情的温馨，是他原乡记忆的重要部分。在美国的居住空间，是柏城的地下室和北芝城的公寓。求学时居住的"狭小、屋顶交叉地架着热气管、地下铺着冰冷的石板、只

---

① 汪民安. 身体、空间与后现代性[M]. 南京：江苏人民出版社，2006：102.

有小半个窗子露在地面上、仅靠电灯带来一丝光亮"①的地下室，目睹了牟天磊打工时经历的屈辱和求学时的艰难，是"眼泪往肚里流"的寂寞和辛酸。北芝城的公寓，有三间房加一个宽敞的厨房，客厅里有宽敞的沙发，厨房里是新式的电气设备，但是他"却最怕回家，最怕醒在宽敞的卧室里，面对渐醒的早晨与满室的寂寞"②。

地点和空间对于个人而言，不仅仅是现实活动的场所和领域，它会产生并唤醒与之相关的情感、身份、价值等潜在的心理和精神活动。人文地理学家雷尔夫曾就空间对人的意义做过精彩的论述："尽管在日常生活中，我们没有意识到我们与所居住的地方之间的深层心理和存在意义上的绑定关系，但是这两者之间的关系的重要性绝不亚于此。有可能这个地方的外在特征或风景对我们来说很重要，也有可能是意识到某地经历岁月依然存在，或者'这里'是我们认识他人或者被认识的地方，抑或是我们生活里重大事件发生的地方。但是如果我们根植于某地并且对它产生依恋，如果此地就是我们真正意义上的'家园'，那么所有这些方面就会在深层次上产生意义并且无法与此地分离开来。这样的家园地是人类存在的真正基础，不仅为人类活动提供背景，也为个人和团体提供安全感和身份。"③ 对于牟天磊而言，能让他产生家园感和存在感的地方绝不是美国的地下室和公寓，这是两个他"怕想起"的地方，带给他的是无穷无尽的寂寞。

在美国，他不过是一个匆匆过客，在美国任何一个地方，无论景致多好，也不过一时赞赏，人始终是"属于自己国家的人"。只有在自己的家里，在故乡，才会真正地放松和安全，"他身上的肌肉——在美国那种因防御、因挣扎、因努力而逐渐抽紧的肌肉"④才会完全地松开。

在异乡的孤独、寂寞是作为美国社会"他者"和"边际人"难以融入美国社会的心理投射，牟天磊的一段心理独白更将这种美国社会局外人的处境表露无遗：

---

① [美] 於梨华. 又见棕榈, 又见棕榈[M]. 南京：江苏文艺出版社, 2010：053.

② [美] 於梨华. 又见棕榈, 又见棕榈[M]. 南京：江苏文艺出版社, 2010：009.

③ Relph, E. *Place and Placelessness* [M]. London: Pion Limited, 1976: 41.

④ [美] 於梨华. 又见棕榈, 又见棕榈[M]. 南京：江苏文艺出版社, 2010：016.

和美国人在一起，你就感觉到你不是他们中的一个，他们起劲地谈政治、足球、拳击，你觉得那与你无关。他们谈他们的国家前途、学校前途，你觉得那是他们的事，而你完全是个陌生人。不管你个人的成就怎么样，不管你的英文讲的多流利，你还是外国人。[①]

在美国融入的艰难使得牟天磊们在文化选择上天然地倾向于中国，"华人移居海外，常会由于生活在从语言到文化习俗、风土人情全然陌生的社会而强烈地思乡，又由于受歧视、不为该国社会完全接受而牢牢固守本国的传统"[②]。牟天磊的思乡情绪和对传统文化的坚持一方面体现在他拒绝吃洋饭上——不管功课多忙，身体多累，他依然坚持回公寓做中国饭吃；另一方面体现在对中文报纸的贪恋上，牟天磊在美国的十年像"饿狼"似的，到处借中文报纸来看，贪婪地咀嚼报刊上的每一个字。而强烈的乡愁竟至听到《万里长城》《念故乡》等负载着中华文化韵味的旧曲时潸然泪下。

英国地理学家 David Lawenthal 曾指出个人因素对地方风景的理解所带来的影响，"所有的地方和风景都是由个人经历的，因为我们是通过由我们的态度、经历、意图和我们独特的个人情况而组成的透镜来观看这些地方和风景的"[③]。因而，个人对某地的认知和诠释具有极大的主观色彩。就牟天磊而言，他的文化身份认同在观看和理解美国社会景观发挥的作用不容小觑：这不仅影响了他观看的方式，也决定了他看到了什么。经过牟天磊的认同和感情"透镜"过滤过的美国景观，呈现出与台湾当地人想象中的美国迥然不同的面貌：

芝加哥三十几街一带的脏和穷，比我们这个巷子里还胜十倍。[④]
美国各地，没有地方特色……每个地方都差不多，加油站、热狗

① [美] 於梨华. 又见棕榈，又见棕榈[M]. 南京：江苏文艺出版社，2010：078.
② 王家湘. 漫谈海外华人作家诗选[J]. 中国比较文学，1983 （1）.
③ Lawenthal D. "Past time, present place: Landscape and memory". *Geographical Review*, 1973, 65(1).
④ [美] 於梨华. 又见棕榈，又见棕榈[M]. 南京：江苏文艺出版社，2010：006-007.

站、肉饼店、冰淇淋店、汽车行，一切都差不多……美国有很多古迹，也不过一百年左右。在我们中国人看来，算得了什么！虽也有名胜，但却相当地商业化，未免摧毁了自然的美，这和我们中国的名胜古迹是没有办法比较的。①

从柏城到芝加哥的高架电车……经过的路线都是大建筑物的背面、大仓库的晦灰的后墙、一排排快要倒坍而仍旧住着贫苦的白种人或生活尚过得去的黑人的陈旧的公寓的后窗，后窗封着尘土，后廊堆着破地毯、断了腿的桌椅、没了弹簧的床……②

或许芝加哥的穷和脏、高架电车上看到的城市的破败，甚至美国的古迹缺乏个性和岁月的洗礼都是客观事实，但是牟天磊们选择把这样的城市地图绘入自己的脑海并陈列出来，这本身就表明了一种态度和倾向。与美国的负面形象相反，中国的景貌却给予牟天磊更多的愉悦和亲切感：台南碧绿的田野和重叠分明的山峦，让他感觉安宁；田间的茅屋、竹林和小溪及牛羊没有唤起任何贫穷和落后的联想，反而使他感觉熟悉和亲切；台东的岩石、月光、海风和潭水唤起一种久违的诗意，甚至记忆中故乡台风的癫狂在他眼里也竟然有了一种暴戾的美感。

尽管文本一再提及牟天磊对台北的陌生感，"他仍像个圈外人一样的观看别人的快乐而自己裹在落寞里"③，"我和这里脱了节，在这里，我也没有根"④。但是就牟天磊的情感倾向而言，他显然更希望"活在自己的人群"里。牟天磊一直在回美国和留在台北之间徘徊。文本的结尾是开放式的，并没有确切地告知读者牟天磊最后的去留和情感归宿。但是，我们有理由相信：他心中的家园，不可能是美国。

---

① [美] 於梨华. 又见棕榈，又见棕榈[M]. 南京：江苏文艺出版社，2010：088.
② [美] 於梨华. 又见棕榈，又见棕榈[M]. 南京：江苏文艺出版社，2010：161.
③ [美] 於梨华. 又见棕榈，又见棕榈[M]. 南京：江苏文艺出版社，2010：030.
④ [美] 於梨华. 又见棕榈，又见棕榈[M]. 南京：江苏文艺出版社，2010：078.

2.3.2 《丛林下的冰河》与《曼哈顿的中国女人》的文本分析

中国台湾留学生对于美国的负面表述和故土的乡愁情结到了新移民作家这里发生了嬗变和逆转。在新移民作家中美两种空间建构和表征方式中，美国处于明显的优势地位。这固然与当时中国大陆生产力低下、物质条件落后的现实处境契合，又不单纯如此。从中国大陆过去的新移民作家既有在中美文化夹缝中悬荡的感受，又往往在西方物质文明的强大吸引之下，不自觉地偏向于美国社会和物质文明。因此，新移民作家笔下中国和美国的空间建构中，往往呈现出贫穷/富有、落后/先进、拘束/自由等比较明显的二元对立的空间描绘。文学作品中的空间表征与作家的意识形态有着莫大的关联，美国人类学家温迪·达比曾经说过，"风景（landscape），无论是再现的还是实际的，都是身份的附属物"[①]，"人与风景之间存在富有象征意义的意识形态和恋物化的认同"[②]。新移民作家的空间对比隐隐透露出作家对于中美两种文化的态度和情感。

新移民作家查建英笔下的《丛林下的冰河》中，中国是贫穷、落后、陈旧的。故乡的小城闷热依旧，家里的老巷子黑黢黢的，家里依然没有淋浴，"车太挤，人太多、服务员眼珠朝天，公共场所常常垃圾遍地"[③]，与故乡的亲朋故交也早已没有了共同话题；旅行而至的西北小县城依然是砖房土房，茅厕肮脏龌龊，人们的生活娱乐是露天里观看老掉牙的美国电影；在家里，"我"穿露肩的背心见客遭到父母斥责。中国于"我"而言，成为一片陌生和疏离的空间场域。从物质上到精神上，中国都成为异质的"他者空间"。与此相反，我在美国却如鱼得水：初到美国时，就"口鼻清爽，行走如飞"[④]，美国这片

①　[美] 温迪·达比. 风景与认同：英国民族与阶级地理[M]. 张箭飞，赵红英译. 南京：译林出版社，2011：002.

②　[美] 温迪·达比. 风景与认同：英国民族与阶级地理[M]. 张箭飞，赵红英译. 南京：译林出版社，2011：038.

③　[美] 查建英. 丛林下的冰河[A]. 郑宗培，郑绪源主编. 丛林下的冰河[C]. 合肥：安徽文艺出版社，1990：222.

④　[美] 查建英. 丛林下的冰河[A]. 郑宗培，郑绪源主编. 丛林下的冰河[C]. 合肥：安徽文艺出版社，1990：185.

土地上"一片片应接不暇的青坡秀水，旖旎风光"①和"铺满青草和鲜花的小径"②，连监狱里也丝毫不觉任何肮脏不雅。

文学作品中的地理空间作为一种文化表征，渗透了作家的价值取向和精神趣味，通过中美两种空间对比，我们大致可以判定作家身份认同的方向。尽管众多研究者认为查建英在《丛林下的冰河》中构建的是一个徘徊于两种文化边缘的"悬浮者"形象，但笔者却认为，查建英笔下的"我"更认同西方文化和物质文明。文中的"我"也承认，"大约我骨子里企盼着着脱胎换骨，做个疯癫快乐的西洋人吧"③。尽管"我"无法摆脱已经"泡"入身体和灵魂深处的文化记忆和历史重负，也曾经在出国前放出"一定会回来，回来就不再走"④的豪言壮语，但"我"实际的做法是在回国之前诚惶诚恐办好了各种证明，生怕一不小心回不了美国。"我"从中国回到美国的种种表现，就像是笼中鸟飞出了牢笼，终于可以享受自由和惬意：开着丰田车到小城兜风，到城郊小店吃墨西哥快餐，在校体育馆尽情游泳冲热水澡，一派怡然自得景象——我们可以明显感觉到，尽管"我"曾经对美国文化有着隔膜和陌生感，但是只有美国才能满足"我"的生活理想，故乡是再也回不去了。

空间对比对于作家身份的表征作用在周励的《曼哈顿的中国女人》中更加明显。周励以美国社会亲历者的身份和视角，急切而充满炫耀地向国内读者描绘所谓的"美国生活方式"：在纽约公园里漫步，在悬崖下欣赏瀑布，去购物中心和音乐厅休闲和娱乐。每到一处或一景，又不自觉地与中国大陆的情形进行一番比较。这种对比手法在作者参观柯比夫妇的郊外住宅时得到清晰的展现：

---

① [美] 查建英. 丛林下的冰河[A]. 郑宗培，郑绪源主编. 丛林下的冰河[C]. 合肥：安徽文艺出版社，1990：188.

② [美] 查建英. 丛林下的冰河[A]. 郑宗培，郑绪源主编. 丛林下的冰河[C]. 合肥：安徽文艺出版社，1990：192.

③ [美] 查建英. 丛林下的冰河[A]. 郑宗培，郑绪源主编. 丛林下的冰河[C]. 合肥：安徽文艺出版社，1990：198.

④ [美] 查建英. 丛林下的冰河[A]. 郑宗培，郑绪源主编. 丛林下的冰河[C]. 合肥：安徽文艺出版社，1990：221.

在两天的时间里，柯比先生和乔治亚带我去了 11 个朋友的家庭，并且把我介绍给他们的朋友。我第一次像雷击般地被震动了：原来每一座房子的外形不同，但里面全部都是那种豪华设施，每家的客厅中都有名贵的油画和大钢琴，客厅之外是起居室、书房。主人房之后又有育儿房、客人房。家家都有举办鸡尾酒会的酒吧，每家都有室内游泳池和游戏室，再加上车库、地下室、储存室……房前的草坪鲜花盛开，房后的果树橘橙累累，河中有他们的游艇，不远处是绿茵茵的高尔夫球场……这一切使我眼花缭乱，使我震惊：柯比先生的朋友大多是退了休的普通美国公民，没有一个是费罗洛斯那样的富豪，可是他们的生活与中国人的生活，有着多么不可想象的距离啊！①

20世纪80年代的中国社会在物质条件上与美国确实存在不小的差距，叙事者在中美比较时对这种差距毫不掩饰，浓墨重彩地铺排美国生活空间的豪华、阔绰和宜人。上述对于美国社会的空间描写在文本中还有很多处，这为当时的中国读者描绘出一个"人间天堂"的幻象，作者本人亦完全陶醉于这种物质满足当中。作者还在文本编排上使用了双线结构，穿插讲述自己的美国经历和中国生活，这更制造出中国和美国的鲜明对比。这种空间表征方式昭显了作者对西方文化和物质文明全面倾倒的臣属心态，这也可以解释为什么作者被美国人当作"完全美国化的中国女人"时，内心充满了"激烈奔涌的情绪"②。

《曼哈顿的中国女人》折射出改革开放之初一代中国人在相对落后的中国与富裕发达的美国相遇时的自卑心理和迎合欲望，在物质利益和欲望渴求的驱动下，他们毫不犹豫地抛弃相对贫困的中国，以他乡为故乡。这种畸形的文化心态在他们笔下的空间建构方式中也表露无遗。

① [美] 周励. 曼哈顿的中国女人：新版[M]. 上海：上海文艺出版社，2003：406-407.
② [美] 周励. 曼哈顿的中国女人：新版[M]. 上海：上海文艺出版社，2003：535.

第四节 "唐人街"书写与身份认同

空间理论先驱列斐伏尔认为,"空间里弥漫着社会关系;它不仅被社会关系支持,也被社会关系所生产"①。空间本身在各种人类行为和社会生产进程中形成,却又反过来影响、改变甚至指导人们在社会中的行为方式。福柯的空间权力思想认为现代国家对个人的管理和控制正是借助空间这一手段,通过规划空间赋予空间一种强制性,使空间成为国家政治统治的工具。列斐伏尔和福柯的空间思想都高扬了空间的政治文化意义,关注融合在空间中的民族、身份、阶级等社会内涵。这为我们诠释美国华人文学中"唐人街"这一独特的空间建构提供了最为恰切的方式和途径。

2.4.1 "唐人街"的形成与其刻板印象

"唐人街"(Chinatown)又被称作"华埠""中国城",是海外华人在世界各地聚族而居的场所。美国有大约 12 个较大规模的唐人街,分布在纽约、洛杉矶、旧金山、费城、芝加哥等地,其中以纽约曼哈顿唐人街和旧金山的唐人街最为有名。现在的唐人街已然成为美国境内具有鲜明族裔文化特色的族裔聚居区和新老移民聚会和思乡的场所。但是唐人街最初形成的历史,却见证了早期华人移民在异国他乡筚路蓝缕、饮辱含悲的艰难历程。

华人成批移民美国始于 19 世纪中后期。当时的中国内外交困,百姓民不聊生,而美国正值西部开发和工业发展时期,需要大批劳动力。因此,广东沿海地区的农民为了维持生计,在中间商的蒙骗利诱之下,纷纷出海来到美国。早期华工为美国的西部开发和铁路建设做出了巨大贡献。但是此后不久,全美各地掀起了排华浪潮:在加州北部

---

① Henri Lefebvre. *The Production of Space* [M]. Trans., Donald Nicholson-Smith. Massachusetts: Blackwell, 1991: 165.

矿区和洛杉矶等地，发生多起白人暴动，华工遭到袭击和杀害，华工住宅也被劫掠和焚烧。据 1857 年的《沙斯达共和报》记载，"近五年来，中国人遭暴徒杀害者，当在数百名以上，简直无日不有中国人被屠杀之事，而杀人凶犯被拘惩罚者，只闻有二三人而已"①；1871 年的洛杉矶暴动中 22 名华人被杀死，数百名华人被赶出家门，价值 35000 美元的财产被窃②。更有甚者，美国国会 1882 年通过了《排华法案》，驱逐非正常途径进入美国的华人，禁止一切华工入境和归化成美国人。美国报纸上也经常出现各种反华和种族歧视的言论。严苛的社会环境迫使华工退居一隅，守望相助，于是产生了最早期的唐人街。因此，美国唐人街是种族冲突的直接反应物，也是美国种族隔离制度的结果和表现形式，正如美国社会学家周敏教授所言，"唐人街是法律上的排斥华人、制度上的种族主义和社会偏见，这三者综合的产物"③。

美国社会中盛行的种族歧视以及排华制度和法律是唐人街形成的外部原因，也是主要原因。除此之外，还有华人社群的内部原因：早期移民美国的华工大多为沿海地区的农民，出来的目的是挣钱回家，并没有长期留居美国的打算。这种过客心态使他们对融入美国热情度不高。而且，由于华工普遍教育程度较低，在美国环境中，语言不通，思乡情切，他们更愿意生活在熟悉的语言和文化环境内，吃自己习惯的食物，互相沟通来自家乡的消息，分担彼此的喜怒哀乐，共同抵御来自异族的恶意环境，获得安全感和归属感。

所以美国社会的唐人街居住模式是来自白人群体的排斥力和华人族群内部的内聚力共同作用的结果，"'唐人街'是种族隔离的一种形式，它代表中国移民适应美国社会的一种特定方式"④。中国人也因此被排挤出美国社会生活的方方面面：政治生活、社会生活、法律秩序、经济管理等，唐人街成为美国境内的一块名副其实的"飞地"。

---

① 转引自欧志雄. 浅析美国早期地方排华及其对华侨的影响[J]. 东南亚纵横，2005（6）.

② [美] 陈依范. 美国华人史[M]. 韩有毅，何勇，包川运译. 北京：世界知识出版社，1987：174.

③ [美] 周敏. 唐人街——深具社会经济潜质的华人社区[M]. 鲍霭斌译. 北京：商务印书馆，1995：51-52.

④ 李小兵等. 美国华人：从历史到现实[M]. 成都：四川人民出版社，2003：135.

福柯的空间权力思想认为，空间本身就是国家控制和管理的手段，是国家权力宰制的体现，"物理性的空间，凭着自身的构造却可以制造出一种隐秘的权力机制，这种权力机制能够持续不断地进行规训和惩罚"①。唐人街长期被隔离于主流社会之外，形成"边缘—中心"的空间对峙，正体现了美国社会的权力意志，是美国权力机制对华人进行"规训和惩罚"的形式。

根据美国对华政策的调整和中国移民在唐人街的生活方式，可以把唐人街的历史划分为三个时期：一，1849年—1943年，"分裂家庭"时期，唐人街基本为"单身汉社会"；二，1943年—1965年，唐人街由"单身汉社会"向家庭社会的转型期；三，1965年以后，华人家庭社会时期②。"单身汉社会"是美国华人历史上绝无仅有的一种畸形社会形态，是美国排华政策的直接产物。由于《排华法案》禁止华人入境，断绝了华工妻眷来美团聚的可能性，导致唐人街内男女比例严重失调：1860年为19:1，1880年为27:1，1910年为14:1，1920年为7:1，1940年为3:1③。同时，由于美国政府明令禁止华人与白人通婚，使得唐人街内的大部分华工沦为单身汉，缺乏正常的家庭生活，在终日劳累和孤独寂寞中艰难度日。因此，唐人街内的嫖娼、赌博和吸鸦片等现象比国内要严重得多。美国社会学家斯坦福·莱曼指出，华人社区中男女比例失调是上述社会问题的主要原因。而且有大量资料显示，这些现象随着华人家庭社会的形成也随之消失——这从侧面表明，这些唐人街的所谓"罪恶"并不是华人的劣根性或痼疾，而是华人在严酷的美国社会环境中不得已而为之的应对策略。在相当长的时间里，唐人街是自治性的，美国政府在唐人街内没有钳入正式的控制机构，采取的是不闻不问、放任自流的政策。更有甚者，美国政府人员从唐人街赌场和妓院中抽取相当的利润，甚至进行敲诈勒索④。以上表明，唐人

---

① 汪民安. 身体、空间与后现代性[M]. 南京：江苏人民出版社，2006：104.

② 薛玉凤. 美国华裔文学之文化研究[M]. 北京：人民文学出版社，2007：35-36.

③ [美] 金惠经. 亚裔美国文学：作品及社会背景介绍[M]. 北京：外语教学与研究出版社，2006：97.

④ [美] 陈依范. 美国华人史[M]. 韩有毅，何勇，包川运译. 北京：世界知识出版社，1987：227-228.

街为主流社会所不齿的种种罪恶现象固然有一部分华人自身的原因，但更大程度上应该归咎于美国社会。

但是在《排华法案》前后的很长一段时间里，美国社会并未反思过其对华人的各种不公待遇，反而在根深蒂固的种族歧视之下，形成了关于华人和唐人街华人社区的种种偏见和刻板印象。美国主流社会的文学作品成为制造这种刻板印象的帮凶，"文学与空间的关系并不是简单的再现反映，文学表征着空间、生产着空间，文学直接参与了社会性、历史性与人文性的表征性空间建构，赋予空间以意义与价值的内涵"①。美国早期主流媒体的唐人街文学为了服务于其排华政策，将唐人街刻意表征为罪恶和贫穷的"他者空间"：帮派横行，鸦片泛滥，赌博成瘾，妓女四散。福兰克·诺里斯（Frank Norris）、格特鲁德·阿瑟顿（Gertrude Atherton）和很多二三流白人作家都曾写过这类作品。其中流传最广的当属萨克斯·罗默（Sax Rohmer）的"傅满洲"系列。通过十三篇"傅满洲"小说，对中国一无所知的萨克斯·罗默扬名西方社会，使得"傅满洲"这一阴险、狡诈、冷酷、凶残、怪异的中国人形象在美国家喻户晓，成为"黄祸"的化身和代言人，而其中的"唐人街"也随之成为罪恶的渊薮和神秘的黑暗世界。20世纪20年代后，随着美国族裔政策的调整，美国社会又炮制出一个"模范少数族裔"的华人侦探陈查理，他身材矮胖、笑容可掬，虽然代表着正义和善良，却对白人唯唯诺诺，没有任何男子气概，再加上满口洋泾浜英语和之乎者也的孔孟哲言，使这个所谓的华人正面形象大打折扣。他的办案地点经常是肮脏、神秘的唐人街，那里经常发生帮会巷战，墙角隐伏着手拿板斧的杀手，鸦片馆里人们吞云吐雾，街道两边机关、暗道横生，油腻腻的厨房内炖着老鼠肉和狗肉，案板上摆着蝎子、毒蛇和蜘蛛等奇奇怪怪的食材②。美国主流文化对唐人街极尽丑化和妖魔化之能事，塑造了一个令美国读者啧啧称奇的"他者空间"，满足了主流社会的猎奇心理和自我优越感，却使唐人街在与主流社会的互动中处于极大的劣势，也给居

① 谢纳. 空间生产与文化表征[M]. 北京：中国人民大学出版社，2010：86.
② [美] 金惠经. 亚裔美国文学：作品及社会背景介绍[M]. 北京：外语教学与研究出版社，2006：10-11.

住其中的华人带来有形无形的巨大伤害。

2.4.2　美国华人文学中的唐人街书写与身份认同

美国的唐人街不仅仅是一处独特的物理空间，作为华裔族群聚居的场所，它也在事实上保留了中华历史和文化，并形构了美国华人真实的生活方式，既是华人族群魂之所系、记忆滋生的精神原乡，又是他们承受种族歧视、遭受陋巷区隔的伤心之地。"社会空间倾向于具有象征空间的作用，这是一个生活方式，以及具有不同生活方式的地位群体所形成的空间"①，作为一处具有鲜明族裔特色的空间建构，"唐人街"成为代表中华文化传统的地理符号和美国华人的身份能指，它的意义超越了单纯的华人聚居社区的命名指向，而成为华人族群文化坐标、种族认同和精神归属的空间象征。

美国华人文学与唐人街有着剪不断、理还乱的深刻渊源关系：一方面，唐人街及其价值观念、生活方式、文化传统为华人作家们提供了文学想象的空间和素材；另一方面，华人作家们也把自己的情感焦虑和身份困惑赋予笔下的唐人街书写和建构之中。正如文化地理学家克朗所言，"在文学作品中，社会价值与意识形态是借助包含道德和意识形态因素的地理范畴来发挥影响的"②。因此，通过华人作家诠释和表征"唐人街"这一空间建构的方式，我们依稀可以追索他们的文化立场和身份焦虑。

1. 和谐温暖的华人社区：水仙花、林语堂构建正面华人形象的努力

水仙花原名伊迪丝•莫德•伊顿（Edith Maude Eaton），被赵健秀和林英敏等华裔评论家一致公认为华裔美国文学的先驱。20 世纪 70 年代著名的华裔美国作家汤亭亭称自己是水仙花的"精神曾孙女"。水仙花于 1865 年出生，1914 年逝世，正是美国种族歧视盛行的时代。水仙花的父亲是英国人，母亲是中国人，她本人实际上是一位

---

① [法] 彼埃尔•布尔迪厄. 社会空间与象征权力[A]. 包亚明编. 后现代与地理学的政治[C]. 上海：上海教育出版社，2001：303-304.

② [英] 迈克•克朗. 文化地理学[M]. 杨淑华，宋慧敏译. 南京：南京大学出版社，2003：61.

欧亚混血儿。在外貌上，她的中国人特征并不明显，但是她本人却一直坚持自己的中国人身份，并且给自己起了一个中文笔名"水仙花"（Sui Sin Far）。华裔学者林英敏指出，"笔名的选择是自我创造的一种行为，是对身份的选择"[①]。"水仙花"这一内含中华文化意蕴的名字正体现了水仙花对于自己种族身份的认定。而她的同胞姐妹温妮弗瑞德·伊顿（Winnifred Eaton）却利用当时美国社会对日本的良好印象，假托日本人，还给自己起了个日本笔名夫野渡名（Onoto Watanna），专写日本人和日本混血儿的生活。两相对照之下，更见水仙花的可贵。

水仙花的短篇小说集《春香夫人及其他作品》（*Mrs Fragrance and Other Writings*）中，有些故事便是以唐人街为背景。在水仙花时代，种族歧视猖獗，当时流行的"黄祸"文学竭力将唐人街妖魔化和他者化，大肆渲染唐人街的堂会巷战、鸦片烟馆和妓院等种种负面事物，塑造鸦片烟鬼、妓女、恶棍等华人刻板印象。但是在水仙花的笔下，这些负面形象很少出现，偶尔提及，也只是寥寥几笔，作为一个浅淡的背景呈现。水仙花注重对华人生活和情感的现实主义呈现，不仅塑造了一批有血有肉的正面华人形象，也构建了一个温暖和谐的"唐人街"华人社区。

在《一位嫁给华人的白人妇女的故事》（"The Story of One White Woman Who Married a Chinese"）和其续篇《她的华人丈夫》（"Her Chinese Husband"）中，白人妇女米妮走投无路之际，唐人街伸出温暖的援手，不仅给她提供栖身之地，还给她生活的来源。这里的华人不仅家庭成员之间互相帮助，对外来者也亲切友善，让白人妇女米妮感觉到家庭的温暖和人生的意义。她感叹道，"我与刘康海一家生活在一起……我第一次感觉到了活着的价值。看着我的孩子与华人孩子一起长大，我感到由衷的安心和满足"[②]，以至于当她受到白人丈夫胁迫而不得不离开唐人街时，感到非常"难过和遗憾"。

① Amy Ling. "Creating One's Self: the Eaton Sisters" [A]. Shirley Geok-lin Lim and Amy Ling eds. *Reading the Literatures of Asian America*. Philadelphia: Temple University Press, 1992: 307.

② Sui Sin Far. "The Story of One White Woman Who Marries a Chinese" [A]. Amy Ling and Annette White-Parks eds. *Mrs Fragrance and Other Writings*. Urbana and Chicago: University of Illinois Press, 1995: 74.

在《摇曳的映像》（"Its Wavering Image"）中，水仙花通过白人和华人对唐人街的不同体认昭示了彼此身份认同的差异。女主人公潘是一个欧亚混血儿，与父亲居住在唐人街里，机缘巧合认识了白人记者马克·卡森并与之相爱，最后潘因为卡森否认自己的华族身份而断然与之分手。在这篇小说里，唐人街是没有种族偏见的社区，不仅把身为欧亚混血儿的潘当自己人看待，甚至对她的白人朋友也热情欢迎。而与之相对的白人社区却令潘感到"陌生和拘束"，他们"好奇的审视"就像"锋利的刀剑"①一样让潘退避三舍。卡森作为白人记者，其思维模式和价值观念完全是主流社会种族主义意识形态的翻版。潘和卡森对身份定位的差异通过二人对"唐人街"这一空间建构的认知表露无遗。卡森和潘站在屋顶的露台上眺望着"灯笼照亮的、人迹混杂"②的唐人街的景象，卡森不由自主地说："上面多美啊！下面却那么丑陋！"③潘反驳道："可能这里并不漂亮，但是这是我居住的地方，是我的家。"④戴维·哈维曾对空间的意识形态性做出这样的论述："空间和时间实践在社会事物中从来都不是中立的。他们都表现了阶级或者其他的社会内容，并且往往成为剧烈的社会斗争的焦点。"⑤对唐人街的"丑陋"认知和表述正表现了卡森意识形态里的种族歧视，卡森和潘对唐人街的认识分歧凸显出白人和华人之间的种族冲突和斗争。卡森出于其东方主义立场，不仅否定和丑化现实的唐人街，还在其报道中对唐人街大加鞭挞，复制着主流社会的话语体系。唐人街的风俗习惯对他而言"是纯粹的迷信，必须曝光和铲除"⑥。虽然潘一

---

① Sui Sin Far. "Its Wavering Image", in *Mrs Fragrance and Other Writings*. Eds., Amy Ling and Annette White-Parks. Urbana and Chicago: University of Illinois Press, 1995: 60.

② Sui Sin Far. "Its Wavering Image", in *Mrs Fragrance and Other Writings*. Eds., Amy Ling and Annette White-Parks. Urbana and Chicago: University of Illinois Press, 1995: 63.

③ Sui Sin Far. "Its Wavering Image", in *Mrs Fragrance and Other Writings*. Eds., Amy Ling and Annette White-Parks. Urbana and Chicago: University of Illinois Press, 1995: 63..

④ Sui Sin Far. "Its Wavering Image", in *Mrs Fragrance and Other Writings*. Eds., Amy Ling and Annette White-Parks. Urbana and Chicago: University of Illinois Press, 1995: 63.

⑤ [美]戴维·哈维. 后现代的状况[M]. 阎嘉译. 北京：商务印书馆，2003：299.

⑥ Sui Sin Far. "Its Wavering Image", in *Mrs Fragrance and Other Writings*. Eds., Amy Ling and Annette White-Parks. Urbana and Chicago: University of Illinois Press, 1995: 65.

时受到卡森的蛊惑，但是卡森对唐人街的恶意描述使潘意识到彼此身份立场的差异。潘最终没有接受卡森对她放弃华人身份的劝诱，反而加强了对华人身份的认同，最后毫不妥协地向卡森表明，"我是一个中国女人"①。

空间理论认为，"我们在空间中的姿态，我们和空间的关系，我们对于空间的处置，都含有政治象征意义。我们对于空间的态度，就是一种政治态度"②。水仙花对于笔下的唐人街，赋予更多积极和正面的力量，生活于唐人街的华人社群，也突破了白人主流话语中的刻板印象，这正是她自身的身份政治诉求使然。

相比水仙花而言，林语堂笔下的唐人街少了政治批判色彩，而成为他自身文化观念展示的平台，在试图纠正主流社会对唐人街的负面印象时有些矫枉过正，因而多了几分虚幻和乌托邦色彩。他的英文小说《唐人街》讲述了唐人街上冯老二一家的故事。故事中的唐人街虽然也是熙熙攘攘、热闹非凡，但是却平和安详，家庭内部父慈子孝，邻里之间互相帮助，温暖和谐，成为华人情感依赖的场域和慰藉思乡之情的第二故乡。小说中对当时社会中依然盛行的种族歧视着墨不多，偶尔出现，也采取回避冲突的方式淡化处理。小说中的汤姆在回家路上遭到白人孩子的挑衅和欺侮，父母却这样教育他："为什么要这样小题大做呢？如果这条街不好，不要从那里走就是了。这不是很简单吗？美国人有美国人的方法；我们中国人也有中国人的方法。"③

《唐人街》出版于 1948 年，因而小说中的生活大概是 20 世纪三四十年代，那个时候的唐人街是一个在美国排华政策下畸形发展的单身汉社会，并且衍生出很多负面的社会问题。林语堂本人并没有在唐人街生活的经验，他对唐人街的描绘和诠释，经由他自己文化身份的透镜，滤去了其中现实的种族冲突和社会问题，成为宣扬其道家思想和儒家文化的渠道和载体。很多西方学者对此书评价不高。亚裔学者

---

① Sui Sin Far. "Its Wavering Image", in *Mrs Fragrance and Other Writings*. Eds., Amy Ling and Annette White-Parks. Urbana and Chicago: University of Illinois Press, 1995: 66.

② 汪民安. 身体、空间与后现代性[M]. 南京：江苏人民出版社，2006：109.

③ 林语堂. 唐人街[M]. 唐强译. 西安：陕西师范大学出版社，2004：84.

金惠经和尹晓煌都认为《唐人街》强化了西方对华人的刻板印象；赵健秀甚至毫不留情地称林语堂为"二等公民"，为"美元和畅销"而写作。但是在笔者看来，林语堂对唐人街的描写虽然有些失真，对于中国人的性格刻画也与西方人的偏见有些暗合，但是他对自己文化身份的指认却是毫无疑义的，小说中对道家思想的推崇和中国传统生活方式的溢美描写，展示了作者对中华文化的信心和自己文化身份的不二选择。

2. 负面和异国情调的"他者空间"：第二代华裔逃离唐人街的冲动

居住于唐人街的第一代华人，在美国的种族歧视和种族隔离制度下，往往在中华文化传统里寻找精神依托和情感归属，他们对中华文化的认同是根深蒂固又自然而然的。对于出生于唐人街的第二代华裔而言，情形则有了很大的改变。他们虽然在家庭和社区中不同程度地接触了中华文化传统，但是从小接受的是美国教育，说着地道流畅的英语，因而他们的意识形态和价值观念实际上很大程度上美国化了。新一代华裔生活于唐人街不是自己的选择，而是美国社会政治、文化各方面隔离的结果，是种族歧视和压迫以及剥夺华人就业机会的产物。唐人街对于他们而言，是一种无形的枷锁和桎梏，许多华裔作家不由自主地产生逃离唐人街的冲动。在第二代华裔作家的笔下，唐人街失去了水仙花、林语堂笔下那种和谐愉悦的氛围，而经常以负面形象出现：社区狭小逼仄、封闭压抑，重男轻女等封建思想盛行，人们谋生的手段就是开洗衣店、杂货店和餐馆，靠麻将和妓女消磨时光。唐人街的这种表征方式正是华裔作家接受美国社会意识形态后反观自身的心理投射。

林英敏曾经以"他者导向"（other-directed）和"自我导向"（inner-directed）论及伊顿姐妹（水仙花和她的妹妹）的创作范式："他者导向"是对美国社会政治、经济、社会风气的迎合；"自我导向"则追求真相以保持精神的纯洁与健康①。黄玉雪（Jade Snow Wong）的

---

① Amy Ling. "Chinese American Women Writers: The Tradition Behind Maxine Hong Kingston", in *Maxine Hong Kingston's The Woman Warrior: A Case Book* [C]. Ed., Sau-ling Cynthia Wong. New York: Oxford University Press, 1999: 142.

《华女阿五》（*Fifth Chinese Daughter*，1945）和刘裔昌（Pardee Lowe）的《虎父虎子》（*Father and Glorious Descendant*，1943）明显属于前者。黄玉雪将唐人街作为一种族裔符号，对唐人街内的饮食、风俗、生活、价值观念做了事无巨细的描绘，客观上满足了主流社会对华人的东方主义凝视，是其树立华人正面形象、渴望被主流社会接纳的心理外现。同样，刘裔昌对唐人街的表征方式也是一种"局外人"（outsider）的视角。在他的笔下，唐人街就像一个蜂窝，而其中辛苦劳作的华人就像"工蜂"，华人的服装怪里怪气，唐人街的堂会是暴力和罪恶的渊薮，整个华埠弥漫着腐朽和堕落的气息。刘裔昌的唐人街书写完全复制了主流社会的东方主义话语，他的创作范式不仅是"他者导向"的，甚至是完全迎合主流社会文学作品里对唐人街"他者空间"的表述。克朗指出，"空间对于定义'他者'群体起着关键性的作用。在被称作'他者化'的过程中，'自我'和'他者'的特性以一种不平等的关系建立了起来"①。显然，刘裔昌把华人聚集的唐人街定义为"他者"，不惜与自己的民族社区彻底决裂，其一心融入美国社会、皈依美国文化的迫切心境昭然若揭。

汤亭亭笔下的唐人街是一个"群鬼环绕的世界"：既有来自白人世界的"洋鬼子"，如报童鬼、垃圾鬼、公车鬼，也有来自中国的坐凳鬼、压身鬼。这些所谓的鬼，实际是身在美国社会边缘的华人对于中美文化中一些难解事物的表述方式，"它是中国文化传统与美国文化传统的双重聚像，是不为华裔美国新一代所理解的'他者'部分，是许多相互矛盾因子的聚合物"②。但是这给年幼的华裔小女孩带来巨大的困惑和迷惘，成为她拒斥唐人街和中华文化传统的一个因素。除此之外，唐人街对于汤亭亭而言，还意味着充满秘密和谎言的世界。由于美国的种族歧视和排华政策，很多非法入境的华人家庭成员不得不改名换姓，隐藏自己的真实身世，这对年幼的华裔孩子造成心灵的负担，"有时候，我痛恨洋鬼子不让我们说实话，有时候我又痛恨中国

---

① [英] 迈克·克朗. 文化地理学[M]. 杨淑华，宋慧敏译. 南京：南京大学出版社，2003：78.
② 蒲若茜. 族裔经验与文化想象[M]. 北京：中国社会科学出版社，2006：73.

人的诡秘"①。华人的文化传统里，往往推崇含蓄和客气，很多话不喜欢以坦率直接的方式说出来，这让汤亭亭"很恼火中国人为什么撒那么多谎"②。然而，唐人街文化传统里，对汤亭亭伤害最深的是男尊女卑思想，"养女等于白填""宁养呆鹅不养女仔"③。中华文化传统确实存在一些负面因素，加上华裔后代在主流社会影响下对自身文化的误解和排斥，使得第二代华裔在中美两种文化的博弈之中逐渐偏向美国文化，产生了逃离唐人街的冲动，"离开家，我就不会生病，不会每个假日都去医院……我呼吸自如……我不用站在窗前看看外面有什么动静，在黑暗中看看有什么动静"④。

在赵健秀作品中，唐人街被表征为一个腐朽、没落、令人窒息的生活空间，"父亲和母亲们因为痨病奄奄待毙，孩子们因为厌倦无聊而倍感伤痛、乏味和压抑……整个社区就像殡仪馆"⑤。中国传统文化中的长幼秩序被演绎为父辈独断专行的家长制作风，成为压抑二代华裔发展的绊脚石，唐人街成为封闭、压抑、缺乏活力的移民飞地。

华裔美国新生代作家伍慧明的《骨》，则以第一人称自传体叙事，挖掘了一个唐人街家庭三代的历史。梁爷爷是梁家在美国的第一代，在书中出现时早已作古。他的一生由两个空间构建而成：早期在美国西部做苦力，晚年在唐人街的三藩公寓孤独终老。福柯认为，权力在空间生产过程中起着重要作用，从空间物质要素的构建、规划以至精神空间的建构，权力的阴影无处不在。梁爷爷从西部到三藩公寓，正体现了美国社会的权力宰制：梁爷爷在西部开发中做出了贡献，然而并未得到应得的承认和善待，反而被排挤入狭小的"唐人街"保留地。梁家第二代，书中的"父亲"利昂，本姓傅，是梁爷爷的"纸生子"（paper son），因为与"母亲"的矛盾，也住进三藩公寓。三藩公寓是

---

① [美] 汤亭亭. 女勇士[M]. 李剑波，陆承毅译. 桂林：漓江出版社，1998：166.

② [美] 汤亭亭. 女勇士[M]. 李剑波，陆承毅译. 桂林：漓江出版社，1998：18.

③ [美] 汤亭亭. 女勇士[M]. 李剑波，陆承毅译. 桂林：漓江出版社，1998：42.

④ [美] 汤亭亭. 女勇士[M]. 李剑波，陆承毅译. 桂林：漓江出版社，1998：99.

⑤ Elaine H. Kim. "Defining Asian American Realities Through Literature", in *The Nature and Context of Minority Discourse* [C]. Eds., Abdul R. Jan Mohamed and David Lloyd. Now York and Oxford: Oxford University Press, 1990: 182.

一个特殊的空间建构，它是美国单身汉社会的缩影，它的存在，证实了美国排华政策对华人心理和生理的伤害。梁家第三代的三个女儿，分别以自己的方式逃离了唐人街。梁家三代的历史，实际上是整个华人族群在美国的历史缩影，是族群生活在一个华人家庭中的浓缩展现。

　　美国华人文学中的唐人街书写，远远超出了其地理意义，具有浓烈的政治文化内涵：唐人街所代表的生活方式、价值观念以及文化传统，一方面为华裔作家构建族裔属性提供了社会文化资源，另一方面也是其试图逃离、反叛或留守的精神原乡。唐人街"不仅仅是存在于美国一隅的自足文化空间，它蕴含着多重的历史与文化符码，也因此有了丰富的阐释寓意"①。华裔作家也通过对唐人街的不同表征方式，传达出对自身文化属性和身份认同的理解和认知：这其中既有纠偏主流社会刻板印象的努力，也有依附白人意识形态的东方主义文化陈列；而更多的，是在对唐人街的固守和叛逃中追寻着自己的文化归属和身份定位。

本章小结

　　正如空间理论一再张扬和阐发的那样，空间场域不是空洞而死寂的存在，它充满了意义，并且不断建构和生产意义。人文地理学认为地方和空间也是自我认同的一部分，人通过各种无意识的情感和思维活动与周围的环境和场域进行着复杂的互动，形成与周围环境的认同或排斥。美国华人文学文本中的空间场域参与了作家的身份建构并且体现出华人作家的认同倾向。华人作家带着强烈的主观性和情感色彩来描写笔下的地志空间，使得文本中的地志空间打上了作家身份认同的烙印。白先勇、丛甦等台湾留学生作家对美国颇多负面和他者化描述：在白先勇的笔下，芝加哥等西方都市是冷漠、喧嚣的"魔都"形象；丛甦笔下的华人生活空间灰暗而压抑，纽约是个充满暴力和各种

---

　　① 刘桂茹. 论美国华人小说的"唐人街"书写[J]. 学术界，2008（6）.

罪恶的黑暗所在——这正是作家认同中国文化、拒斥美国社会的空间表征。任璧莲赋予笔下的空间以象征力量，以空间的转换来隐喻人物身份的改变，表现了作家的流动身份观。在以上文本中，空间建构与人物或作家的身份认同形成同构关系，成为作家身份认同的暗示和索引。而在另外一些作家笔下，空间表征与人物的身份认同形成悖谬。华人作为移民主体，对于中国原乡的归属感和认同感往往附着于相应的空间和地域，所以面对陌生的美国异域，富庶优美的环境反而在华人移民心里产生深深的异质感和隔膜感，典型的文本案例是王周生的《陪读夫人》和白先勇《安乐乡的一日》，本书将这种认同模式称为反讽模式。除此之外，在很多作家笔下，出现中美两种空间场域，而作家的身份认同往往从两种空间的下意识比较中得以凸显：《又见棕榈，又见棕榈》中负面的美国形象和温馨的原乡记忆并置，正体现了牟天磊们的故国认同；《丛林下的冰河》和《曼哈顿的中国女人》中构建了一个丑陋和落后的中国他者，与美国的自由和富庶形成鲜明对比，也透露了作者的亲美倾向。唐人街是美国社会具有鲜明族裔色彩的空间场域，华裔作家通过对唐人街的不同表征方式，传达出对自身文化属性和身份认同的理解和认知：这其中既有纠偏主流社会刻板印象的努力，也有依附白人意识形态的东方主义文化陈列；更多情况下，成为华裔作家试图逃离、反叛和留守的精神原乡。

第三章 故事层的人文空间与身份认同

本书上一章讨论了文本故事层的地志空间与身份认同，本章将把重点放在故事层人文空间与身份认同的关系上。本章根据美国华人文学空间的特点，将从两个方面来进行讨论：人际交往空间与身份认同；文化空间与身份认同。

第一节 人际交往空间与身份认同

我国著名社会学家、人类学家费孝通先生在《乡土中国》里曾提出"差序格局"这一概念，用以阐释中国传统社会的结构和人际交往特点，"我们的格局不是一捆一捆扎清楚的柴，而是好象把一块石头丢在水面上所发生的一圈圈推出去的波纹。每个人都是他社会影响所推出去的圈子的中心。被圈子的波纹所推及的就发生联系"①。费先生这番论述虽然是根据中国乡土社会而发，但是却有着广泛的适用性，它形象地说明了一个人在社会交往过程中，以自我为中心，按照由亲及疏、由近及远的顺序向外辐射而形成的人际交往空间。只不过，在不同的社会语境中，影响这种"差序格局"的因素也会随之改变：在中国乡土社会以血缘关系和地缘关系为核心的差序格局，在大城市中

---

① 费孝通. 乡土中国[M]. 北京：北京大学出版社，1998：26.

可能会更多地受制于姻缘关系和利益关系。美国华人是由中国移民美国的华人或华人后裔，在他们的人际交往过程中，无论是所接触的人群，还是远近亲疏的影响因素，都与中国社会有了很大的差别。美国华人除了与本民族同胞交往外，还有与主流社会和白人种族互动的可能。因而，美国华人的差序格局按照由近及远的顺序，可以分为三个外环：家庭内部、同胞关系、异族交往。就家庭内部的关系而言，美国华人的家庭常常由第一代华人和在美国出生的第二代华裔组成，保留着中国传统和文化记忆的第一代华人与接受美国教育的后代子女之间在思想观念、思维方式、生活习惯等方面往往会产生不小的分歧，对中西方文化的认同差异肢解了很多华人家庭，出现很多以代际冲突为表征、以文化冲突为里因的家庭内部矛盾，这形成美国华人文学中独特的母女关系、父子关系母题。家庭外部的族群交往中，美国华人虽然在外貌特征上都是黑头发黄皮肤，但是却来自不同的区域，来自中国的华人以及美国土生华裔，由于历史带来的政治文化隔阂和对自己文化身份的不同理解，在彼此互看时，并不能产生他乡遇故知的亲缘关系，反而是更多的隔膜和敌视。而在美国华人的人际交往空间中，最有意味的恐怕还是异族交往。异族交往在不同的作家笔下，在不同的历史语境中，呈现出不同的面貌，但是无论其成功还是失败，无不与人物的文化身份选择有着莫大的关联。本节将从家庭内部、同胞互看、异族交往三个层面来探讨美国华人文学中人际交往空间与身份认同之间的关系。

3.1.1　母女/父子关系与身份认同

对于大多数移民美国的第一代华人而言，由于在中国的语言文化环境中浸淫日深，中华文化传统已经给他们的人生画布打上了不可磨灭的底色，中国的思维方式、生活习惯已经渗入其骨血。因而，"中国认同在第一代华人移民身上根深蒂固，是他们与生俱来的历史纵轴"[①]。尽管由于各种原因移居异邦，但文化惯性和在异域环境下的

---

① 朱立立. 身份认同与华文文学研究[M]. 上海：上海三联书店，2008：58.

自我防卫本能都使得他们在身份认同上往往趋于保守，还是以对中国和中华文化的认同为多数。然而，他们在美国所生的后代子女，即第二代、第三代华裔，也就是传说中的 ABC（American-born Chinese，美国土生华裔），却没有父辈身上的这种中华文化传承和精神负累。虽然通过父母讲述对中国传统稍有认知，但是已经非常隔膜；美国社会对华人的种族歧视也强化了他们对中华文化的抗拒和排斥。所以土生华裔不仅失去了汉语的母语根基，说着道道地地的美式英语，在文化上也更认同主流社会，思维方式、价值观念等都很大程度上美国化了。这样，固守中华文化传统的第一代华人移民和其后代子女之间往往因为彼此对中西方文化的认同差异产生种种矛盾和冲突。因此，以代际冲突为表征、文化冲突为里因的母女、父子关系成为美国华人文学中的常见主题。谭恩美、汤亭亭、刘裔昌、赵健秀的作品在这方面很有代表性。

谭恩美的四部小说《喜福会》《灶神之妻》《一百种神秘的感觉》和《接骨师之女》，都是以华裔母女之间错综复杂、爱恨交织的关系为主线，探讨东西方文化的冲突与融合、华人身份构建等问题。

在《喜福会》中，作者将麻将桌的形式与西方的四季理论相融合，用"轮言"的方式和第一人称叙述，展现了四对母女的冲突和矛盾。来自中国的母亲们——吴凤愿、许安梅、龚林达和映映·圣克莱尔身上背负着在中国的种种苦难过去，漂洋过海来到美国。虽然已经在美国落地生根，建立家庭，但是她们在思维意识上，仍然是传统的中国女性，秉持着中国传统的教育方式和伦理观念。在中国的教育传统里，有着源远流长的暴力倾向，"棍棒底下出孝子""不打不成器""严师出高徒"等谚语就是这一倾向的写照。《喜福会》中的母亲们在子女教育上，也沿用了这样的方式。当吴精美拒绝练琴的时候，母亲吴凤愿"突然抓起我的膀子，把我从地上拎起来，啪地关上电视。她力气大得惊人，将我半拖半拉，朝钢琴那边拽过去，而我拼命挣扎，使劲地蹬地毯"[1]。龚林达发现薇弗莱上高中就有了男朋友时，"当下就将

---

[1] Amy Tan. *The Joy Luck Club* [M]. New York: Ivy Books, 1989: 152-153.

鞋脱下朝我扔过来"①。这种中国式的教育方式伤害了美国儿女们的感情，使得二者之间的关系经常处于剑拔弩张的状态。

此外，在中国的传统家庭里，有着很强的等级观念和伦理秩序。所谓"夫为妻纲，父为子纲"，父母经常把儿女作为自己的附属物和私有财产，强调对长辈和权威的绝对服从，儿女的个性和思想往往得不到充分的表达和尊重。而在美国的家庭关系中，儿女是与父母平等的主体，享有独立的个性和尊严，拥有与父母对话的权利和自由。因此，中美两种家庭伦理的差别也经常导致母女之间的冲突和矛盾。在逼女儿弹钢琴的时候，吴凤愿怒吼，"女儿只有两种：听话的和随心所欲的！这个家里只容得下一种，那就是听话的女儿！"②而女儿精美则认为，"我不是她的奴隶。这不是在中国"③。龚林达按照中国人的思维方式，认为到自己女儿家不打招呼随便上门是再自然不过的事，而薇弗莱·龚认为这样的做法是对自己隐私的打扰。来自中国的母亲们经常按照中国方式，对女儿们的生活各方面给予指导和关心，但是对于美国的女儿们而言，这是对自己生活的粗暴干涉。接受了美国文化的女儿们崇尚自由，强调自我中心的美国价值观，有着强烈的主体意识。就像吴精美对母亲宣告的那样，"我就是我自己的"④。

母女两代人的冲突和矛盾很大程度上是由基于不同文化身份而带来的价值差异而引起的。母亲们来自中国，在那里度过了从童年至成年的大部分时光，奔赴美国之前，中国的生活环境已经形塑了母亲们的中国身份，赋予她们无法抹去的中国气质和中国性格，对"中国"的国家认同和对"中国人"身份的认同与生俱来、顺理成章。女儿这一代人生于美国、长于美国，她们自觉自愿地接受了美国的价值观念，理直气壮地认为自己是"美国人"。两代人的身份认同差异在许露丝交男友这件事上表露无遗。作为母亲的许安梅再三提醒女儿：Ted 是

---

① Amy Tan. *The Joy Luck Club* [M]. New York: Ivy Books, 1989: 184.
② Amy Tan. *The Joy Luck Club* [M]. New York: Ivy Books, 1989: 153.
③ Amy Tan. *The Joy Luck Club* [M]. New York: Ivy Books, 1989: 152.
④ Amy Tan. *The Joy Luck Club* [M]. New York: Ivy Books, 1989: 290.

美国人，是"外国人"，而露丝认为，"我也是美国人"①。她甚至承认，之所以被 Ted 吸引就是因为"他和自己的哥哥以及那些曾约会过的中国男孩不一样"②。事实上，这些女儿们后来几乎都选择了白人做丈夫。女儿一代的择偶观充分体现了她们对美国文化的认同和向往。母亲们对两代人的身份差异也深有感触：龚林达感慨，"除了她（薇弗莱——笔者注）的头发和皮肤是中国式的，她的内部，全是美国制造……我一直希望能造就我的孩子适应美国的环境，但保留中国的气质，可我哪能料到，这两样东西根本是水火不相容，不可混和的"③。

　　除《喜福会》外，谭恩美的其他几部小说中，也体现了华裔女儿与中国母亲之间由于潜在的文化身份差异而导致的复杂纠葛关系。在很多华裔美国小说里，如汤亭亭的《女勇士》，甚至更早一点的黄玉雪的《华女阿五》，亦表现了同样的主题。《女勇士》里，汤亭亭对于母亲讲述老家各种各样的鬼故事深感厌倦。母亲用中国的那套观念在美国生活，对美国缺乏知识和了解，这让汤亭亭感到羞耻和尴尬。汤亭亭对母亲所灌输的中国文化（比如宗教信仰、生活习惯）都极为反感和抵触。她认为只有在美国才能找到自己的认同感，"在这个国家（美国——笔者注）里找到了一些没有鬼的地方，我觉得自己属于这样的地方"④。母亲试图以无名姑妈因通奸而受到家族除名的故事为反面教材，希望女儿能够学会中国父权社会中的贞洁观念，但是汤亭亭却给予无名姑妈无限的同情，并且以书写的方式反抗母亲"不许说"的禁令。在自传体小说《华女阿五》中，黄玉雪在走出唐人街、逐渐接受美国主流社会的个人价值观之后，与父母的关系也经历了一个从一味顺从到反抗冲突的阶段。

　　在这些华裔美国文学作品中，母女之间的冲突和对抗，其实是以代际冲突为表象的文化认同问题，诚如华裔美国文学研究者蒲若茜所

---

① Amy Tan. *The Joy Luck Club* [M]. New York: Ivy Books, 1989: 124.

② Amy Tan. *The Joy Luck Club* [M]. New York: Ivy Books, 1989: 123.

③ Amy Tan. *The Joy Luck Club* [M]. New York: Ivy Books, 1989: 289.

④ Maxine Hong Kingston. *The Woman Warrior: Memoirs of a Girlhood Among Ghosts* [M]. New York: Vintage, 1989: 108.

言，"对于华裔美国女性而言，其精神传承或冲突的背后其实是文化的传承和对抗。从某种意义上说，母亲形象就是华族文化的隐喻，而女儿则是美国文化的缩影"①。刘丽莎在评论《喜福会》时显然也看到了华裔美国小说中母女关系对于文化的这种隐喻关系，"我们可以不把《喜福会》仅仅当着描述华裔美国几代人'母/女联系神秘'的小说文本来读，而是把它当着一个隐喻的文本来读，读它如何用母女关系的隐喻来象征亚美文化的主题。也就是说，我们可以在亚裔美国的话语框架之中，通过把这种结构放到差异的语境中，把这本小说当着有关母女关系的民族公共美学评论"②。

同样的主题在华裔男作家那里找到了对应物——父子关系。

刘裔昌的自传体小说《虎父虎子》（*Father and Glorious Descendant*，有人译为《父亲和其光荣的后代》）就描述了一个全面臣服于美国文化、一心融入美国白人社会的华裔儿子与美国化并不彻底的华裔父亲之间的纠葛和矛盾。刘裔昌的父亲十几岁便来到美国，已经在相当程度上美国化了。他不仅剪掉了当时华人中还依然盛行的辫子，并且着洋装、举止西化，与美国白人社会交游广泛，甚至效法西方社会为自己的孩子起了英文名字——帕迪（Pardee）。然而，中华文化传统从未从他身上完全消失，中国的思维方式和生活习惯依然根深蒂固地发生着影响：他不相信西方式的原创精神，也不欣赏西方人的个性表达和感情外露，而恪守中国儒家传统提倡的严谨、隐忍等人生态度；在对子女的教育上，也并没有完全背离中华传统：他带儿子参加华人春节庆祝活动，坚持送儿子去中文学校学中文。对于完全认同美国文化的刘裔昌而言，父亲身上的美国化特征让他分外自豪，父亲身上残留的中国特征则让他痛恨不已。他认为是父亲"固执的中国式思维"才导致父子间的冲突不断。刘裔昌坚决抵制其父送他回中国接受教育的要求，因为在他看来，中文是世界上最难学的语言，中国是

---

① 蒲若茜，饶芃子. 华裔美国女性的母性谱系追寻与身份建构悖论[J]. 外国文学评论，2006
（4）.

② Lisa Lowe. *Immigrant Acts: On Asian American Cultural Politics* [M]. Durham, N.C.: Duke University Press, 1996: 285.

个遥远、落后、无法改良的国家。中国的家庭伦理观念强调"父为子纲""父慈子孝"，父亲在家中拥有绝对权威，儿子只能唯命是从。而刘裔昌推崇西方家庭成员之间的平等和互相尊重，认为个人有行事的自由和情感选择，对中式的父亲权威和孝道进行了严厉批评。在父亲说"我和你母亲把你们带到这个世界上，就是为了抚养教育你们"①时，竟然反唇相讥，"我和弟弟妹妹可从来没有要求到这个世界上来"②。在他的自传中，"刘裔昌那种彻底的美国化，与其父似是而非的美国行为方式交织在一起，形成鲜明对比"③，父子之间因为在文化认同上的巨大差异而关系紧张，冲突不断。

　　相比较而言，赵健秀的《唐老亚》中的父子关系不像《虎父虎子》之中那么紧张和火药味十足，却也因为对中华文化传统的不同认知而表现出隔膜和疏离。唐老亚是个不到十二岁的华裔小男孩，与父亲及其他家庭成员住在唐人街上。唐老亚羞于做一个中国人，他讨厌自己的名字和中国特征，他认为，"只有中国人才会蠢到给自己的孩子起这么个傻名字"；"看起来像个中国人快把他逼疯了"④。对他来说，过农历新年是一年中最难熬的时候，因为老师会不停讲一些关于中国人信仰和生活习惯的陈词滥调，别人也老问他中国人的"古怪"风俗和"古怪"食物，因此"他不喜欢说汉语，也觉得没必要——这里是美国"⑤。他觉得，"人人都必须放弃过去的习惯，好成为一个美国人，如果华人全都更加美国化了，我也就不会遇上这么多事了"⑥。唐老亚的这种论调让他的父亲非常生气。他教育儿子说，新近移民美国的华人不是来放弃旧的原则，而是为了增加新的东西，这样他们才比美国土生土长的华裔更加有力量。

　　美国新老两代华裔都会在不同程度上受到中美两种文化的影响。但是显然，两代人在对两种文化的不同体认和感知上有着显著差异。

---

① Pardee Lowe. *Father and Glorious Descendant* [M]. Boston: Little Brown, 1943: 177.

② Pardee Lowe. *Father and Glorious Descendant* [M]. Boston: Little Brown, 1943: 177.

③ [美] 尹晓煌. 美国华裔文学史[M]. 徐颖果主译. 天津：南开大学出版社，2006：141.

④ Frank Chin. *Donald Duk* [M]. Minneapolis: Coffee House Press, 1991: 2.

⑤ Frank Chin. *Donald Duk* [M]. Minneapolis: Coffee House Press, 1991: 3.

⑥ Frank Chin. *Donald Duk* [M]. Minneapolis: Coffee House Press, 1991: 38.

这种差异也通过父子关系的形式得到体现和外化，因而，"华裔小说中的父子关系也便从单纯的家庭血缘关系成为文化冲击的载体与产物"①。

然而，一个人的文化身份总是不可避免地带有历史和家庭环境的烙印，无论出身美国的土生华裔如何抗拒中国文化传统，他们都无法斩断自己身上的中华血脉，外貌上的天然差别也使得华裔子女们不可能与"中国人"这一身份标识彻底告别。有些人在与主流社会的互动中，饱尝二等公民的痛苦，意识到自己最终无法被主流社会完全接受，而逐渐向中国传统回归。还有些华裔子女在成年的过程中，受到文化多元主义的影响，逐渐开始以一种理性、平和的眼光看待中西两种文化，表现出对本族文化的回归和向往。无论出于上述哪种情况，华裔子女都经历了一个对自己的中国文化身份由抗拒到接受的过程。这个过程也恰恰证明，一个人的文化身份是动态和开放的。建构主义身份观认为，身份是"流动的、建构的和不断形成的，重视差异、杂交、迁移和流离"②。英国学者斯图亚特·霍尔指出，"文化身份既是'存在'又是'变化'的问题。它属于过去也同样属于未来。它不是已经存在的、超越时间、地点、历史和文化的东西。文化身份是有源头、有历史的。但是与一切有历史的事物一样，它们也经历了不断的变化。它们绝不是永恒地固定在某一本质化的过去，而是屈从于历史、文化和权力的不断'嬉戏'"③。美国华裔也是在"历史、文化和权力的不断'嬉戏'"中，逐渐认识"中国性"在自己的文化身份中所占据的不可或缺的位置，对自己的文化属性进行了调整和重新定位，中西文化在文学文本中从冲突走向融合，矛盾重重的母女、父子关系也由此得到和解。美国华人作家兼评论家吕红一语中的："作为一种文化需求，身份寻求试图提供的不仅是在酷烈的现实面前对自身身份的幻象，而

---

① 魏蓉婷. 美国华裔小说中"父子"代际文化关系解读[J]. 文教资料，2011（5）.

② 周宪. 中国文学与文化的认同[C]. 北京：北京大学出版社，2008：8-9.

③ [英] 斯图亚特·霍尔. 文化身份与族裔散居[A]. 罗钢，刘象愚编. 文化研究读本[C]. 北京：中国社会科学出版社，2000：211.

且更重要的是通过自我建构，可以超越固定身份的刻板局限。"①

　　在《喜福会》中，美国的女儿们经历了为人妻、为人母后种种挫折和痛苦，也经历了少数族裔在主流社会中的尴尬和困境之后，在亲情的感化下开始从母亲和中国传统那里汲取智慧和力量。通过了解母亲们的家族记忆，不仅在情感上理解和认同了母亲那一代，也找寻到了自己的文化之根，平衡了和融汇了两种文化，构建了独特的文化身份。薇弗莱从母亲那里获得"一种无形的力量"②，一种通过沉默克制在谈话中赢得上风和他人尊重的策略；在与母亲隔膜多年后终于明白，在母亲表面的挑剔和闲言碎语之后，藏着一颗渴望与她理解和沟通的拳拳爱心。丽娜·圣克莱尔也在与母亲的冲突中，逐渐意识到母亲超凡的敏锐和判断力，在母亲的启发下，学会直接面对婚姻中潜在的问题。许露丝是个五行缺木、性格软弱的姑娘，她对母亲的意见左耳进、右耳出。她曾经以为，尽管"中国人有中国人的观点，美国人有美国人的观点。但是在几乎所有情形中，美国版本都远胜一筹"，但是在遭遇与美国丈夫的婚姻危机时发现，"美国式的见解有一个很大的缺陷，就是它有太多的取向，因此反而容易给搞得昏头昏脑"③。在中国母亲的鼓励下，她开始学会积极采取行动，最终在离婚中赢得了尊严和权利。在西方的女儿们透过母亲的指引在双重文化的困境中学会了表达自我，她们逐渐悟出，"只有接受了中国的传统文化和中国身份后，他们才能找到真正的自我、成为真正的美国人"④。而中国的母亲们也在与女儿冲突和解的过程中逐渐了解美国的处世之道。华裔母女两代人在中美文化冲突与融合的过程中，不仅重建了和谐的母女关系，也熔铸了独特的文化身份——华裔美国人身份。

　　类似地，在汤亭亭的《女勇士》中，母女之间最后也达到了和解与认同。尽管汤亭亭对母亲的思想和行为方式有很多不满，但是她同

---

① 吕红. 海外移民文学视点：文化属性与文化身份[J]. 福建论坛（人文社会科学版），2006（12）.

② Amy Tan. *The Joy Luck Club* [M]. New York: Ivy Books, 1989: 89

③ Amy Tan. *The Joy Luck Club*[M]. New York: Ivy Books, 1989: 124.

④ 金莉. 20 世纪美国女性小说研究[M]. 北京：北京大学出版社，2010：302.

时也欣赏母亲的果敢和坚强，并在真实和想象两方面从母亲那里获得了面对困境时的应对方式。汤亭亭把描写母亲的"乡村医生"置于全书的中心位置，"象征着已经美国化的女儿承认母亲的中心地位。这种地位解构了西方世界中以白人为中心的权力结构"①。美国的女儿经过一系列文化困惑和反抗之后，逐渐理解和接受了中国母亲以及她所代表的中国文化。在最后一章中，以母女同讲故事的形式，重新建立了母女间的亲密关系以及中美两种文化的沟通和融合。赵健秀笔下的华裔小男孩唐老亚，也通过查找了解华工修建美国铁路的历史，重拾了民族自尊心，对中华文化产生了强烈的兴趣，主动要求父亲给他讲述《水浒传》、岳飞等中国文化故事。

美国华人是美国社会里的少数族裔，他们处于东西方文化的夹缝中，在自己的中国家庭环境和美国社会环境中，常常陷入文化身份的困惑和迷思之中。在西方社会对华人的东方主义注视之下，美国华裔往往会迷失自我，以美国文化认同为唯一导向，也因此与自己的中国家庭背景和父辈/母辈产生种种冲突和隔阂。但是随着华裔日渐成熟，在与主流社会交往和互动中，美国华裔所面临的尴尬和困境让他们重新反思美国文化与自己的家族传统，从而逐渐意识到自己身上流淌不绝的中华文化血脉，通过认同和接受中华文化传统，土生华裔们改善了与父辈们的紧张关系，也在平衡两种文化的过程中，重新构建了自己的文化身份。

3.1.2 同胞互看与身份认同

美国华人是一个整体性的概念，指涉所有拥有美国居住权或公民身份的拥有中国血统的华人。但是这一族群内部的人员构成却相当复杂，尤其在美国排华政策废止之后，大量华人新移民涌入美国，使得在美华人人口快速增长，人员构成在来源地、社会经济背景和地区分布等方面更加复杂和多元。他们不仅包括美国土生华裔，也包括来自中国大陆、中国香港、中国台湾甚至越南、马来西亚的华人移民。根

---

① 张延军. 汤亭亭《女勇士》中的多重身份认同与文化融合[J]. 世界文学评论，2008（2）.

据 1990 年的统计，居住在洛杉矶的华人，美国出生的占 23%，中国大陆出生的占 27%，中国台湾出生的占 20%，中国香港出生的占 8%，在其他国家和地区出生的占 22%。移民的经济背景也各不相同：一些人来到美国时几乎身无分文，受教育程度很低，又没有工作技能；还有一些人则带着家庭存款或丰厚的资金来到美国，他们的教育程度和工作技能均超过美国人的平均水平。以 1990 年为例，从中国大陆来的新移民将近有 40%没有达到高中毕业水平，而从中国台湾来的移民中这部分人仅占 8%，中国香港移民中占 18%①。同样的黄皮肤黑眼睛并不能天然地将所有华人凝聚在一起，而是由于巨大的背景差异和经济历史隔阂，对自己的身份做出不同的定位，同时将自己的同胞他者化、差异化，在彼此的互看中构建颇有意味的同胞形象。

霍尔在《多重小我》中指出"差异"在认同建构中的作用。在他看来，"所有的身份都是建构在差异之上，而且与差异政治并存……我是谁——'真正的'我——乃是在与多种异己的叙述之关系中形成的"②。他认为任何强调社群统一认同的想法都是"武断的封闭"（arbitrary closure），而且"不得不接受这些武断的封闭之必然的虚构性及虚构的必然性"③。差异是最常见的构建自我认同的方式，人们通过发现与其他人的差异并且彰显这种差异来确定自我的位置和身份。在美国华人文学中，由于华人移民构成的复杂，其身份认同也必然不可能是单纯和统一的。华人不仅意识到与白人社会的差异，以此建构自己的文化身份，并且经常以他者化的眼光看待自己的同胞，确认自己的身份认同。美国华人文学中，包括两种较为典型的同胞互看：土生华裔与华人移民的对视，华人移民之间的对视。

美国土生华裔（又称 ABC，American-born Chinese）指那些在美国出生和接受教育、拥有中国血统的美国公民。这些人从小接受了美

---

① [美] 周敏. 美国华裔人口发展趋势和多元化[J]. 高伟浓，方晓宏译. 人口与经济，2004（3）.

② Stuart Hall. "Minimal Selves", in *Identity: The Real Me*. Ed., Homi K. Bhabha. London: Institute of Contemporary Arts, 1987: 44-46.

③ Stuart Hall. "Minimal Selves", in *Identity: The Real Me*. Ed., Homi K. Bhabha. London: Institute of Contemporary Arts, 1987: 44-46.

国的价值观和思维方式，在身份认同上往往以美国人自居，对于自身存在的中国血统和家庭中的中国传统都较为冷漠和疏离，有些甚至非常抵触和抗拒。上节提到的汤亭亭、谭恩美、刘裔昌就是典型的案例。谭恩美在采访中曾提到小时候为了摆脱自己的华人外貌特征，甚至考虑过做整容手术①。华裔对东方文化传统的态度固然与东方文化的某些落后和黑暗面有关（比如，汤亭亭就极其反感中国父权制下的厌女文化和男尊女卑思想），其实更大程度上是美国主流社会盛行的东方主义话语给华裔带来的种族自憎心理和自卑感所致。当美国华裔面对其他华裔和新来的华人移民，便把从主流社会全盘承继下来的东方主义不自觉地施加其上。汤亭亭在《女勇士》中曾以嘲笑的口吻描写新来的中国移民：

他们看上去很滑稽，都是"刚下船的"，华裔美国孩子在学校里都这样称呼新来的移民。这些刚下船的人穿着宽松的灰裤子，白衬衫。衬衫的袖子卷起来。他们的眼睛游离不定，不会盯住该盯的地方，他们的嘴唇松弛，不是那种抿嘴刚毅的男性。他们把鬓角也剃掉。女孩子们说她们绝不与刚下船的人约会。②

类似的描述也出现在《中国佬》中：

是新移民。新来美国。在公众场合露面，尚不知该怎样在一起散步。像撒种子。如此土里土气。如果说他们的裤子不那么短，运动袜不那么雪白引人，人们也不会厌恶他们的。新来者的风尚——短裤腿或卷裤脚。不可救药。土里土气。过街地道里有股卫生球的味道——新来者的香水味。③

① Maya Jaggi. "Ghosts at my shoulder" [EB/OL]. *The Guardian* (UK). 3 March, 2001. http://www.theguardian.com/books/2001/mar/03/fiction.features, 2014-1-10.

② [美] 汤亭亭. 女勇士[M]. 李剑波，陆承毅译. 桂林：漓江出版社，1998：177.

③ [美] 汤亭亭. 中国佬[M]. 赵伏柱，赵文书译. 桂林：漓江出版社，1998：5.

在上述两段描述中，新移民的形象被极大地"他者化"了。新移民的衣、食、住、行各个方面在土生华裔眼里都是那么的俗气丑陋、滑稽可笑。以这样的方式，土生华裔尽力拉开与新移民的距离，毫不掩饰地展现自我与新移民华人之间的差异，唯恐与中国人有任何亲缘关系。这既是他们潜意识里作为美国人优越感的一种外化，也是他们确认自己身份的一种方式。文化形象学研究就曾指出他者形象对自我身份建构的作用："我'看'他者；但他者的形象也传递了我自己的某个形象。在个人（一个作家）、集体（一个社会、一个国家、一个民族）或半集体（一种思想流派、一种'舆论'）的层面上，他者形象不可避免地同样要表现出对他者的否定，对我自身、对我自己所处空间的补充和外延。我想言说他者（最常见的是由于专断和复杂的原因），但在言说他者时，我却否定了他，而言说了自我。"① 主流意识形态里的东方主义早已内置于土生华裔心中，他们不自觉流露出的看待同胞的方式，形成了与白人主流话语的一种共谋，"这与新移民穿什么，说什么几乎没有什么关系，因为'刻板印象'是一种先在的'固定性'意识，并不受眼前现实的干扰"②。

这种对华人移民的俯视和恶意并非个案，而是蔓延于美国土生华裔之间的一种惯常心态。《唐老亚》里的华裔男孩在学校里尽量避免与其他华人接触，在这个华人和白人混杂的地方，"华人讨厌华人才觉得舒服自然（the Chinese are comfortable hating Chinese）"③。谭恩美的文本中也不乏这样的例子：出生在美国的女儿们反感自己身上的中国特征。当薇弗莱听到理发师说自己长得像中国母亲感到非常沮丧，不停皱着眉照镜子；决定去中国度蜜月时，担心别人把她当作中国人不让她回美国，"假如他们把我与中国人混成一体，不让我回美国，那该怎么办？"④尽管她几乎没有汉语能力，穿衣打扮、举止行为也早已与

① [法] 达尼埃尔-亨利·巴柔. 从文化形象到集体想象物[A]. 孟华译. 孟华主编. 比较文学形象学[C]. 北京：北京大学出版社，2001：123-124.

② 蒲若茜. 族裔经验与文化想象[M]. 北京：中国社会科学出版社，2006：104.

③ Frank Chin. *Donald Duk* [M]. Minneapolis: Coffee House Press, 1991: 2.

④ Amy Tan. *The Joy Luck Club* [M]. New York: Ivy Books, 1989: 288.

中国人相去甚远。土生华裔都千方百计想要与其他华人撇清关系、划清界限，正显示出他们与美国文化和主流社会认同的迫切心态。

与美国土生华裔注视中国人的美国立场和文化认同取向不同，有些华人移民在互看时，却表现出疏离美国社会、鄙夷中华文化背叛者的倾向，这种现象在 20 世纪五六十年代中国台湾作家群中尤其明显。

丛甦的短篇小说《野宴》讲了这样一个故事：一群中国留学生周末去一个叫作"乐园镇"的美国南部小镇游玩，其中一个人却中了一对本地男女的仙人跳。当地居民和处理案件的美国法官虽然很清楚那两个当地人的情况，也明明知道那是个欺骗中国人的诡计，却依然偏袒本国人，让两个美国无赖诈取了中国留学生的钱财。小说中的一个情节颇值得玩味，也激发了这群留学生关于中国人在美国处境的讨论：一个美国小男孩在他们吃午饭时凑了过来，其中一个人好心想给他一个包子，结果却遭到小男孩母亲的大声喝止。几个中国人对中国人在美国的尴尬处境都很不满，但是其中的林尧成却完全倒向美国人一边：

> 中国人一天到晚自怨自艾，说美国社会不接受。其实自己根本不想同化，怎么能怪别人歧视？就说我们吧，一大伙中国人一天到晚吱吱喳喳的，人家当然听了就烦……我认为这是一种心理上的障碍，一种情感上的包袱，要是中国人不把这个扔掉，一万年也休想打入美国社会！[①]

林尧成完全抹杀美国社会依然存在的种族歧视，一心为美国开脱，把中国人"融入的艰难"完全归咎于自身，这对深受美国社会"玻璃天花板"（glass ceiling）困扰的中国人来说，显然是一种背叛和伤害。因此，这种论调立刻被其他中国人群起而攻之。沈梦尖锐而辛辣地指着那家美国人说："你认为他们真的会把你当自己人看待吗？"[②]作者显然对林尧成类中国人持一种批判的态度，作者设定的结局——

---

① [美] 丛甦. 野宴[A]. 兽与魔[C]. 石家庄：河北教育出版社，1995：104.
② [美] 丛甦. 野宴[A]. 兽与魔[C]. 石家庄：河北教育出版社，1995：104.

中国人被沆瀣一气的美国法官和居民合伙欺负，只好破财免灾——就是对林尧成论调的辛辣讽刺。作者借文中文超峰的心灵独白传达了对中国故土的眷恋和认同："有一天，我们，我们的下一代，我们的下一代的下一代，一定要在自己的土地上，生根，工作，相爱，在我们自己的土地上欢笑，奔跑，老死，物化……在我们自己的土地上书写我们的向往和梦……"① 在丛甦的眼里，为了生存和发展而丢弃民族认同的行为显然是不值得鼓励的。

　　白先勇的《上摩天楼去》从一个初到美国的妹妹的视角，观看了在美国久居的姐姐所经历的异化和嬗变，对庸俗和现实的西方文化也持批判的态度。玫宝千里迢迢从台湾来看姐姐玫伦。在她的印象里，姐姐是一个情趣高雅、精神丰富并且有着强烈东方气质的崇拜对象。然而到了纽约才发现，在美国环境里生活了两年的姐姐，已经在西方文化的浸染下面目全非：她的着装打扮美艳和洋派，"穿着一袭榴花红低领的绉纱裙，细白的颈项上围着一串珊瑚珠，玫伦的头发改了样式，耸高了好些，近太阳穴处，刷成两弯妩媚的发钩。眼角似有似无的勾着上挑的黑眼圈。玫瑰色的唇膏，和榴花红的裙子，衬得她的皮肤泼乳一般"②。但是对玫宝来说，这打扮"通身艳色逼人，逼得人有点头晕"③。玫伦的人生追求变得现实和俗气，不仅卖掉了引她走入艺术殿堂的钢琴，还把钢琴这事当作一个"笑话"来讲。玫伦对金钱和时尚格外在意，书架上摆着的是两排色彩鲜艳的时装杂志；为了嫁给金龟婿千方百计讨好男友的母亲；甚至连亲情都变得淡漠，竟然为了无意义的社交场合抛下刚来的妹妹。或许学者刘俊说得对，"生活在美国这样一个现实的社会和功利的文化氛围内，现实原则对亲情原则和艺术原则的战胜原本就不足为奇，'理'所应当"④。她对中国同胞的批评更显示了她对美国文化的皈依和认同，"我最看不来张乃嘉两夫

① [美] 丛甦. 野宴[A]. 兽与魔[C]. 石家庄：河北教育出版社，1995：145.
② [美] 白先勇. 上摩天楼去[A]. 寂寞的十七岁[C]. 桂林：广西师范大学出版社，2010：305.
③ [美] 白先勇. 上摩天楼去[A]. 寂寞的十七岁[C]. 桂林：广西师范大学出版社，2010：308.
④ 刘俊. 悲悯情怀：白先勇评传[M]. 广州：花城出版社，2000：190.

妻，来了美国十几年，还那么出不得众，小里小器"①。对她而言，没有被美国社会同化而固守传统的中国人是不登大雅之堂、见不得人的。对美国文化全面臣服而改头换面的玫伦，在妹妹玫宝眼里是那么的陌生和遥远。对于中西文化的冲撞，玫宝或许没有理性的自觉，但是姐姐的改变给她带来的心灵震撼却是强烈而直接的。玫宝在帝国大厦对姐姐的呼唤和将积雪扫下高楼的举动，表露了对于西方文化及其异化作用的绝望和愤怒。

20 世纪五六十年代的台湾作家群经历过身份认同的危机，但是却并未改变自己的中华民族认同意识，大多表现出对中国传统文化的坚守和维护。尽管他们在自己的文学世界里书写了身份认同的焦虑和危机，却并不赞同放弃本民族认同而彻底归化美国，对西方文化浸染下抛弃中华文化传统的中国同胞往往持讽刺和批判的态度。这类归化的中国人不执念民族情感，能够更好地适应美国社会，在现实生活中更加游刃有余。但是这类人并不受作家的青睐，在同胞互看时，往往成为批评和讽刺的对象。这样的主题不仅在白先勇和丛甦的作品中出现，於梨华、聂华苓、欧阳子等作家也都曾不同程度地有所指涉。於梨华《考验》中的华人教授不仅不帮助同胞，反而与美国人一起对同胞钟乐平落井下石，阻碍他继续留聘。於梨华通过钟乐平之口表达了这种同根相煎的愤慨，"我们在这里的中国人是非常复杂的，有很多惧美崇美的心理，这种心理常常令他们欺压中国人。或者在美国人前……过分地指摘本国人"②。

身份认同这一话题，在新移民作家那里呈现出不一样的面貌，尤其是曹桂林的《北京人在纽约》和周励的《曼哈顿的中国女人》。王启明在强势的西方文化挤压下对于传统文化的失落和周励对西方文化的全面臣服，自然是个体遭遇两种文化碰撞时的无意识的精神裂变和文化选择，也是较为贫穷落后的中国在全球化过程中面临富有和发达的西方国家时，带给中国人的身份困惑和精神危机。美国土生华裔的殖

---

① [美] 白先勇. 上摩天楼去[A]. 寂寞的十七岁[C]. 桂林：广西师范大学出版社，2010：307.
② [美] 於梨华. 考验[M]. 北京：人民文学出版社，1982：253.

民内置心理似乎在新移民这里得到了传承和再现，虽然由于时代、地域和历史环境的差异，新移民文学里多了更多的现实因素和物质气息。

《曼哈顿的中国女人》以第一人称自传体的方式讲述了一个名叫周励的女人怀揣 40 美元到美国仅仅一年时间内便叱咤纽约商场的传奇经历。周励对西方文化的崇拜和臣属心态不仅表现在她对西方式的物质成功的全力攫取，也通过对中国人的交往方式和观看视角表现出来。她竭力摆脱中国人的圈子，以与美国人打交道为荣，为被称为"曼哈顿的中国女人"而沾沾自喜，多次声明不与中国人做生意，矮化和丑化中国人的形象，贬损中国人的"关系学"。在中国外贸推销人员来访时，给每个人准备 50 元让他们下赌场玩个痛快，还似乎善意地送一些不足百元的小礼物，但是这些姿态更像是居高临下的施舍。周励对待中国人的态度其实是其文化心态的折射，这种心态是"'低姿态'的中国人面对'高姿态'的西方文化而产生的自卑心理和迎合欲望"①。而这种心态在面对作为同胞的中国人时，便自觉转化为俯视和怜悯，就像在城里突然发家的暴发户面对乡下来的穷亲戚。周励在中国人的面前的优越感，不过是其义无反顾的西化情结的另外一种表现方式。

《北京人在纽约》中的王启明，在现实生活层面，经历了与周励类似的创业发家、梦圆美国的过程。但是与周励的全盘西化不同，两种文化的碰撞给王启明带来的是文化失重的彷徨和危机：面对扑面而来的西方文化中的拜金主义、人情淡漠、道德失范，由于缺乏传统文化的深厚滋养，没有足够的定力和能力做出明智的认知和选择，不自觉地深受浸染，但是在理智层面又无法完全认同，因此导致精神世界的混乱和自我身份的迷失。故事的开始，王启明初到美国时，虽然身无分文，但是忠于家庭、重情重义。随着他在美国社会的深层交往，价值观念逐渐蜕变，物质至上的思想抬头，这从他对女儿的教育可见一斑，"书读多了也挣不了大钱，就是读出来，年薪五六万，养个房子

---

① 张涵平. 北美新华文文学[M]. 银川：宁夏人民出版社，2006：62-63.

和车子，日子也是紧着裤腰带"①。事业稍有起色时，便辜负了同甘共苦的妻子，有了婚外情。事业低谷的时候，通过赖掉工人工资等无良方式摆脱危机；还沉迷赌场，幻想通过赌博获得周转资金，等等。他的蜕变被情妇阿春一针见血地指出："你是大陆来的，受的教育不一样，成长的环境简单，思想结构朴实，与那些男人不一样是不是？你错了，你已经被同化了，难道你看不出来自己的巨大变化吗？"②王启明文化精神上的下滑和荒芜与他物质上的成功成反比，这也为他的人生悲剧铺设了前提：得知王启明有婚外情后，妻子郭燕精神崩溃，精神失常；女儿宁宁长期缺乏父母的关爱，在物质的宠溺下，格外放纵和叛逆，染上美国社会里滥交、抽烟、吸毒等种种恶习，小小年纪便死于非命。"王启明自身懵然无措的文化换血，导致苍白的内心世界中确定性追求的丧失，很容易在带来自身悲剧的同时也带来女儿宁宁的人生悲剧。"③宁宁的死实际上是王启明自身文化失范的延续：王启明夫妇一味追求物欲，忽略了女儿的情感需求，在她青春期的时候没有给予正确的价值引导，致使她来美国后迅速迷失和堕落，最后被黑帮绑架，黑帮团伙勒索王启明钱财企图失败后开枪将她打死。

王启明的身份转变在小说结尾借老乡郑卫来美的契机被戏剧性展现出来，这一幕与开头王启明被姨妈接送的场景惊人地相似：王启明开着豪车，将郑卫送到贫穷肮脏的哈莱姆地区，递给他一个信封，"这里是五百美金，加上房租和押金一共九百块。你先拿去用，等你有钱了，再还给我"。甚至连说的话都跟当初姨妈对他说的话一模一样。同样的场景，只是人物的身份已经发生错位。恍然间，王启明已经成为了昔日的姨妈：同样的富有，同样的冷漠，同样的重利轻义。郑卫的抱怨道破了天机："这可真邪门儿！人到了美国，怎么就变这操性了！"④

阿春和郑卫两个人，就像王启明的镜子，从不同角度映照出王启

---

① [美] 曹桂林. 北京人在纽约[M]. 北京：中国文联出版公司，1991：127.
② [美] 曹桂林. 北京人在纽约[M]. 北京：中国文联出版公司，1991：128.
③ 张涵平. 北美新华文文学[M]. 银川：宁夏人民出版社，2006：55.
④ [美] 曹桂林. 北京人在纽约[M]. 北京：中国文联出版公司，1991：254.

明在西方文化强势侵蚀下的精神嬗变：前者见证了他改变的整个过程，后者则目睹了改变的结果。

美国华人群体成分复杂，在文化身份定位上，也表现出对中西方文化的各自偏好。他们的文化认同不仅仅体现在各自的人生趣味和价值观念上，也在与同胞的"看"与"被看"中展现出来。美国土生华裔以美国人自居，往往将新移民他者化对待。而台湾留学生作家有感于美国的种族歧视和融入的艰难，对于抛弃中华文化而认同美国的"背叛者"则持批评态度；新移民作家中的文化认同中，加入了更多的财富追求和现实奋斗，其中一些人对西方的物质文明顶礼膜拜，一头扎入西方文化的怀抱，对中国同胞表现出东方主义俯视；还有些人在西方文化的冲击下精神异化，在迷失中书写出悲剧人生。

3.1.3　异族交往与身份认同

美国华人身处异国他乡，与主流社会的互动交流自然不可避免。华人与异族的交往成为美国华人生活中最有意味的内容之一，这也自然而然成为美国华人文学的表现主题。而华人作家对这一主题表现的方式，也体现了他们对两族关系的理解和其自身的文化认同取向，反映出不同时代和语境下美国华人的文化选择和主流社会对华人的态度。异族交往成为中美文化相遇时复杂关系的突出表征，华人和白人交往中的成功与失败、尴尬与困惑，都会成为华人在美国社会处境的隐喻和写照。

1. 抗击种族歧视，纠正刻板印象

异族婚恋在美国华裔文学先驱水仙花的笔下，成为抗击种族歧视和纠正主流社会对华人刻板印象的平台和渠道。在水仙花的时代，充斥着种种关于华人的刻板印象，华人被看作是"古怪""肮脏""难以同化"的"异教徒"，而且"奸诈""狡猾""缺乏感情"。华人被看作劣等民族，白人与华人异族通婚也是被禁止的，因为白人种族主义者认为与华人通婚会影响白人种族的血统纯洁性。因此，不仅社会舆论不鼓励异族通婚，美国各州还纷纷出台各种反种族婚姻法。美国流行小说中，对白人和华人的异族通婚全无正面的刻画，也很少有美满的结局。对他们来说，华人与白人通婚经常象征着"黄祸"的出现和蔓延，给读者造成的印象是"黄祸"威胁到美国白人的生存。

水仙花在她的短篇小说集《春香夫人及其他作品》中，也触及了异族通婚这一敏感话题，但是展现的方式却与美国流行小说完全不同。在《一位嫁给华人的白人妇女的故事》和其续篇《她的华人丈夫》中，水仙花以第一人称的叙述方式，从一个美国白人妇女的视角，讲述了她与华人丈夫之间的婚姻故事。

小说的主人公是一个名叫"米妮"的白人妇女。她与白人丈夫詹姆斯之间的婚姻很不幸福，丈夫自私冷漠，缺乏家庭责任感，看不起身为劳动女性的米妮，甚至对妻子有暴力倾向，最终二人离婚。离婚后的米妮生活无着，陷入困境时想要跳水自杀，被华裔商人刘康海救下。刘康海将米妮安排到自己亲戚家中，还给她介绍了工作；在她遇到困难的时候经常施以援手。前夫詹姆斯却多次前来骚扰，想要复婚，还以暴力和孩子相威胁。相形之下，米妮懂得了刘康海的可贵，在坚决拒绝詹姆斯后答应了刘康海的求婚。婚后两人非常幸福，还生了一个混血儿孩子。

水仙花笔下的异族婚姻至少在几点上与当时流行文化中的异族婚姻不同：一，在水仙花的年代里，由于异族婚姻不被提倡，很少有人认真对待华人和白人异族通婚，因此关于这类婚姻的现实主义描写凤毛麟角。水仙花打破了这一禁忌，生动地记录了19世纪华人和白人异族婚姻里的日常生活，并且跨越了种族和文化的隔膜，让异族的两个人过上和谐美满的生活。这是当时唯一对白人与华人通婚持赞同态度的作品。白人妇女米妮和刘康海的故事也从侧面证明，华人与白人一样，有着丰富的感情，能够体验爱情的甜蜜，这与当时流传的种族主义观念大异其趣；二，打破了关于华人的刻板印象，塑造了有血有肉、温暖善良的华人形象。小说中的刘康海真诚善良、充满爱心，不仅对米妮体贴周到，对米妮的孩子也视如己出。这与米妮的白人前夫形成一种鲜明的对比。小说中米妮对白人前夫说了这样的话："你怎么敢嘲笑像他这么好的男人？别看你粗拉拉长了六英尺高，你卑微的灵魂根本无法与他伟大的灵魂相媲美。"① 不仅如此，她借住的华人家庭也都是"善良、朴实的人"，米妮和她的孩子在这里得到欢迎和善待。米妮通过自己的亲身经历领悟到，"并非全部美德都归白人所有……完全消除了我从小到大被灌输的对外国人的偏见"②。水仙花并没有把刘康海写成完美无瑕，小说主人公米妮也提到了刘康海孩子气、固执和霸道的一面，增加了故事的真实性和可信度。但是米妮仍然认为，华人的"生活比大多数美国人道德得多"③。小说中的华人形象有力地驳斥了主流社会中对于华人缺乏感情和道德感的刻板印象，为广大华人正名。并且，两篇小说以一个白人女性视角，用第一人称口吻讲述自己的亲身经历，使小说读来真实可信，因此"白人读者进入女主人公的内心世界，产生信任和同情，从而有效地敦促白人读者反省自己对华人的偏见和歧视"④。

　　水仙花对异族婚恋这一题材的处理方式显然与她的身份认同密切相关。水仙花生活在种族歧视猖獗的 19 世纪末 20 世纪初，她身上的中国血统使她难逃被歧视的厄运。水仙花在自传文章《一个欧亚后裔的回忆拾零》中提到成长过程中所遇到的种种"特殊待遇"：保姆在得知她的母亲是中国人时大吃一惊，对她从头到脚地打量，然后与其他人窃窃私语；白人小孩提醒她的小伙伴，"我如果是你就不跟水仙花说话，她的妈妈是中国人"⑤；白人小孩辱骂水仙花和她的哥哥，

---

① Sui Sin Far. "The Story of One White Woman Who Marries a Chinese", in *Mrs Fragrance and Other Writings* [C]. Eds., Amy Ling and Annette White-Parks. Urbana and Chicago: University of Illinois Press, 1995: 76.

② Sui Sin Far. "The Story of One White Woman Who Marries a Chinese", in *Mrs Fragrance and Other Writings* [C]. Eds., Amy Ling and Annette White-Parks. Urbana and Chicago: University of Illinois Press, 1995: 74.

③ Sui Sin Far. "The Story of One White Woman Who Marries a Chinese", in *Mrs Fragrance and Other Writings* [C]. Eds., Amy Ling and Annette White-Parks. Urbana and Chicago: University of Illinois Press, 1995: 82.

④ 石平萍. "我是中国人！"——美国华裔文学先驱水仙花[A]. 吴冰，王立礼主编. 华裔美国作家研究[C]. 天津：南开大学出版社，2009：51.

⑤ Sui Sin Far. "Leaves from the Mental Portfolio of an Eurasian", in *Mrs Fragrance and Other Writings* [C]. Eds., Amy Ling and Annette White-Parks. Urbana and Chicago: University of Illinois Press, 1995: 218.

"中国佬，中国佬，中国佬，黄面孔，猪尾巴，吃老鼠"[①]；学校里甚至有白人年轻人发话：宁可娶头猪也不会娶个有中国血统的女孩。这一切给年幼的水仙花带来巨大的身心痛楚，但是种族歧视的压力并没有使水仙花像后来的土生华裔那种产生种族自卑感和自憎心理，反而激发了她探寻中国人和中国文化的巨大热情。因此，她一有机会便去图书馆借阅关于中国和中国人的每一本书，也了解到中国是地球上最古老的文明国家，逐渐意识到中国文化的优越性，加强了对于自己族性的信心和勇气。后来成为记者后，她经常在报纸上"为华人而战"；在听到一些白人表达一些对于华人的种族主义偏见时，坚定地承认自己是中国人。随着她与华人的交往越来越多，水仙花"作为中国人的天性越来越强"[②]，始终站在母亲的种族这边，为华人充当代言人和辩护者。

水仙花在其异族婚恋题材小说中，竭力构建积极的华人形象，柔婉地批判主流社会的种族主义话语，正是她中国立场的一种表现，是她主张"中国人站出来为中国人伸张正义"的身体力行。她的义举受到很多华人的感激和赞赏。水仙花去世后，华人为她立了墓碑，上书"义不忘华"四个中文大字。水仙花的作品也得到了诸位华裔评论家的肯定，林英敏称赞她"能够洞悉当时国家政策和社会价值观的偏见和不公，英勇无畏地站出来反对它们……并且利用她所掌握的英语让一个没有声音的民族发出了声音"[③]。连对华裔美国女作家格外挑剔的赵健秀也认为水仙花代表了"真正的"的美国亚裔传统，称她为"为华裔美国真实而战的孤独的战士"[④]。这些盛赞，水仙花显然当之无愧。

---

① Sui Sin Far. "Leaves from the Mental Portfolio of an Eurasian", in *Mrs Fragrance and Other Writings* [C]. Eds., Amy Ling and Annette White-Parks. Urbana and Chicago: University of Illinois Press, 1995: 219.

② Sui Sin Far. "Leaves from the Mental Portfolio of an Eurasian", in *Mrs Fragrance and Other Writings* [C]. Eds., Amy Ling and Annette White-Parks. Urbana and Chicago: University of Illinois Press, 1995: 227.

③ Amy Ling and Annette White-Parks. "Introduction", in *Mrs Fragrance and Other Writings* [C]. Eds., Amy Ling and Annette White-Parks. Urbana and Chicago: University of Illinois Press, 1995: 6.

④ Frank Chin. "Come All Ye Asian American Writers Real and Fake", in *Big Aiieeieee! An Anthology of Chinese American and Japanese American literature* [C]. *Eds.*, Jeffery Paul Chan, et al. New York: Meridian, 1991: 12.

2. 坚守中国传统=异族婚恋失败　VS. 认同美国文化=与美国白人异性结婚

美国华裔批评家黄秀玲在讨论 20 世纪 60 到 70 年代美国华人文学作品时，就其中的婚姻和两性关系主题提出这样一个公式："忠于中国精神=保持个人操守=独身"[①]。这个公式对美国华人文学婚恋模式提出了一种可能的解释，它展示了华人作家在处理异族婚恋时的矛盾心态，也为众多失败的异族婚姻提供了文化身份选择的解读。这一时期的美国华人文学创作者基本都是台湾留学生作家，而台湾留学生作家在自己的文化身份上基本都选择了对中国文化的坚守。这种文化立场使得这些作家对于异族婚恋交往多持否定态度，对华人和白人通婚的前景充满幻灭感，甚至有丑化美国交往对象的倾向。而异族婚恋中的华人则会产生背弃本民族的负罪感，在对异族爱情的向往与本民族的内疚之间患得患失，终致异族交往不得善终。

欧阳子的短篇小说《考验》正体现了这种矛盾的心态。女主人公美莲与美国同学保罗约会，这招来其他中国留学生的非议。同学佳玲冷漠地指责她："我知道你不屑与我们做伴……你有你的自由，要是你不想做中国人，我怎么管得着？"[②]在中国留学生团体看来，与美国白人交往等同于对中国人身份的抛弃，是对本民族的背叛，甚至企图通过介绍中国男孩把她从这种"危险"中"拯救"出来。尽管美莲并不满意其他中国学生"闭关自守"的做法，觉得佳玲的指责对她并不公平，但是同时她也觉得佳玲的话"有几分道理"。在与保罗的交往中，心态在倨傲和贱斥两种心态中矛盾反复。一方面她觉得"中国人虽然贫穷，虽然衰弱，但绝不卑劣"[③]，可是在保罗对儒家文化和孔夫子大加赞赏时又奋力反驳，认为中国人"过分自满""已经过时，不合时代潮流"[④]。美莲

① [美] 黄秀玲. 华美作家小说中的婚姻主题[J]. 广东社会科学，1987（1）.

② [美] 欧阳子. 魔女[A]. 吴军编. 台港澳与海外华文文学精度文库·欧阳子卷[C]. 北京：中国人民大学出版社，1994：76.

③ [美] 欧阳子. 魔女[A]. 吴军编. 台港澳与海外华文文学精度文库·欧阳子卷[C]. 北京：中国人民大学出版社，1994：85.

④ [美] 欧阳子. 魔女[A]. 吴军编. 台港澳与海外华文文学精度文库·欧阳子卷[C]. 北京：中国人民大学出版社，1994：78.

在保罗面前，故意扮演成中国人的样子，强化自己身上的中国特征：她穿上自认为土气的旗袍，改穿中国式的平底鞋。这并不是因为美莲为自己的中国文化而自豪，而是要刻意表演异国情调，迎合保罗的东方主义品味。在与保罗关系有了进展后，又在他的美国朋友面前试图维护中国人尊严，拒绝去和他们打桥牌。美莲的这种复杂心态使她在与保罗的相处中欲迎还拒、欲进又退，最终还是以分手收场。欧阳子借美莲之口表达了对这种异族交往的理解："她视自己与保罗之间的友谊为一种象征，一种考验……来证明这种文化联姻的可能性。"①然而美莲最终却悲哀地发现，"这一切全是幻象，没有实现的可能……他俩从未真正接触过，而且永远无缘接触……距离过远，接触不到。是的，距离——由不同的国籍、种族和文化造成的距离"②。美莲最终不愿背弃本民族，选择了中国精神，放弃了与保罗的交往。回归和坚守中国传统与异族婚恋的失败呈同构关系：坚守中国传统＝异族婚恋失败。

於梨华《傅家的儿女们》中如曼和劳伦斯之间的爱情，也经历了这样的模式。如曼与美国人热恋，因此遭到其他中国人的疏远和排挤。父亲得知女儿与美国人交往时，写来措辞严厉的信，认为这是"家门之大不幸"，命令她接信后立即与对方断绝来往，否则会立即终止寄生活费。如曼在各种压力之间选择与劳伦斯同居，却不敢结婚。双方的交往不仅遭到中国方面的反对，劳伦斯的白人父母也禁止儿子与东方人结婚。对他们来说，与中国人交朋友是一回事，与中国人结婚则是万万不能。两个人在不被亲友祝福的情况下虽然维系了一段时间，终于还是经历吵架、猜疑、劳伦斯见异思迁后彻底断了关系。用如曼的话来说，"他回他美国的家，我回我的中国圈子"③——这清晰地表达出两个异族交往对象分手的文化回归意义。而如曼自己也承认在内心里从来也没有构想过与劳伦斯的真正结合，"她实在没有与他厮守一

---

① [美] 欧阳子. 魔女[A]. 吴军编. 台港澳与海外华文文学精度文库·欧阳子卷[C]. 北京：中国人民大学出版社，1994：86.

② [美] 欧阳子. 魔女[A]. 吴军编. 台港澳与海外华文文学精度文库· 欧阳子卷[C]. 北京：中国人民大学出版社，1994：86-87.

③ [美] 於梨华. 傅家的儿女们[M]. 石家庄：河北教育出版社，1996：125.

生的意念"①。

但是，与劳伦斯的恋爱给如曼带来了一生伤痛。因为曾经和外国人谈恋爱，她见弃于中国同胞，在中国男友小林那里得不到真心对待。他们在背后这样议论如曼：

> "唉，小林，老刚说她（如曼——笔者注）在你之前，和一个老美搅在一起，有没有这件事？"
> "现在你懂了吧，为什么我没有同她结婚？"②

如曼在伤痛中自我放纵，出卖肉体做别人的情妇，在和一个中美混血儿放荡了半年之后得了性病。身心上的巨大伤害使如曼心如死灰，再也没有了结婚的愿望和对幸福的渴求。在《考验》中异族婚恋的象征性悲剧结局在《傅家的儿女们》中得到浓墨重彩的表达。

在台湾留学生作家群的笔下，异族婚恋的失败结局不能简单地归咎于"文化隔阂"，因为交往的双方从未真正地产生文化冲突，而是从象征意义上传达了一种种族归属和文化取向。正如美国学者黄秀玲所看到的，"美莲和傅如曼这些所谓'正常、规范的'居美华人人物背后，实际上始终跟着吧女'苏丝王'的身影；他们都或多或少地在出卖自己，从维护中国精神出发，她们不应当成功。在华美小说世界中，让她们与异族通婚成功，小说的象征行动功能就失败了"③。因此，在这一时期的小说中，婚恋不简简单单是追求幸福的个人行为，也折射出美国华人作家对华人在美国社会的族裔归属、身份认同等抽象命题的理解，美国华人作家的中国认同和美国社会状况令他们往往不大看好异族间的婚姻，因而给异族婚恋打上灰色阴郁的基调。

在台湾留学生作家群里不得善终的异族婚恋，在美国土生华裔那里得到不同的表现方式：土生华裔往往因为认同美国文化而选择白人异性为结婚对象，也通过异族通婚更加融入美国社会，实现自己身份

---

① [美] 於梨华. 傅家的儿女们[M]. 石家庄：河北教育出版社，1996：129.

② [美] 於梨华. 傅家的儿女们[M]. 石家庄：河北教育出版社，1996：132.

③ [美] 黄秀玲. 华美作家小说中的婚姻主题[J]. 广东社会科学，1987（1）.

的彻底美国化。在华裔美国文学作品里，异族婚恋模式与留学生作家的笔下正好相反：认同美国文化=与白人异性结婚。留学生华语作家群与华裔作家群在文化认同取向上正好各处于中西文化的两边，笔下的异族通婚主题也遥相对话，似乎展现了这样一种隐在的叙事话语：台湾留学生华语文学说：我是中国人，所以我不能和美国人恋爱；华裔美国文学说：我是美国人，我以与白人结婚为荣。

在《虎父虎子》中，刘裔昌与新英格兰地区一个世家的白人女子结婚，婚礼在一个基督教新教教堂举行。刘裔昌有意未向父母亲友透露自己的婚讯，更表现了对华人社区的疏离。刘裔昌的异族婚姻，从对象到形式，都表现出他从中国文化传统逃离的迫切和决绝。李健孙《支那崽》《荣誉与责任》中的华人丁少校在妻子死后，娶了一个白人女性。父亲的美国化和白人母亲的美国作风极大地影响了丁凯：长大成人后，丁凯只愿意和白人姑娘谈恋爱，即使被拒绝也还念念不忘，但对美貌富有的华人女孩却不屑一顾。这充分展现了丁凯对白人的认同和对美国主流社会的渴望。他重蹈了父亲的美国归化之路，最终娶了白人姑娘为妻。谭恩美的多部小说中，华裔女儿们都嫁给了白人男性。《喜福会》中的许露丝承认被泰德吸引就是因为他身上有不同于中国人的美国特征。而丽娜·圣克莱尔觉得能够与美国人哈罗德谈恋爱是件非常幸运的事，在幻想与男友同居的时候心里深深地恐惧：害怕自己的卫生习惯不被对方接受，害怕对方嫌弃自己的音乐品味，等等，这种恐惧直到他们结婚多年仍然存在。在白人男友面前的这种自卑感不仅萦绕在丽娜心里，也是众多华裔女孩的阴影。许露丝在与泰德的婚姻失败后去看心理医生才明白，正是这种种族自卑感才导致自己事事迁就丈夫，因此失去了个性和尊严，反而遭人厌弃。

尽管人们的婚恋心理是个复杂的课题，不是本书的关注所在，但是毫无疑问，在没有世俗功利的前提下，人们通常是选择自己欣赏和认同的异性。土生华裔没有新移民的身份之忧，没有通过嫁给美国人获得绿卡的现实需要，因此选择婚恋对象时有更大的自由度，也能更好地表现个人的价值取向和审美趣味。美国土生华裔接受了美国的价值观，也普遍认为自己是美国人。对美国人的认同和仰视使得白人异性成为华人择偶的优先选择，这从根本上说也是殖民内置所带来的种族自卑心理所致。

3. 穿越种族隔阂，沟通中西文化

台湾留学生文学的中国认同不仅表现为异族婚恋的失败的宿命，还常常将异族交往对象"他者"化。"建构他者形象是注视者借以发现自我和认识自我的过程，注视者在建构他者形象时不可避免地要受到注视者与他者相遇时的先见、身份、时间等因素影响。这些因素构成了注视者创建他者形象的基础，决定着他者形象的生成方式和呈现形态"[1]。由于美国社会隐在或显在的种族歧视，台湾留学生群体在身份认同上毫不犹豫选择中国和中国文化（这在前文已有论述），这种潜在的心理基础也决定了美国人形象在文本中的生成方式和表现形态。台湾留学生文学中出现了一系列丑陋和负面的美国他者形象：白先勇《芝加哥之死》中的罗娜是个表面美丽、实际粗俗不堪的老丑女人；《谪仙怨》里的芭芭拉是个身材肥大、打扮俗艳的皮条客；於梨华《考验》中的美国白人华诺阴险狡诈、出尔反尔，利用职权排挤异己，他不仅人格卑劣，形象也令人厌恶，"华诺那双灰蓝的眼睛……就像一条三角头的蛇，或是漆黑夜里一双炬炬照人的猫眼那样令他（钟乐平——笔者注）身上发麻"[2]。留学生文学中对异族交往对象的"西方主义"刻画，"既是一种文化误读，也是华人弱势群体坚守自我的一种方式"[3]。

中西之间的种族隔阂和中西文化二元对立趋势在进入 20 世纪 80 年代以后开始得到改善。这时，中美关系趋于缓和，美国社会环境也逐渐宽松。中国人摆脱了在异乡"融而不入"的悲苦面孔，在与异族接触时心态逐渐平和，开始寻求与美国社会与西方文化的沟通和理解。因此，在美国华人文学作品中也出现新的文化认同趋势。陈若曦的《纸婚》、聂华苓的《千山外，水长流》都致力于建立新的异族交往关系，

---

① 曹顺庆. 比较文学概论[M]. 北京：中国人民大学出版社，2011：183.
② [美] 於梨华. 考验[M]. 北京：人民文学出版社，1982：283.
③ 李亚萍. 故国回望：20 世纪中后期美国华文文学主题研究[M]. 北京：中国社会科学出版社，2006：56.

追寻东西方的对话和融合。

《纸婚》讲述的是一个要被递解出境的华人女性为了获得美国身份而与美国人假结婚的故事。文中的尤怡平是个 35 岁的中国女子，收到移民局递解出境的通知后，美国同性恋者项·墨菲伸出援手，与之结婚。两人以房东房客的形式住在一起，互谅互助，发展出真挚的感情。尤怡平在项的鼓励下，表现出潜藏的艺术才华，找到了生存的能力和自信。在得知项患上艾滋病后，尤怡平对他不离不弃、悉心照顾。怡平与项的家人也能友好和睦地相处，对美国的很多价值观念表现出认同。她认为美国的个人主义未必是自私，美国人借钱给他人时的"有言在先"也有可取之处。当听说许多华人观众抗议电影《龙年》辱华时，"我"的反应是"大可不必把辱华的帽子往自己头上戴"①。主人公对美国社会多了一份理解和宽容，更愿意以一种平和的心态去面对种族间的差异。项也在与怡平相处的过程中，生出对中国的向往，曾想着要与怡平一起去敦煌，说，"去中国已成为我活下去的动力了……你能在这里，正是我多年难遇的好运啊"②。到故事结尾，"我"对项产生微妙的情愫，项的行将就木让"我"黯然神伤，甚至"愿意减少十年交换他多活一年"③。

在《纸婚》中，陈若曦描绘出一幅华人和美国人和谐相处的美好画面，体现了作者试图超越种族隔阂、讴歌美好人性的愿望。正如刘登翰所言："这样一个比较煽情的故事，除却一种善良的人性讴歌之外，里面自然也寄托了一个华人作者有关族性和谐交融的美丽想象。"④

聂华苓的《千山外，水长流》中，主人公莲儿是个中美混血儿，她借留学之机，离开了刚从"文化大革命"中走出的中国，来到美国追寻自己的父系之根。莲儿刚开始来到美国爷爷奶奶住的布朗山庄时，并未得到美国祖父母的承认：祖母玛丽拒绝承认儿子彼尔和莲儿的母

---

① [美] 陈若曦. 纸婚[M]. 南京：江苏文艺出版社，2010：195.

② [美] 陈若曦. 纸婚[M]. 南京：江苏文艺出版社，2010：153.

③ [美] 陈若曦. 纸婚[M]. 南京：江苏文艺出版社，2010：206.

④ 刘登翰. 双重经验的跨域书写：20 世纪美华文学史论[M]. 上海：上海三联书店，2007：173.

亲风莲的婚姻，"没有任何正式的形式，那叫什么婚姻，彼尔只是开个玩笑罢了"[①]。这个举动实质上也就是拒绝承认莲儿的美国文化身份。但是随着莲儿和布朗一家人的相处，彼此的了解和认同不断加深。小说结尾，玛丽把戴了 63 年的结婚戒指交给了莲儿，让她转交给莲儿的母亲："莲儿，告诉你妈妈，她是我的好儿媳妇！"[②]莲儿也在与母亲的通信往来中，了解到母亲的故事和她那个时代的历史，建构起自己曾经因"文化大革命"的伤害而拒斥的中华民族身份。莲儿在追寻父系之根的同时，加深了对中华文化的认知和向往，中西文化在莲儿这里相遇和共生。小说结尾大家一起跳舞庆祝的画面和谐温暖，勾画出中西文化相互融合的美好图景。

美国华人文学中的异族交往主题，既体现了美国主流社会对华人的态度，也反映了华人作家的身份认同和文化选择。水仙花生活在种族歧视肆虐的时代，她从中国人视角出发，通过异族交往主题构建积极正面的华人形象，为华人发声和正言；后来的美国华裔作家普遍认同美国人身份，笔下的华裔往往以与白人异性结婚为荣，彻底实现美国化。早期的美国华文文学却在种族歧视等社会原因的激发下，向中国文化内卷，他们笔下的异族人多为负面而丑陋的他者。随着社会环境的宽容和中美关系的改善，华文作品中出现了中美两国人和谐共融的画面和中西文化认同新取向，而随后以中国大陆移民美国的作家为主体的新移民文学中，表现出更多的现实利益驱动和复杂的人性表达，对异族交往的刻画更加复杂和多元。

第二节　文化空间与身份认同

文化是一个涵盖很广的概念，包含了人类在社会历史发展过程中物质财富和精神财富的总和，"文化是一个共同体的社会遗产和话语编

---

① [美] 聂华苓. 千山外，水长流[M]. 成都：四川人民出版社，1984：451.
② [美] 聂华苓. 千山外，水长流[M]. 成都：四川人民出版社，1984：452.

码，不仅有民族创造和传递的物质产品，还有包括各种象征、思想、信念、审美观念、价值标准体系的精神产品与行为方式"①。不同民族的文化之间，尽管拥有一些人类文化的共性，但是由于各自产生的地域、环境、历史、时代等各方面的巨大差异，往往在语言文字、风俗习惯、价值观念、宗教信仰等各方面天差地别。中国文化和美国文化更是如此。美国文化虽然是由各种文化基因的移民团体所缔造的多元文化，但是其主流文化是从欧洲承继下来的盎格鲁-撒克逊新教徒文化，即瓦士普（WASP：White Anglo-Saxon Protestant）文化。瓦士普文化成为美国文化的主体是因为在美利坚合众国政治、社会、文化的发展过程中，白人移民曾占据多数，并且处于权力金字塔的顶端。因此盎格鲁-撒克逊新教徒所持有的政治、文化、宗教以及价值观成为美国主流文化的内涵②；中国文化传统是以孔孟儒家思想为主、包括道教和佛教思想的文化。美国文化内核是古典自由主义和美国式个人主义，因此美国文化中标榜自由和平等，信奉个人主义和实用主义；而中国文化中以"社会定向"为价值基础，推崇集体主义，主张个人服从大局。中国社会是以人伦为经、以人际关系为纬建立起来的"差序格局"，因此中国人的传统性格模式表现为集体倾向、他人倾向、关系倾向③。

　　由上可见，中美文化在文化内涵、精神面貌和国民性格上都有着巨大差异。在清末以前，中美两个民族和文化几乎没有任何沟通和交流，一方面是因为中国封建王朝所实行的闭关锁国政策，另一方面也是地理距离使然——太平洋把美国隔离为遥远的彼岸。因此，在中国本土范围内，尤其是在 20 世纪 80 年代以前，中国普通民众对西方文化知之甚少。在当今全球化语境中，中国对西方的了解虽然大大增加，甚至吃起洋快餐、过起圣诞节，但是这种模糊的认知毕竟不同于身在异域的切身体验。所以，初到美国的华人新移民一般都会经历由巨大

---

① [美] 吕红. 海外移民文学视点：文化属性与文化身份[J]. 福建论坛（人文社会科学版），2006（12）.

② 施琳. 美国族裔概论[M]. 北京：中央民族大学出版社，2006：203.

③ 李小兵等. 美国华人：从历史到现实[M]. 成都：四川人民出版社，2003：167.

的文化差异所带来的文化冲击。即便在美国出生的第二代、第三代华人也会由于家族的中国背景受到中美文化差异的影响。两种文化碰撞时所产生的文化冲突不仅会影响美国华人的行为方式、生活习惯等外在的物化层面，更会在内心深处和精神世界产生冲击和博弈，迫使文化主体反思两种文化，重新定位自己的文化身份。文化是个含义很广的概念，由于篇幅所限，本书不可能面面俱到，而是把重心集中在美国华人文学文本中经常出现的文化现象。

3.2.1　语言冲突与失语症

海德格尔曾说，"语言是存在之家"①。在他看来，人就存在于语言之中，不能脱离语言而存在，把语言的重要性提高到本体论高度。现代语言观普遍都强调语言的思想性，把语言看作文化传达的载体和文化系统的一部分。语言对于民族文化的意义更是不可小觑：一种语言不仅仅是一种表达思想用于交流的工具，也内涵着一个民族的文化符码和思维方式，成为这个民族的精神纽带。因此，"具有文化属性的语言和作为文化群体的民族有着与生俱来的天然的联系，语言一开始就是作为民族的共同语而出现的，语言具有民族性，这是毋庸置疑的事实"②。具有文化属性和民族性的语言对于在异族语境中表达和构建身份认同当然有着重要意义，语言的转换不仅仅是一种交流中介的转换，也常常代表一种文化身份的变化。在美国的华人身处以英语为主要语言的环境之中，能否说一口流利的英语不仅是现实生存的需要，更是一种身份的表达，"语言是文化身份的重要成分，也是身份的标志"③。

1. 华人移民代际间的语言冲突和认同差异

美国第一代华人常常因为远离熟悉的故土而产生强烈的乡愁，又因为受到居住国社会的排挤和边缘化而固守本国的传统，但是后代子

---

① [德] 海德格尔. 在通向语言的途中[M]. 孙周兴译. 北京：商务印书馆，2004：258.

② 龙长吟. 民族文学学论纲[M]. 长沙：湖南文艺出版社，1997：295.

③ 史进. 论东西方华文作家文化身份之异同[J]. 山东师范大学学报（人文社会科学版），2003（6）.

女却没有父辈的精神负累和文化传承，较易被移居国同化和改变。因此，两代人之间产生了身份认同差异：老一代人心向故国，新一代人拥抱新土。这种差异往往通过两代人对汉语和英语的不同态度表现出来。

美国华文作家庄因的《夜奔》就用父子之间语言选择的差异彰显了两代人身份认同的差异。贾博古教授是第一代华裔，对中国文化有着很深的感情：唱京剧，读古诗。他希望儿子讲中文，儿子却不以为然。父亲的看法是"中国人永远说中国话"，而儿子却以为既然已经归化了外国，就该说外国话。在这里，是否说中文并不单纯是口语选择的问题，也寄托着父亲的民族感情：在父亲的潜意识里，把将中国话等同于"做中国人"，中文表达着华人父亲对故土的怀念和对自己文化身份的确认。

在《安乐乡的一日》中，华人母亲依萍有着较强的民族意识，即便已经在美国生活多年，甚至进入白人社区，但依然坚定地坚持自己的中国人身份。她逼女儿宝莉学中文，可是女儿才刚上小学两年就拒绝讲中文了，宝莉认为同学喊她"中国人"是一种侮辱，坚称自己是美国人，依萍向女儿灌输中国人身份却受到坚决抵制，盛怒之下甚至动手打了孩子。两代人对自己的身份定位也彰显在他们的语言选择中。

类似的冲突也出现在《北京人在纽约》中，王启明的女儿宁宁到美国不到半年，就完全掌握了英语，"发音准确好听，还带着一股子纽约腔"[①]，无师自通地学了一大堆骂人的脏话。王启明对女儿的迅速美国化很不安，教育女儿要保持中国人的好传统，女儿却反唇相讥："保持中国人本色，我老老实实在北京呆着不就行了吗？到纽约来干什么呀？"[②]宁宁的论调与《夜奔》中的儿子毫无二致。他们都认为，既然进入美国社会，就要全面接受美国文化。王启明对中西文化的模糊认知和自身的文化失重不仅导致自己精神世界的混乱，也无法给女儿一个较好的引导和教育。他粗暴地禁止女儿在家里说英语——在这

---

① [美] 曹桂林. 北京人在纽约[M]. 北京：中国文联出版公司，1991：127.
② [美] 曹桂林. 北京人在纽约[M]. 北京：中国文联出版公司，1991：128.

里，英语不仅是一种交流工具，更象征着一种对中华传统的彻底抛弃和对美国文化的全盘接受。

第一代华人移民母语是中文，而美国主流社会的语言是英语，对于已经成年的华人来说，要重新习得一种完全不同于母语的语言谈何容易！因此，持汉语的华人便成为美国社会的语言他者，在强势的英语语言霸权面前倍显无助和无力。於梨华的《小琳达》中，小主人琳达对于来打工的台湾留学生燕心的名字感觉"好奇怪"，对于燕心的蹩脚英语，小琳达发表评论："她的英语说得这样奇怪，是不是因为她不是我们美国人的缘故呢？"①小琳达的无礼不仅是一种主人对于佣人的居高临下，也有主流社会对于不标准英语的身份定义，"她的语言评价其实是在向燕心昭示着她是一个语言上的'他者'——她来自另外一个语言体系，是不属于这个语言的——而在这种语言'他者'的背后，潜隐着的是对燕心生存形态的'他者'界定和'非我族类'的排斥"②。

第一代华人作家那里经常出现的语言冲突，在作为第二代华人的土生华裔作家那里，却常常表现为对父辈英语能力的羞辱感。《接骨师之女》中的母亲茹灵说一口洋泾浜英语：语法混乱，发音可笑，与女儿地道准确的标准英语形成鲜明的对比。茹灵是母语为汉语的老一代移民，汉语的影响根深蒂固，在美国生活几十年后，也无法说一口地道标准的英语；但是在写汉语毛笔字的时候，却表现得那么"镇定、有条理和果断"③。母亲对英语的潜意识抗拒和对汉字的迷恋是对中华传统文化身份的坚守。而美国化的女儿接受了主流社会的意识形态，对母亲的中国身份和中式英语深以为耻：母亲茹灵念不利索女儿的英语名字，满大街地喊"露缇，露缇"的时候，女儿露丝窘得要死，对别人大喊，"我不认识她"④。洋泾浜英语使得母亲们的身份被边缘化和他者化，不仅与主流社会接触时备受歧视，甚至得不到亲生女儿的

---

① [美] 於梨华. 小琳达[A]. 中国留学生文学大系：当代小说台港地区卷[C]. 上海：上海文艺出版社，2000：52.

② 饶芃子，杨匡汉. 海外华文文学教程[C]. 广州：暨南大学出版社，2009：116.

③ Amy Tan. *The Bonesetter's Daughter* [M]. London: Flamingo, 2001: 81.

④ Amy Tan. *The Bonesetter's Daughter* [M]. London: Flamingo, 2001: 58.

尊重和认可，因此"汉语语码和英语语码明显地拉大了两代人之间的距离，强化了两种文化的对峙"①。

2. 华人的边缘地位与"失语症"

在强势的英语语言霸权面前，华人移民不仅因为说汉语或者英语不标准而沦为主流社会的语言他者，甚至在很多情况下，被迫沉默或失去了发声的能力。这种奇特的"失语症"象征了美国华人少数族群在强势英语的挤压下无法为自己言说的边缘处境，正像斯皮瓦克在《属下能说话吗？》一文所得出的结论：属下不能说话。

《女勇士》中的"我"被华人母亲割断了舌筋，就是希望"我"在这个"鬼国家"能言善辩，然而"第一次进幼儿园，不得不讲英语时，我就沉默了"②。在英语面前的自卑感和羞怯感一直跟随"我"多年。不仅"我"如此，我的妹妹、学校里的其他华裔女孩都经历了沉默的阶段。"我"终于明白沉默是由于我们的华人身份，华人在说英语的白人社会里感觉低人一等，失去了说话的自信和交流的渴望。与此对照，华裔孩子在自己的族群里却游刃有余、自由自在："有些男孩子在美国学校里表现得很乖，在这里却开老师的玩笑，跟老师顶嘴。女孩子也不沉默了，课间没有规矩限制的时候，她们又喊又叫，还打架"③。

汤亭亭痛恨自己族群的这种怯懦和卑下，她把不满和愤懑发泄在一个同样喜欢沉默的华裔女孩身上，狠揍了她一顿，逼她说话。从某种意义上说，对这位女孩的攻击，也是汤亭亭的自我惩罚，因为她也曾经历同样的沉默，也没有通过言语充分宣泄自己的感情，建立足够的自信应对在主流社会的边缘和弱势地位。苏珊·兰瑟曾经说过，"对于那些一直被压抑而寂然无声的群体和个人来说，这个术语（声音——笔者注）已经成为身份和权力的代称"④。这些华裔女孩的集

---

① 何木英. 语言选择与文化取向[J]. 西南民族大学学报（人文社科版），2004（10）.

② [美] 汤亭亭. 女勇士[M]. 李剑波，陆承毅译. 桂林：漓江出版社，1998：148.

③ [美] 汤亭亭. 女勇士[M]. 李剑波，陆承毅译. 桂林：漓江出版社，1998：151.

④ [美] 苏珊·S. 兰瑟. 虚构的权威：女性作家与叙述声音[M]. 黄必康译. 北京：北京大学出版社，2002：3.

体失语表明：在美国主流文化的殖民优势面前，少数族裔面临着族裔身份的缺失，已经失去"开口说话"的勇气和能力。

华裔不仅在主流社会的霸权和威慑下主动失语，还会被主流社会强迫消音。《中国佬》里的华人劳工在甘蔗林里干活被禁止说话，只好在地上挖一个洞，倾吐满腹思乡之情以及他们的痛苦和期盼，并渴望这声音能传到祖国和家乡。在白人社会的权力宰制下，华工们承受着生理上和精神上的双重痛苦。福柯在《话语的秩序》以及 1970 年法兰西学院的就职讲座曾提到话语和权力的关系：话语并不是转化成语言的斗争或统治系统，它就是人们斗争的手段和目的；话语是权力，人通过话语赋予自己权力。话语本身就是一种权力和身份的证明，西方社会不仅拥有绝对的话语霸权，还用这种霸权剥夺华人的话语权力。华裔族群无论是主动失语还是被动消音，都表明了其在美国社会的边缘处境和无法言说自我的命运。

在《接骨师之女》中，露丝在和白人男友亚特同居后，患上了间歇性失语症，每年都有一周无法说话。露丝的英语能力与白人无异，但是外貌上的东方特征和她的家族背景仍然标识出她在白人社会的"他者"地位。露丝自认为是美国人，但她无意间把白人社会的东方主义意识形态内置，也不免用东方主义视野反观自身，看到自己的中国性和族裔背景，因此产生强烈的种族自卑心理，把自己在主流社会他者化，她的失语正是在白人面前弱势地位的病态展示。

华裔女作家的纷纷"失语"，折射出白人主流社会背景下华裔对自我身份的迷惘和自卑感。这些作家描述的并不是个人的"小我"经历，而是整个族裔的困境和"属下"地位。

华裔作家有完全的英语能力，还常常在主流社会中不得不承受"失语"的焦虑，而新移民作家刚从汉语中走来，面对英语的霸权地位，甚至没有自我言说的能力，失语和失声更成为新移民的现实困境和在两种文化冲突中审慎应对的危机策略，"失语的过程实际上便是主体进行自我调整的阶段，他身处两种文化的碰撞中，失去了对某一种文化的认同和肯定，因而价值判断也因之模糊"[1]。

严歌苓的《栗色头发》中，"我"是个刚到美国的中国留学生，在街头碰到一个栗色头发的美国人，由于有限的英语能力，"我"与栗色头发的交流完全是"鸡同鸭讲"，他问的问题和我的回答驴唇不对马嘴：栗色头发问"我"来美国多久了，"我"却回答我的朋友会来接；他夸"我"长得好看，"我"说天气是挺热的……后来画廊老板想加钱让"我"做裸体模特，我的英语能力已经有了大幅提高，但是"我"假装不懂，保持沉默。交流的失败在这里已经不是语言能力的问题，而是语言背后的文化选择。"我"在汉语继承下来的价值观认为，"做这高尚工作需要麻痹些许的自我意识"[2]。但是英语文化语境却在挑战着我的既有的价值观念，移民他乡不仅仅意味着放弃自己的母语，甚至与母语承载的故国文化也有隔离的危险，"我"的沉默是用以摆脱这种危险的应对策略。"'我'虽然借宿在英语的家中，'我'的价值观还是依存着汉语那个家，在理解力上'我'并没有任何的差池，只是面对文化的差异'我'无话可说"[3]。

后来，"我"受雇于一个美国老太太，在与老太太打交道的过程中，英汉两种语言背后的价值伦理更是得到充分展现。老太太无视"我"的关心和情感付出，在金钱和物质上斤斤计较。更有甚者，老太太怀疑"我"偷拿了她的蓝宝石耳环，处处对我旁敲侧击。当"我"在草地上捡到蓝宝石耳环激动地还给老太太时，她客气地道谢之后，竟然说要把耳环拿去鉴定，还问了一句："你有把握它的确在门外草地上？"[4]言外之意，"我"似乎是在监守自盗。老太太的防范固然有她个人因素，也来源于美国人对中国人根深蒂固的刻板印象：中国人是奸诈狡猾、善于欺骗的。中国人的拾金不昧、正直善良在美国这块土地上得不到欣赏和感激。小说中的"我"对西方文化的失望通过对英

---

① 李亚萍. 故国回望：20 世纪中后期美国华文文学主题研究[M]. 北京：中国社会科学出版社，2006：20.

② [美] 严歌苓. 栗色头发[A]. 吴川是个黄女孩[C]. 西安：陕西师范大学出版社，2008：198.

③ 李亚萍. 故国回望：20 世纪中后期美国华文文学主题研究[M]. 北京：中国社会科学出版社，2006：21.

④ [美] 严歌苓. 栗色头发[A]. 吴川是个黄女孩[C]. 西安：陕西师范大学出版社，2008：216.

语的失望表达出来，"似乎又回到对这种语言最初的混沌状态。我不懂它，也觉得幸而不懂它。它是一种永远使我感到遥远而陌生的语言"①。在自尊和人格深受以英语为载体的西方文化的伤害之后，我更加坚定退守中国文化，对有着种种"民族缺陷"的西方文明持观望态度。小说刚开始，当栗色头发在我面前大谈中国人恶习，"我"拒绝与之交往时就颇有先见之明地看到："谁担保我仅获得民族美德而断净民族缺陷？"②事实证明，美国社会的"民族缺陷"比其美德更加让人印象深刻。

严力的《母语的遭遇》中，两位被邀请参加国际文学会议的中国作家也遭遇了失语的尴尬。其中林角的独白传达出海外华人由于语言不通被边缘化的寂寞心态，"不能与他人沟通，母语闲置在体内，她作为从小陪伴着自己的身体的一部分器官，现在却闲置着，显然也影响了其他比如肝肺和心脏的正常运转，是啊，你越想越觉得自己是一个聋子，把自己的语言关在里面，还要关很多天，而耳朵呢？耳朵是吃母语长大的，多少年没有一天中断过，吃惯了母语的耳朵啊，现在肯定饿得发疯，可这一切都是代价吗？为获得他人种的了解和承认，就要如此付出吗？为什么我们中国人翻译西方人的作品就那么主动？而我们却追着不多的几个汉学家……"③无法言说母语的痛苦，竟然逼得两位心有嫌隙、素来无话的作家以用母语吵架来释放被迫消音的寂寞和压抑。

对于广大新移民来说，移民到美国意味着从汉语母语环境中连根拔起，重新植入"英语横行"（刘荒田语）的异域。这种语言的转换也意味着"身份的根本性变更"。关于这一点，华人作家於梨华有着切身的体会：於梨华刚到美国时，曾在一户美国人家打工，女主人依雷太太不仅拼命使唤於梨华，而且在於梨华辞别她家的前夜，偷偷潜入於梨华的居室搜查她的行李，并公开宣称："我不相信你，我不相信

---

① [美] 严歌苓. 栗色头发[A]. 吴川是个黄女孩[C]. 西安：陕西师范大学出版社，2008：216.
② [美] 严歌苓. 栗色头发[A]. 吴川是个黄女孩[C]. 西安：陕西师范大学出版社，2008：199.
③ [美] 严力. 母语的遭遇[M]. 上海：上海文艺出版社，2002：48.

你们中国人……"①此时的於梨华自然分外受伤，但是，"不是我没有一肚子话可以回敬，而是英文太差，不足以表达我的愤怒"②。英语霸权剥夺了华人捍卫自我尊严的能力，失语成为语言他者生存困境的表达。因此，作为语言上的他者，失声失语成为移民中的常见现象，也是新移民笔下反复渲染的情境，"新移民对自己失却'存在之源'的伤痛有着深刻的体验，身份的建构存在于语言属性中，失语往往意味着身份的遮蔽乃至失落"③。在美国华人文学中频频出现的失语症也成为华人作家认同焦虑的先兆和表达。

3.2.2 异国情调与东方他者

文化无优劣，这似乎已经成为当今东西方有识之士的共识。我国著名的社会学、人类学和民族学奠基人费孝通先生曾经在 80 岁寿辰上提出一个十六字箴言，"各美其美，美人之美，美美与共，天下大同"（后来最后一句更改为"和而不同"），说明不同文化之间相处的态度和原则：首先要对本民族的文化拥有自信，还要尊重不同文化之间的差异，承认民族文化的差异性和多样性，在此基础上不同文化间才能和谐相处、共同繁荣。在美国社会，兴起于 20 世纪 70 年代的文化多元主义也主张承认少数族裔的差异性和平等地位，提倡文明之间的对话与沟通。

但是在美国社会中，对中国人和中国文化却存在源远流长的文化偏见和刻板印象。这种对于中国文化的负面传统最早来源于一些到中国来的传教士的描写：早期的传教士为了筹集到传教的资金援助，会刻意夸大包括中国在内的亚洲国家的贫困落后、愚昧无知、封建迷信等情况④，奠定了西方从负面对中国和东方文化进行刻板化定型的基调。在 19 世纪末 20 世纪初的排华时期，美国白人种族主义分子为了

---

① [美] 於梨华. 我的留美经历[N]. 人民日报（副刊），1980-04-20.

② [美] 於梨华. 我的留美经历[N]. 人民日报（副刊），1980-04-20.

③ [美] 吕红. 海外移民文学视点：文化属性与文化身份[J]. 福建论坛（人文社会科学版），2006（12）.

④ Elaine H. Kim. *Asian American Literature: An Introduction to the Writings and Their Social Context* [M]. 北京：外语教学与研究出版社，2006：16.

驱逐华人，更是大肆宣扬华人"不可同化的异教徒"形象，中国文化被描绘成野蛮、落后、神秘、不可理喻的他者文化。正如赛义德在《文化与帝国主义》一书中曾经指出的："在某一个时候，文化积极地与民族或国家联系在一起，从而有了'我们'和'他们'的区别，而且时常带有一定程度的排外主义"①。美国主流文学也有意无意迎合了这种需求，布莱特·哈特、杰克·伦敦、约翰·斯坦贝克等在美国读者中影响深远的作家，笔下都有不少关于华人的漫画式负面描写，这更使华人和中国文化的负面形象"深入人心"，在美国社会得到普遍传播。而广大华人由于被隔离在主流社会之外，同时因为早期华人移民受教育水平普遍不高，在主流社会处于整体"失语"状态，被剥夺了自我辩护的可能和权利。

关于主流社会对东方的这种权力宰制和文化霸权，赛义德曾用"东方主义"（另一种译法为"东方学"——笔者注）来概括和阐释：

东方学中出现的东方是由许多表述组成的一个系统，这些表述受制于将东方带进西方学术、西方意识，以后又带进西方帝国之中的一整套力量……东方学自身乃某些政治力量和政治活动的产物。东方学是一种阐释的方式，只不过其阐释的对象正好是东方，东方的文化、民族和地域。②

正是在受制于西方政治力量和政治活动的"东方主义"表述之中，华人和其背后的东方文化大大偏离了其本来面目，在主流社会中成为了"非理性的、堕落的和幼稚的"的他者形象。

美国华裔作家身处美国社会之中，主流意识形态对他们的影响是无可逃避又直接尖锐的。无论是"种族主义之恨"还是"种族主义之爱"都直接决定了华裔作家反观自身的态度，造成华裔美国人的"殖

---

① [美]爱德华·W. 赛义德. 文化与帝国主义[M]. 李琨译. 北京：生活·读书·新知三联书店，2003：4.

② [美]爱德华·W. 赛义德. 东方学[M]. 王宇根译. 北京：生活·读书·新知三联书店，1999：258-259.

民内置"。赵健秀在《哎咿！亚裔美国作家文选》"前言"中指出这种现象："整整七代人在法律的种族主义和被委婉地称为'种族主义之爱'的压迫之下形成了亚裔美国人的自我轻视、自我排斥和自我瓦解。"①这种殖民内置的东方主义视角也影响了华裔作家对本民族文化的呈现方式和阐释方式。

黄玉雪被称为"华裔美国文学之母"，她的自传体小说《华女阿五》创作于 20 世纪 40 年代。20 世纪 40 年代正是美国"熔炉理论"盛行的年代，这种理论主张美国各少数民族尽快告别自己本民族的文化，接受"盎格鲁-撒克逊"主流文化的影响，融入美国生活和文化之中。在种族歧视余毒未清、华人族群仍被主流社会边缘化的社会语境下，黄玉雪等第二代华裔都表现出归属主流文化的愿望。在他们的作品中，这些作家接受了美国公众对华裔少数族群的看法，通过展现本民族文化的"异国情调"，满足主流文化对少数族裔的窥探和猎奇心理，以此认同美国主流价值观，争取被美国社会接受。

《华女阿五》（山西教育出版社 2002 年推出英文原版时，封面中文译名为《五姑娘》）是黄玉雪本人的自传，为了符合华人自谦的习惯，作者特别以第三人称叙事，讲述了一个在唐人街长大的黄姓广东籍华人家庭的女孩的奋斗故事。主人公黄玉雪通过个人努力一步步在主流社会取得成功的过程，也是她一步步摆脱中国文化传统、接受美国价值观的过程。故事刚开始，玉雪接受的是中国传统的家庭教育：不能质疑父母，服从父母和老师权威；父母以体罚而不是讲道理的形式对子女进行是非教育，很少夸奖子女的成就；父母和子女之间很少表露感情。上美国学校后，一件小事让黄玉雪开始意识到中美文化差异并开始转变：黄玉雪的手被同学的棒球拍不小心打中受了伤，美国老师穆罗汉德小姐赶紧把她抱在怀里，为她擦去泪水，温柔地好言安慰，这让玉雪体会到在自己的中国家庭无法得到的温情，"玉雪开始拿美国方式跟自己父母的方式互相比较，这种比较让她感觉很不舒服"②。

---

① Frank Chin. "preface", in *Aiiieeeee! An Anthology of Asian American Writers* [C]. Eds., Frank Chin et al. Washington D.C.: Washington University Press, 1974: xii.

② [美] 黄玉雪. 五姑娘[M]. 太原：山西教育出版社，2002：19.

上大学的时候，美国大学的教育思想使她反思自己和父母的关系，更加强了她的自我意识和独立自主精神，"我父母要求我不加怀疑地服从他们，我大哥也那样做，凭什么？我除了是个华裔女孩之外，还是个独立的个体。我也有权利"①。接受了西方价值观的黄玉雪开始与父母抗争，争取自己的独立人格和自由交往的权利，"你们应该知道我所成长的社会与你们所了解的中国不同……我为什么不能选择自己的朋友？独立当然不安全，可是安全不是唯一的考虑。你们应该给我自由，让我自己去寻找答案"②——这无疑是黄玉雪与华人文化传统疏离的"独立宣言"。在与主流社会的互动中，黄玉雪接受了诸多白人的帮助，在白人家庭打工的经历让她更加向往白人世界的自由和平等。除此之外，黄玉雪自己打工挣钱上完大学，又凭借自己的努力在唐人街之外的非华人社区找到工作。黄玉雪这种强烈的自我奋斗精神，与中国传统文化中的女子形象已经大相径庭，这是黄玉雪自觉与美国文化同化的结果。

《华女阿五》一书不仅在精神内涵和价值理念上表现出与美国文化认同的趋势，在文化的物化层面上也以白人为导向，为主流社会的白人读者充当了旧金山唐人街导游的角色。这本书虽然是作者的自传，却用大量篇幅展示唐人街衣、食、住、行的种种细节，对一些华人饮食、节日、婚嫁和丧葬风俗的描写更是不遗余力，试看下面一段描写：

过年时每家互相交换的可口食品都不一样，要视那家的风俗和擅长的东西而定。有的人家做蒸汤圆很拿手，汤圆是用红糖和一种特殊的面粉做成的，里面有红枣和芝麻；还有的人家专门做碗糕，这是用红薯淀粉、肥猪肉、碎虾米、蘑菇、红姜做的（有点像土豆粉），上面还撒了香菜叶（就是很嫩的芫荽叶）……③

这样细致的文化描写在《华女阿五》中比比皆是，作者甚至用了

---

① [美] 黄玉雪. 五姑娘[M]. 太原：山西教育出版社，2002：116.
② [美] 黄玉雪. 五姑娘[M]. 太原：山西教育出版社，2002：119-120.
③ [美] 黄玉雪. 五姑娘[M]. 太原：山西教育出版社，2002：125.

一页多篇幅叙述中国人怎样焖米饭：从如何选米到如何洗米，甚至怎么掌握火候，极为详尽。这样的叙述完全游离于主体叙事之外，对于故事的展开或主题表达没有任何用处，完全是为了满足白人读者对华人生活的窥视欲。正如黄秀玲所说："把文化活动从它们的语境中剥离，有意置于'外人'好奇的凝视之下。"① 因为满足了白人读者的期待视野，《华女阿五》在美国社会取得了巨大成功，1950 年刚出版即登上美国畅销书排行榜，高居榜首达数月之久。

黄玉雪通过讲述美国式的个人成功故事和展示异国情调的中国文化，敲开了通往主流社会的大门。她的后继者汤亭亭和谭恩美继承了这种对中国文化的展现手法，她们甚至比黄玉雪走得更远。中国文化在她们的笔下，不仅仅是神秘和新奇，甚至是野蛮、落后的他者。

汤亭亭在《女勇士》中有这样一段关于中国饮食的描写：

这是我妈妈经常煮给我们吃的东西：什么浣熊、臭鼬、老鹰、鸽子、野鸭、野鹅、黑皮矮脚鸡、蛇、蜗牛、甲鱼、鲶鱼等。甲鱼经常在厨房里到处乱爬，不是躲到冰箱底下，就是藏在炉子下面；鲶鱼经常养满一浴缸……当我长到洗衣机那么高的时候，有一天深夜，悄悄地溜到阳台，突然，一群黑压压、带爪的东西呼啸着朝我扑来，我吓得叫出声来。②

汤亭亭还借母亲之口讲了华人"活吃猴脑"的故事，故事惨烈恐怖，听来让人毛骨悚然：

"你知道中国人有了钱吃什么？"她总是这样开头，"去吃猴宴。"吃客围坐在一张厚实的木桌旁，桌子中间有个洞。伙计用杆子把猴子牵进来，猴脖子就套在杆子一端的项圈里，一边走一边尖叫。猴子的手被

---

① Sau-ling Cynthia Wang. *Reading Asian American Literature: From Necessity to Extravagance* [M]. Princeton: Princeton University Press, 1993: 55.

② Maxine Hong Kingston. *The Woman Warrior: Memoirs of a Girlhood Among Ghosts* [M]. New York: Alfred A. Knopf, Inc., 1984: 90-91.

捆在背后，他们把猴子塞在桌子底下，让猴子的脑袋从洞里伸出来，整个桌子像另一只项圈套在猴子脖子上。厨师用一把外科医生用的锯子绕着猴脑袋锯一圈，用小锤敲一敲，好使骨头松动，朝缝里塞上一些银牙签。然后一个老婆婆会用手摸摸猴脸，再向上摸摸它的头顶，抓住一撮头顶的毛，就把猴的头盖骨拎起来了。吃客们用勺子挖猴脑吃。[①]

　　关于华人的饮食，白人社会根深蒂固的印象就是"吃老鼠"：早在水仙花时代，美国小孩就会追着华人喊，"中国佬，中国佬，黄面孔，扎辫子，吃老鼠"[②]。美国报纸也曾登载过类似的消息：在中国的餐桌上，猫、狗和老鼠代替了高雅食品蜥蜴蛋、孔雀冠和雀巢汤[③]。著名的美国社会学家李玫瑰在研究中曾援引美国报刊中对于华人的"原型"，其中一个就是中国人最喜欢的食品是老鼠和蛇[④]。这种印象的荒唐和可笑对任何一个在中国生活过的人都是不言自明的。美国专门研究中国饮食文化的学者安德森和西蒙兹都通过研究破除过这种谬见。但是美国社会对华人饮食仍然抱有恶劣的负面印象。汤亭亭在小说中罗列出如许奇怪的食物，无形中迎合和强化了白人对华人饮食怪异、原始的刻板定型，非常明显地自我东方化了。很多白人读者在阅读《女勇士》后，对中华文化产生了极大的反感。作者内化了主流社会对华人的看法，将在主流社会的自卑感转化为看待中国文化的优越感和疏离感，应该是作者寻求美国认同的一种内在诉求使然。

　　不仅汤亭亭如此，另一位华裔女作家谭恩美在丑化和他者化中国文化时可谓有过之而无不及。谭恩美在《一百种神秘的感觉》中借琨之口讲述了她吃老鼠、蝙蝠的经历，还绘声绘色地描写了一个中国人

　　① Maxine Hong Kingston. *The Woman Warrior: Memoirs of a Girlhood Among Ghosts* [M]. New York: Alfred A. Knopf, Inc., 1984: 91-92.

　　② Sui Sin Far. "Leaves from the Mental Portfolio of an Eurasian", in *Mrs Fragrance and Other Writings*. Eds., Amy Ling and Annette White-Parks. Urbana and Chicago: University of Illinois Press, 1995: 219.

　　③ [美] 斯图亚特·米勒. 不受欢迎的移民——中国人印象，1785—1882[M]. 伯克利：加州大学出版社，1969：192.

　　④ [美] 李玫瑰. 在美国的中国人[M]. 香港：香港大学出版社，1960：361.

杀鸡的镜头，凸显了中国人的残忍和野蛮。除此之外，谭恩美还大肆渲染中国母亲们的封建迷信：在《接骨师之女》中，母亲茹灵笃信占卜算卦，经常让女儿露丝以沙盘作法，和死去的亲生母亲宝姨进行对话。尽管女儿经常乱写一气，不当回事，但茹灵还是深信不疑。这无疑在白人读者中制造出中国文化神秘落后、缺乏理性的形象，与西方的科学、文明形成鲜明对比，可以极大地满足白人读者的自我优越感。麻将、鸦片、姨太太对美国主流社会几乎是中国文化必不可少的文化符号，谭恩美的小说里不断重复使用这些昭显中国文化落后、腐朽的文化符号：《喜福会》中的姨太太吞鸦片自杀了；吴夙愿在逃难途中还不忘带上麻将桌；许安梅为了给母亲治好病、尽孝道，竟然自己割下胳膊上的肉给母亲熬药。凡此种种，无不迎合了主流社会关于中国文化"神秘、落后"的他者形象。这也是谭恩美的作品在西方社会畅销的原因之一。华裔评论家黄秀玲正是看到了谭恩美的作品这种东方主义倾向才会做出如下评论："谭以某种方式反复地铺陈细节和'非细节'的能力，让具有文化倾向性的读者（也就是大部分的美国读者）辨认出这种文学类型并做出相应的反应，他们热情购买这些书，伴随着尊重与窥淫欲、欣赏与屈尊俯就、卑谦与自我庆幸的复杂情感。"①

美国华裔作家对东方文化的他者化表现显然源于作家对自己"美国人"身份的体认：这些华裔作家处于美国社会的漩涡中心，深受主流文化的影响，早就是外黄内白的"香蕉人"。因此，实际上他们是从美国文化内部视角观看被时间和空间隔离的遥远的中国文化——从空间上说，她们与中国和中国文化隔了一个浩瀚的太平洋；从时间上说，从父辈们那里口耳相传的东方文化几乎是半个世纪之前早已谢幕的老电影。因此，她们的作品中与现代美国并置的并不是现代中国，而是近代的和古代的中国。这样形成的对比凸显了美国的现代和文明以及中国的落后和原始，形成了与主流社会东方主义的共谋。这使得她们笔下的东方文化既难以得到华语文化圈的肯定和接受，也受到来

---

① Sau-ling Cynthia Wang. "'Sugar Sisterhood': Situating the Amy Tan Phenomenon", in *The Ethnic Canon: Theories, Institutions and Interventions*. Ed., David Palumbo-Liu. Minneapolis: University of Minnesota Press, 1995: 184-185.

自美国华裔族群内部的攻击和指责。

3.2.3　文化冲突与理性反思

　　人是文化的动物，自出生之日起，就生活于一个既定的文化系统和文化氛围内，并形塑了这个人的生活习惯、思维方式、审美趣味、价值判断等各方面的个人因素和特质。对于广大华人移民作家而言，都有多年故国居住的经历，经受了中华文化的长期浸润，东方文化因子已经渗入移民作家的骨血之中。当带着深厚东方文化积淀的华人移民骤然跌入一种异质的文化语境之中，不可避免地会遭遇"文化冲击"（culture shock）。在经历文化冲击之后，移民作家们从自己"跨域"的真实双重经验出发，获得了"对异国文化零距离的解读和对中国文化远距离的审视"①。我们知道，美国华裔作家一直生活在美国，虽然她们都通过文学作品想象东方，但他们在文化认同和国家认同上，毫不犹豫地站在美国一边；而中国台湾留学生文学，由于其产生的特殊历史语境（中国台湾当时的政治现实和美国的种族歧视）和文学主体的存在主义信仰，被打上了一层深沉的悲情色调，弥漫着浓烈的文化乡愁，在西方文化霸权的俯视之下，往往以自我防卫的姿态从中国文化传统中寻求慰藉。而始自 20 世纪 80 年代的新移民作家群，"比诸上一代作家，在汹涌而来的美国文化面前，他们显得更敏感更热情，同时又不失自我，更富思辨精神。他们减却了漫长的痛苦蜕变过程，增进了先天的适应力与平衡感。他们浓缩了两种文化的隔膜期与对抗期，在东方文明的坚守中潇洒地融入了西方文明的健康因子"②。新移民文学不像华裔作家那样沉醉在西洋暖风中，也不像中国台湾作家那样在故国文化里舔舐伤口，而是"以一种自觉的意向和一种文化血缘性的导引深入到多重文化构成的世界里"③，带着新一代中国人的文化

---

① 杨丽娟. "新移民文学"的文化嬗变[J]. 河南纺织高等专科学校学报，2007（9）.

② ［美］陈瑞琳. 北美华文文学 [EB/OL]. http://club.topsage.com/thread-1571995-1-1.html, 2014-3-2.

③ 杨匡汉，庄伟杰. 海外华文文学知识谱系的诗学考辨[M]. 北京：中国社会科学出版社，2012：260.

自信，在中西文化的双重视野中，对西方文化进行理性观照和反思。

在这方面，于濛的《啤酒肚文明》是一个极好的文本案例。

在这个短篇小说中，"我"是一个来自中国大陆的留学生，与嗜喝啤酒的美国学生山姆共同结识了美丽的法国留学生布丽吉斯，在三个人的交往中逐渐揭示出中美两种文化在待人接物、价值观念上的种种差异。小说中的"我"自视为一个"保守内向"的"书呆子"，虽然被布丽吉斯荣称为"最老的朋友"，但是在与她的交往中，没有任何功利之心，完全是出于中国人的古道热肠，"我觉得我应该尽力帮助她。我自己经历过乍到美国的困窘，深深知道一个外国学生最初的困难"①。"我"虽然也欣赏布丽吉斯的美丽和气质，但却没有任何非分之想；"我"也因此获得了布丽吉斯的友谊和尊重。而美国人山姆从最开始跟布丽吉斯接触，便打定主意要追她到手，虽然他明明知道布丽吉斯已经订婚。他还与"我"叫板，"代表美国文明向孔夫子文明挑战"②，看谁能先把布丽吉斯追到手。而"我"只把布丽吉斯当朋友，觉得他的挑战太可笑，根本不予理睬。"我"对美国社会虚荣浮躁的爱情观深有了解，"美国男孩子以追求女孩子成功为一种荣耀"③，因此对山姆展开的爱情攻势冷眼旁观。在布丽吉斯问山姆是否可以借钱给一个急需帮助的朋友时，他本着美国式的利己主义哲学，以"每个人必须为自己负责"为借口，毫不犹豫地拒绝；追求布丽吉斯失败后，山姆竟然对她恶语相向。作者借布丽吉斯的比喻，批判了美国文化的缺陷，"这就是他们的美国文化——啤酒肚文明。一层层厚厚的极端个人主义的脂肪，构成了他们的引起身心不平衡的啤酒肚，啤酒肚文明"④。作者以委婉平和的语气，将三个人的故事娓娓道来，将"我"所代表

---

① [美] 于濛. 啤酒肚文明[A]. 郑宗培，郑绪源主编. 丛林下的冰河[C]. 合肥：安徽文艺出版社，1990：48.

② [美] 于濛. 啤酒肚文明[A]. 郑宗培，郑绪源主编. 丛林下的冰河[C]. 合肥：安徽文艺出版社，1990：50.

③ [美] 于濛. 啤酒肚文明[A]. 郑宗培，郑绪源主编. 丛林下的冰河[C]. 合肥：安徽文艺出版社，1990：51.

④ [美] 于濛. 啤酒肚文明[A]. 郑宗培，郑绪源主编. 丛林下的冰河[C]. 合肥：安徽文艺出版社，1990：56.

的"孔夫子"东方文化与山姆所代表的美国文化做了含蓄的对比：东方文化平和从容，美国文化竞争侵略；东方文化真诚朴实，西方文化自私利己；东方文化重情守义，美国文化世俗功利。最后，中国人以不争之心完胜美国人的挑战：布丽吉斯与山姆断绝了关系，而"我"与布丽吉斯的友谊却历久弥新。

美国社会信奉个人主义和实用主义，凡事讲求自由和平等，崇尚个人奋斗和自我意识，这固然有其可取之处，但是也导致美国社会人情淡漠、自私势利、在物质上斤斤计较等种种负面倾向。严歌苓的《方月饼》中"我"的美国室友玛雅就是这样一个冷漠自私的形象。"我"在玛雅生日时送她贵重的"两只象牙球耳坠"，换不来她对我的丝毫温情，同住的一切花销都要 AA。她订的报纸"我"只是翻了翻，她就要求"下月订报费，你分担一半怎么样？"①；她买的猫，"我"经常帮着照顾，换来的结果是一张猫打预防针和健康检查的账单。作为中国人的"我"和美国人玛雅不仅在人际相处方式上有着巨大差异，在文化认知和思维模式上也有着深深的隔膜。"我"跟她兴致勃勃地大谈中秋节、嫦娥、月亮，还有李白、李煜、苏东坡，玛雅关心的却是月饼里的卡路里……"我"终于明白，就如故乡的圆月饼到了美国变成了棱角分明的方月饼一样，玛雅永远是和自己不一样的人。中国文化里充满诗意和浪漫的月亮到了美国，就如同一枚"阿斯匹林大药片"，失去了所有美感和文化想象。

于仁秋在《名人老古和他的室友们》中也对美国社会功利性文化做了批判。老古在各方面都厌恶美国文化，喝不惯加冰的饮料，吃不惯有"怪味"的 cheese，管它叫"气死"，把意大利馅饼叫"屁杂"。他最无法忍受的是美国社会的缺少人情味，到达美国第一天竟然无人接机，老古被晾在飞机上好几个小时："那些美国教授到我们大学去，哪个不是我接飞机、送飞机的呀？为什么一转身就这样无情无义？就没有一个会想想我初来乍到的困难？个个都有车子，他就是舍不得那

---

① [美] 严歌苓. 方月饼[A]. 海那边[C]. 南京：江苏文艺出版社，2013：226.

几个小时！"①

王周生的《陪读夫人》更是反映中西文化冲突的佳作。小说中的主人公蒋卓君是个典型的东方女性，身上凝结着深厚的传统文化积淀，无论行为方式还是价值观念，都体现着中华文化的滋养。而她的美国雇主露西亚则是美国妇女的代表，无论外表、性格、思想，都像是美国文化的活标本。两个文化传统相去迥异的人同住一个屋檐下，在育儿方式、两性观念、金钱观念甚至审美观念等各方面都有着巨大的差异，甚至产生冲突和碰撞。故事的开始，两种文化的差别便在幼儿应该趴着睡还是躺着睡上有了分歧：蒋卓君依据中国的方式认为小孩应该趴着睡，而露西亚却大惊失色，觉得那样"太可怕了"，因为在美国人看来，那样容易导致婴儿回奶窒息。而后，两个人所代表的两种文化差别越来越明显：蒋卓君认为应该纠正小孩吮手指，觉得那样不卫生，而露西亚却认为那样剥夺了孩子享受的权利；蒋卓君保持着中国人的客气和自制，自己的孩子饿了，也不主动从主人家冰箱拿东西吃，露西亚却很少替别人考虑；晚餐的时候，别人都饿着肚子等她，她却自顾怡然地弹钢琴；蒋卓君教小汤姆学会分享，而露西亚认为那是在宣传共产主义理想；吃饭的时候蒋卓君一家人用筷子夹菜，遭到露西亚嫌恶，觉得那样不卫生，等等。不过，这毕竟还是浅层次文化，相对来说，很好适应，最重要的是两个人价值理念上的差别。在以露西亚为代表的美国妇女的婚姻观里，钱是第一位的，性是第二位的；男人和女人之间的婚姻是性和金钱的交换关系。接受"夫妻恩爱""白头到老"这种中国传统婚恋观的蒋卓君自然无法接受这样的婚姻观，想当然地以为感情最重要，却遭到露西亚的嘲笑，"感情？感情是空的，你能看得见吗？……中国人干嘛要这样苦自己呢？好像一讲金钱，一讲性，就是不光彩的事"②。露西亚关于《简·爱》的一番高论更让蒋卓君大跌眼镜：

① [美] 于仁秋. 名人老古和他的室友们[M]. 江曾培主编. 中国留学生文学大系：当代小说欧美卷[C]. 上海：上海文艺出版社，2000：125.

② 王周生. 陪读夫人[M]. 北京：华龄出版社，2000：29.

　　你真够幼稚的，艾拉，你相信这些吗？　一个远离伦敦的乡间女妇，在性苦闷中幻想出这样一个似乎很感人的故事，塑造出这样一个高尚的女主人公，我确实被感动得流过眼泪。但是，细细一看，你就能从字里行间看出金钱两字，如果简·爱不是因为财主叔叔死了，从天上掉下一笔两万英镑的财产，她会得意洋洋地回到罗切斯特身边去吗？她这样一个身材矮小、毫无姿色的女人，凭什么资本去与家财万贯的罗切斯特交换呢？　如果他们两人像简·爱所说的那样一开始并不是通过习俗、惯例，也不通过凡人的肉体，而只是通过两人的精神在说话、在接触、在交流，那么到了最后，当他们两人完成肉体接触的时候，金钱已经融入其中。①

　　尽管这些观点让蒋卓君深感震撼，毕竟只是观念分歧，没有利益牵扯，对两个人的关系没有什么实质性影响。但是，露西亚信奉美国式的个人主义和利己主义哲学，在任何时候尽量避免帮助别人，给两个人的相处带来很多不愉快，并最终导致两个人关系恶化。每当蒋卓君头疼的时候，她就来一句"me too"（我也是）。就像蒋卓君说的，"露西亚的字典里大概没有关心两字"②。露西亚多次让蒋卓君加班却从来不提加班费，蒋卓君还是按照中国人的习惯和思维，碍于人情和面子，不好意思提钱。可在露西亚眼里，这是"傻的可爱"。两人之间的种种冲突最后因为一个八角三分的电话彻底激化了：露西亚为了一个不知名的长途电话再三盘问查对蒋卓君，这对于以"拾金不昧""不贪小便宜"为传统美德的中国人来说，无疑是一种人格的侮辱。

　　中西两种文化相遇带来的文化震撼是疼痛的，就像文中说的那样，"当两种习俗，两种文化，两种生活方式相抗的时候，人的生活就会非常痛苦，甚至像地狱一样"③。

　　新移民在移居异域的时候，会进入一个完全陌生的世界，会遇到小到育儿观念大到伦理道德等各方面的文化差异，也必须应对两种文

①　王周生. 陪读夫人[M]. 北京：华龄出版社，2000：30.
②　王周生. 陪读夫人[M]. 北京：华龄出版社，2000：46.
③　王周生. 陪读夫人[M]. 北京：华龄出版社，2000：64.

化相撞所带来的精神迷惘和文化调整，这个过程并不愉快，也并不轻松，但是这并不意味着新移民会就此放弃，相反，这给予新移民观照和反思两种文化的机会。新移民带着传统文化里的自信和胆识，进行着艰难的文化甄别和融合，就像王周生在《陪读夫人》"后记"里所说的："任何一个民族都没有一成不变的文化习俗，我们自己不也是和从前大不一样了吗？无须追求同一，我们需要的是理解。无论东西方文化有多大的差异和冲突，只要心灵上能沟通就行。没有理解产生不了爱，人类最高尚的目的就是互相理解。"① 这种具有宽容和大爱精神的文化观无疑是非常高明和有前瞻精神的：对于不同文化之间的差异，沉迷于民族文化而对西方文化一味排斥或抗拒，抑或盲目追随西方文化而摒弃自身的东方文化传统都不是明智之举，都是缺乏文化自信和文化风骨的表现，正如学者王岳川所提出的，"如何清晰地看待自己，既消除狂妄的'赶超'心理，又避免文化的'自卑'情结，成为清除阐释自我文化焦虑的关键"② 。与异质文化相遇时，如何立足于本民族文化，在相互的尊重和沟通中，取彼之长，补己之短，相互包容和借鉴，才是我们真正需要思考的问题。

本章小结

本章主要讨论了文本故事层人文空间与身份认同的关系。

美国华人文学的人际交往空间中，无论接触的人群还是远近亲疏的影响因素，与国内社会都有了显著的差别。本章按照由近及远的顺序，分别考察了美国华人文学文本中的代际关系、同胞互看和异族交往三个外环的社会交往，发现无论哪个外环中，人物的身份认同都成为其中的重要因子，在人物关系中起着举足轻重的作用。就家庭内部而言，对中美文化的认同差异肢解了华人第一代移民和其后代子女的

---

① 王周生. 陪读夫人[M]. 上海：上海文艺出版社，1993：247.
② 王岳川. 中国镜像：90 年代文化研究[M]. 北京：中央编译出版社，2001：192.

关系，出现很多以代际冲突为表征、以文化冲突为里因的家庭内部矛盾，这形成美国华人文学中独特的母女、父子关系主题。在同胞互看中，我们发现，美国土生华裔诸如汤亭亭、谭恩美等人常常将新来的华人移民他者化对待，以显示自己优越的美国人身份；而中国台湾留学生作家有感于美国的种族歧视和融入的艰难，对于抛弃中华文化而认同美国的"背叛者"则持批评态度；新移民作家中的文化认同中，加入了更多的财富追求和现实奋斗：其中一些人对西方的物质文明顶礼膜拜，一头扎入西方文化的怀抱，对中国同胞表现出东方主义俯视；还有些人在西方文化的冲击下精神异化，在迷失中书写出悲剧人生。美国华人文学中的异族交往，既与美国的社会历史语境息息相关，又体现了作家对中美两族关系的理解和作家的认同倾向。水仙花以笔下的异族婚恋为平台，以迥异于当时白人社会对中美异族婚姻看法的呈现方式，塑造了温暖善良的华人形象，以此抗击主流社会的种族歧视和东方主义话语，这正是作家坚定的华人立场使然。而中国台湾留学生作家群由于对中华文化的坚守和对西方文化的负面态度，往往以灰色和悲观论调书写华人和白人的异族婚恋，这使得他们笔下的华人主人公在与异族交往中患得患失，最终以失败告终。但是这种倾向随着中美关系的改善和美国社会环境的渐趋宽松而得到很大的改观，出现了中美两国人和谐共融的画面。在新移民作家群中，由于认同倾向的复杂和差异，对异族交往的刻画更加复杂和多元。

　　中国文化和美国文化，其核心价值观和行为模式有着巨大的差别，美国华人移民和华裔既传承了中华文化因子，又暴露于西方文化环境之中，华裔作家把对中西文化的体认和感悟付诸笔下的文化空间呈现。语言是文化转换的一个重要因素，华人第一代移民和其美国出生的子女之间的认同差异往往通过其语言选择表现出来。由于用华语写作的作家多为第一代移民，他们往往因为固守中国文化传统而对美国化的子女表现出无奈和批评；而土生华裔在写作中则由于全面拥抱美国文化而对父辈的洋泾浜英语产生叛逆和反感。在强大的英语霸权之下，土生华裔和华人移民都不断承受"失语"的痛苦　　这正是华裔族群在美国社会被边缘化和他者化的病态展现。美国华裔作家生于美国长于美国，深受美国主流意识形态的影响，他们以内置的东方主义视角看待中国文化，在文本中要么以东方情调获取融入美国社会的通行证，要么拼命丑化和他者化中国文化。部分新移民作家的文化呈现，超越了中国台湾留学生文学和华裔文学的单向度认同，出现了在文化冲突与磨合中对中西文化进行理性反思的作品，这种新的认同取向提倡在保留本民族文化的基础上包容和理解异文化，体现了新时代中国人的文化自信和气度。

第四章　话语层的空间形式与身份认同

第一节　语言空间与身份认同

语言是文学的最主要的媒介和表现形式，文学作品在很大程度上来说，是通过语言得以保存和传承的。语言也是包括文学在内的文化的载体，语言与文化的关系极为密切：一方面，语言本身体现出强烈的文化属性和文化特征，是容纳和记录文化的符号系统和传播方式；另一方面，文化又为语言的发展提供资源，制约或者促进语言的发展。因而，语言对于以文化认同为核心的族群认同而言，具有极为重要的意义。一个人的文化身份会通过他对语言的使用表现出来，正像美国伯克利大学语言学教授克拉姆契在《语言与文化》一书所说的："一个社会群体成员所使用的语言与该群体的文化身份有一种天然的联系。"① 语言持有者所使用的语言，无论是日常语言还是书面语言，都会带有既定文化所赋予的特定的发音、构词、语法和言语模式，从而彰显出说话人在某个社会结构中的出生地、地位和身份。一个人如果说一口流畅的粤语，我们大致可以判断出他来自中国沿海的广东或香港。可以说，"语言是某社会群体生活方式最普遍和最明显的特征，通过选择某一种语言或语言变体能立即提供普遍认可的特有的身份标

---

① Claire Kramsche. *Language and Culture* [M]. Oxford: Oxford University Press, 1998: 65.

志"①。但是另一方面，既定的文化身份也在一定程度上规定和限制了他的语言使用，成为语言的管轨。比如，一个出生于美国哈莱姆地区的底层黑人可能无法说出一口标准流畅的美式英语。因此，语言与文化身份之间既互相展现，又相互制约。

值得注意的是，尽管语言和文化身份之间关系密切，两者之间却又不是一一对应的关系，即，文化主体的身份认同未必与所持的语言所代表的文化等同。一个典型的例子是马六甲的峇峇人。他们的母语为马来语，早已丧失了汉语能力，但是在族群认同上，却自认为华人，并且非常重视中国传统习俗和宗教。有些文化族群已丧失了代表其文化身份的语言，但是其文化身份依然保留，比如犹太人和其意第绪语、美国黑人和其曾经使用的迦勒语，等等。所以语言的丧失并不等于族群认同或文化认同的丧失。反之亦然：一个人拥有母语能力，也未必完全认同自己的母语文化。尽管我们承认，语言并不是表明文化身份的唯一因素，但是事实又表明，语言在文化身份的构建中起着举足轻重的作用，并且成为彰显文化身份的重要表现形式。本节关于美国华人文学中语言使用和身份认同的讨论正是建立在这一前提之上。

美国华人文学在文学书写媒介上，主要涉及两种语言：英语和汉语。英语和汉语是两种截然不同的语言：英语属于印欧语系的日耳曼语族，而汉语属于汉藏语系；英语是一种字母文字语言，而汉语是一种象形文字语言；英语重形合，汉语重意合；英语的逻辑外化于语言本身，汉语的逻辑往往潜隐于语言的背后。就语言形式上来说，两种语言在发音、构词、语法上也存在巨大的差别。更重要的，作为文化的载体和表现形式，英语和汉语包含着各自的民族历史和文化背景，蕴藏着迥然不同的生活方式、思维方式和价值伦理。所以，汉语和英语的差别"不单单是声音和标志有所不同的问题，而是关于世界的概念各不相同的问题"，也是"潜隐在语言和言语的全部发展背后的观察形式"所表达出的不同精神特质和"思想和领悟的特别方式"②。

---

① 罗虹. 透视语言与"文化身份" [J]. 中南民族大学学报（人文社会科学版），2009：（1）.
② [德] 卡西尔. 语言和神话[M]. 于晓等译. 北京：生活·读书·新知三联书店，1988：57.

以中华文化为背景支撑的汉语和西方盎格鲁-撒克逊文化为精神内核的英语在美国华人文学的书写中与美国华人的身份认同呈现怎样的关系，这是本节所重点关注的问题。

前文已经提到，美国华人文学有两种语言媒介：英语和汉语。在英语书写中，又有两种情形：英语母语书写和英语获得语书写。本节将从英语母语写作、英语获得语写作和汉语写作三个方面，探讨美国华人文学中语言和身份认同的关系。

4.1.1　英语母语写作与身份认同

香港中文大学人类学系陈志明教授曾根据华人的中文能力，把华人分为四类：

A：至少说一种汉语，能读写中文，亲昵语一般是一种汉语，读写语也可能是别的语言，内部交流语言多用汉语（普通话或别的方言）；B：至少操一种汉话，但不读、写中文，亲昵语一般是某种汉语，读写语不是中文，内部交流语言是华人方言或非华人的语言；C：不操华人语言，也不会读和写中文，亲昵语是非华人语言，读和写非华人语文，内部语言一般上是非华人语言；D：亲昵语是涵化了的汉语和一种或多种非中文语言，读写语（如果有）通常不是中文，内部交流语与亲昵语相同。①

在美国，A、B、C 三种类型的华人都存在或者曾经存在过。A 型多见于初到美国的第一代移民：他们在家庭内部或朋友圈内用中文交流，但是在美国的生存压力之下，已经习得英语，拥有了英语读写能力；B 型包括能说汉语的华人文盲或者说某种华人方言的华人，这种华人较为少见；C 型指能读、写、说英语，几乎完全失去了中文能力的华裔。在美国，以英语为母语进行文学创作的华人多为 C 型：这类

---

① 陈志明. 华裔族群：语言、国籍与认同[J]. 冯光火译. 广西民族学院学报（哲学社会科学版），1999（4）.

华裔尽管出生于华人家庭，但是从小接受的是英文教育，被主流文化涵化程度较深。但是这并不排除有些华裔作家由于家庭和父辈的影响，具有较为不错的中文水平，比如黄玉雪。

在美国，虽然没有法定的官方语言，但英语却是事实上的国家语言。各种移民族群对英语的掌握能力和特点成为辨别其族裔身份的一种重要标志。广大华人在语言能力方面，面临着来自强大的英语所带来的压力，不标准的英语不仅仅影响华人在美国的生存，更意味着不被主流文化接受和认可："英语在少数族裔的文化及文化认同方面所起的重要作用，远远超出人们认识到的程度"①。长期以来，由于早期白人传教士对华人语言的误译和美国主流媒介的宣传②，白人主流社会形成了关于华人英语的刻板印象：华人英语往往声音尖锐，调门很高，句法混乱，l音和 r 音不分，随意省略冠词和助动词，词尾常常无端添加 ee 的发音③；"no tickee, no washee"④ 成为很多人对于华人英语的全部了解。洋泾浜英语几乎成为华人族裔身份的象征和代名词。

华裔美国作家出生于美国，都能够说一口流畅地道的英语，但是还是不免受到美国社会对于华人刻板印象的影响。赵健秀曾谈到自己的经历：有次他到爱荷华大学参加"作家工作坊"，在该地找房子住，房东老太太说他英文讲得好，一点儿中文口音都没有。尽管赵健秀一再解释他在美国旧金山湾区长大，在加州大学毕业，从来没到过中国，老太太还是喋喋不休地告诉他，来到美国，就要入乡随俗，熟悉美国的生活方式。美国人想当然地认为黄皮肤的人就应该讲着有口音的英文。赵健秀对这种现象深有感触："在这个社会上，一个白人可以在人

① 徐颖果. 跨文化视野下的美国华裔文学——赵健秀作品研究[M]. 天津：南开大学出版社，2008：23.

② 在这方面，Charles G. Leland 于 1903 年出版的《洋泾浜英语歌谣集》(*Pidgin English Sing-songs*) 非常有代表性。该书收集了大量他声称用"准确的华人美国方言"写成的歌谣和故事，使得华人的洋泾浜英语形象广为流传，深入人心。

③ Elain H. Kim. *Asian American Literature: An Introduction to the Writings and Their Social Context* [M]. 北京：外语教学与研究出版社，2006：12.

④ 这是一句美国主流社会用于嘲笑美国华裔的流行语，里面包含了华人英语常犯的发音错误和语法错误：词尾添加了 ee 的发音，wash 动词用作了名词。

群中消失，而我不能，无论我受过多么好的教育，无论我的英语讲得多么地道。有人仅仅看到我的肤色，就认为我讲英语带口音。总有人想纠正我的发音。"①

在这样一个语言背景之下，华裔作家以英语为创作媒介，以美国主流社会为期待读者，他们如何通过语言来构建自己的族裔身份，表达身份认同呢？我们以赵健秀、谭恩美等华裔作家的作品为案例进行一番考察。

案例分析 1：赵健秀作品

赵健秀集小说家、剧作家、评论家等多个角色于一身，在华裔美国文学史上是一位特立独行、不容忽视的人物。尽管人们对于他的作品和文学观点褒贬不一、毁誉参半，但是他在亚裔美国文选中坚持华裔美国文学作品应该钩沉历史，在作品中致力于颠覆美国白人主流文化对于华人，尤其是华裔男性的刻板印象，在提倡"亚裔美国感性"（Asian American sensibility）、构建华裔美国人的族裔身份方面做出了巨大的贡献。事实上，他的整个文化批评体系和创作无不围绕"亚裔美国感性"进行阐述和诠释。他与徐忠雄、陈耀光等一起编写的《哎咦！亚裔美国作家文选》和《大哎咿！华裔与日裔美国文学选集》明确提出以"是否拥有亚裔美国感性"为遴选标准："所选作品的年代、多样性、深度和质量证明了亚裔美国感性及亚裔美国文化的存在，它与亚洲和白色美国相互关联但又判然有别。"②赵健秀所谓的"亚裔美国感性"是指包括华裔在内的亚裔美国人应该具有作为美国少数族裔的独立身份和认同，不依附于美国白人主流社会，不臣服于主流意识形态对于亚裔形象的先期预设，不扮演美国人眼里的亚裔形象，反抗东方主义视野下形成的东/西二元对立框架中所形成的一套关于东方及亚裔的经验、人性、观念和刻板印象。

① Joan Chiung-huei Chang. "Transforming Chinese American Literature: A Study of History, Sexuality, and Ethnity" [J]. *Modern American Literature: New Approaches*. Yoshinobu Hakutani et al eds. New York: Peter Lang, 2000(20): 5.

② Frank Chin. "Preface", in *The Big Aiiieeeee!: An Anthology of Chinese American and Japanese American Literature*. Eds., Jefferey Paul Chan, et al. New York: Meridian, 1991: xiii.

以此为标杆，赵健秀将一干已被主流文化接受的华裔美国作家如黄玉雪、汤亭亭、谭恩美等排除在外，批评他们迎合白人主流文化趣味，是"伪华裔作家"。尽管他的这一标准和批评言论广遭诟病，但他试图建立华裔独特的少数族裔身份、不与白人社会同流合污的文化认同立场还是得到了一些评论家的称许。菲律宾裔美国作家、批评家杰西卡·海格冬认为："《哎咿》在 20 世纪 70 年代所引发的政治能量和族裔兴趣对亚裔美国作家来说是非常重要的，它使我们作为独特文化的创造者得以显现，得以获得自己的身份。突然之间，我们不再被忽略，我们不再沉默。像美国的其他有色作家一样，我们开始挑战长期以来由白人男性主宰的仇外主义的文学传统。"①

对于个人的文化身份定位，赵健秀曾多次自称"Chinaman/China Man"，在作品中也多次用这个称谓指代华裔美国人。这个称呼不同于官方给定的对华裔美国人的命名：Chinese American，显示出赵健秀对于官方和主流权力话语的抗拒。但是他也否认自己是中国人，与年轻时来美定居的中国移民并不相类，"我不是中国人……在我看来，十几岁来美国并在这里定居的美国化的中国人与美国土生土长的中国人在文化上、智性上、情感上没有任何共同之处……在我和中国移民之间没有文化、心理桥梁相连接。只有社会和种族的压力把我们联系在一起"②。徐颖果教授认为，所谓的 Chinaman/China Man，只是赵健秀关于美国华裔的一种理想，"这个名称指没有东方主义者眼中的华裔脸谱化形象特点的美国华裔……为了解构美国华裔这个称谓中隐含的轻蔑与歧视，从而塑造自信而有尊严的华裔形象"③。这样的见解是非常有道理的。同时笔者也认为，这一命名也是赵健秀试图在美国社会中构建独特的华人少数族裔身份的努力，这种身份能够与主流话语分

---

① Jessica Hegedorn ed. *Charlie Chan Is Dead: An Anthology of Contemporary Asian American Fiction* [C]. NewYork: Penguin Books, 1993: xxvii.

② Joan Chiung-huei Chang. "Transforming Chinese American Literature: A Study of History, Sexuality, and Ethnity"[J]. *Modern American Literature: New Approaches*. Yoshinobu Hakutani et al. eds. New York: Peter Lang, 2000(20): 4.

③ 徐颖果. 跨文化视野下的美国华裔文学——赵健秀作品研究[M]. 天津：南开大学出版社，2008：15.

庭抗礼，尊重自己的历史和文化传统；但是同时，这个身份又因为其美国根基而不能与后来的华人移民共享。

赵健秀的文学思想和创作有效践行了他的身份观。在其文学理论思想阐述和文学创作中，对文学语言特别关注，形成了其独特的语言风格。赵健秀尤其看重语言在建构独特的华裔经验和感性中的地位与作用，以语言反抗主流意识形态对少数族裔的文化霸权。

赵健秀注意到语言对于族裔性的特别意义。他认为，亚裔在美国历史和文化中长期失语和缺乏存在感的一个重要原因就是被剥夺了自己的方言，"美国华裔是语言上的孤儿"①。赵健秀将亚裔与美国其他少数族裔作比，认为非裔和墨西哥裔具有某种语言优势，而亚裔则缺乏确切的、用于自我定义的语言属性，"非裔和墨西哥裔常常用不规范的英语写作。他们的本族语获得认可，被认为是属于他们自己的合法的母语。只有亚裔丧失了自己的母语权，身处一种从未用过的语言之中，一种只在英文书上接触到的文化之中，却还要对此感觉自在"②。在这里，我们可以看出赵健秀认识上的偏颇和狭隘——他的视野和眼光局限于美国社会，只关注到了华裔在英语语境中没有一种属于自己的英语语言变体，而完全忽视了这样的事实——中华民族不仅拥有自己的语言，并且这种语言是世界上最为古老和美丽的语言之一，只不过他本人在英语环境中失去了获得这种语言的机会和能力。

鉴于其对美国少数族裔语言的认识，赵健秀努力在作品中创造出一种独特的个性化英语，试图以语言构建独立的族裔属性。他在创作语言和语言策略上都独树一帜，以另类的族裔语言与标准英语相对抗，颠覆了标准英语的流畅文雅，刻意营造出一种混杂、艰涩而粗犷的英语写作风格。

首先，赵健秀突破了英语的语法规范，无视英语的时态要求，全部采用现在时写作；此外，他的文本中充斥了大量短句和名词化短语形成的片段句。试看下面一段话：

---

① John Chareles Gishert, *Frank Chin* [M]. Boise: Boise State University, 2002: 9.

② Frank Chin. "Introduction", in *Aiiieeeee! An Anthology of Asian American Writers* [C]. Eds., Frank Chin, et al. Washington D.C.: Howard University Press, 1974: i.

"The hill tribes, wonderful people. They grow corn. Just like in Iowa. Corn! Here I am, no dog tags, no jewelry. No wallets. No labels. No patches. No insignia."[1]

每句话都不超过三个单词，语气急促，充满力量。在英语中，短句具有直接、清楚、有力、明快等特点。赵健秀的文本中，这种短促有力的短句铺排比比皆是，很少见到多个从句叠加的长句。赵健秀认为："写作即战斗。"通过大量短句的使用，极大地展现了文本的力量和动感，是构建赵健秀所提倡的阳刚有力的华裔男性形象的有效写作策略。

其次，赵健秀还在文本中使用大量非标准的英语表达方式、不规范语法和自造词汇：

"I speak nothing but the mother tongues bein' born to none of my own, I talk the talk of orphans. I got a tongue for you, baby. And maybe you could handmake my bone China."[2]

"Born to talk to Chinaman sons of Chinamans, children of the dead."[3]

这些句子严重违反语法规范，词汇和表达荒诞不经，笔者感觉真是不知所云。赵健秀用自己创作的独特英语变体，试图颠覆标准英语的霸权地位。在他看来，标准英语根本无法表达华裔在美国受伤害、被压迫的独特经验："少数族裔的生活经历不能屈从于白人正确无误的语言表达……一个少数民族作家把他所想的和所相信的用语法结构和标点符号规范正确的漂亮英语来表达，是白人至上的表现。"[4] 对赵

Footnotes:

① Frank Chin. *Donald Duck* [M]. Minneapolis: Coffee House Press, 1997: 18.

② Frank Chin. *The Chickencoop Chinaman/The Year of the Dragon: Two Plays* [M]. Seattle: University of Washington Press, 1981: 8.

③ Frank Chin. *The Chickencoop Chinaman/The Year of the Dragon: Two Plays* [M]. Seattle: University of Washington Press, 1981: 8.

④ Joan Chiung-huei Chang. "Transforming Chinese American Literature: A Study of History, Sexuality, and Ethnity" [J]. *Modern American Literature: New Approaches*. Yoshinobu Hakutani, et al. eds. New York: Peter Lang, 2000(20): 81.

健秀来说，使用"正确的"英语写作暗示着对白人至上的价值认同，是对西方强势文化的屈服和迎合。标准英语就代表着白人主流社会，颠覆其语言和书写规范，就意味着颠覆白人权力话语和逻各斯中心主义。

再次，赵健秀还在文本中嵌入唐人街英语和洋泾浜英语。在赵健秀的作品中，随处可见掺杂于文本的广东方言：有的采取直接音译，不加任何注释，有时稍加注解。比如，"Goong Hay Fot Choy"（粤语："恭喜发财"）、"Gow meng ahhhh"（粤语：救命啊）、"Tian ming"（天命）、"Goddamn, motherfucking"（该死的，操你妈）、"Ma, come outa bat room. I wanna talking allaw body in a room togedders up"（洋泾浜英语，意为：Mum, come out of that room. I wanna talk to everybody in a room together.）。唐人街英语和洋泾浜英语的使用，书写了华裔独特的经历和感受，极大体现了文本的族裔色彩，不仅彰显了与标准英语的差异，也因为其独特的文化色彩容易唤起华裔的熟悉感和认同感。

此外，赵健秀的作品中充斥着大量的粗话、脏话和性语言，使得文本充满愤怒和暴力，是赵健秀试图颠覆华裔男性在美国主流社会中唯唯诺诺、隐忍畏缩、缺乏男子气概的文本实践。通过这种极具叛逆色彩的"反话语"，"对生活在刻板印象中麻木不仁的华裔形成剧烈的冲击，否定华裔自我隐藏式的生存方式，对华裔男性主体地位倒置发出控诉，在一定的空间对主流社会规范进行破坏和颠覆"[①]。由于欣赏黑人文化的反抗精神，赵健秀还特意在文本中加入了黑人发音和语汇，使得华裔语言具有了黑人的一些文化特质，强化了文本的挑战精神。

尽管赵健秀的创作实践试图通过语言建立独特的亚裔感性的初衷是良好的，却令人无法不怀疑其实际效果。第一，颠覆华裔男性的阴性化、娘娘腔形象是否需要通过这样一种粗俗暴力的无政府语言方式？他在颠覆一种负面形象的同时，是不是会制造另一种负面的暴徒和恶棍形象？第二，这样一种混杂了多种语言的语言狂欢试验场是否

---

① 韩虹. 论赵健秀的语言关怀[J]. 暨南学报（哲学社会科学版），2011（5）.

真的有助于建立独特的亚裔美国感性？这是不是华裔属性应该具有的语言归属方式？它到底是消解了亚裔感性还是建立了亚裔感性？这种"杂语"是不是造成了另外一种"失语"？第三，尽管赵健秀的语言尽显族裔特征，但是各种语言的混杂使用使得文本晦涩难懂，大大降低了文本的流通度，必然使其在标准英语为交流语言的美国被边缘化，通过语言构筑亚裔感性的企图最终可能只能沦为乌托邦色彩的实验。

但是不能否认的是，赵健秀对于语言在华人族裔身份认同中作用的认识清醒而深刻，其文本的语言实践虽然未必完全实现他的文学理想，却也是一种积极而有益的尝试。后殖民理论家比尔·阿什克罗夫特曾就语言在反抗殖民统治中的作用做出这样的论述："通过修改外国语言以适应一个母语的语法、句法、词汇的迫切需要，以及通过给出讲话声音变体的形式。这样，作家和讲话人就建立起一个'小写的英语'，不同于被接受的标准的殖民地的'大写的英语'，从而形成一种不同的语言媒介。"①赵健秀通过杂糅多种语言要素、大量铺排短句、藐视英语语法规范以及大量脏话粗话的使用，创造出自己独特的英语变体，挑战了大写的 English，建构了个性化的小写的 english，消解了标准英语的语言霸权，表现出强烈的对抗精神，是作家通过语言在白人社会中建构族裔身份、试图借此唤醒华裔的族裔感性、重建属于华裔的历史与传统的积极努力。

案例分析 2：谭恩美作品

谭恩美是继黄玉雪、汤亭亭之后又一位扬名美国文学界的华裔女作家。她于 1989 年出版的《喜福会》获得全美图书奖、海湾地区小说评论奖等多个奖项，被翻译成 35 种语言，获得极大成功；后来又相继出版了《灶神之妻》《一百种神秘的感觉》《接骨师之女》等多部小说。谭恩美的小说常常以母女关系为主线，反映处于美国边缘文化的华裔族群的独特经历和心态，探索种族、性别与身份之间的关系，涉及美国华裔族群在美国的文化定位和身份归属问题。

谭恩美本人是语言文字专业科班出身，大学即在圣荷西州立大学

---

① Bill Ashcroft, et al. eds. *The Post-colonial Studies Reader* [C]. London: Routledge, 2002: 284.

主修语言学，毕业时获得语言学与文学双学位；继而又在该校获得语言学硕士学位；后来又以文字为生，成为作家。因此，谭恩美不仅对英语语言有很强的驾驭能力，也具有高度的语言敏感和自觉。她承认自己非常热爱语言，"花很多时间考虑语言的力量——语言如何唤起情感、视觉意象、复杂的想法或者简单的真理"[①]。

谭恩美也把自己对语言的敏感和自觉付诸创作实践中，其作品的语言别具特色。任何读过谭恩美作品的读者都无法不注意到其文本中的语言杂合现象：作者用优美地道的标准英语为主要叙述语言，还使用了大量凸显族裔特色的混杂英语，使文本表现出与主流英语叙事不同的中国风味和异国情调。这种语言特色通过以下几个方面表现出来：

一，英语词汇的发音偏离现象：《接骨师之女》中的女儿名字叫Luth（露丝），Luth 的母亲却总误喊成 Lootie（露缇），英语中的辅音/θ/被误读为/t/，并且加入了一个本来不存在的元音/iː/；all right 被读成all light，颤音/r/被发成边音/l/；还有 makee、muchee、piecee 等，在辅音结尾的词汇后随意添加一个元音/i/。

二，中式句法结构："you tell that man don't let dog do that""I die. Doesn't matter. I not afraid. You know this""This not so easy say""Where I live little-girl time, place we call Immortal Heart, look like heart, two river, one stream, both dry-out." 这几句话里，没有英语句子中必要的时态变化，完全不遵循英语的句法规范：一个句子里叠置多个动词，主系表结构里没有系动词，几乎是从汉语字对字直译成英语的，是典型的洋泾浜英语。

三，汉语词汇或广东方言的直接英语音译：ching（请），shemma（什么），chiszle（气死了），badpichi（坏脾气），zongzi（粽子），old Mr. Zhou（老周），chungking（重庆），tientsin（天津），mahjong（麻将），houlu（火炉），Pung（碰），Chr（吃），K'ang（炕），Huang Taitai（黄太太），goo（骨），huli-hudu（糊里糊涂），Waipo（外婆），yinggai（应

---

① Amy Tan. "Mother Tongue", in *Mother: Famous Writers Celebrate Motherhood with a Treasury of Short Stories, Essays, and Poems* [C]. Ed., Claudia O'Keefe. New York: Simon & Schuster Inc., 1996: 321.

该), shwo buchulai（说不出来）, nuyer（女儿）, choszle（臭死了），
Kuomingtang（国民党）等。

四，汉语语汇的英语翻译：First Wife（大太太）, wonton（馄饨），
red-egg ceremonies（满月酒席）, palanquin（轿子）, embroidered red scarf
（红盖头）, Festival of Pure Brightness（清明节）, peach-blossom luck（桃
花运）, Cold Dew（寒露）, rickshaw（黄包车）, concubine（妾）等。

这种独特的语言风格有以下作用：

一，通过标准英语和洋泾浜英语的对比，昭显了不同的人物身份。
上面提到的发音偏离现象和中式句法结构等洋泾浜英语，都无一例外
出自第一代华人移民之口（《接骨师之女中》中的茹灵、《一百种神秘
的感觉》中的琨、《喜福会》中的吴夙愿）。而几部作品中在美国出生
的女儿们都操着一口地道流畅的标准英语。两种身份的差异通过两种
语言风格的鲜明对比呈现了出来。自觉接受了美国文化的女儿们都毫
不犹豫地认同自己的美国人身份，认为美国的一切都优于中国，也包
括语言。她们不仅拒绝学习汉语，也深以母亲的洋泾浜英语为耻。标
准英语以其在美国社会不可撼动的权威性和合法性，形成对洋泾浜英
语的凌驾和俯视，而操洋泾浜英语的华人移民则被构建成语言中的他
者，被打上东方主义的烙印。前文提到，美国主流社会常常将华人移
民身份与 no tickee, no washee 的洋泾浜英语等同，谭恩美作品中用拙
劣、蹩脚的洋泾浜英语来构建华人第一代移民形象，客观上迎合了西
方人对于华人的刻板印象，是其东方主义内置的一种体现。有些西方
批评认为谭恩美小说中母亲们的英语是"人造洋泾浜"，对此，谭恩美
声称自己的语言是现实的生活语言，自己母亲所说的英语就是《喜福
会》母亲所使用的英语。西方批评界对于谭恩美笔下的语言东方主义
颇多微词，对此，谭恩美曾经回应道："就因为我母亲英语不好，难道
她就低人一等？"[①]这个反驳相当无力，因为谭恩美本人对于标准英
语在美国社会中的优越地位有着切身的体会。在她的《母语》一文中，

---

① Maya Jaggi. "Ghosts at my shoulder" [EB/OL]. *The Guardian* (UK). 3 March, 2001.
http://www.theguardian.com/books/2001/mar/03/fiction.features, 2014-1-10.

曾经讲过自己和母亲的真实经历：谭恩美的母亲是第一代华人，说一口蹩脚的中式英语，因此在银行、商店或餐馆里经常不被看重或者受到冷遇。有一次，某家医院丢了谭母的脑部扫描片子却拒绝道歉。但是，当说着一口"完美"英语的谭恩美与医生通话时，所有问题立刻解决，院方不仅确保找回片子，而且立刻向谭母致歉。在标准英语的强大压力下，英语不好显然意味着低人一等。谭恩美出生于双语环境，但是童年时代就拒绝在公共场合说汉语，对自己母亲的蹩脚英语觉得很丢人。虽然在她成熟以后逐渐接受了自己的华裔身份，最终也认识到母亲的"简单英语"或"破碎英语"正是伴随自己成长的语言，"帮助自己形成对世界的看法、表达思想和理解世界"[1]，开始尊这种语言为"母语"，但是这个所谓的"母语"地位，是谭恩美经过了多少抗拒和排斥、多少挣扎和努力，走过多少心路，才慢慢给予承认的。

　　二，汉语词汇的音译和具有中国文化特色的汉语语汇英译，比如"小妾""麻将""轿子"等词，凸显了文本的东方特色和异国情调，客观上满足了白人主流社会对东方的猎奇心理，是其作品主题意蕴上自我东方化的文本呈现和语言对应物。谭恩美文本中对于汉语音译词的处理是：先用斜体字标出再附以英语解释。这种现象在文本中大量存在，有些完全没有必要，某些中文语汇的理解和翻译甚至是错误的。著名华裔评论家黄秀玲曾注意到谭恩美小说中这种误译现象并指出，"这样的文法不通现象完全无助于情节发展和人物刻画"[2]。既然无助于情节发展和人物刻画，为什么还要大费周章地采用大量汉语词汇并赘上英文解释呢？在笔者看来，这些语言特征似乎就是服务于这样一个目的：向读者明白无误地宣称自己的东方人身份。作家的族裔身份、语言上的异质特征，与小说中神秘古老的东方构成一道独特的异域风

---

① Amy Tan. "Mother Tongue", in *Mother: Famous Writers Celebrate Motherhood with a Treasury of Short Stories, Essays, and Poems* [C]. Ed., Claudia O'Keef. New York: Simon & Schuster Inc., 1996: 325.

② Wong Sau-Ling Cynthia. "'Sugar Sisterhood': Situating the Amy Tan Phenomenon", in *The Ethnic Canon*. Ed., Palumbo-Liu. Minneapolis: University of Minnesota Press,1995: 181.

景线，构成对西方读者的强大吸引力。事实上，这也是西方出版界对于亚裔作家的阅读期待。另一位华裔作家任璧莲就曾收到《巴黎评论》等杂志的约稿，"非常坦率地要求更多的异国风味作品"①。作家的族裔身份以及小说语言和内容的异国情调或许也是小说一出版即获得巨大成功的原因之一。Ruth Maxey 的质疑不无道理，"假如这些文本是由另外一个族裔的作家写成，可能不会这样立刻获得接受"②。

谭恩美作品中的语言特色与作家本人的身份认同一脉相承，形成内在的契合。谭恩美曾在多个场合声称自己是一个"美国人"或者"美国作家"："如果你问我，是中国作家还是美国作家，我会说我是一个美国作家……我从小就认为自己不是中国人。"③"我是一个美国作家，我了解的中国文化是'二手信息'。我写作是从美国人的角度，着笔以中国文化为基础的家庭。我不可能有中国人的视角，我并非在中国成长。"④"如果我不得不给自己以某种身份，我会说我是一位美国作家……我相信我创作的是美国小说，因为我生长在这个国家，我的情感、想象和兴趣都是美国人才有的。我的特征可能是华裔美国人，但我认为华裔美国人也是美国人。"⑤谭恩美甚至在小时候曾经一度幻想要去做整容手术，就为了让自己看起来不那么像中国人。她把自己小时候所有的不快乐都归咎于自己是个华人，这种种族自憎心理直到她和母亲在瑞士定居的时候才有所改变，"在瑞士，成为中国人是一种资本，男孩子们会认为你很有异国风情；回想起来，这种新的倾向可能比当初的不受欢迎也好不到哪去，但是这让我看到我对自己的看法是多么容易因为周围人的偏见而改变"⑥。当然，随着谭恩美自己心理逐渐成熟，也因为文化多元主义的影响，美国社会环境对于亚裔少数

① Gish Jen. "Who is to Judge" [A]. *The New Republic*, April 21, 1997.

② Ruth Maxey. "'The East is Where Things Begin': Writing the Ancestral Homeland in Amy Tan and Maxine Hong Kingston" [J]. *Orbis Litterarum*, 60: 1-15, 2005.

③ 刘莉芳. 华裔美国作家谭恩美专访[N]. 外滩画报，2007-04-04.

④ 谭恩美. 我不可能有中国人的视角[N]. 新京报. 2006-04-14.

⑤ Amy Tan. *The Opposite of Fate: A Book of Musings* [M]. London: Harper Collins, 2003: 310.

⑥ Maya Jaggi. "Ghosts at my shoulder" [EB/OL]. *The Guardian* (UK). 3 March, 2001. http://www.theguardian.com/books/2001/mar/03/fiction.features, 2014-1-10.

族群变得日渐宽容，谭恩美逐渐接受了自己的华裔身份。但毫无疑问，在文化认同和国家认同上，美国仍是她的首选。赵健秀指责谭恩美等华裔女作家完全屈服于美国主流意识形态，是"伪华裔作家"，虽然太过极端和激烈，但是他确实看到了谭恩美等人在身份认同上的某种倾向。

值得注意的是，无论谭恩美等华裔作家怎样强调自己的美国人身份，她们从生理上和心理上都不可能切断与中华文化千丝万缕的联系：从生理上来讲，与生俱来的黑头发黄皮肤是其无法改变的外貌特征，这使他们不可能把自己完全当作、也不大可能被白人看作同类；而通过父辈甚至祖辈对往事的追忆和其他间接的渠道建立起来与中国文化的联系也使他们不可能像普通的美国人那样来看待东方和中国，其最终的身份归属始终是处于美国少数族裔的华裔美国人。

美国华裔作家的英语母语书写始于19世纪末欧亚混血儿水仙花，历经雷霆超、黄玉雪、汤亭亭、赵健秀、谭恩美、雷祖威，到新生代作家任璧莲、伍慧明，至今已有四五代了。对这些华裔作家而言，英语就是他们的母语，因而英语自然而然成为他们的创作语言。但是这些作家的作品在不同程度上都呈现出混杂特征，将自己族裔语言和族裔的英语变体掺杂入英语书写中。这种语言表征不仅存在于上面提到的赵健秀、谭恩美作品之中，也存在于水仙花、汤亭亭、雷霆超、任璧莲等诸多华裔作家笔下。这种书写特征呈现出两种情形：一种以赵健秀为代表，包括雷霆超等作家，通过混杂书写，消解标准英语的语言霸权，进行语言反表征，张扬华裔感性；另一种以谭恩美、黄玉雪、汤亭亭等为代表，以包括族裔语言在内的东方文化符号，吸引西方人的眼球，进行自我东方化书写。

美国华裔作家在美国出生，接受的是美国教育，美国的文化理念和价值体系早已内化于心，他们在身份认同上，集体表现出向美国倾斜的态势。尽管赵健秀一身对抗姿态挑战白人社会，他也只是不满于美国亚裔族群的弱势地位，他的诉诸主体和视野从不曾离开美国社会，期待得到的是在美国社会的平等地位和发声权利。美国华裔作家们身上虽然都有着中华文化血脉，但由于其栖身海外的特殊位置，身处美国强势文化的熏陶和俯视之下，常常出现西方式的感受和体验，尽管有着中西文化的双重身份，但西方文化认同仍然占据着主导地位。他们通过父辈或祖辈间接获得的关于中国和中国文化的知识，却为他们提供了创作素材和灵感，所以他们不论在文学创作中还是个人身份上，都永远无法剥离其中国性。因此，无论其个人认同如何，都难逃其作为美国社会少数族裔的边缘位置，"第三空间"才是其真正的栖居之所。

4.1.2　英语获得语写作与身份认同

获得语（acquired language）也称习得语，是外语教学和二语习得研究中的一个常见术语，是指在母语语言环境内，通过学习和后天努力习得的除母语之外的第二种语言。美国华人文学中的英语获得语写作，是指有些华人作家在英语并非母语的条件下，以英语进行的文学创作。这与上节所论述的美国华裔作家的英语文学创作有很大区别，因为对于美国华裔作家而言，英语本来就是其母语，用英语创作即使不是天经地义，也是水到渠成自然而然的事。他们中绝大多数没有中文能力，即使在作品里用一些中文词汇，也相当生疏和隔膜，他们作品中的中文词汇和中国文化，具有很大的装饰性，不过是西方骨骼和血肉之外的一点小小点缀。而对于英语获得语创作的作家而言，英语是他们的习得语言，中文才是其思维方式、文化传承的语言根基，这使得美国华人文学的英语创作与华裔美国文学呈现出迥然不同的面貌。

古今中外历史上都不乏用获得语写作成名的作家，如波兰裔英国作家康拉德的英语创作、捷克裔法国作家米兰·昆德拉的法语创作、俄裔作家纳博科夫的英语创作、俄国犹太作家肖洛姆·阿莱赫姆的意第绪语创作等。海外华人的获得语写作，依据赵毅衡先生的研究，始于清廷驻法国外交官陈季同的法文中国小说（如《黄衫客故事》），所以称陈季同为"获得语中国文学的祖师爷"[①]，而"祖师母"则为用

---

① 赵毅衡. 中国血统作家用外语写作[N]. 文艺报，2008-2-26（003）.

英文书写一系列清廷秘史的慈禧太后宫廷女官德龄公主。此后至 20 世纪的很长时间里,用获得语创作者寥寥,但一直存在。20 世纪 90 年代起,随着全球化的剧烈加速和中国移民海外数量的大幅上涨,海外华人获得语创作蔚然成风:在法国出现了用法语创作的程抱一、孟明等人,在澳洲有用英语写诗的欧阳昱,在英国有用英语写小说的刘宏、郭小橹等。

1. 林语堂的英文书写与身份认同

用获得语创作成就最大、人数最多的,当属移民人数最多的美国。继德龄公主用英文撰写清廷故事之后,在西方世界影响较大的便是"两脚踏中西文化,一心评宇宙文章"的林语堂。其实,按照本书的界定,严格算来,林语堂的文学创作不能称为美国华人文学,因为尽管他长期在西方世界勾留,却从未加入美国国籍。但是鉴于他的英文创作在西方世界的巨大影响,本书对他略提一二。

林语堂 1936 年移居美国,1966 年回中国台湾定居,在美国等西方国家生活长达 30 年,在这里创作出版了包括《吾国与吾民》《京华烟云》《生活的艺术》等多部英文作品,其中《京华烟云》还获得了诺贝尔文学奖提名。与后来的其他获得语作家不同,林语堂学贯中西,兼用汉语和英语两种语言创作:中文谙熟不在话下,更兼英语流畅精湛,"轻灵的中文致谢小品杂文,漂亮的英语致谢长篇小说"[①]。林语堂高超的双语技能受惠于他独特的家庭背景和教育背景。

林语堂出生于虔诚的基督教家庭,后来就读于上海圣约翰大学,读的又是语言专业,从小接受的是西方文化的熏染;到北京清华大学任教以后,深感国学的匮乏,又恶补中华文化和提高中文修养,成为深谙中西两种文化的语言大师。这种双语和双重文化背景造就了林语堂独特的文化认同倾向:异质的西方基督教文化和东方传统文化在林语堂身上实现了复杂而和谐的统一,所谓"半中半西,半耶半孔"。

尽管林语堂深受中国传统文化和西方文化的双重浸染,但在不同

---

① 赵毅衡. 中国侨居者的外语文学:"获得语"中国文学[J]. 西南民族大学学报(人文社科版),2008(10).

时期和地域内，却表现出不同的侧重。在国内时，他与鲁迅等人针砭中国文化的积弊，言辞激烈、情绪激愤，倡导以西方文化改造国民性，"今日中国政象之混乱，全在我老大帝国国民癖气太重所致，若惰性，若奴气，若敷衍，若安命，若中庸，若识时务，若无理想，若无热狂，皆是老大帝国国民癖气，而弟之所以信今日中国人为败类也。欲一拔此颓丧不振之气，欲对此下一对症之针砭，则弟以为惟有爽爽快快讲欧化之一法而已"①。但是赴美之后，西方文化的异质语境激活了其民族感情，在一次演讲中他说，"东方文明，余素抨击最烈，至今仍主张非根本改革国民懦弱委顿之根性，优柔寡断之风度，敷衍透迤之哲学，而易以西方励进奋斗之精神不可。然一到国外，不期然引起心理作用，昔日抨击者一变为宣传者。宛然以我国之荣辱为个人之荣辱，处处愿为此东亚病夫作辩护"②。因而，在其英文作品中，他更多地发现东方文化之优长，反思西方文化之不足，对东西方文化进行动态观照，以多元互补的精神，主张沟通东方文化和西方文化，成为东西方文化的沟通者和在西方世界大幅输出中国文化的第一人。

　　林语堂英文作品在西方世界大获成功，首先得益于其表述方式。林语堂的英语文风晓畅易懂，少用"行语"。据说他在写作《生活的艺术》时，曾端起学者架子，用艰傲生涩的语言给西方人补课，但写到 260 页时推倒重来，"换用一套话语，以风可吟、云可看、雨可听、雪可赏、月可弄、山可观、水可玩、石可鉴之类细腻动人的东方情调去观照竞争残酷、节奏飞快的西方现代生活"③。于是文风一变，平易亲切。由于林语堂的英文作品旨在向西方人介绍东方文化，因而题材必然涉及大量东方风俗和典籍。我们知道，语言是文化的载体，中文作为中国文化的载体，包含着大量中国文化符号，这是英文表述的巨大障碍，深谙东西两种文化和中、英两种语言的林语堂，在英文作品的文化翻译中，使用归化和异化相结合的策略：一方面考虑到英文

---

　　① 林语堂. 翦拂集[M]. 北京：人民文学出版社，2000：11-12.

　　② 林语堂. 中国文化之精神——一九三二年春在牛津大学和平会演讲稿[A]. 范炎选编. 林语堂散文[C]. 杭州：浙江文艺出版社，2000：237.

　　③ 转引自黄忠廉. 林语堂：中国文化译出的典范[N]. 光明日报，2013-5-13（005）.

读者的思维方式和接受能力，用通俗易懂的归化方式使得异质的东方文化容易被西方人接受；另一方面又在必要的地方用异化方式保留中文的专有名词，灵活地运用各种语言策略，传神地传达了东方文化的意蕴。正是通过这样的跨文化书写，林语堂完成了其"非官方的中国文化大使"角色。

在讨论林语堂赴美之后的英语创作时，我们还必须注意当时的社会历史语境：20 世纪三四十年代，美国在 1882 年通过的排华法案还未废除，美国社会对华人存在根深蒂固的种族偏见，形成对华人的一些刻板印象：中国人被认为是欠缺理性、道德沦丧、难以归化、荒诞神秘的民族，东方文化也是原始神秘的文化。这实际上就是后殖民理论大师赛义德所说的东方主义，"在西方话语看来，东方充满原始的神秘色彩，这正是西方人所没有的、所感兴趣的。于是这种扭曲被肢解的'想象性东方'成为验证西方自身的'他者'，并将一种'虚构的东方'形象反过来强加于东方，使东方纳入西方中心的权力结构，从而完成文化语言上被殖民的过程"①。因而，在其英文创作中，林语堂便自觉承担了在西方世界译介中国文化、纠偏中国人形象的任务。在以非母语的另一语言为媒介进行的跨文化书写中，书写者的视点和立场极为重要，因为这不仅牵扯到写作者的表述方式，也关乎写作者自身的身份建构，"自我身份的建构……牵涉到与自己相反的'他者'身份的建构，而且总是牵涉到对与'我们'不同的特质的不断阐解和再阐解"②。林语堂在用英文书写中国和中国文化时，是站在中国人的立场上"对外讲中"的，他把中国当作"自我"，而把西方当作"他者"，通过流畅自如的英语，向西方世界展示中国人的生活习惯、价值观念和思想方法，对东方文化优越之处称赏的同时，也并不避讳其短处，这种超然而客观的态度赢得了西方读者的信任，使得中国文化得以有效而广泛地传播。有些学者（如美国评论家金惠经、尹晓煌等）认为林语堂迎合了西方人对于东方人的偏见，美国华裔作家赵健秀甚

---

① 王岳川. 后殖民主义与新历史主义文论[M]. 济南：山东教育出版社，1999：2.
② [美] E. W. 赛义德. 东方学[M]. 王宇根译. 北京：三联书店，1999：426.

至对林氏的作品大加鞭挞，说它们是"受白人传统影响的、廉价、猎奇的华人文学"[1]。关于这些批评，笔者以为：首先，这些评论家并不了解东方人和东方文化，赵健秀甚至根本不懂中文，他在自己作品中意图颠覆华裔男性形象的努力也不成功，他精心炮制的华裔男性形象沦为另一种反面形象，所以他们的批评有一种无的放矢之感；其次，也许林氏笔下的东方人和东方文化与西方社会的流行看法或有偶合之处，但是他至少试图建立正面的华人形象，破除了西方关于华人原始神秘的东方主义想象。因此，笔者更同意青年学者杨柳的看法："林语堂对文化的改造和文化的传播运用的是'温和的颠覆'手段，这种'糖衣的策略'比'休克'疗法更具有潜移默化的认同效果。"[2]

尽管在国内林氏对中国文化和中国国民性多有批评，但是去国之后，明显向中国文化倾斜，异国的文化环境勾起了林语堂的文化乡愁，使他对自己"中国知识分子"的身份有更加清醒的认识和自觉，"中国"对于去国的林语堂而言，不仅仅意味着国籍上的归属，也是一种文化上的了解和认同。也许正是由于空间上的疏离，"中国""中国文化"才在林语堂的心里那么清晰地凸显出来。或许在文化的了解和认知上，中西两种文化在林语堂那里可以互为抗衡，但是在心灵的天平上，他显然是偏向中国的，就像他自传里所说的，"我的头脑是西洋的产品，而我的心却是中国的"[3]。

2. 闵安琪、哈金等人的获得语书写与身份认同

在林语堂之后的几十年里，获得语写作的舞台上相对寂寥，直到20世纪90年代闵安琪、哈金、李翊云等人出现。

闵安琪是美国华人中英语获得语写作成名较早的作家。她于1957年出生于上海普通知识分子家庭，"文化大革命"期间上山下乡，后被上海电影界选为演员而突然走红，又随着"四人帮"倒台受到牵连，亲历和见证了20世纪六七十年代国内风云诡谲的政治运动。后于1984

---

① Frank Chin. "Introduction", in *Aiiieeeee! An Anthology of Asian American Writers* [C]. Eds. Frank Chin, et al. Washington D.C.: Howard University Press, 1974: x.

② 转引自黄忠廉. 林语堂：中国文化译出的典范[N]. 光明日报，2013-5-13（005）.

③ 林语堂. 林语堂自传[M]. 南京：江苏文艺出版社，1995：9.

年赴美，在零英语能力下开始其异国生涯；1992 年发表其自传体小说《红杜鹃》（*Red Azalea*），在美国文学界一炮打响。随后一发不可收拾，出版了一系列中国题材的英文小说，如《凯瑟琳》（*Katherin*）、《成为毛夫人》（*Becoming Madam Mao*）、《狂热者》（*Wild Ginger*），以及写慈禧太后的《兰贵人》（*Empress Orchid*）。

哈金，原名金雪飞，1956 年生于中国辽宁，14 岁参军，1977 年恢复高考后被调剂到黑龙江大学英语系，后于山东大学攻读文学硕士学位。1985 年移居美国。自 1990 年起，出版了多部英语诗集、短篇小说集和长篇小说，曾获弗兰纳里·奥康纳小说奖、海明威基金会/笔会奖、1999 年美国国家图书奖等多个文学奖项。

新生代作家李翊云 1973 年生于北京，1996 年北大生物系毕业后赴美求学。在美留学期间开始用英文写作，并在《纽约客》和《巴黎评论》上发表。2005 年出版的英文小说集《千年敬祈》（*A Thousand Years of Good Prayers*）使她获得了著名的奥康纳短篇小说奖和其他一系列文学奖。

从上述三人的简历可以看出，与双语大师林语堂不同，这三人在国内并没有深厚的英文基础和西方文化滋养，闵安琪甚至完全不懂英语。他们与土生华裔作家也不相类：赵健秀、谭恩美、汤亭亭等土生华裔用英语写作，可以说是顺理成章的：他们在美国土生土长，从小就说英语，接受的是美国教育，他们根本没有用汉语表达自己的能力；从语言角度来说，他们已经没有了选择权。而这些获得语作家的母语是汉语，英语是其习得语，他们有充分的选择余地；而且，就语言能力而言，获得语也远没有母语来得自如和熟练。那这些作家为什么会用一种习得语言进行文学创作呢？

在笔者看来，这里有一个潜在的原因，常常不被人注意：这些作家在国内时毫无声名，因而在语言选择上反而更加自由，在偶然事件的激发下，更容易从获得语创作那里找到成就感和表达欲望。以中文为书写媒介的华人作家中，很多在国内时已经负有盛名，比如严歌苓、白先勇、聂华苓等，他们的中文写作已经形成自己的一种风格，并且在国内有了固定的读者群和与之合作的出版机构，即使移民美国，在写作惯性之下，也会自然而然地延续中文书写。闵安琪、哈金、李翊云三位作家在国内时从未发表过任何东西，甚至没有尝试过用中文进行文学创作，没有中文创作所带来的"影响的焦虑"。哈金曾坦言："我别无选择，只能用英文写作，因为其他作家用中文写作在中国都已经出了名，我再用中文出版很难有中国读者。"① 除哈金之外，另两位的英语创作有相当的偶然因素：在闵安琪为了生存闭关苦学英语之际，《密西西比文学季刊》二十周年征文，她便斗胆写了一篇名为《野菊花》的短篇小说应征，竟一举得奖。这给了她巨大的鼓舞和信心，也给了她新大陆的文学梦想。李翊云尝试英语写作是为了打发异国他乡的寂寞而报名参加了社区的写作兴趣班——用她自己的话来说："就像家庭主妇参加一个瑜伽班那样，给自己的生活找点乐子而已。"② 结果竟然在这里发现了自己对于写作的兴趣和才华。

其次，还在于英语在全球的霸权地位。为什么一个小小的不列颠岛国的语言成为称霸全球的通用语言？这是一个相当复杂的命题，不是本书的关注所在。我们需要注意的是，即使在中国，英语能力也俨然成为一个人教育水平和身份的证明，更遑论英语为准官方语言的美国。用英语写作，也在隐在层面上与英语的这种优势地位密切相关。

用英语写作另外一个不容忽视的原因，恐怕还是这些作家有意无意的身份选择。文学语言的媒介对于其读者具有相当程度的决定作用：中文写作诉诸中国大陆和台港澳地区，而英语文学，除了大陆少数研究者外，主要受众还是美国社会。选择英语书写，其实就是选定了相应的受众和读者群，并且因此影响作品的主题、题材、视角、情感表现等的选择。黎锦扬作为老一辈的华人英语作家，谆谆告诫青年人"要打入国际文艺主流，必须用英文写作，或将作品译成英文"③。用英语书写，对于这些华人移民作家而言，是在居住国从"边缘"向"中心"移动的努力。对于中国和其中国人身份而言，则为反向运动，呈现一种渐行渐远的疏离。

---

① 戴夫·韦奇. 哈金的舍弃[EB/OL] . http://www.powells.com/authors/jin.htm, 2014-1-10.

② 李翊云. 中国背景是脱不掉的胎记[N]. 时代周报，2009-4-24.

③ [美] 黎锦扬. 旗袍姑娘[M]. 济南：山东文艺出版社，1999：255.

　　俄裔美国诗人约瑟夫·罗布茨基曾就获得语写作做过这样的论述："当一个作家需要借助不是母语的另外一种语言时，他要么是出于必要，比如康拉德；要么是因为其雄心壮志，比如纳博科夫；要么就是为了更远的疏离，比如贝克特。"[①] 哈金认为，移民作家用获得语写作，往往是上述诸种因素的叠加。他本人在回答"为什么用英语写作"这一问题时，常说"为了生存"——在美国社会为了生存用英语写作，这在某种程度上就意味着必须对美国出版业和主流社会的期待视野做出妥协，就会有意无意地形成对西方文化的接受和迎合。

　　用英语书写也迫使作家不得不重新审视和定位自己的身份。李翊云在演讲中曾提及自己更愿意被称为"跨国作家"（international writer），而不愿被称为"中国作家"（Chinese writer）或者"华裔美国作家"（Chinese American writer）。哈金也在其散文集《移民作家》中表达了语言给自我身份带来的焦虑。他称这种获得语写作为"背叛的语言"（the language of betrayal），"移民作家感到内疚，因为他远离了祖国，这在传统意义上常被自己的同胞看作'遗弃'。然而，更终极的背叛在于选择另一种语言进行写作。不管作家如何试图论证用外语写作的合理性，这种行为疏离了自己的母语，把自己的创作能量赋予另一种语言，也仍然是一种背叛行为"[②]。笔者认为，作家有权利选择自己的创作语言，根本不存在"背叛"与否这样一个命题。但是，身为移民作家用获得语写作的哈金提出这样的说法则凸显出语言对于作家身份的某种界定作用：哈金对创作语言的焦虑，实际是对自己身份的极度敏感和可能不被母国接受的担忧。

　　用英语写作，加入了美国国籍，获得语作家应该有理由声称自己是美国作家，但是即使他们在文化认同上有向美国靠拢的趋势，也几乎没有一个明目张胆地称自己是美国作家。这其中可能包含这样的因素：这些作家都曾在中国居住多年，天然的民族感情不允许他们冒天下之大不韪，公然地"叛国"。但是，更为重要的原因，笔者认为，

---

① Joseph Brodsky ed. *Less than One: Selected Essays* [C]. New York: Penguin Books, 1986: 357.

② Ha Jin. *The Writer as Migrant* [M]. Chicago: The University of Chicago Press, 2008: 31.

是其作品题材、语言风格与中国和中国文化不可分割的渊源关系，其中蕴含着"不容忽视的中国性"。

赵毅衡先生曾颇有洞见地指出华人小说的主题自限问题：华人文学有三个环圈，即留居者华文文学、留居者外语文学（即本书讨论的获得语文学）、留居者后代外语文学（即本书提及的土生华裔文学）。三个环圈各自对应着一个自限的主题：留居者华文小说热衷于写华人生活，尤其是近年移民的生活；留居者外文小说一律写中国国内题材；留居者后代外语文学，题材几乎永远不断地谈论华人的身份认同。①

哈金、闵安琪、李翊云三个人都未能摆脱这样的题材自限：三位作家虽用英文写作，讲述的却都是中国故事。哈金的长篇小说《等待》（*Waiting*）以 20 世纪的中国东北一个叫木基的小镇为背景，叙述了军医孔林等了 18 年终于与乡下的小脚妻子淑玉离婚，与护士吴梦娜结合的故事；短篇小说集《在红旗下》（*Under the Red Flag*）以"文化大革命"时期的一个偏远农村为背景，讲述了一系列在这个村庄里发生的奇奇怪怪的故事；《辞海》（*Ocean of Words*，台译为《好兵》）聚焦 20世纪 70 年代的军营生活。闵安琪的成名作《红杜鹃》是一本自传体小说，讲述了作者赴美之前在"文化大革命"中的经历，之后出版的《成为毛夫人》《兰皇后》，也都是关于中国一些政治人物的传记。李翊云的短篇小说集《千年敬祈》以改革开放后的中国为背景，表现小人物的悲欢离合和内心世界。

这些小说的背景是在中国，讲的是道道地地的中国故事，故事中的人物说的是中国的语言，生活在中国的文化体系之内，而这些作家的创作语言却是英语。英语和汉语是两种完全不同的语言，承载着不同的意识形态、思维方式和文化符号，在很多层面上具有不可归约性。所以英语表述与中国故事之间存在着无法回避的差异和矛盾，这就要求这些跨文化的移民作家承担起文化翻译者的任务，"文化翻译者的'原文'不同于通常意义上的'原文'，是文化翻译者所理解的家园的

---

① 赵毅衡. 三层茧内：华人小说的题材自限[J]. 暨南学报（哲学社会科学版），2005（2）.

文化和历史。他的'译文'可以是一部文学作品或一件艺术品"①。在获得语作家的作品中，中国文化和历史是其原文本，美国文化是其目标文本，把充满中国风味的故事情境用英文讲述出来，文化翻译是必不可少的一个环节，作家也必须在源语言和目标语言的转换间做出种种取舍，采取不同语言策略。

在处理语言和文化差异时，有两种翻译方法：以目标语言为中心的归化法（domesticating translation）和以源语言为中心的异化法（foreignizing translation）。归化翻译趋近译入语文化习惯和意识形态，作者尽量靠近读者，其特点是采用流畅地道的目标语言进行翻译。在这种翻译中，"不同文化之间的差异被掩盖，目的语主流文化价值观取代了译入语文化价值观，原文的陌生感已被淡化，译作由此而变得透明"②。而异化翻译则会彰显源语言的民族和文化特征，"给予目标文化价值一个种族差异性的压力，保证外来文本的语言和文化价值的差异性，将读者送出国外"③，会让读者意识到文本的异域风情。

哈金、闵安琪等人的小说中，弥漫于英语叙事中的异化翻译策略随处可见，扑面而来的浓浓的中国气息让人感觉不像是在读英文小说，反而像中文小说的英译本。这种语言上的异域风情通过以下几种方式呈现出来：

一，富于中国文化特色的语汇

Comrade Young Shao（小邵同志——哈金《在池塘中》）

Son of a turtle/son of a rabbit（王八蛋/兔崽子——哈金《在红旗下》）

Glorious Red List（光荣榜——闵安琪《红杜鹃》）

Dig out a hidden class enemy（挖出潜藏的阶级敌人——闵安琪《红杜鹃》）

One stripe and four stars（一道杠，四个星——哈金《在红旗下》）

二，中国谚语、成语和意象的直译

add extra salt or vinegar（添油加醋），a frog who had lived at the

---

① 童明. 家园的跨民族译本：论"后"时代的飞散视角[J]. 中国比较文学，2005（3）.

② 罗选民. 论文化/语言层面的异化/归化翻译[J]. 外语学刊，2004（1）.

③ Lawrence Venuti. *The Translator's Invisibility* [M]. London & New York: Routledge, 1995: 20.

bottom of a well（井底之蛙），one eye open, one eye closed policy（睁一只眼闭一只眼的政策），sleep like a dead pig（睡得像死猪一样），kill a chicken to shock a monkey（杀鸡骇猴），a fly only parks on a cracked egg（苍蝇不叮没缝的蛋）

——闵安琪《红杜鹃》

I am a Broke Shoe. My crime deserves death.（我是破鞋。我罪该万死。）

Among all the unfilial things, the worst is childlessness.（不孝有三，无后为大）

With an upright body, I'm not scared of a slant shadow. （身正不怕影子斜）

This troop of shrimps and crabs.（虾兵蟹将）

——哈金《在红旗下》

A bird is willing to die for a morsel of food. A man is willing to die for a penny of wealth.（人为财死，鸟为食亡）

The most beautiful woman always has the saddest fate.（红颜薄命）

It takes three hundred years of prayers to have the chance to cross a river with someone in the same boat.（百年修得同船渡）

——李翊云《千年敬祈》

三，中国歌曲、童谣、《毛主席语录》的嵌入

One two three four five. Let's go hunt the tiger. The tiger does not eat man. The tiger only eats Truman.（一二三四五，上山打老虎；老虎不吃人，老虎只吃杜鲁门）

——李翊云《千年敬祈》

The wide lake sways wave after wave.

On the other shore lies our hometown.

In the morning we paddle out

To cast nets, and return at night,

Our boats loaded with fish…

（洪湖水呀浪呀嘛浪打浪啊，

洪湖岸边是呀嘛是家乡啊，

清早船儿去呀去撒网，

晚上回来鱼满舱。）

——哈金《等待》

Go to the countryside; go to the frontier; go to where our country needs us most.（到乡下去，到前线去，到国家最需要我们的地方去）

——闵安琪《红杜鹃》

上述存在于这些移民作家作品中的英译中文语汇和谚语以及歌曲和《毛主席语录》，具有鲜明的中国文化特色和时代特色，原汁原味地保留了故事中的中国风味，给西方读者新奇的陌生化效果。就像有些评论家在评论哈金作品时所说的，这些作品"带他们走进一个原味的现代中国，几乎是以亲身的贴切，感受现代中国的个人生活……使英语读者得以进入一个几乎前所未有、全新的阅读世界和深度的中国经验"①。

如果认为这样的异化策略，是为了致敬汉语和中国文化，那就太过一厢情愿和自作多情了。获得语作家的语言策略是以英语和美国读者为核心思考的。李翊云在访谈中提到，她的编辑认为她的语言太美国化了，不够中国，让她故意写得过时一点。② 显而易见，美国出版市场对于中国移民作家的语言期待就是带有中国风味的英语，在西方世界卖文为生的作家们很难不受这种读者期待的影响。

当然，对于某些作家而言，这也是他们的自主选择，是其建构自我身份的途径。哈金在名为《为外语腔辩护》的演讲中提到英语获得语作家不用标准英语的原因："第一，作家的母语和外语敏感性影响其英语，使本土读者读起来感觉不一样；第二，标准英语不够用于表现作者描述的经验和想法。"③ 所以，以异化为中心的英语策略是哈金

---

① 裴在美. 逼人的况境 ——谈哈金的短篇小说[J]. 华文文学，2006（2）.

② ［美］李翊云：我不是政治作家[EB/OL]. http://www.gmw.cn/content/2008-03/27/content_754173.htm, 2014-1-16.

③ ［美］哈金. 为外语腔辩护[EB/OL]. 明迪译. http://www.zgnfys.com/a/nfpl-34609.shtml, 2014-1-16.

为配合题材上的中国性而有意为之。除此之外，哈金对于中国移民作家在美国的边缘位置有着清醒的认识，他的语言风格也是表达这种边缘身份的一种方式，"除了技术上需要一种独特的英语之外，还有对身份的关注"，"他们未能理解像我这类的作家不是在字典的范围内写作。我们在英语的边缘地带、在语言和语言之间的空隙中写作，因此，我们的能力和成就不能只以对标准英语的掌握来衡量"①。

对于闵安琪而言，英语更有一种特别的意义，她对过去的重估和改写都依赖于这样的一种英语叙事。因为这种语言能够提供她所需的文化和意识形态语汇，用以构建她在美国社会少数族裔身份的价值观念。

4.1.3 汉语写作与身份认同

尽管存在用英语进行文学创作的第一代移民，如上文提到的哈金、闵安琪、李翊云等，但是这在美国华人作家群中，所占比例是很小的。大部分第一代美国华人作家的创作语言仍为汉语（或华文）。这些美国华人都经历了一个从原乡到异域的迁徙过程。在这个过程中，首先面临的就是语言使用的转换：从熟悉的母语汉语到异域他乡的英语。在异质的文化语境内，不仅耳之所及听到的都是英语，在现实的生存压力下，自己也必须说一口流利的英语。因而，"无论以怎样的身份，在满耳满眼的异国语言文学的环境里，固执地以遥远的汉字表达情怀，无论如何，这是内在的'怀乡'情结"②。美国华人的汉语书写，不论其具体内容如何，天然地便具有一种乡愁特质，"一个人所说的语言，是他生存和活动的世界，深深地根植在他身上，比他称之为祖国和土地的物产更重要"③。对于美国的华文作家而言，汉语/中文成为其与自己的过去不断相遇的精神原乡。汉语作为中华文化的载体，积淀了中华民族数千年的集体无意识，内涵了中华民族独特的思维方

---

① ［美］哈金. 为外语腔辩护[EB/OL]. 明迪译. http://www.zgnfys.com/a/nfpl-34609.shtml, 2014-1-16.

② 饶芃子，杨匡汉. 海外华文文学教程[C]. 广州：暨南大学出版社，2009：2.

③ [加拿大] J. 格朗迈松. 魁北克语言前途十二论[M]. 蒙特利尔：蒙特利尔出版社，1989：107.

式、价值观念和审美情趣。因而，当华文作家用汉语进行文学创作时，他不仅与自己的过往经历相遇，也与整个中华民族的历史记忆相连。汉语在华语作家那里，不仅仅是作为工具的创作媒介，甚至能唤起关于"故乡"和祖国的记忆。华语作家置身于远离母语环境的异域中，可能更增加对汉语本身的敏感和亲近，甚至不自觉地陷入对汉语本身的沉思和体悟之中。在面对一个异邦英语包裹下很少有人读懂的汉语空间内，一个人孤独而静默地表达和倾听从汉语流淌出来的心声，这使华语作家比国内的汉语作家更多一份对汉语的关切和神往。汉语也自然地成为华语作家表达民族认同、体验神归故里的工具和渠道，"当你用汉语写作时，那些由象形文字演变而来的独特的方块字，那种由母语构成的独特的语境，会让你顷刻之间便沉浸于华族传统文化氛围之中，你笔下的字里行间会自然地散发出浓烈的民族文化气息，因为这种语言文字积淀着深厚的文化性格，它复活了民族精神的内在生命，使个体表达成为民族传统的民族文化群体的一部分。也就是说，华人作家用汉文写作，这个事实本身就已经说明了民族认同，他的作品只能属于华族文学。无论他写什么，也都是反映海外华人的思想、情感、生活和追求"[①]。

众多的华语作家通过在异乡孤独的汉语书写建立起与祖国的联系，用熟悉的汉字传达出对故乡的依恋和怀念。著名的美国华人作家聂华苓在谈到《桑青与桃红》的创作动机时曾说过："小说是我 70 年代在爱荷华写的。1964 年从台湾来到爱荷华，好几年写不出一个字，只因不知自己的根究竟在哪儿，一枝笔也在中文和英文之间漂荡，没有着落。那几年，我读书，我生活，我体验，我思考，我探索。当我发觉只有用中文写中国人、中国事，我才如鱼得水，自由自在。我才知道，我的母语就是我的根。中国是我的原乡。爱荷华是我的家。于是，我提笔写《桑青与桃红》。"[②]中文成为作家确认自我身份、发现自我身份的重要途径。另一位华语作家丛甦也用饱含深情的文字表达

---

① 鲁西. 海外华文文学论[J]. 广西民族学院学报（哲学社会科学版），1997（3）.

② [美] 聂华苓. 桑青与桃红流放小记[A]. 桑青与桃红[M]. 台北：时报文化，1997：271.

离国去家流亡在外的中华儿女对于母语和祖国这种血肉相连的脐带
关系：

　　土地和语言！！对于一个流浪人，土地和语言是他在流浪生涯里
日夜渴望，不能忘怀的！土地象征他和他的祖国的根源的关系，语
言象征着他和他同胞的连带关系。没有失去他们的人永远不会感到
他们的可贵……不在自己的土地上，不讲自己的语言，该是一种最
残酷的刑罚！……这屈原，庄周，太白，工部曾洗练雕琢的语言！
这抛在空中会闪烁发光，铿锵作响的语言！使我不得不套用屠格涅
夫的话："中国可以没有我们而存在，但是我们不能没有中国而存
在。"而我也不相信，这样一种"伟大而有力的语言，不是属于一个
伟大的民族的！"①

　　作家对于中国和中华民族强烈的认同感通过对于其语言的由衷
赞美和自豪感表达出来。不仅如此，作家承认自身的汉语写作诉求也
是为了致敬中国人，不为了任何金钱名利，"在我这几十年，跑过半个
地球的追寻里，只是为了再看见你，再认同你，你和你的祈求，你的
梦和希望，你的眼泪和欢笑！你：中国人！"② 张慈用中文书写的一
个原因是，对她而言，"汉语写作等于再一次握住了汉语的手。这肌肤
之亲，是多少书信和电话都无法替代的"③。张系国也说："我想活在
另一个已不属于我的世界里。虽然不属于我，那个世界却和我有千丝
万缕的关系，往往比眼前的世界还要真实。"④ 新移民作家严歌苓在
《母语的认可》一文中也曾深有感触地说："在异国以母语进行写作，
总使我感到自己是多么边缘的一个人。而只有此刻，当我发现被母语
的大背景所容纳、所接受；当我和自己的语言母体产生遥远却真切的

---

　　① [美] 丛甦. 兽与魔·自序[M]. 石家庄：河北教育出版社，1995：3-4.
　　② [美] 丛甦. 兽与魔·自序[M]. 石家庄：河北教育出版社，1995：5.
　　③ [美] 张慈. 对我而言，生活只是些文学现象[EB/OL]. http://www.docin.com/p-698023610.
html，2013-1-18.
　　④ [美] 张系国. 爱岛的人[J]. 四海，1986（5）.

沟通时，我才感到一阵突至的安全感。"①

　　对于大多数美国华语作家而言，中文书写没有任何现实利益。与英语获得语作家需要以写作支撑其在异国的生存不同，华语作家的文学创作无利可图，也与异国的生存无关，完全是满腹怀乡的冲动使然。华语作家们用中文所构筑的虚幻空间与自己的家国对话，安慰和疗治与故土及母语分离的疼痛，构筑在中西文化撕扯中缺失的中国人身份，致敬以汉语为媒介的中华文化传统，是对母体文化的精神皈依。正如陈公仲教授所言："在杂语丛生、异声喧哗的异域，以汉语从事写作，本身既是抵抗失语、失忆的努力，也是对母语和母体文化的皈依，是精神世界的还乡活动。"②

　　用汉语写作的华人作家们无须像用英语写作的哈金那样，有着语言叛国的顾虑，在对中华文化的认同上，中文确实有着得天独厚的优势。在大多数华人作家的华文创作中，也确实"或隐或现地呈现了他们于中国文化传统的内在传承关系"③，"中国情结"成为华文作家心中解不开的结、化不开的痛。但是，也不能由此认为，凡是以中文为创作语言就必然认同中国文化传统，这样的简单化思维无疑是夸大了汉语的文化传播功能，也遮掩了文学创作本身多姿多彩的个性和每个作家对中西文化体认的个体差异。在这方面，笔者赞同饶芃子先生的观点，"并非所有的华文作家都必然地承担弘扬民族文化的使命或责任"④。有一些作家以一种理想化的态度更坚持文学的审美独立性，超然于文化倾向之上（这在英语写作中也不时出现，比如获得语作家李翊云就坚持写作的私人性，反感为自己的作品贴上"意识形态"标签，拒绝为任何国家、种族代言），还有一些华文作家完全倾向于西方文化。在中华文化与西方文化对峙、冲突、沟通、融合的过程中，华文作家虽然展现出一些群体共性，但是每个个体作家都以自己独特的个人经历在感受和思考，中西文化在每个作家身上施力的方式和力道

---

①　[美] 严歌苓. 母体的认可[N]. 中国时报，1998-3-30（37）.

②　公仲. 贯穿和延续的血脉仍是中华文化血脉[N]. 文艺报，2004-5-11（004）.

③　公仲. 世界华文文学概要[M]. 北京：人民文学出版社，2000：11.

④　饶芃子，杨匡汉. 海外华文文学教程[C]. 广州：暨南大学出版社，2009：11.

也各不相同，因此"汉字本身的文化意蕴与它所传达的认同取向之间，或和谐，或分裂，相当耐人寻味"[①]。

这个实际上涉及的是语言的思想本体性和工具性之间的关系问题。现代语言观普遍认为，语言本身即是思想，具有表达民族和文化认同的功能，而不仅仅是表达思想和交流感情的工具。海德格尔认为语言是存在之家，德国语言学家洪堡特也认为："民族语言成为保持一个民族一体感和认同感的标志。一个民族的精神特性和语言形成的结合极为密切，只要有一个方面存在，另一个方面必定能完全从中推演出来。语言仿佛是民族精神的外在表现：民族的语言即民族的精神，民族的精神即民族的语言。"[②] 现代语言观确实有它的合理性，然而完全否认语言的工具性，也不免失之偏颇。实际上，语言的工具性也是其本质属性，即语言具有的实用和交际功能，可以与文化传播功能在某个层面分离。因而，必须看到，"文学产生的文化亲和力有其一定的限度，如果不适当地加以夸大、渲染，就可能造成错觉，以为凡是用汉语写作的人都必定认同中华文化传统"[③]。

美国的华语作家基本上都是第一代移民，他们中有些人在国内时已有文名，也有的是赴美以后才开始中文创作，其中也有用中英文双语进行创作的（比如严歌苓），但是大部分人几乎从未发表过英文作品。这固然与这些作家的语言能力和对母语的依恋有关，但也并非全然如此。有些作家选择用中文创作，全因西方的文学场对华人作家的期待域与作家的创作志向不符。被称为"留学生文学之先驱"的於梨华便是一个典型的例子。於梨华的文学创作生涯始于一篇题为《扬子江头几多愁》（"Sorrow at the End of the Yangtze River"）的英文短篇小说，并因此获得了"米高梅文学创作奖"。但是她此后以英语创作的一系列长篇和短篇却相继被美国出版商拒绝。於梨华回忆这段经历时说道："他们（出版商）只对描写东方异域风情的作品感兴趣，比如小脚女人

---

① 饶芃子，杨匡汉. 海外华文文学教程[C]. 广州：暨南大学出版社，2009：12.

② [德] 洪堡特著. 论人类语言结构的差异及其对人类精神发展的影响[M]. 姚小平译. 北京：商务印书馆，2002：17.

③ 饶芃子，杨匡汉. 海外华文文学教程[C]. 广州：暨南大学出版社，2009：11.

啦，华人赌棍啦，鸦片烟鬼等等。可我不想写那类题材，我要创作华人在美国社会的生活和奋斗历程。"① 美国主流社会对华人作家的期待域既特殊又狭小，限制了华人作家的创作兴趣和才能。于是有类似遭遇的华人作家只好改用中文创作，因为只有中文才能给予作家题材选择的自由和自身的人格尊严。

颇有意味的是，哈金选择英文写作时，也声称是英语给了他某种自由。创作语言的选择对于作家的自由到底意味着什么？在笔者看来，英语和汉语两种语言在赋予华人作家不同自由的同时，也在无形中设置了某种限制或障碍：选择了英语，就选择了吐槽中国社会和以凸显华族奇风异俗赢得主流社会认同的自由；选择了汉语，就选择了描写美国敏感题材和华人美国经历的自由。与此同时，用英语写作，也意味着作家会为了生存和出版界的认可有意无意绕开美国社会一些敏感话题；而用汉语写作，就需要照顾华人社会的价值取向和审美禁忌。英语和汉语创作的边界因为文学接受群体的不同而自然铸就。因此，创作主体的文化认同会影响其文学创作的语言选择；而他的语言选择，在读者"期待焦虑"的影响之下，也会对他的身份认同产生潜移默化的形塑作用。

美国华人文学中的汉语书写所表达出来的文化身份认同意识与作家创作的时代和社会历史语境紧密相关。美国华文文学可以溯源到20世纪初叶的天使岛诗歌②。自此后，美国的华文文学创作可大致划分为三个阶段：20世纪50年代以前为第一阶段，50至70年代为第二阶段，80年代以来为第三阶段。

19世纪末20世纪初的中国社会，经历了腐败无能的晚清政府以及辛亥革命、抗日战争等一系列政治事件，国力孱弱，国际地位低下。中国与世界的接触是在西方列强坚船利炮的淫威下，以种种屈辱的不

---

① 转引自[美]尹晓煌. 美国华裔文学史[M]. 徐颖果主译. 天津：南开大学出版社，2006：191.

② 天使岛是美国加州旧金山外的一座小岛，1910年起这里启用天使岛移民拘留所，至1940年被大火烧毁；数十年间，约80%（约为17.5万）的华人曾被滞留在此，接受美国移民局的审查和询问。在等待审查通过过程中，许多华工在居住的木屋壁板上留下大量中文诗词。这些诗词经由麦礼谦、林小琴和杨碧芳搜集整理后于1991年由华盛顿大学出版社以中英文对照的方式出版，是为《埃伦诗集》（*Poetry and History of Chinese Immigrants on Angel Island, 1910-1940*）。

平等条约开始的，中国融入世界的过程，伴随着中国社会半殖民地半封建化而进行。以中国积贫积弱的国际形象为背景，中国人在与世界各国交流中都不免处于低人一等的地位。在这样的背景下，赴美的华工、中国留学生以及外交官在他国土地上更加屈辱，不可能享受与别国移民平等对待的权利。而彼时的美国，由于种族歧视以及就业机会等种种社会原因，掀起了强烈的反华排华浪潮，1882 年美国国会通过的排华法案，更将这一浪潮推进到极致。该法案在以后的六十多年里长期有效。这是第一阶段美国华文文学创作的社会语境。

这时的美国华文文学创作主要以诗歌为主，也有一些白话和文言小说。以《埃伦诗集》为代表的诗歌，描述的是初到美国的华人在天使岛所遭遇的非人待遇，抒发了在异国受辱后的悲愤情绪和强烈的思乡情怀。而《苦社会》《苦学生》《黄金世界》等小说也大体表现了同类题材。此外还有一些旧体诗阐述华人社会的伦理道德观念或者渲染浓郁的乡情，表现华人"叶落归根"的意识。早期的华文文学创作在艺术上比较粗糙，题材和内容上以异国遭遇、道德说教和感伤怀旧为主，在文化认同上完全倾向中国传统文化，甚至以阐释和传播中华文化为重任。对中华文化的赞颂和张扬不仅是早期华人心系故土、期望"叶落归根"的羁旅情怀所致，也是在美国艰难困苦的生存处境和被歧视被侮辱的地位使然。用赵毅衡先生的话来说，这是一种"心理被欺负后的自恋"①。美国学者尹晓煌认为，对中华文化和价值观的强调给予了在异国无法得到地位和尊重的移民们以精神慰藉和归属感，"唯有在认同中国传统价值观的写作过程中，早期华人移民作家才能获得美国主流社会所拒绝赋予他们的那种精神支柱和文化归属感"②。所以，早期的华文创作对中华文化的认同并不是不同文化观照下的理性选择，而是在孤独而陌生的异乡安身立命的人生取向和构建心灵家园的情感归宿，是见斥于主流社会而产生的自我防卫本能。

20 世纪 50 至 70 年代是美国华文文学的第一个高潮。在此之前的

---

① 赵毅衡. 三层茧内：华人小说的题材自限[J]. 暨南学报（哲学社会科学版），2005（2）.

② [美] 尹晓煌. 美国华裔文学史[M]. 徐颖果主译. 天津：南开大学出版社，2006：180.

1939—1945 年，爆发了第二次世界大战，中国和美国在共同抵抗德日意法西斯侵略的斗争中结为盟友，身处美国的华人也积极参加美国前后方的战时工作。日本在此时利用美国的种族歧视和排华政策大做文章，进而鼓吹"亚洲人的亚洲"。鉴于国内外的形势和压力，美国于1943 年废除了排华法案，确定了华人的移民配额和在美华人可以加入美国国籍的政策①，华人在美处境有所改善。但是尽管显性的制度上的歧视已经废除，隐形的种族歧视却不可能在短时间内完全清除，所以在美华人的处境并不乐观。内战结束后，蒋介石政府败退台湾，中华人民共和国成立。50 年代初，中美两国在朝鲜兵戎相见；而后，美国对中国共产党领导的中华人民共和国进行政治、经济全面封锁，对蒋介石政府由开始的"弃蒋弃台"政策转向"保台护蒋"政策。因此，在 20 世纪五六十年代，中美没有外交关系，也杜绝了从中国大陆移民美国的可能性。而此时的中国台湾社会则在崇美之风下，兴起了赴美留学的热潮。美国华人的华语文学创作主体以中国台湾留学生作家群为主，出现了丛甦、白先勇、聂华苓、欧阳子等一批优秀的华文作家。

　　这一时期的文学集中描绘了以中国台湾留学生为代表的"流浪的中国人"群像——他们在美国所遭遇的文化冲突和认同危机，以及从故乡连根拔起却无法融入居住国的种种疏离感、挫败感和浓烈的乡愁情结。丛甦借小说人物所发出的感叹可谓喊出了那一代中国人的心声："在这个社会里，我们只不过是夹缝里的人，是的，夹缝人，边缘人……生活在别人的屋檐底下，屋檐虽好，终究是别人的。"②这一时期留学美国的中国人没有早期华人的"叶落归根"意识，踏入美国之日起就以成功留居美国为目标，可是作为少数族群的华人不仅面临着巨大的生存压力，更兼文化休克所带来的多重不适，因而不少人产生认同危机和主体性缺失的焦虑。为了缓解这种焦虑和避免精神上的虚无，他们不由自主地从中华文化寻找安慰。分裂和受挫的人生体验使他们产生浓烈的乡愁，而"个人受挫感越强，就越是敏感于被排斥、被歧视等

---

① 李晓兵等. 美国华人：从历史到现实[M]. 成都：四川人民出版社，2003：83-89.

② [美] 丛甦. 兽与魔[M]. 石家庄：河北教育出版社，1995：110.

消极性经验，也越是容易从昔日的故乡回忆和历史脉络中寻找认同皈依的方向"①。因而，这一时期的美国华人仍然以认同中国和中华文化为主流，对西方文化表现出疏离和隔膜。这时的多数作家都已加入美国国籍，但在情感归属和文化归属上，却仍然是中国的。但是身处异域的现实和与移居国社会的广泛联系又使得他们对母国文化的认同并不是盲目追逐，而是渗透了一定程度的文化批判和再造精神，比如於梨华就曾就笔下的小说发出下面的言论："我是企图通过小说来做中西文化沟通的桥梁，把中国好的东西介绍到美国，把美国一些好的东西介绍到中国。"② 白先勇也提到他的"美国经验"使他"对自己国家的文化反而特别感到一种眷恋，而且看法也有了距离"③。这种距离感使华人作家在认同传统文化的时候并不盲目，而是多了一份冷静的审视。

兴起于 80 年代的"新移民文学"是美国华文文学的第二个高潮。此时，中国已经获得联合国合法席位，中美关系也已正常化，更重要的是，中国走出"文化大革命"的阴霾，开始施行改革开放政策，因此一大批中国大陆的学生、商人、知识分子等由于各种原因前赴后继地奔赴北美大陆，开始他们的美国移民生涯。新移民文学的创作主体主要为中国大陆移民，同时也包括中国台湾、香港和澳门移居海外的人士。新移民文学虽与以往的美国华文文学有着内在的继承性，但是在题材、基调、文化认同方面都展现出与早期悲苦困顿的华人文学及饱受乡愁和失根之苦的台湾留学生文学不同的气质。与台湾留学生文学着力表现"融入的艰难"和由此带来的精神困境不同，新移民文学更多地把关注点放在留学、打工中的奋斗历程以及现实生存体验，虽然也不免挫折和痛苦，但是基调却更多了昂扬和奋进。他们并没有牟天磊和吴汉魂们那种深切的失根的焦虑，因为在书写自己大陆经验的同时，他们对自己根之所在就有着清醒的认识——无论在美国的土地上失败还是成功，他们始终是中国人，他们的根在中国。早期的华文

① 朱立立. 身份认同与华文文学研究[M]. 上海：上海三联书店，2008：51.

② 彦火. 海外华人作家掠影[M]. 香港：三联书店，1994：42.

③ [美] 白先勇. 白先勇自选集[M]. 广州：花城出版社，1996：379.

作家，由于在异国的种种不如意，在中西文化的冲突和挣扎中，往往不自觉地内卷，以中华文化为精神家园和心理依赖，将中西社会放置在一道文化天堑的两边，形成了一种单调且不可调和的二元对立模式。这种认同倾向在新移民作家那里被很大程度上消解了。这种状况首先得益于美国社会生存环境的相对宽松——相对于排华法案刚刚废除的五六十年代，80年代后的美国，种族歧视已经大大减轻；而文化多元主义和文化生成主义的势盛，也为在美少数族裔的权益提供了理论上和舆论上的支持。另外，新移民作家与台湾留学生作家自身的心理基础和人生体验殊为不同：台湾留学生的移民潮"一方面反映出台湾社会普遍崇洋媚外的殖民地意识；另一方面更突出地表现出一代知识分子对台湾政治前途和经济前景的不满与失望；同时，这种'离去'情绪还积郁着他们流寓台湾的父辈渴望摆脱困厄孤岛窘境的心理要求"[1]，所以台湾留学生们赴美之前便缠裹在种种负面的情绪中，自身也未做好两种文化的心理调适，便被裹挟入相去迥异的美国社会和西方文化中。

　　而中国大陆移民作家不是出于自我放逐的无奈，而是积极主动地追求异国的现实成功；并且在赴美之前，很多人在国内就经历过插队、进厂、参军等很多艰难的生存境遇，因而对异域的生活有了一定的精神准备。新移民作家在面对中西文化的差异和碰撞时，更加坦然和理性，根据作家自己对中西文化的体认，表现出复杂的多重面向。这其中既有对西方文化的某些方面的揭示与批判，比如于濛的《啤酒肚文明》讽刺美国文化是由一层层厚厚的极端个人主义的脂肪堆积起来的身心发展不平衡的啤酒肚文明；也有对西方文化的崇拜和皈依，如《曼哈顿的中国女人》中的主人公通过嫁给外国人，尽力融入西方社会和取得西方式的物质成功而坚决完整地认同了西方社会和西方文化。严歌苓可谓新移民作家中的翘楚。在她的多部优秀作品中，她悬置了"认同危机"这一常见主题，而是以不同的种族和文化为背景，致力于表

---

① 刘登翰. 特殊心态的呈示和文学经验的互补——从当代中国文学的整体格局看台湾文学[J]. 文学评论，1987（4）.

现普遍人性。严歌苓对于文化身份的开放和包容态度，消解了其作品中"文化认同"的本质主义追求而引发的中西文化二元对立，为她在多元文化语境中展现复杂人性提供了独特的舞台。新移民文学对于文化身份认同表现出多元而复杂的面向，这是在时代发展中对于早期华人文学中一边倒的认同倾向的一种突破，也是全球化语境中个人在异质文化面前思想和价值取向产生不同裂变的现实写照。或许这种丰富多元的文化认同取向才应该是文化选择的一种常态。

第二节　文体空间与身份认同

在美国华人文学作品中，有一个非常有趣的文体现象，就是自传体小说的盛行：自传体小说不仅数量庞大，而且许多已然成为美国华人文学经典的作品也多为自传体。与美国文学史上其他少数族裔文学一样（比如说非裔美国文学），华裔美国文学也是通过自传体文学打入美国文学主流的。翻开美国华人文学史，就好像翻开美国华人的一部部自传：从早期开化华人自述对中美文化认识和理解的一部部作品，如李恩富的《我在中国的童年》（*When I was a Boy in China*，1887）、蒋彝的《中国童年》（*A Chinese Childhood*，1940）、容闳的《西学东渐记》（*My Life in China and America*，1909）；到第二代华裔自觉认同和归化主流社会的代表作，如黄玉雪的《华女阿五》（*The Fifth Chinese Daughter*，1950）和刘裔昌的《虎父虎子》（*Father and Glorious Descendant*，1943）；乃至 20 世纪 70 年代华裔美国文学的经典之作，如汤亭亭的《女勇士》（*The Woman Warrior*，1976），谭恩美的《喜福会》（*The Joy Luck Club*，1989）、《接骨师之女》（*The Bonesetter's Daughter*，2001）；及至新生代作家伍慧明的《骨》（*Bone*，1993），以及郑念、闵安琪等人的"文化大革命"题材小说《生死在上海》（*Life and Death in Shanghai*，1986）、《红杜鹃》（*Red Azalea*，1994）等，自传性作品在美国华人文学的历史上一直不绝如缕。

为什么自传性作品会成为美国华人文学的一种常见文体？本书认为，自传这一文学体裁是美国华人在主流社会中发出声音、表达自我身份认同的一种重要工具和表现方式。自传之所以成为美国华人文学中常见的文学体裁，与美国华人在异质语境中自我意识增强、自我身份不明产生的焦虑有关。同时，自传体在美国华人文学中大量存在，也与美国主流社会对华人族群不了解所产生的窥探欲和猎奇心理有关，是美国主流社会对华裔少数族群写作的期待视野所致。

4.2.1　美国华人文学中的自传传统及成因

美国学者安德烈亚·瑞提沃（Andreea Ritivoi）在她关于移民研究的著作《昨天的自我：怀乡与移民身份》（*Yesterday's Self: Nostalgia and the Immigrant Identity*，2002）一书中提出，移民所产生的剧烈变化和对未来生活的不确定会在移民心里产生一种特殊的心智和叙事体心态，詹斯·布洛克迈尔称之为"自传式敏感"。相对于大多数人而言，移民对过去的自我和在异乡所做的不间断自传式努力更加敏感，"在离开原来生活背景的情境下，他们被引导着去理解，个人认同永远不会终结，永远具有开放性。这是一项进行的'工作'，产生了不断变化的个人认同版本"①。移民美国的华人在异国语境中，常常是不被了解和尊重的，这是他们拿起笔开始表述自我、为自我言说的触发点。而他们的自传体书写成为华人移民解除身份困惑、建构族群认同的工具和表现形式。正像刘登翰所指出的："华人文学（尤其是华裔美国文学）存在着大量的家族史和自传书写文本……有其内在的文化动力——通过叙事实现族群建构的自我认同。"②

自传这一体裁与身份认同问题可谓是天然地水乳交融。自传首先是作者纪念自我和表达自我的方式。林语堂在其自传的开头曾说："（我写这篇自传）从一方面想，这是为我的多过于为人的；一个人要自知

① [美] 詹斯·布洛克迈尔. 定位自我：自传式记忆、文化记忆和亚裔美国人的经历[J]. 丁世华译. 国际社会科学杂志（中文版），2012（4）.

② 刘登翰，刘小新. 华人文化诗学：华文文学研究的范式转移[J]. 东南学术，2004（6）.

思想和经验究竟是怎样的，最好不过是拿起纸笔一一写下来。"① 要求认识和表现自己，希望被人了解，肯定和尊重自我的存在，这是自传撰写的前提。自传是传主表达自我的方式，因而传主如何定位自我决定着传记的写法和表现方式。自传本身即为传主对"我是谁？"这一问题的一个绵长而详尽的解答，是传主对自我成长经历和心理历程的追索和回顾，因而传主对自己身份的定位以及由此身份定位衍生出来的态度、情感、价值观、思维方式等对自己传记的写法、事件选择、诠释方式起了决定性的作用。正如我国传记研究者杨正润先生指出的："自传者必须确定自己的身份，才能回顾过去，对无数的材料进行选择和扬弃、使用和安排、解释和说明。他对自我的认定和评价，都同他对自我的身份认定有关。"② 我国古代最早的一部自传——刘禹锡的《子刘子自传》一开始就自述家史：先祖是汉代中山王刘靖，曾祖父、祖父、父亲都曾在朝为官，以此证明自己为官从政的资格；自传的主旨是为自己早年参加永贞革新进行辩护；最后用"天与所长，不使施兮"八个字点出自己怀才不遇的官员身份。中国近代作家谢冰莹将自己定位为"一个女兵"，在她的自传中，内容选择和结构安排都围绕这一身份进行。西方自传的滥觞之作——奥古斯丁的《忏悔录》第一卷就对自己的身份做出了定位："一个人，受造物中渺小的一份子，愿意赞颂你；这个人遍体带着死亡，遍体带着罪恶的证据，遍体证明'你拒绝骄傲的人'。"③ 整部《忏悔录》即围绕对上帝的赞美和自我罪恶的剖析而展开。

由上可见，自传传主对自己身份的认定非常重要，他会根据自己所设定的身份进行回忆，并对过去的素材做出筛选，使自传中塑造的形象尽量与这一身份契合，并说明这一身份的合理性和合法性。因此，"身份认同是自传里主题结构的决定因素"④。

身份定位不仅对于自传的传主格外重要，对于自传的阅读群体也

---

① 林语堂. 林语堂自传. 南京：江苏文艺出版社，1995：3.
② 杨正润. 现代传记学[M]. 南京：南京大学出版社，2009：311.
③ [古罗马] 奥古斯丁. 忏悔录[M]. 向云常译. 北京：华文出版社，2003：3.
④ 赵白生. 传记文学理论[M]. 北京：北京大学出版社，2003：99.

同样处于中心位置。读者之所以选择某个人的自传，传主的身份往往是第一考虑。阅读群体通过自传来改变、强化或者推翻对于传主的形象设定。华人自传体的盛行，另一个重要的原因便是华人的自传满足了白人社会对于少数族裔的窥探欲和猎奇心理。可以这样说，美国华人文学通过自传体表达自我认同是在美国社会（或者更准确一点，美国出版界）对整个华裔族群的群体定位和身份期待之下实现的。

自传按照不同的标准，可以划分为各种类型。杨正润先生根据自传者的职业身份将自传分为女性自传、政治自传、精神自传和学术自传。但是一个更为通俗和常见的划分方法是根据传主的社会影响和身份地位，把自传分为两类：一类是名人自传，一类是平民自传。传统的传记基本上是名人的专利，名人自传在古今中外的自传中无论是数量上还是影响上都占有压倒性优势。我们耳熟能详的自传基本上都是名人自传：国外的如《富兰克林自传》《诗与真》；国内的有《胡适口述自传》、林语堂的《八十自述》、沈从文的《从文自传》等。

然而，美国华人文学中的自传书写却打破了这一常规——自传书写者多为籍籍无名的普通民众：李恩富、黄玉雪、闵安琪等在自传出版以前，都没有任何社会影响。即便在华裔美国文学界大名鼎鼎的汤亭亭，在《女勇士》发表以前，也不过是一名普通的英文老师。这样一些既无巨大社会成就又无重大社会影响的普通人，他们的自传缘何会在美国社会发表并且获得成功？读者阅读名人传记的心理我们容易理解：通过阅读某个名人的传记而了解这个人——他的生平掌故、性格特征和成名之路。这个人是独一无二的，绝无与其他人混淆的可能。而这一班普普通通的美国华人所做的传记，为什么会有读者和市场？

日裔美国学者布莱恩·尼亚（Brian Niiya）在《亚裔美国人的自传传统》一文中提出"群体自我"概念。他认为名人传记所表现的是"个人自我"，而普通人的传记表现的是"群体自我"："这类自传之所以得到出版并有人阅读，可以推定的原因是，因为这些自传不仅可以使我们了解自传的作者，而且能够从中了解作者所属的群体。"①尼亚的观点对于解释美国社会普通人自传的盛行提供了一个颇有见地的路径。然而笔者认为，与其说是华人着力表现"群体自我"，不如说是美国主流社会，或者美国出版业和读者群，更乐见华裔族群的"群体他者"。换句话说，美国社会的读者群更倾向于模糊自传者的个性化和私人色彩，而把自传者看作传主所在族群的代言人。他们感兴趣的，并不是某个普通华人的生活，而是通过这个人的个人经历所展示出来的族裔面貌和文化景观。这就可以理解为什么黄玉雪的《华女阿五》在发表之前，被其美国编辑删去了三分之二还多，而保留了婚礼仪式、中药治病、祭祀典礼、淘米煮饭等有关中国文化的场景。因为美国读者对于一个普通华裔女孩的日常经历、喜怒哀乐并不感兴趣，那些内容"太私人"，他们想要看到的是异国风味的中国。

并且，华裔美国文学里的多部自传和介绍中国文化的作品，都是受美国出版界和美国一些名流的邀请而创作的：李恩富《我在中国的童年》是应波士顿洛斯洛浦（Lothrop）出版社所邀而写；林语堂的《吾国与吾民》《生活的艺术》等书也是在赛珍珠等人的启发和鼓励下完成；黄玉雪之所以会在 28 岁的年龄动笔写自传，也完全是受了美国编辑的敦促，用她自己的话来说："我的生活就是成天工作，住在地下室里，听从父母，没有暴力，也没有热辣的爱情故事，（我）这样一种乏味的生活美国公众怎么会爱读呢？"②可是为了拿到这个自传，出版社竟然愿意等上五年；汤亭亭的《女勇士》也是在出版社的要求下才最终以非小说类的自传体裁出版。所以，从某种程度上说，华裔美国文学的自传传统，也是美国出版界一手打造出来的。

关于自传这一文学体裁，有的学者认为这是典型的西方文体。著名的华裔美国学者尹晓煌认为："在中国文学传统中，自传文学几乎鲜为人知，因为在倡导谦和的儒家学者眼中，写自传会被视为妄自尊大。"③ 这

---

① Brian Niiya. "Asian American Autobiographical Tradition", in *The Asian American Heritage: A Companion to Literature and the Arts* [C]. Ed. G.J. Leonard. London and New York: Garland, 1999: 429.

② [美] 黄玉雪. 五姑娘·序. 太原：山西教育出版社，2002：39.

③ [美] 尹晓煌. 美国华裔文学史[M]. 徐颖果主译. 天津：南开大学出版社，2006：52.

样的看法不无道理，因为在中国文学史上，尤其近代以前，虽然存在不少自述性作品（比如司马迁的《太史公自序》、陶渊明的《五柳先生传》等），但大部头的真正意义上的自传性文学作品确实并不多见。而西方的自传传统一直源远流长：自奥古斯丁的《忏悔录》以来，不仅在中世纪出现了大量宗教忏悔自传，更有卢梭的《忏悔录》、歌德的《诗与真》、富兰克林的《富兰克林自传》等经典自传性文学作品。美国学者 Robert F. Sayers 对《富兰克林自传》以及其所开创的美国文学自传传统极为推崇，认为自传文体是表达美国理念和美国精神的最好文体。他认为《富兰克林自传》所开创的写作模式，是移民美国的人实现美国梦、表达同化的理想范式[①]。另一位美国学者 Susanna Egan 则认为自传写作是美国各少数族裔融入美国社会的常见写作模式，是体现美国南北战争以后"大熔炉"理念的方式之一[②]。据此，尹晓煌认为，自传体裁在华人作品中的流行，是对中国文学传统的偏离。华裔评论家赵健秀更对这一体裁颇有微词：他认为自传体裁是被基督教传统浸润的文学体裁；华裔美国作家没有基督教传统，却不断沿用这一体裁，讲述着华人在主流社会自我救赎和被白人社会认可的过程，"在这种写作模式里，华裔文化要不被呈现为同化过程的加速器，帮助华裔美国人比较顺利地被主流社会所接受（如黄玉雪的《华女阿五》）；要不就被呈现为同化过程的障碍物，但最终能够被克服而使华裔美国人得到主流社会的赞许和认可（如刘裔昌的《父与子》）"[③]。因此，赵健秀主张华人应该抛弃自传体写作。

赵健秀认为自传体属于基督教传统，这并不符合常识。因为中国文学自传体文学虽不繁盛，却并不缺乏；而主张废弃自传体写作的想法也太过极端。但是，赵健秀确实看到了自传体裁在美国华人文学寻求与主流社会对话和构建自我身份中所起到的重要作用。

---

① Robert F. Sayers. "Autobiography and the Making of America", in *Autobiography: Essays Theoretical and Critical*. Princeton: Princeton University Press, 1980: 148-168.

② Susanna Egan. "Self-Conscious History: American Autobiography after the Civil War", in *American Autobiography: Retrospect and Prospect* [C]. Ed. Paul John Eakin. Madison, Wisconsin: The University of Wisconsin Press, 1991: 70-84.

③ 张珊珊. 论"赵汤之争"下的《女勇士》的自传文体写作[J]. 华文文学，2010（1）.

4.2.2 美国华人文学中的自传体写作与身份认同

自传体裁对于作家表达自我意识、确定自我身份有着得天独厚的优势，同时它也是阅读群体了解传主和传主所在群体的绝佳途径，因此在美国社会饱受身份困扰的美国华人以自传来书写自我、与主流社会进行对话和交流也就不足为奇了。下面，我们借助自传的概念和特点，结合具体的美国华人文本对自传体和美国华人的身份认同的纠葛关系，从两方面进一步展开论述。

1. 以个人写作为族群代言

从自传的创作主体而言，美国华人作家虽然并不必然承担起为整个族群代言的目的，但是毫无疑问，他们撰写自传的出发点和自我身份定位，都是在与主流社会对话的语境中展开的。早期华人的自传写作，往往是有感于主流社会对华人深深的误解和偏见。李恩富在《我在中国的童年》提到作传的原因："在美国，我仍然不断地发现人们对中国社会之风俗、礼仪、社交持有若干荒谬看法，这不能怪罪普通美国民众，因为他们除了阅读报纸和游记之外，无法得知中国真相。"①因此，作者在自传中对中国文化做了百科全书式的说明，涉及哲学、教育、文学、饮食、家庭、娱乐等各个方面，有些细节在现代读者看来未免过于烦琐。但是这样的写法在当时的社会语境下确是必要的，因为华人的文化和传统在当时让许多美国人无法理解和接受。李恩富用一种理想化的方式描写和美化中华文化，并对中美两种文化做出比较，旨在改善美国社会中的华人形象。李恩富与伍廷芳等早期华人的自传体写作，是以一种现身说法的方式破除白人对中华文化的偏见，他们可以被称为"中华文化的捍卫者"。而自传这种体裁，与其他文体相比，更能有效展现他们在美国的生活，并且以中华文化亲历者和内部视角，加强叙述的真实性和现场感，便于他们将两种文化进行比较。

早期华裔撰写自传很大程度上是为了赢得美国社会的理解和尊

---

① Lee Yan Phou. *When I was a Boy in China* [M]. Boston: D. Lothrop Company, 1887: 41.

重，因而他们有意隐去中国文化不尽如人意之处，不自觉地承担了"中华文化的捍卫者"的角色。以刘裔昌为代表的第二代华裔却以自传向美国社会展示自己对美国文化的全面同化和臣服，成为与中国文化传统决裂的叛逆者和美国社会"忠诚的少数民族"。刘裔昌的自传中文译名为《虎父虎子》，英文是 *Father and Glorious Descendant*，直接的字面意思是"父亲和其光荣的后裔"，但是书里"光荣的后裔"的自传远远超过了对父子关系的描写。而作者对"光荣"的评判，似乎也是以是否彻底美国化、成功融入美国主流社会为标准。刘裔昌为父亲身上的美国化特征而深感自豪，对他身上残留的中国习惯和思维方式则格外反感，"父亲的美国化不彻底""他的中国习惯和观念稀奇古怪、莫名其妙，令人羞耻！"[①] 刘裔昌不仅抗拒中国文化传统、拒绝接受中文学校的教育，甚至以美国化的视角和思维方式掉头来嘲笑和贬损各种中国文化习俗。比如他曾充满反感地提及中国亲戚燃放鞭炮庆贺新婚时惊扰了周围的白人邻居，结果邻居以为爆发了华人帮派斗争，报警招来了警察；他的父母为了滋补身体竟然吃掉 55 磅重的野猫[②]。刘裔昌在自传中毫不隐讳地与自己的民族传统决裂，展示了渴望融入美国社会、急于成为美国社会"忠诚的少数族裔"的迫切心态。不仅刘裔昌如此，其他 20 世纪四五十年代的华裔作家自传也都表现出与中国文化和传统的有意疏离，比如黄玉雪的自传《华女阿五》。该自传虽然没有像刘裔昌那样完全背弃中华传统文化，但是也在走出唐人街的过程中，在中西文化的对比中表现出向美国文化靠拢的趋势。她在自传中充当了唐人街文化导游的角色，对唐人街的日常生活场景做了引人入胜、细致入微的描写：一方面展示了中国文化的异国情调，满足了白人社会对华人生活的好奇心理；另一方面，也通过不断奋斗而在主流社会获得成功的过程构建了自己"模范少数族裔"的华人形象。

　　以上的华人自传，无论是在出版社的要求下"被代言"，还是自己有意为之，都承担起了为中华文化和整个族群发声的功能。正如布

---

① Pardee Lowe. *Father and Glorious Descendant* [M]. Boston: Little Brown, 1943: 175.

② Pardee Lowe. *Father and Glorious Descendant* [M]. Boston: Little Brown, 1943: 262.

莱恩·尼亚所言，"亚裔美国人自传的作者虽然没有刻意为之，却承载了集体自我的故事"①。自传者往往将自己的个人经历和童年记忆置于文化记忆的宏大框架之中并且与族群背景相联系。但是，与名人传记突出个性化色彩和个人独特经历相反，美国华人的自传中，传主的个人经历却往往消隐于其从属的文化框架和背景中：读者感兴趣的并不是"这一个"，而是因为他是"这一群"中的一个。

然而 20 世纪 70 年代后的华人自传体文学，尤其是女作家，却更加注重写作的个人化，不大在意或者不愿承担为华裔群体代言的道义和责任。赵健秀批评汤亭亭、谭恩美等作家迎合了美国白人社会对华裔男性的刻板印象和陈腐观念，是白人社会的"黄种代言人"。对此，汤亭亭强调"个人视觉的永恒和无限"，她认为，华人作家应当将中国文化融入美国生活中，而不应该在创作中重复华人的历史和传说。她坦言："他们（对《女勇士》持批评态度的批评家们）对于作家的社会功能的观点令我不安。除了代表我自己，为什么我必须代表任何人？为什么我个人的艺术视角要被否定？"②她在《美国批评家的文化误读》一文中，明确地声明："我是一个美国作家。和其他的美国作家一样，我也想写出伟大的美国小说。《女勇士》是一本美国书。"③

事实上，《女勇士》更多体现的是一个华裔美国女性的视角。这部自传突破了以往自传体的写作方式，以第一人称叙述讲述了无名姑姑、母亲和姨妈的故事，其中夹杂了大量的个人感受和想象；还在"白虎山学道"和最后一章"羌笛野曲"中创造性地改写了中国历史和传说。自传中着力表现的，是一个华裔小女孩在中西文化冲突和边缘下的成长过程。自传表现出强烈的女权主义色彩，批判了中华传统文化中的父权制和男尊女卑思想，肯定了女性的力量和勇气。同时，作为少数民族的一员，她也描述了在东西方文化中的迷失、苦闷和自我追

① Brian Niiya. "Asian American Autobiographical Tradition", in *The Asian American Heritage: A Companion to Literature and the Arts* [C]. Ed., G.J. Leonard. London and New York: Garland, 1999: 430.

② 转引自[美]尹晓煌. 美国华裔文学史[M]. 徐颖果主译. 天津：南开大学出版社，2006：281.

③ Maxine Hong Kingston. "Cultural Misunderstandings by American Reviewers", in *Asian and Western Writers in Dialogue: New Cultural Identities* [C]. Ed., Guy Amirthanayagam. London: Macmillan, 1982: 55-65.

寻的过程。在这部自传里，性别意识和族裔意识并存，不再像先前的华人自传，致力于捍卫、否定或传播中华文化。作者虽然也关注了华裔美国人的文化身份，但是显然是从个人经验出发，而不是为整个族群代言。正如文化人类学家 Michael Fischer 所归纳的结论："在第一代移民身上，问题是群体性的，并且与家庭有关；到了后代那里，这些问题留下的痕迹停留在个人层面上，它们最终也会消失。"①但是，讽刺的是，美国评论家的述评却纷纷强调该书的中国特色，把充满中国文化符号的"白虎山学道"一章视为全书的高潮，以致懊恼的作家专门撰文驳斥美国书评家的误读。其实，台湾学者单德兴曾经指出，"汤亭亭不必也不能'代表'整个族群或性别发言"②。但是鉴于自传这种特别的文体要求，作家作为一个华裔美国人，在个人书写的过程中，必然会以个人经历承载了整个族群的集体记忆，因而不可避免地在客观上代言了族群。所以西方读者从中读出中华文化，甚至把这本书当作研究亚裔美国人的人类学读本，也不是毫无道理。

美国华人文学中的平民自传传统之所以存在，是由两方面的合力共同作用而成：一是主流社会因对中华文化缺乏了解而产生的猎奇心理；二是美国华人渴望在美国社会获得理解和尊重、树立正面的华人形象和构建自己的文化身份。这类自传的核心便是书写差异：作为社会中的异类，书写异质的他者文化，展现神秘的异国风情。当这种差异不再存在，也就是说，当传主的个人记忆完全与族群记忆和文化框架剥离开来的时候，华人文学中的平民自传在美国社会大概也就失去了它存在的必要和魅力。毕竟，没有多少人会对一个毫无特色的庸俗人生感兴趣。

2. 自传的虚构性——华人作家构建身份的利器

自传的真实和虚构，一直是一个颇有争议的话题，在我们得出结

---

① Michael M. J. Fischer. "Ethnicity as Text and Model", in *Anthropology as Cultural Critique* [C]. Eds., George E. Marcus & Michael M. J. Fischer. Chicago & London: University of Chicago Press, 1986: 173.

② 单德兴. "开疆"与"辟土"——美国华裔文学与文化：作家访谈录与研究论文集[C]. 天津：南开大学出版社，2006：18.

论之前，我们先看一下自传的定义。

自传，英语是 autobiography，这个词最早出现于 1797 年一份叫《每月评论》的报纸上。从字面上看，自传就是"由一个人自己（auto）来描述（graphy）此人的一生（bio）"①。法国著名的自传研究者菲利普·勒热纳这样定义自传："由一个真实的人，关于自己的存在所写作的回顾性的、散文体的叙述，重点在于他的个人生活，特别是他的人格的故事。"②美国学者阿尔伯特·E.斯通也为自传做了一个定义："对一个人的一生，或者一生中有意义的部分的回顾性叙述，由其本人写作并公开表明其意图；真实地讲述他或她公众的或私人的经历故事。"③这两个概念都认为自传是由本人书写的关于自己的回顾性叙述，而回顾是对过去所发生的事情的回忆和再现，这就暗示了自传的真实性；斯通更在定义中强调要"真实地讲述"——自传的真实性似乎是个不言自明的事实。关于这一点，杨正润先生说得很对："同他传一样，（自传）要求事实的客观、准确和全面，也要求描绘出人格的真实和心理世界的真实。"④自传在传达当事人的心理感受和隐秘行为方面，有着比他传更多更明显的优势，卢梭就曾说："只有本人，没有人能写出他的一生。他的内心活动、他的真实生活只有他本人才知道。"⑤

但是另一方面，自传要做到真实，对于传主而言，是个巨大的挑战。前文提到，传主的身份定位、感情倾向、利益关系等都影响着材料的选择和扬弃、使用和安排、解释和说明，这使得自传具有强烈的、不可避免的主观色彩。梁启超是戊戌变法的亲历者，后来撰文记述其事，却不敢承认那是信史，"感情作用所支配，不免将真

---

① Georg Misch. *A History of Autobiography in Antiquity* [M]. Cambridge: Harvard University Press, 1951: 5.

② Philippe Lejeune. *On Autobiography*. Ed., Paul John Eakin. Minneapolis: University of Minnesota Press, 1989: 4.

③ Albert E. Stone. "Autobiography and American Culture" [J]. *American Study*, 1972(12): 24.

④ 杨正润. 现代传记学[M]. 南京：南京大学出版社，2009：299.

⑤ [法] 卢梭. 忏悔录讷沙泰尔手稿本序言[A]. 忏悔录（第二部）[M]. 远方译. 北京：人民文学出版社，1982：824.

迹放大也"①。马克·吐温规定自己的自传只能在死后出版，也是看到了自传撰写中真实和坦诚的难度，"一个人写一本有关他平生私人生活的书——一本他还活着的时候给人看的书——总是不敢真正直言不讳地说话"②。并且，自传中作者的隐秘事件和心理活动，旁人无从知晓，更无法查证和核实。所以，自传作者在事件的描述和组织上，有更大的选择度和灵活性，也使自传更有欺骗性和虚伪性。所以自传的真实性，只是个美丽的谎言。很大程度上说，自传是披着真实的外衣，行着虚构的事实。

　　但是，大部分读者对自传的虚构性并不了解，自传的真实性在读者那里，是个毋庸置疑的前提。也正是看到了这一点，赵健秀对汤亭亭的《女勇士》作为自传出版非常不满，并以此拒绝为这本书写书评。赵健秀还专门写了一封信给汤亭亭，建议她以"小说类"（fiction）而不是自传（autobiography）出版此书。在他看来，如果以自传出版，读者会把书中被汤亭亭扭曲和改写的中国历史和传说当作中华文化的真实反映，而其中的华裔身份形象也会被主流社会信以为真，从而进一步深化对华裔的刻板印象。赵健秀的担心不无道理：正是对自传真实可信的想当然，使很多的白人读者对其中的华人文化信以为真，甚至对华人的经历产生了负面的印象。而很多美国评论家对它会有诸种误读也就不足为奇了。

　　但是《女勇士》的虚构性是显而易见的，这也是作家构建文化身份的重要手段。这本自传的虚构性至少体现在两个方面：一，对叙述事件的想象性阐释；二，对中华文化的创造性改写。前者在"无名女人"一章体现得格外明显。无名姑姑在丈夫不在的时候怀孕生子，遭到全村人的惩罚和唾弃，也因此被家族除名。作者幻想了姑姑怀孕的多个版本：或许是被某个男人胁迫，成为他秘密淫乱的对象，"如果你告诉你家里的人，我就揍你。我就把你杀掉。下星期还要到这里来"③；或许对女人名目繁多的限制的惧怕催生了她的情愫和欲望，

　　① 梁启超. 中国历史研究法[M]. 上海：上海古籍出版社，1998：97
　　② 马克·吐温. 马克·吐温自传[M]. 许汝祉译. 南京：江苏人民出版社，1981：15.
　　③ [美] 汤亭亭. 女勇士[M]. 李剑波，陆承毅译. 桂林：漓江出版社，1998：5.

男人"多情的目光，或者柔和的声音，或者缓慢的步子"①就可以使她离家出走；或许她深爱着那个使她怀孕的男人，至死都把他的名字埋在心底。但是不可否认，任何一个版本的诠释，都与母亲讲这个故事所传达的初衷和理解相去甚远：在母亲和她所代表的中国传统看来，无名姑姑所代表的是不贞和耻辱；汤亭亭则对无名姑姑充满同情，她打破了母亲不许说的禁令，通过纸笔把姑姑从无名状态中解救出来。我们知道，自传是传主以现在自己的身份为基点，对过去的自我的一个梳理，所以传主的自我身份认同和定位成为一个隐形的标尺，以此来裁断和衡量自我历史中的事件。关于无名姑姑的众多版本是汤亭亭接受了自由、平等、个性独立、女权主义思想等西方价值观的自然流露。通过对无名姑姑故事的想象性阐释，汤亭亭展示了她美国人的思维方式和价值立场，"也只有在美国文化环境中长大的'我'才能对姑姑的遭遇寄予深切的同情，对封建社会的愚昧无知和残酷进行鞭挞"②。

对中华文化的改写和移植主要体现在"白虎山学道"和"羌笛野曲"两章中。汤亭亭以第一人称讲述花木兰的故事，亦真亦幻，身为花木兰的"我"不仅拥有神力，"指天求剑，剑就会飞来，晴天也可以求得霹雳，霹雳的斜度也能控制自如"③；而且被父亲在背上刻字，在军中奋勇杀敌，结婚生子——这与传统的花木兰故事相去甚远。而"羌笛野曲"中的蔡琰被胡人掳走后与他们并肩作战，奋勇杀敌，最后和着胡人的笛声，唱出《胡笳十八拍》——不仅一改中国传统文化中蔡琰故事的忧郁悲苦基调，甚至蔡琰本人也成为"花木兰"式的女英雄形象。汤亭亭的"美国视角"是其改写和移植中国神话传说的关键。这种改写实际是自我表述的过程，也是身份建构的过程。通过改写花木兰故事，汤亭亭向中国传统文化中的父权制开炮，赋予女性以力量和勇气，塑造了勇敢乐观的华裔女性形象。而蔡琰的歌唱则隐喻着作者渴望东西方文化能够沟通和融合的理想。

---

① [美] 汤亭亭. 女勇士[M]. 李剑波，陆承毅译. 桂林：漓江出版社，1998：6.

② 弥沙. 从冲突到融合：美国华裔小说发展管窥[J]. 学术交流，2010（5）.

③ [美] 汤亭亭. 女勇士[M]. 李剑波，陆承毅译. 桂林：漓江出版社，1998：30.

汤亭亭的《女勇士》突破了传统自传的写法：它并不是以自我生平故事为中心，而是用很大篇幅讲述无名姑姑、母亲勇兰和姨妈月兰的故事；它大尺度突破了自传对于真实性的要求，用奇幻的想象改写中国传说，形成了真实与虚幻、神话和现实、个人经历和他人故事相交织的织锦风格。但是，从自传表述自我的终极意义上讲，《女勇士》又是一部真正的自传，因为它讲述的是一个华裔女孩对自我身份的追寻和发现：从最初的迷惘，"作为华裔美国人，当你们希望了解在你们身上还有哪些中国特征时，你们怎样把童年、贫困、愚蠢、一个家庭、用故事教育你们成长的母亲等等特殊性与中国的事物区分开来？什么是中国传统？什么是电影故事？"①，到花木兰式的复仇和激烈反抗，直至最后蔡琰和着羌笛的乐曲歌唱，汤亭亭一直在自身的中国传统和西方文化精神之间挣扎并寻求平衡。就像美国学者屈夫在《女勇士》"译序"里说的，"汤亭亭在整本书里探讨当一个华裔美国人对她意味着什么的深刻内涵"②。

如果汤亭亭自传里的虚构是作为一种风格和艺术手法而有助于其华裔美国人的身份建构的话，那么闵安琪的自传《红杜鹃》里的虚构，则更多表现为实用主义和功利色彩。

闵安琪的《红杜鹃》出版时，也是以自传定位。这本自传以"文化大革命"为背景，用三部分分别描述了作者少年时代经历、青年时代在红火农场与一位叫"燕"的女指导员的同性恋关系、"文化大革命"晚期被意外选中做电影《杜鹃山》的主演，又因"四人帮"垮台被当作"四人帮"的残渣余孽打入冷宫的经历。作者以一个亲历者的视角，控诉了"文化大革命"对个性和激情的压抑。书中的同性恋情节是作者浓墨重彩的一部分，也格外吸人眼球。西方批评家对这个表现出极大的关注：Wendy Larson 和 Wendy Somerson 的论文——《从未如此狂野：文化大革命里的性》和《蚊帐下：〈红杜鹃〉里的空间和性》，都讨论了"文化大革命"的政治环境与个体的性觉醒之间的关系。但

---

① [美] 汤亭亭. 女勇士[M]. 李剑波，陆承毅译. 桂林：漓江出版社，1998. 4.
② [美] 屈夫. 女勇士·译序[A]. 女勇士[M]. 汤亭亭著，李剑波，陆承毅译. 桂林：漓江出版社，1998：9.

是，很遗憾的是，同性恋本身这个情节的设置，就是闵安琪的虚构和谎言。"文化大革命"对于中国确实是一场灾难，它对人性的摧残也无须粉饰，但是以同性恋为题材来表达这个话题，不过是针对美国社会的量身定制。根据尹晓煌的研究，在闵安琪撰写该书的时候，她的美国代理商建议她加入同性恋的情节，以增加对美国读者的吸引力①。在这本自传里也确实出现了绘声绘色的同性恋描写，"我抚摸着她的胸部那一刻，我感到甜蜜的震撼。我的心在狂跳，脱缰的野马在奔跑"②。在艰苦的岁月里两个女人相互扶助，发展出深厚的情谊，甚至稍微有点偏离正轨，但是是否真的发展到那么亲密，作为读者我们无法确知。鉴于当时当事人的年龄、那个年代的性伦理以及当时性知识的匮乏，怎么读来都不像是真的。后来作者自己也证实了这个情节的虚构性——闵安琪在采访中对同性恋关系矢口否认："我不认为我和女连长的关系是同性恋，但那段美好的时光确让我永世难以忘怀。"③这种虚构在传达对西方自由人文主义的推崇和政治语境压抑人性的指责之外，还不免作者对现实写作利益的追求。

自传中多处描写让人瞠目结舌：邻居们不满他们住大房子就往他家的床单上倒屎；一个叫小绿的女知青在跟情人幽会时被当场捉住，情人以强奸罪被枪毙，小绿因此精神失常，诸如此类。有亲历过"文化大革命"的人曾专门就这些事问过作者："我也去过上海郊区农场；五年，时间不短；也接触过各类人，听说过各类事，经历过不愉快，但无论如何都不觉得你书中所述所叙是真实的。"④ 作者的回答是，"我那是文学，是虚构的"。

自传性作品当然是允许虚构存在的，但是作者虚构了什么，以什么方式虚构才是问题的关键。闵安琪刻意夸大了"文化大革命"的苦难描述，无非满足西方人的政治优越感，自己也可以赚取西方人的同

① [美] 尹晓煌. 美国华裔文学史[M]. 徐颖果主译. 天津：南开大学出版社，2006：193.

② Min Anchee. *Red Azalea* [M]. New York: Pantheon Books, 1994: 89.

③ 转引自 Masterzhong. 红色年代的人性 [EB/OL]. http://blog.sina.com.cn/s/blog_6035742c0100e0y9.html, 2014-1-20.

④ 钟雪萍. 流行的中国故事怎么编[EB/OL]. http://www.qstheory.cn/wh/whsy/201305/ t20130517_231663.htm, 2014-1-20.

情，成为被美国社会接受的模范移民主体。正像 Wenying Xu 指出的，
"闵安琪对权力中介和新的族裔身份的追求与她对过去的自我讲述和
理解之间有一种辩证关系"①，说的更直白一点，闵安琪的文本虚构
就是服务于她在美国社会中模范移民身份构建的。

第三节　文本空间形式与身份认同

4.3.1　文学作品中的"空间形式"：一种"有意味的形式"

文学作品的"空间形式"这一术语最早是由美国学者弗兰克提出。
1945 年，他在《西旺尼评论》上发表了长文《现代文学中的空间形式》。
在该文中，弗兰克提出现代小说具有"空间形式"这一特征：所谓"空
间形式"，就是"与造型艺术里出现的发展相对应的……文学补充物。
二者都试图克服包含在结构中的时间因素"；《尤利西斯》《追忆似水
年华》《夜间的丛林》等现代小说通过并置、主题重复、章节交替、夸
大反讽、多重故事等手段取消了叙事的时间顺序，终止了时间流动，
而使叙事文本呈现空间化特征。从读者的角度来说，也必须把"独立
于时间顺序之外而彼此关联的""无数参照和前后参照"②加以连接并
视作一个整体，并且通过反复阅读才能真正理解。文学作品的"空间
形式""是叙事结构的一种模式，它推崇主题化的顺序而排斥时序性
与因果性顺序。从这个意义上说，'空间的'不是一个指涉性范畴，而
是一个结构上的隐喻"③。所以文学作品的空间形式其实是其结构上
的特征，它打破了传统文学作品中单一的线性叙事，而呈现类似雕塑
般的立体化和空间化特征，"其'空间'非指日常生活经验中具体的物

---

① Wenying Xu. "Agency via Guilt in Anchee Min's *Red Azalea*" [J]. *MELUS* 25, 3/4 (2000): 6.

② [美] 约瑟夫·弗兰克. 现代小说中的空间形式[M]. 秦林芳译. 北京：北京大学出版社，
1991：4.

③ Herman, David, et al. eds. *Routledge Encyclopedia of Narrative Theory* [C]. London and New York: Routledge, 2005: 555.

件或场所，而是一种抽象空间、知觉空间、'虚幻空间'"①。弗兰克提出"空间形式"这一概念固然新颖，但是毕竟只是初步论述，缺乏文学批评工具所要求的精确性，因此，戴维·米切尔森在《叙述中的空间结构类型》中又从空间形式的结构、语言组织、主题中心等方面完善和发展了这一理论范型。在该文中，他提到了空间形式的一种结构类型——橘瓣型结构："空间形式的小说不是萝卜，日积月累，长得绿意流泻；确切地说，他们是由许多相似的瓣组成的橘子，它们并不四处发散，而是集中在唯一的主题上。"②威廉·福克纳的《喧哗与骚动》、巴尔加斯·略萨的《绿房子》都采用了这种结构方式。国内学者龙迪勇又总结了其他几种有代表性的结构类型，比如《一千零一夜》中的套盒式结构、《百年孤独》中的圆圈式结构、卡尔维诺《寒冬夜行人》的链条式结构等。

美国华人文学处于中国文学和西方文学交界的风口浪尖上，西方的现代文学思潮对于美国华人文学有着深远的影响。白先勇、欧阳子、陈若曦早在未出国前就曾在台湾创办《现代文学》杂志，系统地介绍了包括卡夫卡、托马斯·曼、劳伦斯、乔伊斯、福克纳等一系列现代作家和西方现代艺术学派和思潮。土生华裔本身就处于西方文学的漩涡中心，毫无疑问也会受到西方文学思潮和表现手法的影响。因此，西方现代作家对于空间形式的尝试和探索也启发和影响了美国华人文学的创作，他们在文本叙事结构和空间的叙事作用上做出很多大胆而新颖的尝试：汤亭亭借鉴中国长篇小说的连缀式结构和"头回"故事，独创了《中国佬》中独特的"六层蛋糕"结构——六个主体故事构成蛋糕的糕体，中间夹杂着十二段传说轶闻，就像蛋糕中间的糖霜；伍慧明的《骨》和於梨华的《又见棕榈，又见棕榈》采用了独特的蛛网式叙事结构：以人物意识为中心勾连起现在、过去和未来；谭恩美《喜福会》中独树一帜地开创了"麻将桌"式叙事结构；聂华苓和周励都在文本中采用了"麻花式双线并置结构"，等等。

---

① 龙迪勇. 空间形式：现代小说的叙事结构[J]. 思想战线，2005（6）.

② [美] 戴维·米切尔森. 叙述中的空间结构类型[A]. 秦林芳译. 现代小说中的空间形式[C]. 北京：北京大学出版社，1991：142.

　　作为叙事结构的空间形式，是文学文本形式方面的因素之一。文学作品的形式，是包括叙事结构在内的语言、体裁等外部表现情态；而文学作品的内容，是指内含于文学作品的社会生活和思想意蕴。文学作品形式和内容的关系，西方文论界对它的认识经历了一系列变迁：20 世纪以前，人们往往以二元对立的态度看待内容和形式，内容为主，形式为辅。20 世纪初期的俄国形式主义把文学作品的形式看作文学性的来源，形式似乎可以凌驾于内容之上。法国结构主义文论以及后来的符号学研究都较为关注文学作品的形式。现在大家普遍接受的观点认为，文学作品的形式和内容是一个有机的整体，二者密不可分。俄国文论家别林斯基曾经说过，"如果形式是内容的表现，它必和内容紧密地联系着，你要想把它从内容分出来，那就意味着消灭了内容；反过来也一样：你要想把内容从形式分出来，那就等于消灭了形式"①。形式要表现内容，为内容服务。文学作品的空间形式作为形式的因素之一也要为表现文本的主题意蕴服务，正如科林柯维支所言："成功的空间形式小说必须从小说的技巧中创造出自己的意义来，使结构因素担任起那种任务，这种任务另外又被指派给那个外在强加的意义"②。文学作品的空间形式不单单是技巧或表现形式的创新和陌生化，它本身也承载着意义，是一种"有意味的形式"。

　　"有意义的形式"这一命题由英国美学家克莱夫·贝尔提出时，主要针对视觉艺术而言："在各个不同的作品中，线条色彩的某种特殊方式组成某种形式或形式之间的关系，激起我们的审美感情。这种线、色的关系和组合，这种审美地感人的形式，我称之为有意味的形式。"③这种理论强调在艺术作品形式和结构中能够传达深层的情感和意味，不仅仅适用于视觉艺术，对于小说、诗歌等语言类艺术作品同样适用。弗兰克提出的"空间形式"，不仅是现代小说形式上的

---

　　① [俄] 别林斯基. 外国理论家作家论形象思维[C]. 朱光潜译. 北京：中国社会科学出版社，1979：55.

　　② [美] 杰罗姆·科林柯维支. 作为人造物的小说：现代小说的空间形式[A] 秦林芳译. 现代小说中的空间形式[C]. 北京：北京大学出版社，1991：142.

　　③ [英] 克莱夫·贝尔. 艺术[M]. 北京：中国文联出版社，1984：4.

特征，也是传达现代小说精神旨归的有意义的形式：《尤利西斯》通过场景并置、主题重复、碎片化叙事等空间化手法绘出了一幅都柏林的图像，传达出现代生活的庸常、混乱和徒劳感；巴恩斯《夜间的丛林》并置的八个章节，"每一章都从一个不同的方面探查了黑暗，但是，他们最终都把焦点集中在并且照亮了同一个人类精神的纠结"①。

4.3.2　美国华人文学中的空间形式与身份认同

"华人文学在文类、美学修辞、形式结构、情节、意象、母题以及各种文化符码的选择模式中，隐含着华族意识形态和政治无意识。"②身份认同问题是萦绕于美国华人文学的常见主题，是文学作品中"内容"范畴；而美国华人文学在叙事结构上的空间性探索属于文本的表现形式，二者是一种什么样的关系，这是本节要探讨的问题。

1.《桑青与桃红》中的双线结构：自我的分裂与迷失

聂华苓 1921 年生于湖北武汉，1949 年赴台，任《自由中国》编辑；1960 年《自由中国》被查封后，聂华苓赴美定居；她与丈夫安格尔一起创立爱荷华大学"作家工作坊"，曾有多位中国和美国作家在那里聚会交流。在美期间曾创作多部长篇小说——《失去的金铃子》《桑青与桃红》《千山外，水长流》等。其中《桑青与桃红》是其成熟期的代表作，也是美国华文文学中的经典。

聂华苓在《桑青与桃红》的"序言"里曾称："《桑青与桃红》是一个'安分'的作者所做的一个'不安分的'尝试。"③这种"不安分"，体现在叙述语言、叙述手法和叙述视点等各个方面。尤其是文本的叙事结构，完全打破了传统小说的完整、连贯的线性叙事。整个文本，去除楔子和跋，由四个相对独立的部分构成，每个部分包括桃红写给移民局的一封信和桑青的一本日记：桃红的信显示桃红在美国的漂泊

---

① [美] 约瑟夫·弗兰克. 现代小说中的空间形式[A]. 秦林芳译. 现代小说中的空间形式[C].北京：北京大学出版社，1991：24.

② 刘登翰，刘小新. 华人文化诗学：华文文学研究的范式转移[J]. 东南学术，2004（6）.

③ [美] 聂华苓. 浪子的悲歌——《桑青与桃红》前言[A]. 黑色，黑色，最美丽的颜色[M]. 广州：花城出版社，1986：117.

生涯，桑青的日记则记载了桑青在国内的流亡痕迹。这种结构笔者称之为"麻花状双线并置结构"。这种独特的空间形式也是作家有意为之和匠心所在，聂华苓在谈到这本书创作的时候曾说，"小说写的是一个分裂的人物；小说的形式也是分裂的：桑青的故事和桃红的故事，双线并行"①。

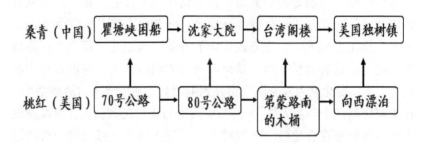

这种双线结构在形式上暗合了人物的精神分裂：桑青和桃红原本就是一个人，在中国的桑青在主动或被动的流亡中追寻着自由；在美国的桃红却在没有任何社会责任和伦理约束的自由中上演着肉体和精神的漂泊和狂欢。在这四部分里，桑青的国内生活被浓缩在四个空间场景里：第一部分，搁浅在瞿塘峡的旧木船；第二部分，被围困的北平和沈家大院；第三部分，台北的阁楼；第四部分，美国的独树镇。这四个场景分别对应着桑青的四段生活：抗战胜利前夕的 1945 年 7 月 27 日至 8 月 10 日；北平解放前夕的 1948 年 12 月至 1949 年 3 月；1957 年夏至 1959 年夏的困守台湾；1969 年 7 月至 1970 年元月在美国流亡。作者用空间场景作为叙事的框架，用空间来容纳和展现时间，每一个空间场景都凝缩了时代和人物生活的重大变故，通过场景的变换勾勒出桑青在国内的生活脉络。同时四个封闭的空间场景又象征了人的困境："'人'被困在各种陷阱中，反

---

① [美] 聂华苓. 浪子的悲歌——《桑青与桃红》前言[A]. 黑色，黑色，最美丽的颜色[M]. 广州：花城出版社，1986：117.

复地挣扎于被困和逃离之间。"①聂华苓在宏大的历史政治语境中，用富于象征和寓言色彩的空间场景展示了主体在面临身份、政治、国族认同的外在环境压力时，在不断的自我贱斥与推离中所经历的异化和裂变。一开始，桑青因为无法认同自己在家里的地位而离家出走，被困瞿塘峡时便开始经历无根的失落感，聂华苓借由流亡学生表达了这种感受："一个人吊在那儿，上不着天下不着地，四面是黑压压的山，下面是轰轰的水。你和这个世界没有关系了。你从开天辟地就吊在那儿的。你就会问自己：我到底在哪儿？我到底是什么人？这还有别人吗？你要找肯定的答案。就是为了那个去死你也甘心的。"②这种身份不明、缺乏归属感的困扰伴随桑青的流亡生涯始终，及至到沈家大院与沈家纲晚婚的时候，她依然深切地感觉"我在沈家仍然是个外乡人"③。内战后桑青与丈夫逃到台湾，因沈家纲贪污公款躲避在台北的一个阁楼上，一家人成了必须隐匿身份的逃犯。在台湾的岁月，成了躲避"查户口"的岁月；而女儿桑娃对于身份证的关注，突出了对于认同的渴盼。在丈夫被捕后，桑青流亡到美国，申请永久居民的过程中，被移民局百般审查和刁难，在异国他乡依然无法找到稳定的身份和自我。在长期流亡的压力之下，桑青的主体分裂，凤凰涅槃幻化为桃红：桃红是在异国语境下激活的桑青的另一种自我，是桑青在无法获得认同的情况下做出的身份调整。桃红摆脱了桑青身上一切的道德观念和束缚，以肉体的漂泊和精神的狂欢对抗移民局的追捕，也拒绝美国种族主义试图对其进行身份的书写、规范和限定。桃红成为一叶浮萍，在无边的流亡中吟唱着"浪子的悲歌"。

在《桑青与桃红》中，聂华苓超越了中西文化二元对立的认同模式，更关注个人在不断流亡中的生存困境，以及这种困境中自我的迷失和分裂，独特的双线结构在形式上也隐喻了主体的身份裂变，实现了形式与内容的完美契合。

---

① [美] 聂华苓. 聂华苓专访[EB/OL]. http://www.xici.net/d5400942.htm, 2013-12-6.

② [美] 聂华苓. 桑青与桃红[M]. 沈阳：春风文艺出版社，1990：25.

③ [美] 聂华苓. 桑青与桃红[M]. 沈阳：春风文艺出版社，1990：25.

2. 《中国佬》的六层蛋糕式结构和汤亭亭的寻根书写

汤亭亭在以一部自传体小说《女勇士》一炮打响后，又出版了其姊妹篇《中国佬》。《中国佬》以写实的笔调，通过曾祖父、父亲、弟弟等人的经历，描绘了一组在美华人的群像，突出了美国华裔对美国所做出的巨大贡献。汤亭亭以个人家族的历史写出了美国华裔整个族群在美国挣扎奋斗的历程。因此，《中国佬》也成为美国华裔几代人的集体史诗。

《中国佬》在结构上颇具特色。全书共有长短不一的十八章，其中有六章（三、五、八、十一、十四、十六）是关于汤亭亭家族成员的实写，构成小说的主体；其他十二章（一、二、四、六、七、九、十、十二、十三、十五、十七、十八）非常短小，内容为一些东西方神话、传说或者史实，在目录中出现的时候以不同于主章的字体标出，功能上相当于中国传统小说中的楔子，以隐喻或提示的方式与接下来的章节相关联，制造出与主体故事的张力和对话关系。有的西方评论家对《中国佬》的叙事结构提出批评，"《中国佬》一书中那些松散的穿插故事之间缺乏明显的主题上的连贯性。神话传说元素好像是后来添加的东西"[1]，而汤亭亭本人对此却颇为得意。据她自己的说法，这本书所有穿插的传说故事全是她精心挑选，甚至放在什么位置都是经过反复斟酌之后的结果。她把《中国佬》的叙事结构比喻为一个"六层蛋糕"——六个主体故事构成蛋糕的糕体，而十二个传说故事是蛋糕之间的糖霜[2]。在笔者看来，《中国佬》的叙事结构更像米切尔森提出的橘瓣式结构：文本并置了华裔美国人的故事，这些故事正像一个个橘瓣，而嵌入文本中的传说、神话、历史等则像贯穿于橘瓣间的丝络，将六段正文故事衔接起来：

---

① Joseph S. M. Lau. "Kingston as Exorcist", in *Modern Chinese Women Writers: Critical Appraisals* [C]. Ed., Michael Duke. New York: An East Gate Book, 1989: 49.

② Paul Skenazy and Tera Martin. eds. *Conversations with Maxine Hong Kingston* [C] Jackson: University Press of Mississippi, 1998: 41.

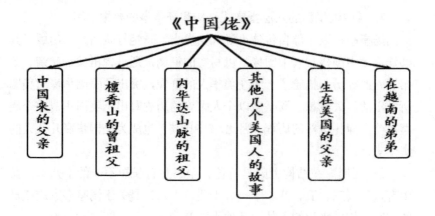

由上图可见，《中国佬》虽然是关于家族历史的讲述，但其叙事结构却完全打破了线性叙事，各个部分之间并不是以时间为序，甚至章节之间的顺序也是相对松散的。每个故事都可以从整个文本中截取出来而保持结构和情节上的完整性。因此，可以这样说，"《中国佬》就是一部建构在空间形式基础之上的历史书"①。既然这是一部关于汤亭亭家中四代男性在美国挣扎奋斗的历史书，作者为什么不用编年的方式和线性叙事来组织文本呢？笔者以为，《中国佬》虽然是关于家族历史的，但是汤亭亭显然不是以重现家族历史为目的，而是在追索华人历史的过程中，反思和构建自己的文化身份。杰夫·特威切尔在《中国佬》"序言"中的论述可谓一语中的："美国的华人故事不仅仅是讲述'发生的事'，而是继续不断地反思它对他们及其后裔——例如汤亭亭本人——所产生的影响，所蕴含的意义。"②身份认同本身带有历史和社会的影响及烙印，就像格罗塞在《认同的困境》中所说："我今天的身份很明显是来自于我昨天的经历，以及它在我身体和意识中留下的痕迹。大大小小的'我想起'都是'我'的建构成分。我的记忆由回忆构成，但不仅仅是回忆，它还包含了很多

① 董晓烨. 史实的空间讲述——《中国佬》的叙事空间研究[J]. 外语教学：2012（9）.

② [美] 杰夫·特威切尔. 中国佬·序[A]. 张子清译. 南京：译林出版社，2000：38.

因素，吸收了我们称为'集体记忆'的东西。"①作者用并置的方式描绘出站立在现在的华裔美国人后面的一组美国华人群像，成为新一代华裔美国人在美国社会中重塑自我形象、争取话语权的强大支撑。而这个群像中的每一个华人都是现在的自我中的一部分，是自我在历史中的多重影像。"中国来的父亲"总是沉默，"几个星期甚至几个月一言不发"②，从事着洗衣工的职业；在这之前的短章——"关于发现"寓言般地影射了父亲以及他们那一代人的境遇：唐敖为淘金误入女儿国，结果被缝住嘴巴，裹了小脚，扎了耳洞，还被逼洗自己的裹脚布，这个短章结尾还注明女儿国就在北美，这暗示了父亲那代人在美国社会被女性化、被消音，无法为自己言说的命运。"檀香山的曾祖父"在夏威夷的甘蔗园里从事着繁重的劳动，工作低贱，身份卑微，甚至被要求在看守甘蔗林时不能说话——这一代华人就像之前的短章（"鬼伴"）中的穷书生一样，被作品中用来喻指美国的鬼宅和贵妇人榨尽血汗。"内华达山脉的祖父"在严寒酷暑中，忍受着思乡的寂寞和煎熬，建成了太平洋铁路，但是"当洋鬼子们摆好姿势拍照时，中国佬们散去了，继续留下来很危险。对中国人的驱逐已经开始了"③。"其他几个美国人的故事""美国的父亲"以及"在越南的弟弟"几个部分则讲述了已经成为美国人的华人与中国千丝万缕的联系。在全书的第九章——"法律"一章中，作者罗列了美国一系列排华的法律条文，为华人在美的悲惨境遇提供了毫无争议的历史注脚——这不仅解释了华裔美国人身份困境的历史渊源，也使汤亭亭的个人家族叙事上升至族裔史诗的层面。《中国佬》中，将古人与今人的故事并置，也加强了现场感和真实感，强调了历史对于现在的影响和作用。通过对家族中诸位男性事迹的铭刻与礼赞，消解了流行于主流社会的华裔刻板印象，表达了对主流社会试图湮没华人在美国建设中做出的巨大贡献的不满，传达了身为华

---

① [法] 阿尔弗雷德·格罗塞. 身份认同的困境[M]. 北京：社会科学文献出版社，2010：033.
② [美] 汤亭亭. 中国佬[M]. 肖锁章译. 南京：译林出版社，2000：6.
③ [美] 汤亭亭. 中国佬[M]. 肖锁章译. 南京：译林出版社，2000：147.

裔的自豪感。汤亭亭虽然声称自己是美国作家，但并没有否认自己身上的华裔文化属性，而是以一种开放的心态挖掘先辈们的移民经历，这也成为她了解自我、建构自我身份的一部分。斯图亚特·霍尔在《多重小我》一文中曾有这样的论述："文化属性既属于过去，也属于未来。文化属性不是已经存在的东西，并非超越了空间、时间、历史、文化。文化属性来自某处，具有历史。但就像每一件历史事物一样，会不断变形。它们绝非永恒固定于某些本质化的过去，而是受制于历史、文化、权力的持续'游戏'……属性绝非只立基于'重新发现'过去——过去只是在那里等着被发现，而一旦被发现，将会使我们的自我感稳固成永恒——我们被过去的叙事以不同的方式定位，也以不同的方式将自己定位于过去的叙事，而属性就是我们赋予这些不同方式的名称。"[1]正是通过"重新发现"和书写华人的历史和历史中的华人，汤亭亭挖掘了蕴藏在自我属性和身份中的"多重小我"，以"不同的方式定位"了自己，使"自我感稳固成永恒"。

3.《芝加哥之死》的环形结构与吴汉魂的悲剧人生

本书第二章中曾讨论过《芝加哥之死》中"地下室"这一物理空间对于吴汉魂边缘身份的隐喻作用。除此之外，白先勇这个短篇在叙事结构上也别具特色：小说以吴汉魂自己撰写的简历开始，"吴汉魂，中国人，卅二岁，文学博士，一九六〇年六月一日芝加哥大学毕业——"[2]，以自沉密歇根湖前的独白结束，"一九六〇年六月二日凌晨死于芝加哥，密歇根湖"[3]。文本的开始与结束成为一个封闭的圆环，而吴汉魂也在这个圆环中为自己的悲剧人生画上了句号。

---

① Stuart Hall. "Minimal Selves", in *Identity: The Real Me*. Ed., Homi K. Bhabha. London: Institute of Contemporary Arts, 1987: 44-46.

② [美] 白先勇. 白先勇自选集[M]. 广州：花城出版社，2009：67.

③ [美] 白先勇. 白先勇自选集[M]. 广州：花城出版社，2009：76.

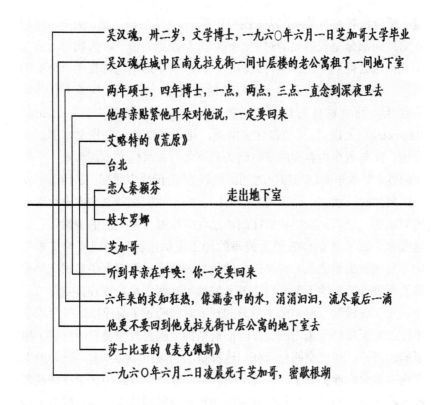

吴汉魂，卅二岁，文学博士，一九六〇年六月一日芝加哥大学毕业

吴汉魂在城中区南克拉克街一间廿层楼的老公寓租了一间地下室

两年硕士，四年博士，一点，两点，三点一直念到深夜里去

他母亲贴紧他耳朵对他说，一定要回来

艾略特的《荒原》

台北

恋人秦颖芬　　　　　　　　　走出地下室

妓女罗娜

芝加哥

听到母亲在呼唤：你一定要回来

六年来的求知狂热，像漏壶中的水，涓涓泪泪，流尽最后一滴

他更不要回到他克拉克街廿层公寓的地下室去

莎士比亚的《麦克佩斯》

一九六〇年六月二日凌晨死于芝加哥，密歇根湖

　　关于环形结构，西方学者曾在研究《荷马史诗》时用过这一概念。《荷马史诗导读》中是这样定义的："所谓'环形'，是指荷马史诗中，相同或相似的要素、看法或概念，在故事的开头和结尾处都出现了，这种重复就是一个'环'。当该单元中一系列元素先是以某种顺序出现，如 A-B-C……，然后又在结尾处以相反的顺序再现，即……C-B-A，这就是一系列的'环'。"[①]所以文学文本的环形结构是指文本中相同或相似的要素在文本中以对称的方式反复出现并形成呼应、重复、对照的关系。而《芝加哥之死》在叙事结构上呈现出明显的环形结构特征，除了开头和结尾相互呼应形成封闭的圆周之外，整个文本以吴汉魂离开地下室进入芝加哥为中介线，前后两部分在多个元素上形成重

---

① 程志敏. 荷马史诗导读[M]. 上海：华东师范大学出版社，2007：145.

复、呼应和对称的关系。从上图可以看出,《芝加哥之死》的文本结构在前后两部分呈现明显的对称:前半部分提到的情节、人物等元素在小说结尾处得到呼应、回答或对照,这正是环形结构特征中"可怕的对称"——程志野在论及环形结构时曾说过:"环形结构具有几何对称性质,而且这种对称非常完美,甚至有'可怕的对称'(fearful symmetry)之说。"① 值得注意的是,这里的结构,是指文本的叙事结构,而与故事内容和故事时间关系不大。叙事性文本都涉及一个时距问题,即故事时间与叙事时间的比较,"所谓故事时间,是指故事发生的自然时间状态,而所谓叙事时间,则是他们在叙事文本中呈现的时间状态。前者只能由我们在阅读过程中根据日常生活的逻辑将它重建起来,后者才是作者经过故事的加工提供给我们的现实的文本秩序"②。《芝加哥之死》前半部分的故事时间是吴汉魂上午参加完毕业典礼到黄昏走出地下室,后半部分的故事时间则是从黄昏直到第二天凌晨吴汉魂投湖。但是前半部分的叙事时间跨越了吴汉魂的整个求学生涯,甚至延伸至未出国前,因而前半部分因为时空叠置而打破了叙事的时间流,呈现空间化特征。这样做的结果是,文本前半部分的叙事内容被大大地扩充了:吴汉魂的求学生涯、恋爱经历、个性特征都被含蕴其中。小说后半部分叙事时间和故事时间基本一致,保留了传统的线性叙事。

《芝加哥之死》的环形结构对于主题呈现和文本深层意蕴的开掘有着怎样的作用呢?经过考察,我们会发现,环形结构里的重复、对照和呼应,正是吴汉魂在中西文化之间的徘徊、否定和再否定:在弃绝了东方文化之后,吴汉魂发现自己对西方文化也如此陌生,他的悲剧命运是双重否定之后的必然结局。

首先的一组对照是恋人秦颖芬和妓女罗娜的对比。吴汉魂怀着对西方文明的倾慕,远离了故乡台北,也放弃了情深义重的女友。然而在西方都市里,他找不到感情的归属,只有肉欲的片刻放纵。代表东

---

① 程志敏. 荷马史诗导读[M]. 上海:华东师范大学出版社,2007:153-154.

② 罗钢. 叙事学导论[M]. 昆明:云南人民出版社,1994:132.

方文化的女友已经那么遥远，代表西方文化的罗娜如此苍老和丑陋，徘徊在东西文化的双重边缘，他已经没有了选择。母亲叮咛他一定回去，但是直到母亲病逝，他也没做到；临死前母亲的召唤，正表明他内心的后悔和自责。他为求学囚居在阴暗狭小的地下室里，但是到毕业时，却再也不能忍受那里潮湿恶劣的环境，也不能容忍排挤在两个世界之外的边缘人生。六年的孜孜以求，学的是西洋文学，视自己的祖邦为畏途，因为"台北没有廿层楼的大厦"。到头来才发现，万丈红尘的美国也不是他所幻想的理想乐园。吴汉魂无论在现实生存上，还是精神形态上，都处于两难境地。"吴汉魂"，"无汉魂"，汉魂已失，新魂亦不得。小说前半部分是对东方文化的放弃和为倾慕西方文化所做的努力，而后面部分则是对前面努力的一一否定。在双重否定之后，吴汉魂无处可逃，"地球表面，找不到寸土之地可以落脚"①，最终选择了死亡——这既是他为自己书写的自传结局，也是他文化选择之痛后的自我沦丧。

本章小结

　　本章重点考察了美国华人文学话语层的语言空间、文体空间和空间形式与身份认同的关系。美国华人文学的语言空间主要涉及两种语言：英语和汉语。英语写作又出现两种情况：英语母语书写和获得语书写。对于华裔作家们而言，英语是其母语，以英语进行文学书写顺理成章，但是他们在行文中却都频繁使用汉语语言符号，凸显其族裔属性，这种混杂书写有两种效果：以赵健秀为代表，包括雷霆超等作家，通过混杂书写，消解标准英语的语言霸权，进行语言反表征，张扬华裔感性；以谭恩美、黄玉雪、汤亭亭等为代表，以包括族裔语言在内的东方文化符号，吸引西方人的眼球，进行自我东方化书写。获得语作家中的大师林语堂，运用异化和归化相结合的文化翻译策略，

---

① [美] 白先勇. 白先勇自选集[M]. 广州：花城出版社，2009：76.

以晓畅易懂的英语向西方译介和传播中华文化，纠偏西方人对中国和中国文化的刻板印象，他的文化立场始终是中国的。后来的获得语作家如哈金、闵安琪等人尽管以中国为书写题材，却都表现出向美国靠拢的趋势，因为选择英语为创作语言，也就选择了其读者和出版渠道，美国人的审美趣味和价值取向成为他们文学创作的重要考虑因素。用汉语书写的华语作家大多表现出对中华文化的深厚感情，尤其是早期的华文创作和台湾留学生作家群，新移民作家群在文化认同中表现出复杂的多重面向，这其中既有对西方文化某些方面的揭示与批判，也有对西方文化的崇拜和皈依；还有些作家悬置了"认同危机"，以不同的种族和文化为背景，表现普遍人性。美国华人文学的文体空间中，自传体写作占据了巨大的优势，这主要由两方面的合力造成：一是主流社会对华裔族群的阅读期待和猎奇心理，一是华裔作家在主流社会发声、构建华裔身份的内在诉求。而美国华人文学中的空间形式，作为一种"有意味的形式"，也往往契合了华人作家对自己文化身份的诠释和理解。

第五章　第三空间：美国华人文学的 写作策略与身份归宿

在本书的第二、三、四章中，分别从美国华人文学文本的故事层和话语层两个方面，探讨了地志空间、人际交往空间、文化空间、语言空间、文体空间、空间形式等与身份认同之间的关系。除此之外，爱德华·索亚和霍米·巴巴分别从各自的研究视域提出了"第三空间"这一概念，解构了一切二元对立思维模式，为种种对立、异质、边缘提供了容纳之所，对于美国华人文学研究极具启发意义。本章将利用这一概念探讨美国华人文学的写作策略和身份归宿。

第一节　"第三空间"与美国华人文学

5.1.1　"第三空间"概念溯源

"第三空间"这一概念可以追溯到空间理论先驱列斐伏尔那里。列斐伏尔的空间思想强调空间性、历史性和社会性的辩证联系，并提出了一个"空间实践""空间的表征"和"表征的空间"的三元空间辩证法。其中"空间实践"侧重空间的物质性，是可以被经验感知的空间；"空间的表征"侧重空间的概念化和精神性，是艺术家和诗人的乐园；而"表征的空间"既与前两类空间不同又将它们含纳其中，既与社会生活的基础层面紧密相连，又和艺术想象和谐沟通，是外围和边缘化了的空间，是能够容纳一切领域的"第三世界"，"它们存在于精神和身体的物理存在之中，存在于性别和主体性之中，存在于从地方到全球的一切个人和集体的身份之中"①。这是索亚"第三空间"的萌芽和前身。

后现代地理学家爱德华·索亚对列斐伏尔的空间理论极为推崇。他在阐释列斐伏尔思想的基础上提出了自己的"第三空间"理论：空间是由物质化的第一空间、概念性的第二空间和实践性与想象性相结合的第三空间构成。"第三空间"既解构了前两种空间认识论，又是对它们的一种重构："不仅是为了批判第一空间和第二空间思维方式，还是为了通过注入新的可能性来使它们掌握空间知识的手段恢复活力。"②第三空间认识论是一种全新的思维模式，"它把空间的物质维度和精神维度同时包括在内的同时，又超越了前两种空间，而呈现出极大的开放性，向一切新的思考模式敞开大门"③。

那么，到底什么是"第三空间"？与很多西方学术界的术语一样，这个概念也没有准确的定义，索亚自己也承认是在最广泛的意义上运用这一概念的。实际上，这个概念由于它自身的强大包容性和使用的灵活性也很难定义。索亚将它表述为"它源于对第一空间/第二空间二元论的肯定性解构和启发性重构，是我所说的他者化——第三化的又一个例子。这样的第三化不仅是为了批判第一空间和第二空间的思维方式，还是为了通过注入新的可能性来使它们掌握空间知识的手段恢复活力，这些可能性是传统的空间科学未能认识到的"④。如果说，"第一空间"关注的是空间的具体形象的物质性以及通过经验感知和把握

① 朱立元. 当代西方文艺理论（第二版）[C]. 上海：华东师范大学出版社，2005：491.

② [美] 爱德华·索亚. 第三空间——去往洛杉矶和其他真实和想象地方的旅程[M]. 陆扬等译. 上海：上海教育出版社，2005：102.

③ [美] 爱德华·索亚. 第三空间——去往洛杉矶和其他真实和想象地方的旅程[M]. 陆扬等译. 上海：上海教育出版社，2005：11.

④ [美] 爱德华·索亚. 第三空间——去往洛杉矶和其他真实和想象地方的旅程[M]. 陆扬等译. 上海：上海教育出版社，2005：105.

事物，而"第二空间"是对空间观念的感受和建构，依赖人的精神活动，体现了人类对于空间性的探索和反思，那么，第三空间就是"一种创造性的重新组合和拓展，它的基础是聚焦于'真实'物质世界的'第一空间'视野和根据空间性的'想象'表征来阐释这一现实的'第二空间'视野①。如果把"第一空间"看作"真实的地方"，"第二空间"看作"想象的地方"，第三空间就是融构了真实与想象的"他者空间"或"差异空间"。索亚的"第三空间"超越了非此即彼二元对立的思维模式：它既是精神的又是物质的，既是真实的又是想象的，具有极大的开放性、灵活性和包容性，"它是一种极为有效的邀请姿态，请你进入一个极为开放的空间，一个批评交流的场地，在那里，地理想象拓展开来，包容视野的一种多重性，那是迄今为止被认识论裁判们认为是互不兼容、不可结合的。它是这样一个空间。在那里，种族、阶级和性别问题能够同时被讨论而不会扬此抑彼；在那里，人可以同时既是马克思主义者又是后马克思主义者，既是唯物主义者又是唯心主义者，既是结构主义者又是人文主义者，既受学科约束同时又超越学科限制"②。

　　"第三空间"的另一思想来源是福柯。索亚认为，列斐伏尔和福柯平行地发现了"第三空间"，不过二人一隐一显，列斐伏尔正面地大写"他者"，提出了"空间"的差异性，福柯则是将"他者的空间"隐秘铭刻于他的著作之中，长期不为人注重。福柯以一种"第三化"来开始自己的探索，对二元论空间想象进行无情批判，把人们引向"他者"，建构出"异型地志学"。这种空间之所以是"异型"的，是因为其中充塞着权力、知识与性欲。因此，索亚呼吁要开放历史和社会学想象，从而更深切地估价人类生活的空间多元性。而这就是"第三空间"这一后现代理论与实践的根本使命所在。在危机深重和风险涌流的全球时代，"第三空间"是一种时间与空间、历史和未来的交融状

---

① [美] 爱德华·索亚. 第三空间——去往洛杉矶和其他真实和想象地方的旅程[M]. 陆扬等译. 上海：上海教育出版社，2005：5-6.

② [美] 爱德华·索亚. 第三空间——去往洛杉矶和其他真实和想象地方的旅程[M]. 陆扬等译. 上海：上海教育出版社，2005：5.

态，一种穿越真实和想象、中心与边缘的心之旅程。①

在笔者看来，"第三空间"与其说是一种具体的空间概念，倒不如说是一种思维模式，一种蕴含了种种异质和边缘的虚幻场所，它可以容纳一切貌似冲突和对立的二元观念，诸如自我和他者、主体与客体、抽象与具象、实践与想象、意识与无意识，等等。因此，我们不能像对以往的学科和知识一样对其分门别类，因为那会损害它的解构和建构锋芒，也会损害它无穷的开放性。

差不多与此同时，甚至更早一点（1993 年），霍米·巴巴从后殖民文化理论视角出发，在讨论民族和文化身份的时候也提出了"第三空间"这一概念——"这个空间既不单属于自我，也不单属于他者，而是居于两者之外的中间位置，混合两种文化的特征"②。"第三空间"是文化混杂性的另外一种表达方式，"混杂性"（hybridity）也是"第三空间"概念产生的基础和前提。混杂性既是被殖民者混迹殖民者之间颠覆殖民霸权的一种对抗策略，也是被殖民者建构文化身份的一种方式。在巴巴看来，"文化的所有形式都不断地处于混杂的过程中……混杂的重要性并不在于追溯第三种出现的文化的两种本源，而是混杂本身是能够使其他立场得以出现的'第三空间'。此一第三空间置换了建构它的历史，树立起新的权威解构、新的政治动因，而这些都是现成的智慧未能充分了解的……文化混杂性的过程引发了一种不同的东西，一种崭新的以前未被认知的东西，引发了一个意义和表征的谈判的新领域"③。巴巴反对本质主义的身份观，他认为，"今日文化的定位不再来自传统的纯正核心，而在不同文明接触的边缘处和疆界处有一种富有新意的、'居间'（in-between）的、混杂的身份正在形成；所有流散的族裔（包括身处多元文化社会中的移民），只能处于一个'文化之间'的世界，即第三空间，在矛盾的冲突和传统中创造自己的身

---

① 汪民安. 文化研究关键词[C]. 南京：江苏人民出版社，2007：48-49.

② Homi K. Bhabha. *The Location of Culture* [M]. London: Routledge, 1994: 28

③ Homi K. Bhabha and Jonathan Rutherford. "The Third Space", in *Identity: Community, Culture, Difference* [C]. Ed., Jonathan Rutherford. London: Lawrence and Wishart, 1990: 211.

份认同"①。巴巴的"第三空间"是一种颠覆文化霸权和构建民族身份的策略，它在思维模式上是对二元对立的反动和超越，常常与"杂糅""居间""含混"等词汇联系在一起，体现了一种非此非彼、亦此亦彼的思维方式和存在形态。

5.1.2　美国华人文学与"第三空间"

爱德华·索亚和霍米·巴巴在提出"第三空间"时，分别是从后现代地理学研究和后殖民文化身份建构的角度出发，其学术背景虽然相去迥异，但是两人的"第三空间"却在某些方面可以互相沟通。首先，两人的"第三空间"都试图打破二元对立的思维模式，主张接纳种种对立和边缘，具有极大的开放性和包容性；其次，二者实际上都是一种既解构又建构的过程，既与第一空间和第二空间相联系，又与二者相区别。因此，在笔者看来，"第三空间"就是对一切"既是……也是""既不是……也不是"的包容和概括。"第三空间"概念的提出为美国华人文学提供了一种极为恰切的思维模式和理论话语。

首先，美国华人文学作为一种特殊的文学形态，本身就具有"第三空间"色彩。

美国华人文学，其创作主体为具有华人血统的美国人，往往创作于美国本土语境之内，却又与中国社会和文化有着千丝万缕的联系。这使这个文学领域既与美国文学难分难舍，又与中国文学有着内在的亲缘关系；既游离于美国文学中心之外，又远离了中国文学主流。无论将美国文学和中国文学哪一个定义为"第一空间"或"第二空间"，美国华人文学都必然落于"居间的""第三空间"之内。

美国华人文学肇始于 19 世纪末，很长时间以来，并未形成气候。尽管近二三十年，美国华人文学风生水起，无论英语分支的华裔美国文学还是华语分支的美国华文文学，都得到突飞猛进的发展，涌现出一大批优秀的作家和作品，但是不可否认，美国华人文学无论是在中国本土文学还是美国文学那里，都处于边缘位置。

---

① Homi K. Bhabha. *The Location of Culture* [M]. London: Routledge, 1994: 90.

先看美国文学界。由于语言的隔阂，美国华人文学的华语分支很少得到美国评论界的关注，作品也主要在美国的华人圈子或中国大陆及中国台湾等华语地区流通。华裔美国英语文学表面一片繁荣，出现多部选集，如《哎咿！亚裔美国作家文选》（1974，赵健秀等编）、《亚裔美国作家》（1976，许芥昱等人主编）、《亚裔美国传统：散文与诗歌选集》（1974，王燊甫主编）、《黄色的亮光：繁荣的亚裔美国艺术》（1999，林英敏主编）等；也有多部关于亚裔美国文学的评论专著问世，如韩裔学者金惠经的《亚裔美国文学作品及社会背景介绍》（1982）、张敬珏和斯坦·由根合著的《亚裔美国文学：注释书目》（1988）、林玉玲和林英敏合编的《华裔美国文学导读》（1992）、黄秀玲的《亚裔美国文学导读：从必要到奢侈》（1993）等。但是我们发现，华裔美国文学不过是亚裔美国文学的一个分支——这种状况，说好听一点是"共生共荣"，说难听一点，其实就是没有独立地位。就连亚裔美国文学本身，也处于美国文学界的边缘。由上面各选集和评论专著的编者可以看出，对亚裔美国文学感兴趣的学者和评论家，也基本上都是亚裔——颇有一种亚裔文学自产自销、自说自话的味道。虽然汤亭亭、哈金拿了一些美国文学界的大奖，汤亭亭和谭恩美的作品甚至被选入《美国诺顿文选》（第七版），但是美国评论界对其族裔性的关注远远大于对其文学性的关注。白人学者从华裔作家作品里读到的，更多的是其文本的中国味道。所以，总体而言，美国华人文学在美国文学主流里并没有掀起太大的浪花，就像熊学惠在考察华裔美国文学的发展之后所总结的："与美国的其他外来文学相比较，华裔美国文学在美国的影响并不是太大。事实上，人们关注较多的是非裔和西裔在美国的活动，却很少会提及日裔和华裔。这对于已经有着近百年发展历史的华裔美国文学来说，显然算不上是非常成功的。"[①]由于创作主体的少数族裔属性，美国华人文学一直徘徊在美国主流文学的边缘，但就其创作主体的美国人身份而言，却又必然属于美国文学的一部分。

在中国文学那里，美国华人文学也遭遇到身份不明的尴尬。由于

---

① 熊学惠. 现当代华裔美国文学的发展和研究[J]. 短篇小说，2012（11）.

美国华人文学中存在华语创作的分支，又因为创作主体的华人族裔属性，国内学界主张将包括美国华人文学在内的海外华人文学纳入中国文学的研究视野。这遭到一些学者的反对。比如武汉大学的陈国恩教授就提出这样的质疑："这些华裔作家已经加入了外国的国籍，他们是华人，但已经是外国公民，我们有理由把他们的创作纳入中国现当代文学吗？"[①] 这样的质疑不无道理，因为国籍上的分野很自然会把这些作家划归美国。但是还有一些学者和作家认为，美国华人文学是中国文学跨越国界的延伸。陈若曦、张错、於梨华等人都认为自己是中国作家，认为自己属于"中国文学"大家庭。他们的认定主要是因为自己的国族认同和汉语的书写媒介。两种看法谁是谁非，我们暂时抛开不谈，但是美国华人文学在中国文学界的边缘处境是显而易见的。美国华人作家严歌苓也清晰地看到了这一点。她在马来西亚文艺营开幕式上曾戏称自己是"中国文学的游牧民族"。对她来说，"我们在中国本土的文坛上，也只有一个近乎虚设的位置。因为我们的生活经验对于中国读者是遥远的，是不切题的。他们对我们的语言感到别具风情，但这语言所砌筑的故事仅使他们好奇，整体上是只能类属中国文学的一个少数民族，并不能进入主流"[②]。

但是，美国华人文学与中国文学的亲缘关系却是显而易见的：创作主体在族裔属性上是中国人，相当一部分作家用汉语进行创作，其中有些作家经常往来于美国和中国，参加种种文学集会；他们笔下的文学世界也与中国社会和中国文化有着千丝万缕的联系。

所以，由于创作主体国别属性和族裔属性的分裂以及创作语言（英语、汉语）的归属差异，使得美国华人文学处于中国文学和美国文学的双重边缘，但又在某个层次上隶属于这两个文学领域，是典型的"第三空间"文学。

其次，从内容上来说，美国华人文学是一种"双重经验的跨域书写"（刘登翰语）。这种跨域存在于多个层面——不仅仅是地理空间上

---

① 陈国恩. 海外华文文学不能进入中国现当代文学[J]. 中国现代文学研究丛刊，2010（1）.

② [美] 严歌苓. 中国文学的游牧民族[A]. 波西米亚楼[C]. 西安：陕西师范大学出版社，2009：81.

从中国跨越到美国，在国别上从中国籍改变为美国籍，文化上由单一的中国文化传统/美国文化传统演变为中西方两种文化的碰撞、交流和融合，这使美国华人文学天然地就具有了一种"桥梁"和"中介"性质——对中国本土文学来说，它带来了中国人在全球化过程中与世界接触的真实画面和人生情境，既有熟悉的中国气息，又带有独特的异域风情；对于美国社会而言，也从美国华人文学中加深了对中国文化的了解，在文化研究的热潮中，"中国经验"甚至成为西方学者的重要研究对象和理论话语。美国华人文学虽然成为中国和美国两个地域、中华文化和美国文化两种文化的沟通和桥梁，但又展示出与两者不同的面貌和特质。他们笔下的"中国经验"因为与中国的距离而与本土呈现不一样的视野和角度，既有对中国的反思和批判，又有离乡去国的文化乡愁。对美国生活的切身体验和文化体认又与立足中国的观察和美国本土的描述和表达殊异，因此"国内的人生经验和海外的人生经验在移民作家那里，形成了一个既互相冲突又互相包容，既互相对视又互相解读的矛盾统一体。由此也构成他们观察、思考和创作的一种'复眼'式的双重视域"①。这种独特的双重视域使得美国华人文学对于中国社会和中国文化、美国社会和美国文化都同时处于既解构又建构的过程中，也使得他们笔下的文学空间成为殊异于中国和美国的"第三空间"。

再次，美国华人文学诞生于全球化过程中的华人流散现象和族裔散居现象，是全球"流散文学"的一个分支，这使美国华人文学无论在文化生态上还是在文化身份上，都呈现边缘化和混杂性的"第三空间"状态。

"流散"（diaspora）一词最早用来指犹太人的大规模离家出走和"流离失所"状态，带有一定贬义。在如今的全球化背景下，已经变为一个中性词，指代在全球范围内跨民族、跨国界的移民现象，它的内涵也更加丰富和多元。"流散"首先意味着去中心和边缘化，是对一种固有状态的抛弃，"而越是流散，越是陷于属性上的分裂、破碎和不确

---

① 刘登翰. 双重经验的跨域书写：20 世纪美华文学史纲[C]. 上海：上海三联书店，2007：11.

定，对于一致和统一的追求和追问便越是强烈"①。因此，流散不仅仅意味着物理空间的迁徙，它作为一种特殊的生存方式和人生境遇，也必然带来文化身份的重新认识和调整。

美国华人文学作为一种流散文学，在从中国流散到美国的过程中，或者在美国族裔散居的体验中，游离于原在文化之外而在异质文化土壤之中寻求生存空间和精神归属，成为美国的少数族裔，在实际上处于美国的边缘地带，开辟了一片既异于西方文化又与中国文化隔膜的"第三文化空间"。关于这个说法，华裔澳洲学者庄伟杰曾做过下面的阐释：

> 一方面，个人虽然希望摆脱固有的文化束缚，投入到一个以西人为主的社会之中，但由于语言、肤色、习俗等因素，使自己不得不依赖自身文化作为自我形象的扎根，于是，个人那种无所适从的感觉，常常使人无法适应新的环境，可能你的外语水平不错，但也枉然……在这种有意或无意的行为与语言上的挣扎，使更多的人在双重文化的夹缝中寻求精神上的归宿并派生出另类文化空间，我们姑且称之为——"第三文化"。既不愿丢弃自身的文化意识或中国形象，又必须想方设法去适应居住国主流文化的现实，这便是"第三文化"产生的主要根源。更确切地说，如果自身的文化浸润并用母语书写的原在性是"第一文化"，而移植于异质土壤、受西方文化气候熏染的潜化性是"第二文化"，那么，在两种文化碰撞交融之中派生营造的文化景观，即为"第三文化"②。

由上面的阐述可以看出，"第三文化空间"即"第三空间文化"，它是中西两种文化调整和磨合之后的结果。东方文化为适应异国生存做出种种异化和改变，西方文化也吸收了东方文化的一些异质因子，成为中西杂交的混血儿文化。他们的文学创作也打上相应的文化烙印：

① 钱超英. 流散文学与身份研究[J]. 中国比较文学，2006（2）.

② [澳] 庄伟杰. 边缘族群与第三文化空间[J]. 华文文学，2003（5）.

既与原乡文化有着种种复杂的纠葛关系，又深受西方文化的浸染。美国华人作家严歌苓对此有着切肤的体会，她称流散作家为"游牧民族"，"所谓'游牧'无非是指我们从地理到心理的社会位置：既游离于母语主流，又处于别族文化的边缘。游牧部落自古至今是从不被别族文化彻底认同，因此也从不被异种文化彻底同化。但它又不可能不被寄居地的文化所感染，从而出现自己的更新和演变，以求得最适当的生存形式"[①]。

在美的华人移民和华裔，生活于中美两个世界和两种文化之间的边缘地带，徘徊于"既是中国，又不是中国；既是美国，又不是美国"的非此非彼又亦此亦彼的"第三空间"。美国华人文学无论从学科归属、书写内容和文化内涵上都呈现出"第三空间"色彩，成为"第三空间"理论的完美诠释。

第二节 美国华人文学的"第三空间"书写

上节中，我们对"第三空间"有了一个大致的了解。我们也知道，美国华人文学这一文学形态本身就带有强烈的"第三空间"色彩：从其学科归属上看处于双重边缘的位置，书写内容上是"双重经验的跨域书写"，而文化生态上，也是混杂了中国文化和西方文化的"第三空间文化"。这一节，我们将潜入文本，从书写策略和书写特质上讨论美国华人文学的"第三空间"特征。

5.2.1 中英文创作语言的杂糅化

在本书第四章中提到，美国华人文学的创作语言有两种：英语和汉语（或称华语）。无论华人作家选择哪种语言作为自己的创作语言，在现实的生存环境中实际都面临来自中英文两种语言的影响和压力。

---

① [美] 严歌苓. 中国文学的游牧民族[A]. 波西米亚楼[C]. 西安：陕西师范大学出版社，2009：80.

对于华文作家而言，汉语母语是其灵魂语言和精神原乡，因此自然选择汉语进行文学创作。但是在以英语为通用语言的美国，无论是工作还是日常生活，英语都是其必备的生存技能，在长期的英语语言环境的浸泡和熏染下，用中文进行创作时，难免受到英语思维的干扰和影响。著名美国华人作家、评论家李欧梵就承认在写作中经常受到中英文的互涉互扰，"当我用英文写学术文章的时候，脑后仍潜伏了中文的影子，但用中文写作的时候，却往往英语先行，甚至须先在脑中译成中文后把'洋味'去掉，才能复归中文本位"[①]。这种语言状态并不是个别现象，而是美国华人作家进行文学创作时的常态，就像李欧梵所说的："在当代的华文世界，中文的多元化已经是一股不可阻挡的潮流。即便是书写的中文本身也逐渐'杂种化'，因为它受到英文和当地国家的语言的挑战和渗透。"[②]

对于用英语创作的华裔作家而言，虽然他们的母语是英语，汉语能力普遍很差甚至已经完全丧失，但是在其家庭范围内，父母等第一代华人移民经常用汉语交流，给予了他们接触汉语的机会，这种语言背景也会在他们的英文创作中有意无意显露。英语获得语作家的母语本来就是汉语，汉语读者甚至可以从他们的英文作品里追溯到其用汉语构思的过程。哈金本人就承认，在写作的时候常常不得不先用中文进行思考，然后再用英文翻译改写。

美国华人作家独特的双语影响必然反作用于其文本语言实践，无论其创作语言是英语还是汉语，都无法维持创作语言的纯粹性，中英文的语言边界松动，两种语言在文本中相互渗透，呈现中英文混用的"杂交性"色彩，是"不同语言和文化相互交流、碰撞，最后形成的具有多种语言文化特点但又独具特色的混合体"[③]。这正是我们前文提及的"第三空间"思维模式的展现。"第三空间"消融二元对立，

① 李欧梵. 全球化语境中的当代写作[EB/OL]. http://wxy.hqu.edu.cn/WLS/newsdetail.asp?id=108, 2014-3-12.

② 李欧梵. 全球化语境中的当代写作[EB/OL]. http://wxy.hqu.edu.cn/WLS/newsdetail.asp?id=108, 2014-3-12.

③ 韩子满. 文学翻译与杂合[J]. 中国翻译，2002（2）.

是一片杂交和混融的"居间"地带，用巴巴的话来说，就是"既不单属于自我，也不单属于他者，而是居于两者之外的中间位置，混合两种文化的特征"[①]。

在美国华人文学的中文写作中，行文中经常夹杂英语表达和单词。这种语言的杂糅化已成为华语文本中一种司空见惯的现象。

苏炜的短篇小说《荷里活第 8 号汽车旅馆》中有这样一段话，凸显了美国华人生活中中英文夹杂的特点：

> 不瞒你说吧，在美国"失踪"的这一年多，我干什么去了？——我当 Motel 的 manager 去了。我告诉你，是 Motel——汽车的旅馆，不是 Hotel 正规的旅馆、酒店。我就在荷里活红灯区的 Motel 当 manager。你说是"经理"也好，"经纪人"也好，其实只是个穷当班。反正 L.A. 所有红灯区里的 motel 都是做妓女生意的。[②]

在於梨华、白先勇、查建英、严歌苓、曹桂林、王周生、陈谦等很多作家的作品里都不乏这样的例子。在白先勇《谪仙怨》这样一个短篇小说中，就出现了包括 Westchester（韦斯切斯特——纽约地名）、young lady（年轻女人）、Times Square（时代广场）、St. Mark's Plaza（圣马可广场）、rendezvous（约会的老地方）、Rescue me（救救我）、Paul Mall（保罗商场）等将近十个英语词汇和短语。王周生的《陪读夫人》中有 enjoy、a strap、not a rope、help yourself、live-in、I can eat a horse、bless you、closet、plumpy、me too、alienation、babysitter、mob、Sounds good、family plan 等三十多个英语单词。在新移民作家陈谦的笔下，英文表达更是比比皆是，充斥于中文文本的始终，粗粗算来，将近百处，试摘举下面几个例子：

> You don't know what you are doing. I mean it.（你不知道你在做什

---

① Homi K. Bhabha. *The Location of Culture* [M]. London: Routledge, 1994: 28

② [美] 苏炜. 荷里活第 8 号汽车旅馆[A]. 远行人[M]. 北京：北京十月文艺出版社，1988: 77.

么！我是认真地跟你说）苏菊听到这又被重复了一遍的英文，下意识地挺了挺身子……①

利飞总是说，等到结婚的时候，要给苏菊弄座 dream house（梦想的房子）。现在想到这些往事，苏菊心里突然空空的，有些发慌。（P.9）

一双黑色的 Bally 皮鞋……因为想到现在是夏天，随手喷了些 Anais Anais 香水。（P.21）

苏菊做了一个莫可奈何的表情，苏菊淡淡地苦笑了一下，还了个 That's okay 的嘴形。（P.24）

只要你开心，我会 do whatever it takes（尽一切努力），成全你的。苏菊，跟我说真话，你要我怎样呢？（P.43）

虽说约定俗成的规矩是每个周五是公司的 Dress down day。（P.70）

有一次，收音机里正好放到 Bette Midler 拉着嗓子唱的 You Are the Wind Beneath My Wings（你是我翅膀下的风）。（P.255）

这真是 A BIG SURPRISE! 王夏说话是绝少夹英语，这时却说了一句。而这句英语，实在是中性的。（P.266）

我很喜欢这句话：I CAME, I SUFFERED, I SURVIVED（我来，我遭难，我存活）。说完，苏菊很努力地想笑一笑，却没有笑出来。（P.304）

这种中英文混杂的语言现象并不是华语作家为赶时髦刻意为之，而是华人在美国生活情境的真实反映。夹杂的英文表达分为两种情形：一种是表示人名、地名、品牌名的专有名词，比如上面提到的 Bally 是皮鞋品牌，Pall Mall 是一个美国商场的名字，Bette Midler 是个美国女艺人——这些是美国社会生活里独特的元素，在汉语里没有对应的表达，即便有，也是从英语直接音译过来，这时候用英语表达方便快捷。还有一类就是传达小说中真实的生活情境。汉语和英语属于两种不同的语言体系，两种语言在某些方面具有不可通约性，它们各自附

---

① [美] 陈谦. 爱在无爱的硅谷[M]. 上海：上海文艺出版社，2004：8.（此部分引用均出自此书，下面只在段末注明页数，不再一一作注。）

着于自己的文化，一些英文原词没有相应的汉语表达。而华人移民长期生活在英语环境中，已经习惯了英语表述，在用汉语写作的时候，需要进行文化转换，但是有些说法很难翻译成汉语，比如上文提到的Dress down day，是指周五上班可以穿便装的日子，在汉语里找不到相应的表述，解释起来相当麻烦，直接用英语既凸显了现场感和真实感，也省去了英译汉的费时费力。这些英文语素的使用鲜活而生动地传达出华人作家的美国生活经验，使得文学文本在语言层面呈现出与中国文学不一样的异域风情。

除了直接嵌入英文单词的杂化书写，在华语创作中还存在直译英语表达的现象。於梨华的小说《考验》中有这样一句话："他暗暗佩服美国人'闲扯'的本领。"① "闲扯"在汉语并不是一个专门的术语，没有特别的意义，大部分情况用作动词。在这里用作名词，还加了引号，是因为这是英语"small talk"的汉语直译。而在英语里，small talk是一个常见的社交术语和交流技巧，特指人见面时一些话题不太严肃的谈话。这样的直译英语表达在《又见棕榈，又见棕榈》中出现多处，例如小说82页提到牟天磊的语言转换，"他差一点说了一句在美国随口应允的话'都可以，我由你摆布'"，54页提到"大人的意义，套句美国话，是站在自己的两条腿上"，140页提到"每篇文章都给作者一个可以思想的粮食"。我们从汉语可以直接追溯到这几句话最初的英语思维：I am at your disposal；stand on your own feet；food for thought。

这样的英语直译嵌入中文文本的现象在严歌苓的作品里也不时出现。严歌苓是汉语语言大师，她的文字成熟、洗练，有时甚至不乏幽默，但是在某些文本中，我们会闻到翻译的气息。下面是她的短篇《学校中的故事》中"我"和一个美国同学黛米的对话：

黛米说："当然啦，你是帕切克的楷模学生！"（"Of course! You are Paycheck's model student!"——笔者注）

"那你想和他一块出去吗？我是说：约会？"（"Do you want to go

---

① [美] 於梨华. 考验[M]. 北京：人民文学出版社，1982：153.

out with him? I mean, on a date?"——笔者注）

"为什么不？！"（"Why not?!"——笔者注）

她傻了。看我一阵，她说："耶稣基督！"①（"Jesus Christ!"——笔者注）

这段对话虽然在形式上保持了汉语的纯洁性，但是带有明显的翻译腔调，我们很容易把它回译成最初的英语样态。尤其最后一句"耶稣基督"——在英语里，这其实是一句感叹语，相当于"我的天哪！"，用于表达惊奇、愤怒、恐惧等情绪。但是在这里，作者故意不加文化转译，原汁原味地保留了最初语言的风貌，起到了一种陌生化效果，给中文文本添加了一抹异国风情。

实际上，这也是严歌苓刻意的一种语言追求。在采访中，她曾经提到过，"我发现中英文写作是可以互补的。在中文写作的时候，我有时候就下意识地直译了英文的一些表达方法"②。在严歌苓看来，在非母语环境中用母语表达感情，本身就是一个挑战，这种挑战迫使她考虑用最确切的语言表达她对文化的理解，并且使别人能够了解到这种文化的差异。因此，她不仅充分发挥汉语的优势和魅力，还尝试融入西方语言的一些特点，"我在西方的学习经历，也能够自觉地把西方文学中的优点融入我的文字里面，比如它们所具有的动感、比较实的感觉，就像普鲁斯特的那种风格，我试图通过这种借鉴和融合创造出一种新的汉语体系。两种语言给我很多灵感，使我有更多的敏感"③。因此，英语与汉语的交汇和融合，其实也是华人作家丰富和发展汉语母语的一种努力。这种努力使得移民作家的华语成为殊异于中国和其他汉语主流地区的汉语的一种独特汉语形态，是在汉语母语之根上抽枝发芽、成长异化后的一种新的语言变体。聂华苓对于汉语在异域所发生的这种变异也深有感触，"我觉得到了美国以后有一种漂泊、流浪

---

① [美] 严歌苓. 海那边[M]. 南京：江苏文艺出版社，2013：235-236.

② [美] 严歌苓. 双语写作：刺激并快乐着[A] 文学报，2007-11-08.

③ 李亚萍. 与严歌苓对谈[EB/OL]. http://book.kanunu.org/files/chinese/201103/2010/46397. html, 2014-3-13.

的感觉。你什么都抓不住，就只有语言稍稍能够抓得住，就好像能够抓住你的根，而这根不断地长出枝干、叶子、花朵，你又不容易抓住。所以，在海外，我们制造了自己的语言，不是台湾的，也不是大陆的，不过我们写的别人也看得懂"①。这种从母语之根生长出来又在英语语言环境影响之下发生异变的语言是"海外华文作家语言生命历程中最重要的内容，也是他们回报母语滋养的一种生命形式"②。

在华文文学跨域书写中，英语已经以或显或隐的方式侵入了文学文本。华语作家在英语包围的语言环境中，无论从语言还是思维方式，都无法摒除英语的干扰而保持中文书写的纯粹性。这种中英文杂糅的文学书写正是一种"第三空间"的语言呈现。赵毅衡先生指出："海外作者群面对的是两种文化——一是迫使他们性格就范的原有文化，二是迫使他们每日设法适应的异国文化。他们受到的是双重文化的压力。"③在双重文化压力之下，华人移民需要做出妥协和演变，以找出最适合的生存形式。语言是文化的一种重要载体，华语创作的这种"第三空间"现象正是华文创作在两种文化共同作用之下生存方式调整的一种表达方式。就像严歌苓所说的，"这里生存形式决定我们在文学中的表达风格，决定我们的语言——带有异国风情的中国语言"④。

在华人作家的英语书写中，这种现象却反其道而行之——在英语文本中夹杂中文人名、词汇的汉语拼音或中国谚语的英语直译。在本书第四章中，曾经就赵健秀和谭恩美的作品展开个案分析，总结了其中的语言杂合现象：赵健秀的英语文本中夹杂了大量广东方言、唐人街英语和洋泾浜英语，尝试颠覆标准英语的霸权，开创了具有"华裔感性"的语言形式；而谭恩美以流畅标准的英语为主要叙事语言，同时使用了具有中华文化特色的汉语词汇和洋泾浜英语，凸显了文本的

---

① 廖玉蕙. 逃与困：聂华苓女士访谈录[EB/OL]. http://www.docin.com/p-16979481.html, 2014-3-13.

② 黄万华. 回报母语滋养的生命方式——华人新生代和新移民作家创作的语言追求[J]. 中山大学学报（社会科学版），2008（1）.

③ 赵毅衡. 流外丧志——关于海外大陆小说的几点思考[J]. 当代作家评论，1997（1）.

④ [美] 严歌苓. 中国文学的游牧民族[A]. 波西米亚楼[C]. 西安：陕西师范大学出版社，80.

族裔特色和异国情调。这种掺杂汉语和汉语方言的"不标准英语"，反倒成为华裔作家经常使用的"标准英语"。不仅赵健秀和谭恩美如此，雷霆超、黄玉雪、汤亭亭甚至新生代作家任璧莲都不同程度地采用了这种英语书写形式。

雷霆超（Louis Chu，又称朱路易）在《吃碗茶》（*Eat a Bowl of Tea*）中，对英语进行了汉式改造和创新，将唐人街单身汉社会中使用的广东四邑方言、口头语和谚语进行直译后嵌入英语文本，使《吃碗茶》的英语文本充满汉语唐人街味道和汉语文化特色。我们在第四章曾经提到，文化翻译有两种方法：以目标语言为中心的归化法和以源语言为中心的异化法。雷霆超在《吃碗茶》中在文化翻译策略上大量使用异化法。例如，作者对故事中的人物名字按照汉语习惯直接音译：李刚为 Lee Gong，阿松为 Ah Song，孔夫子并没有按照惯例译成 Confucius，而是用汉语拼音直接拼出——Kung-fu-tze。有些颇具中国文化特色的称谓和客套语也原汁原味保留了下来，例如中国古代称呼妇女常用"某氏"，《吃碗茶》中就有"Law Shee"（罗氏）、"Jung Shee"（姜氏）等；汉语中常见的客套语"您贵姓"被直译成 What is your esteemed family name；汉语书信中常用"某某见信如晤"或"见信如面"这样的表达，《吃碗茶》中的王华基给妻子写信就是这样开头，"Dear beloved husband—as if I'm talking to you face to face"①。有些常见的中国谚语也直译下来进入文本，比如"男女授受不亲"翻译成 Male and female are not to mix socially；"家丑不可外扬"，Family shame is not for the outsider；"一回生，二回熟"，The first time raw, the second time well done，等等。曾与赵健秀一起编撰《哎咿！》的华裔评论家陈耀光在《吃碗茶》1979 年的再版序言中对雷霆超的语言大加赞赏。他认为："就语言而论，（此书的）称谓、应答的方式和规矩是地地道道的唐人街特色。雷霆超从四邑方言里直译了一些成语，这些表达会让华裔读者感到亲切和愉快。他耳聪目明，尽量避免陈词滥调和这部作品之前传教士传记中充斥的（关于华人的）肤浅表述和古老陈旧的表

---

① Louis Chu. *Eat a Bowl of Tea* [M]. Seattle: University of Washington Press, 1979: 23.

达方式……"①

雷霆超的英语文本故意将标准英语"杂种化",用充满唐人街特色的另类英语变体解构了标准英语的语言霸权,这与霍米·巴巴建立在"杂糅性"基础上的"第三空间"理论可谓不谋而合。"杂糅性"是指"不同种族、种群、意识形态、文化和语言相互混合的过程"②。在这个过程中,殖民者的权威话语被殖民者改造和同化,使殖民话语带上杂种化的痕迹。所以"杂糅性"是"一个殖民地话语的一种问题化——它逆转了殖民者的否认,于是'被否认的'知识进入了主宰性话语并疏离了其权威的基础"③。雷霆超的《吃碗茶》中,故意用广东方言制造出新的英语变体,形成一个英汉混杂的"第三空间"语言形式,从语言形式和书写内容上挑战主流叙事,"完全抛弃主流话语'唐人街文学'的叙述传统,以独立的华人意识书写华人自己的情感与生活的真实"④。

大部分华裔作家都有居住唐人街的经历和家庭内部的汉语环境,因而这种中英混杂的叙事语言出现在很多华裔作家的笔下。黄玉雪、汤亭亭以及任璧莲的文本中都出现很多中国文化符号和中国谚语。比如,《华女阿五》的中国谚语直译,The Heavens do not hear and the Earth does not answer (叫天天不应,叫地地不灵) 和一些中国式称谓,Oldest one (老大)、Oldest sister (大姐)、Third Uncle (三叔) 等。任璧莲《典型的美国人》中有多处被标成斜体字的汉语拼音,*ting bu jian* (听不见)、*ting de jian* (听得见)、*fan tong* (饭桶)、*bai xiao* (百晓)、*Yi dai qing qing qi dai huai* (一代清清,七代坏)、*jiao ren* (叫人) 等。

美国华裔作家英语文本中夹杂汉语和中华文化符号的混杂书写,在标准英语边缘构建了一个"第三空间":在认同主流社会之外又凸显了自己的族裔特色。这种语言既与标准英语协商合作,又有意无意

---

① Jeffrey Chan. "Introduction to the 1979 Edition", in *Eat a Bow of Tea*. New York: Carol Publishing Group, 1990: 1.

② 韩子满. 文学翻译与杂合[J]. 中国翻译,2002 (2).

③ Homi K. Bhabha. *The Location of Culture* [M]. London: Routledge, 1994: 114.

④ 卫景宜. 早期美国华裔文学写作与"华人形象"的互文关系[J]. 东方丛刊,2002 (2).

表示出疏离和自我"第三化"（或他者化）。正像李欧梵指出的："不论表面上如何英化或美化，这些作家的'文本'深处还是充满了两种或多种文化的'根'，哪怕这些根是以漂泊离散，以一种 diasporic（离散——笔者注）心态表述出来的，它毕竟使得这些文本有别于纯粹的西方文本。"①美国华裔作家的混杂书写表现出对美国社会欲迎还拒的态度，这与作者潜意识里的中华根性不无关系。

5.2.2　东西方文化的改写和移植

在美国华裔作家的文学书写中，经常出现中国传统文化中的神话传说、文学经典和民间故事，比如《水浒传》《三国演义》、花木兰故事，等等。但是这些故事传说在华裔作家的笔下却又与我们熟知的版本面目全非：他们只是保留了故事中的人物名字和基本的叙事框架，而根据自己想要表达的感情赋予这些故事传说全然不同的精神内涵和细节血肉。中国文化元素只是提供给华裔作家材料，而作家将这些材料打散、揉碎，然后再根据自己的意愿进行捏合和拼贴。汤亭亭就坦白承认："在我所有的书中，我把古老的［中华］神话拿来把玩，让人看到神话是如何变化的。"②虽然赵健秀对汤亭亭等作家这种对待中国文化的随意态度非常反感，甚至大加鞭挞，但他本人对于中华文化资源的利用亦有颇多"失真"之处（尽管他自己坚决否认）。

华裔作家对于中华文化资源的有意或无意的扭曲、改写自有其原因。首先，这与华裔作家获得中国传说或故事的途径有很大关系。汤亭亭的很多中国故事都来自小时候听母亲所讲的故事。而在华裔小孩成长过程中同时受到中美两种文化资源的影响，不知不觉就将东西方的故事搞混了。汤亭亭在访谈中曾提到这个问题："我把东西方故事混淆了，因为我感到这种混淆现象常发生小孩头脑里，发生在美籍华裔小孩的头脑里。我父母常给我讲这类故事。我入睡时，这类故事就混

---

① 李欧梵. 全球化语境中的当代写作[EB/OL]. http://wxy.hqu.edu.cn/WLS/newsdetail.asp?id=108, 2014-3-13.

② Paul Skenazy and Tera Martin. eds. *Conversation with Maxine Hong Kingston* [C]. Jackson: University Press of Mississippi, 1998: 131.

渚了。"①华裔作家生活在美国社会中，他们对中华文化的了解主要来源于父母口述或者美国流行文化（香港电影、好莱坞电影等）。这两种其实都是"不可靠叙述"，如果不经过特别的努力和查证，很难消除错误印象的影响。另外，大部分华裔作家不懂汉语，他们没有能力也没有机会接触中国文化资源的原文。比如，赵健秀对水浒英雄、三国故事等的了解就都是通过英文译本。我们暂且不讨论译者水平对这些中国小说英文版的影响，即便这些英文版本大体传达了原作的意思，这些小说或文化典籍的真正理解也不能脱离其产生的中国历史语境。而且，我们不得不承认，不同语言之间在某个层面上是不可通约和不可译的，勉强译成另外一种语言时，附着于源语言的文化意蕴会大量流失。因此，缺少中国文化语境和汉语能力也是华裔作家曲解中国文化的重要原因。

除了上述客观原因之外，还有作家的主观原因：对于汤亭亭等作家而言，中国文化故事和典籍不过是他们可以用来进行文学书写的一种独特来源，她们对这些中华文化缺乏中国本土环境中常见的那种敬仰和尊重。就像卫景宜所说的，"华裔文化身份的边缘性使她对祖先的文化遗产缺乏我们通常拥有的那种神圣感"②。

由于上述种种原因，华裔作家对于中国传统文化的理解有了很大的偏离，他们在中国文化资源的利用上具有强烈的主观性，奉行的是"拿来主义"政策：按照其自身身份政治诉求，对中国文化元素进行选择之后再加以改造利用。所以他们笔下呈现的文化面貌既不是中国传统文化，也不是美国文化，而是中国文化元素与西方价值观和西方文化杂交后的"第三空间"文化——"华裔美国文化"。

汤亭亭对中国文化资源的篡改，集中体现在她的两本代表作《女勇士》和《中国佬》中。

在《中国佬》中，汤亭亭对多个东西方传说进行了改写和解构，包括《镜花缘》《杜子春》，还有西方经典《鲁滨孙漂流记》。在"关于

---

① 张子清. 东西方神话的移植与变形——美国当代著名华裔小说家汤亭亭谈创作[A]. 汤亭亭著. 女勇士[M]. 李剑波，陆承毅译. 桂林：漓江出版社，1998：194.

② 卫景宜. 改写中国故事：文化想象的空间[J]. 国外文学，2003（2）.

发现"一节中，汤亭亭将《镜花缘》的故事进行了改编，剔除了原书中唐敖游历各国的奇人异事以及唐敖的女儿出海寻父等大部分情节，只摘取了唐敖在女儿国的经历并且加以改造，让唐敖去美洲寻找金山而误入女儿国，被穿耳裹脚改造成侍女。汤亭亭以此来影射华裔美国男性在美国被女性化的历史遭遇。在"论死亡"一节中，借用了《太平广记》中的传奇故事《杜子春》，但是删去了杜子春得到资助后的挥霍无度、道士的仙境描述、地狱折磨等许多对汤亭亭来说无用的细节，却杜撰了杜子春转世投胎、出生和成长的过程。在讲述这个故事时，作者滤去了原来故事中的佛教教化意识和道家修炼精神，将它改造成一个具有殉道精神的西方神话，以此隐喻华裔男性在美国社会所经历的被消音的压抑和痛楚。具有西方殖民色彩的《鲁滨孙漂流记》被汤亭亭削足适履地改成具有中国风味的"罗笨孙"的故事。作者故意用广东话音译 Lo Bun Sun（罗笨孙）替代"鲁滨孙"。根据汤亭亭的解释，"罗"可以理解成"罗汉"，还可以解释为"骡子"，暗喻华裔男性辛辛苦苦、每天劳作却被女性化而丧失性能力的悲惨处境。汤亭亭还在文本中有意加入了酿药酒、做豆腐、制毛笔等一些具有中国特色的细节描写。汤亭亭这样做的目的是炮制一套颠覆西方殖民话语的"反话语"，与主流叙事相抗衡，以此为广大华裔男性正名和发声，修复被主流社会消音的华裔历史。

《女勇士》中对花木兰故事的改写更是饱受中美华裔文学批评界的非议。中国文化传统中的花木兰故事出自南北朝时期的民歌《木兰辞》。根据卫景宜的研究，花木兰故事成型以后，除了明人徐渭的两幕杂剧《雌木兰替父从军》以及明人朱国祯《涌幢小品》里的《木兰将军》之外，在故事情节和内容上基本没有太大的改动①。中国传统故事中的花木兰代父出征是出于孝道，"阿爷无大儿，木兰无长兄"——由于家里缺少男丁，花木兰心疼父亲年迈，所以才"从此替爷征"。征战沙场十年后立下汗马功劳，获得皇帝册封和赏赐，花木兰不为所动，辞官荣归故里与家人团聚。不难看出，中国的花木兰

---

① 卫景宜. 西方语境中的中国故事[M]. 北京：中国美术出版社，2002：92.

故事宣扬的是儒家的忠孝节烈观念和淡泊功名的思想，整个故事的基调是乐观活泼的，颇有几分浪漫和传奇色彩。而汤亭亭的《女勇士》版本，故意隐去了花木兰代父出征一节，让年幼的（而不是成年的）花木兰受到一只人形鸟的召唤到深山向一对老夫妇学道十五年，学习武艺的目的是"怎么与坏人和土匪搏斗……为村上的人报仇，讨回被盗贼偷走的粮食"①。花木兰进山修炼时，汤亭亭穿插了糅合东方佛经故事和《爱丽丝漫游仙境》中的"白兔"情节，将东方佛教故事中的"太子舍身饲虎"和"尸毗王割肉喂鹰"与爱丽丝遇到的白兔结合起来，转化为书中"白兔跳入篝火舍身献肉"的情节。里面有些描写使人联想起安徒生童话《卖火柴的小女孩》，"我看着篝火，火苗使我想起帮妈妈煮饭的情景，不禁流下了眼泪。真怪，透过水看火竟然又看见了妈妈。我向她点头打招呼，橘黄色的火苗令人温暖"②。花木兰学成归来后，父亲在她背上"刻上誓言和名字"，这里明显嫁接了"岳母刺字"的传说。只不过岳母在岳飞背上是"精忠报国"，而花木兰父亲刻的是一条条仇恨。汤亭亭这样做是有意为之，是想把男性身上的力量和勇气赋予华裔女性。她在接受张子清采访时说："我知道这两个故事迥然不同，但我故意把这两个故事扯在一起，我感到我必须这样做。我要表现女人的力量，用男子的力量去增加女子的力量。"③

汤亭亭在应用花木兰故事时，按照自己的创作意图进行了大幅度的增删、嫁接和重组，从故事情节到人物性格乃至精神面貌都与中国版的花木兰相去甚远：原来的花木兰勤劳孝顺，代父从军是为了维护男性家长制和封建统治制度；她虽然也奋勇杀敌，建功立业，但是并不具有任何反叛精神；而《女勇士》中的花木兰是为了报仇雪恨而走上战场，她劫富济贫，杀土豪，砍皇帝，痛恨男尊女卑和父权制，是个极具反叛色彩的"女勇士"，整个故事充盈着鲜明的女权主义精神。

汤亭亭因为对中国文化的随意态度受到很多汉学家的批评，但是

---

① [美] 汤亭亭. 女勇士[M]. 李剑波，陆承毅译. 桂林：漓江出版社，1998：20.

② [美] 汤亭亭. 女勇士[M]. 李剑波，陆承毅译. 桂林：漓江出版社，1998：23.

③ 张子清. 东西方神话的移植与变形——美国当代著名华裔小说家汤亭亭谈创作[A]. 汤亭亭著. 女勇士[M]. 李剑波，陆承毅译. 桂林：漓江出版社，1998：193-194.

对于汤亭亭来说，"神话是要改变的，是要使用的，否则就会被遗忘，就像那些带着神话跨越了大洋的人们。对他们来说，神话就是美国神话了。我写的神话是新的美国神话"①。由此可见，华裔作家虽然在文本中使用了中国文化元素，显示出其族裔归属和"中国性"的一面，但是其总体的价值归属和意识形态还是以"美国性"为旨归。东西方文化杂糅和重构的"第三空间"书写方式"确保文化的意义和象征手段没有原始的统一性和固定性"②，而使得"民族性、社群利益或文化价值的主体和集体经验得以被协商"③。汤亭亭对东西方文化的创造性利用有着明确的身份政治诉求：既批判中国文化传统中的父权制、表明她西方第一世界女性立场，又关注种族歧视下华裔族群在美国社会的历史和现实处境，凸显其华裔美国人身份。

在各种对汤亭亭批评指责的声音中，赵健秀无疑是最严厉最激烈的。他在《真真假假的华裔作家一起来吧！》中指名道姓地斥责汤亭亭、谭恩美、黄哲伦等作家。他声称："对年轻的黄种人作家，我别无建议，唯有警告和承诺：只要我活着，无论你们谁写出伪造的华人历史和文化，我就要点你的名、戳穿你们的虚假故事。"④言外之意，他所了解的中国文化才是正宗的、原汁原味的。但是，在对汤亭亭证伪的过程中，他自己却不小心露怯：在批驳文章中，他搬出《木兰辞》原文和译文与汤亭亭的版本对比时，却误将木兰辞的两节当作两首诗，在英文翻译中也无意中犯了理解错误。可见，赵健秀对中华文化的了解也实在算不上精通。

不仅如此，赵健秀在其钟爱的三国故事、《水浒传》等文学经典以及东方神话的利用和诠释上，也显然脱离了这些故事的原貌，他对这些故事的认知逻辑也是基于其美国背景。在《甘加丁之路》中，赵健秀讲述了盘古和女娲的故事：

① Maxine Hong Kingston. "Cultural Misunderstandings by American Reviewers", in *Asian and Western Writers in Dialogue: New Cultural Identities* [C]. Ed., Guy Amirthanayagam. London: Macmillan, 1982: 55-65.

② Homi K. Bhabha. *The Location of Culture* [M]. New york: Routledge, 1994: 37.

③ Homi K. Bhabha. *The Location of Culture* [M]. New york: Routledge, 1994: 2.

④ 转引自[美]尹晓煌. 美国华裔文学史[M]. 徐颖果主译. 天津：南开大学出版社，2006：272.

盘古的妹妹女娲来到了花园般美丽的世界，但是这个世界里没有生命，她花了六天时间创造出各种动物；第七天，她创造了人，世界发生了灾难，天塌地陷。女娲拯救了世界。她发明了音乐，随后隐退荒野。

在天地、巨人盘古和人类之母女娲创造出来的这个世界中，每一个英雄都是一个孤儿、一个落地秀才，一个绿林好汉、一个被社会遗弃的人、一个流放者，他们跋涉在充满危险、无知、欺骗和启蒙的生命之路上。[①]

第一段中很明显看出赵健秀深受《圣经·创世记》的影响：东方神话被放置于西方宗教的框架之中。而后一段也与原来的故事存在语篇差异，加入了赵健秀自己的英雄主义阐释。这充分表明美国语境和西方文化对华裔作家的潜移默化的影响以及由此形成的"集体无意识"。

赵健秀一直推崇《三国演义》和《水浒传》中的人物，希望借这些人物建构一个华裔英雄传统，重振华裔男性雄风，颠覆主流社会对华裔男性的刻板印象。但是，他笔下的关公形象也与中国人熟知的关公形象有着巨大差距。中国传统文化的关公首先以其"忠义"著称：在曹操那里备受优待也不背叛与刘备的桃园结义之情，千里护嫂依然以礼相待。再就是他性格的坚毅果敢、胆识过人：中国戏曲、小说中千百年来都流传着关云长温酒斩华雄、过五关斩六将以及华佗刮骨疗伤的美谈。而赵健秀笔下的关公竟然是个"受虐待的孩子"，因为"父母出卖了他，所以他从家里跑出来，与父母不辞而别，以后再也没有挂念过父母……是一个体能和道德上都能自立的战士，是私仇必报伦理的典型代表"，同时"他是刽子手、赌徒及所有生意人的保护神。他是完美、清廉的人格和复仇的化身"[②]。赵健秀对关公形象的理解

---

① [美] 赵健秀. 甘加丁之路·作者手记[A]. 赵文书，康文凯译. 南京：译林出版社，2003.

② Frank Chin. "Come. All Ye Real and Fake American Writers", in *The Big Aiiieeeee!: An Anthropology of Chinese American and Japanese American Literature* [C]. Eds., Jeffery Paul Chan, et al. New York: Meridian, 1991: 38-39.

和刻画带有明显的个人色彩，甚至把关公想象成睚眦必报的"复仇者"，还是"刽子手、赌徒及所有生意人的保护神"——这显然与中国大众理解的关公形象相去甚远。

除此之外，赵健秀身处西方文化语境下，他笔下的关公形象在美国流行文化的侵蚀下展现出的面貌和气韵也大大"美国化"了。《唐老亚》中的关姓工头和《甘加丁之路》中的尤里西斯·关在某种程度上说就是赵健秀心目中关羽形象的化身。《唐老亚》中的关姓工头与壁炉架上的关公像有着一样"可以杀人的眼睛"，他勇猛无比，而且富于攻击性，在与白人谈判中处处主动，占尽上风。关姓汉子举止言谈颇有美国西部牛仔之风，"关姓汉子在飞溅的淤泥中疾驰奔往卖点心的帐篷，用科洛克的六响枪连开三枪……'明天十英里'关姓汉子吼道'十英里的铁轨'"[1]明显可以看出美国流行文化的影响。而《甘加丁之路》中的尤里西斯·关桀骜不驯、敢作敢为，他与结拜的本尼迪克特·汉和迪戈·张（这里可以明显看出对《三国演义》桃园三结义的模仿）吸食毒品，处处留"性"，甚至对表哥的女儿起了色心——这完全背离了中国文化中关羽的"忠义"形象，而是作者心目中的"好战"关羽与 20 世纪 60 年代美国嬉皮相结合的产物。因此，赵健秀塑造的关公"仅仅具备了'中国'的外形，其精神实质还是美国的……大大扭曲、背离了其在中国文化传统中的内涵，与中国文化所认同的忠义男子形象判然有别"[2]。

我们知道，儒家文化提倡以"仁、义、礼、智、信"为中心的人伦教化和个人修养，其核心是"仁爱"。中国古代士大夫的经典理想是"齐家，治国，平天下"，跟"好战精神"也不大沾边。但是赵健秀理解中的儒家文化却充满了战斗精神和个人主义色彩。他的人生信条是"生活即战斗"。在他看来，战斗精神是中国文化的核心，"我的写作既不顺从，也不谄媚，写作就是战斗……一切行为都是策略和战略……这就是从孔子到毛泽东的所有中国人，是从徐忠雄、陈耀光、

---

① Frank Chin. *Donald Duk* [M]. Minneapolis: Coffe House Press, 1991: 78.

② 卫景宜. 跨文化语境中的英美文学与翻译研究[M]. 广州：暨南大学出版社，2007：80.

稻田到我的信念……我首先推断和识别中国文化的根本思想：生活就是战斗"①。在赵健秀的理解里，中国文化比西方文化更具个人主义色彩，"中国思想体系将个体人格的完整性放在第一位上。个体不会因为更高的权威而放弃自我"②。

赵健秀对中国文化的理解和诠释，与他本身的政治诉求有着莫大的关系。赵健秀对白人主流社会矮化、丑化和女性化华裔男子形象极为不满。在他看来，"今日美国自由派白人的信仰是：说得好听一点，华裔男子都是没有男人味、暗地搞同性恋的家伙，就像陈查理一样；说得坏一点，则是同性恋威胁者，就像傅满州……优秀的华裔男子充其量不过是满足白人男子的同性恋幻想，这实际上就是在亲白人的屁股"③。因此，他一方面对主流社会的种族主义和华裔女作家的东方主义展开口诛笔伐，一方面致力于建构关公、李逵等孔武有力的华裔男性形象，树立华裔英雄传统，以图颠覆白人对华裔族群的刻板偏见，恢复华裔男性在美国社会的主体地位。他将中国文化解读为好战文化并且赋予它强烈的个性色彩，无非是为自己寻找一种民族主义的文化支撑，来反抗白人社会的文化宰制和话语霸权。

美国华裔作家笔下的中国文化是东方文化旅行到美国之后在异域土壤内异化、变形之后的结果，它是东方神话传说与西方文化精神相结合的产物，因此它是一种"似是而非"的中国文化——"华裔美国文化"。这种杂糅和含混的混血文化正是我们前文所提及的"第三空间"。我们不妨重温一下巴巴关于第三空间的经典陈述："文化的所有形式都不断地处于混杂的过程中……混杂的重要性并不在于追溯第三种出现的文化的两种本源，而是混杂本身是能够使其他立场得以出现的'第三空间'。此一第三空间置换了建构它的历史，树立起新的权威解构、新的政治动因，而这些都是现成的智慧未能充分了解的……

---

① 张子清. 与亚裔美国文学共生荣的华裔美国文学[J]. 外国文学评论, 2000 (1).

② Frank Chin. "A Chinaman in Singapore", in *Bulletproof Buddhists and Other Essays* [C]. Eds., Jeffery Paul Chan, et al. Hawaii: University of Hawaii Press, 1998: 400.

③ Jeffery Paul Chan, et al. eds. *The Big Aiiieeeee!: An Anthology of Chinese American and Japanese American Literature* [C]. New York: Meridian, 1991: xiii.

文化混杂性的过程引发了一种不同的东西，一种崭新的以前未被认知的东西，引发了一个意义和表征的谈判的新领域。"[1]

在华裔作家那里，中国文化实际上起到的只是象征作用，是作家族裔身份的符号，以此凸显其文本的族裔特征和与主流社会的差异。这种文化书写的目的，也不是认同中国文化和传承中华文化传统，而是与美国社会内部的种族歧视和东方主义做斗争，为华裔在主流社会争取相应的政治权益。因此，"第三空间"文化现象是华裔作家作为被美国社会边缘化的少数族裔缓解身份焦虑、构建文化属性的积极尝试和努力。就像巴巴所说的，"流散的族裔（包括身处多元文化社会中的移民），只能处于一个'文化之间'的世界，即第三空间，在矛盾的冲突和传统中创造自己的身份认同"[2]。

第三节　第三空间：美国华人文学的身份归宿

5.3.1　美国华人作家的身份困惑与困境

美国华人文学的创作主体都拥有中美两种文化背景，但是又处于两种文化的边缘，虽然他们在文化身份上各有自己的定位和选择，但是无论其单项选择任何一种文化，在现实生活中都面临着困惑与困境。

对于华裔作家而言，他们美国生美国长，想当然地认为自己是美国人，但是鲜明的外貌特征昭示了他们与美国主流社会人群的差异。刘裔昌一门心思要成为美国人，甚至不惜与东方文化彻底决裂，但是却在美国就业市场处处碰壁。如果说，刘裔昌生活的时代毕竟还早，我们可以把他的境遇归咎于当时恶劣的社会环境。但是 20 世纪 70 年代汤亭亭以《女勇士》一书闯入美国文坛后，竟然有白人评论家认为汤亭亭是中国妇女，《女勇士》是本中国书。所以，对于白人评论家而

---

① Homi K. Bhabha and Jonathan Rutherford. "The Third Space", in *Identity: Community, Culture, Difference*. Ed., Jonathan Rutherford. London: Lawrence and Wishart, 1990: 211.

② Homi K. Bhabha. *The Location of Culture* [M]. New York: Routledge, 1994: 90.

言，华裔作家仍然是外来者，他们批评的视角依然是发现作品中"神秘的""不可思议的"异国情调。汤亭亭因此怒而撰文，驳斥美国评论家的文化误读，旗帜鲜明地声称自己是"美国女性""美国作家"。汤亭亭的困境并非个案，而是所有华裔美国人都会面临的问题。汤亭亭的弟弟跟白人打交道时，被称赞英语水平不错，其实说到底，美国社会还是没有把他当成美国人看待。《甘加丁之路》中的华文老师一针见血地指出了华裔族群的身份困境："不管你英文说得多么溜，不管你记住多少本关于西方文明的书，你永远也不会成为'白鬼'，白种欧裔美国人。中国人会随意宰割你，因为你不是中国人。美国人也会虐待你，因为你同样也不是美国人。"[①]"宰割"和"虐待"两个词或许是危言耸听了，但是华裔美国人处于两个国家、两种文化的边缘处境却是事实。

为了凸显自己的华裔美国人身份，汤亭亭甚至建议去掉Chinese-American（华裔美国人）之间的连字符。因为连字符使两边分量相等，好像连接的是两个名词，看起来好像是华裔美国人拥有双重国籍一样；而去掉了连字符，Chinese 就变成了形容词，就突出了华裔美国人的美国属性。这样的想法多少有点理想主义和自欺欺人，因为白人看待华裔美国人的方式，不会因为一个写法就发生改变。改变一个名称并不能改变华人的肤色和其他外貌特征，也就无法从根本上改变其边缘处境。因此，在本土化的华裔美国作家那里，自我身份认同和社会对其认可之间其实存在着难以逾越的鸿沟。

对于美国华文作家而言，他们在美国的边缘处境更是显而易见的。且不说台湾留学生作家经历了种种"融入的艰难"，即便社会环境已经宽松的 20 世纪八九十年代，新移民也经常发现尝试融入美国社会的努力是"痛苦"和"徒劳"的（严歌苓语）。华人作家不仅在寄居国被他者化了，即便在祖国，由于国籍的改变和多年域外的现实经历，他们也已然被目为外人了——"海外华人"就是他们的身份定位。尽管他们在情感上自然地认同中国和中国文化，但多年的异域生活已

---

① Frank Chin. *Gunga Din Highway* [M]. Minneapolis: Coffee House Press, 1994: 93.

经悄然渗入其思想和行为。他们回到原乡时，不仅自己感觉陌生和边缘，在中国人眼里，他们也早已隶属美国人一族了。严歌苓就曾经这样感慨，"我自己是个不折不扣的寄居者，在美国生活二十年也不能改变我的寄居者心态。无论怎样，西方文化都是我半路出家学习来的。在学习的过程中，也感到他们的文化优越感，或者说基督教文化的优越感导致他们的文化优越感。基督教文化是强势意识形态，它的救世思想使它总是君临其他信仰、意识形态。而我回到自己的祖国也是一个边缘人，祖国在我缺席的二十年里，发展了语言，改变了生活方式，改变了社会……所以我也有找不着位置的感觉"①。所以严歌苓感觉到，不仅在美国有乡愁，在北京也依然有乡愁。

聂华苓的提问或许是很多美国华人都会遇到的问题："在内陆我是海外华人，在台湾我是外省人，在爱荷华我是中国人，我到底是哪里人？"②这种困惑也袭扰着获得语作家们。哈金专门撰写了《移民作家》（*The Writer as Migrant*）一书。其开篇《代言人与部落》就表达了作者对这个问题的忧虑和反思：他曾经把自己看作"中国作家"，"代表受压迫的中国人用英语写作"③，但是他很快发现这样做的吊诡之处：他并没有与国内的同胞同甘共苦，有什么资格做他们的代言？为了避免这种尴尬处境，李翊云干脆声称自己是"国际作家"，不在中国和美国之间做出二元对立的选择。

5.3.2　第三空间：美国华人文学的身份归宿和认同新取向

美国华人作家的双重边缘处境使得他们格外关注笔下文学作品的身份问题，形成美国华人文学中源远流长的身份执迷。美国华人文学在身份认同上并不一致：这其中有时代的差异（早期华人作家在种族歧视背景下一般以中华文化为精神归属，而第二、三代华裔则竭力融入美国社会、向美国文化看齐）、群体的差异（华裔作家普遍认同美国文化，台湾留学生作家群则心向中华文化）；个体的差异更是显而易

---

① [美] 严歌苓. 躲在文字背后的胆略[N]. 北京晨报，2012-09-30.

② [美] 聂华苓. 我从未与中国文化失去联系[N]. 中国青年报，2008-07-22.

③ Ha Jin. *The Writer as Migrant* [M]. Chicago: The University of Chicago Press, 2008: 3.

见。我们发现，极端认同中华文化和美国文化往往产生于特殊历史语境下的畸形文化心态：刘裔昌等彻底臣服于美国文化与种族歧视所带来的自卑自憎心理有关，而台湾留学生作家的单向度认同中国文化也是由于一种"受了欺负后的自恋"。不管这些作家在身份认同上存在怎样的分歧，二元对立的文化选择日益显出它的尴尬与困境。华裔作家普遍认同美国文化，认为自己是美国人，但是他们却纷纷以中国文化资源作为写作题材和灵感来源：谭恩美不断书写中国的民间风俗和传说故事；汤亭亭、赵健秀等人在作品里翻拍中华文化经典。因此，单向认同美国文化并不能割断与中国文化千丝万缕的联系，他们身上始终流淌着中华文化的不绝血脉。而美国华文作品对中国人身份的强调也不能忽略其美国身份的在场：牟天磊选择做"中国人"的时候，多年的美国生活已经把美国价值观念掺杂其中，使其"中国人"文化身份不再纯粹：他回到故乡后对台湾人爱面子和人们开车乱摁喇叭的反感及对台湾街道拥挤的不适应，充分表明美国经历在他身上打下的深深烙印；《丛林下的冰河》中，"我"穿着背心见客而被父母斥责，与老友同学交谈没有共同话题等，也显示了新移民们对中国生活的隔膜和疏离；《背影》中的"远行人"回到北京感到的是"又冷又硬的陌生"，觉得自己像"一个异国的游人"①：床太硬，饭太软，巴士太挤，车太慢，喇叭太吵，人嗓门太大。因此，"在实际上，他们的'文化认同'（身份）已经发生了更改，美国的语境已经客观上使他们获得了一种新的'文化认同'（身份）——这种'文化认同'（身份）显然不是'美国'的，因为主观上在排斥和拒绝美国文化认同，但也不是'中国的'，因为有新的文化质渗入"②。

所以美国华人文学中，无论华人移民单向认同中国文化还是美国文化，都无法改变他们事实上的混杂身份：认为自己是美国人、全面拥抱美国文化，却由于外貌上的中国人特征而不得不徘徊于主流社会边缘，并且需要不断从中华文化传统中寻找素材和灵感；坚持自己的

---

① [美] 苏炜. 远行人[M]. 北京：北京十月文艺出版社，1988：153.

② 刘俊. 他者的存在和身份的追寻[J]. 南京大学学报（哲学・人文科学・社会科学），2003（5）.

中国人身份，却不知不觉接受了西方的生活方式和价值观念，在自己的故乡成为他者。所以美国华人移民和华裔，在事实上都陷入"既是美国人，又不是美国人；既是中国人，又不是中国人"（在国别认同上是美国人，但又不是文化意义上的美国人；在族裔属性上是中国人，但是又不是中国公民）的尴尬境地。

索亚和巴巴所提出的"第三空间"，正是这种独特文化身份的表述方式。在巴巴看来，"今日文化的定位不再来自传统的纯正核心，而在不同文明接触的边缘处和疆界处有一种富有新意的、'居间'（in-between）的、混杂的身份正在形成；所有流散的族裔（包括身处多元文化社会中的移民），只能处于一个'文化之间'的世界，即第三空间，在矛盾的冲突和传统中创造自己的身份认同"①。在索亚的第三空间里，"种族、阶级和性别问题能够同时被讨论而不会扬此抑彼；在那里，人可以同时既是马克思主义者又是后马克思主义者，既是唯物主义者又是唯心主义者，既是结构主义者又是人文主义者，既受学科约束同时又超越学科限制"②。"第三空间"打破了二元对立的思维模式，一切边缘和异质的因素都可以纳入其中。"第三空间"以其无限的开放性和包容性，为饱受身份困扰的美国华人文学提供了最终的栖居之所。

实际上，在美国华人文学中，这种突破了本质主义身份认同的"第三空间"文化身份认同已经出现。20世纪90年代后，中国经济飞速发展，国力日渐强盛；中美交流更加频繁，文化交流趋于平等和宽容。在这样的一种国际背景下，美国华人文学摆脱了早期作品中文化冲突时的弱势和紧张心理，出现了混杂和流动的身份认同新取向。

陈霆于1998年出版的《漂流北美》就刻画了这样一位带着文化自信悠游于北美大陆的新移民形象——她完全免除早期台湾留学生作家群体"无根"的困扰，也没有苏炜《远行人》对中国文化的"故国执念"，而是以开放豁达的文化心态上路，潇洒地自我放逐于美国大

---

① Homi K. Bhabha. *The Location of Culture* [M]. London: Routledge, 1994: 90.

② [美] 爱德华·索亚. 第三空间——去往洛杉矶和其他真实和想象地方的旅程[M]. 陆扬等译. 上海：上海教育出版社，2005：5.

地。女主人公杨帆美丽可爱、潇洒率真，既有着东方人的神韵，又不乏西方人的气质，在与其他文化和种族交往时，平和宽容，"我喜欢鬼子，喜欢黑人，对同性恋者也没有反感。我和他们用流利的英语交谈。生活在美国歌、美国歌星、美国文化现象中，我是那么自足。我属于中国人，又不属于中国人，在我眼里，大家都是一样的人。美国给人提供了一个各族同住的机会"①。主人公超越了民族主义的敏感和狭隘，"以对人类共性的关注来弥合不同民族文化的差异，来表达对异质文化的理解与尊重"②，显示出一种超越国籍和种族的世界主义情怀。她抛弃了单一身份认同的偏执，欣然拥抱"混杂文化"，"'不纯'是杨帆膜拜的一种宗教。'不纯'是违背传统的一个个灵魂造成的，'不纯'的背后是负载血泪的欢快，是一个个不平凡的传奇"③。在无拘无束的漂流中，她结识各种异族男性并获得他们的倾心喜爱。而其魅力的源泉，正是她本人性格和气质当中的"东西结合"："那些迷上她的外地男子，总觉她的漂亮之外，与其他中国女孩实在很不同，但又绝非生在美国的华裔。"④ 通过刻画这样一个深受多元文化影响并在文化间穿梭自如的新移民形象，陈霆传达了世纪之交华人移民一种全新的文化心态：他们不再固执于单项文化选择，而是在文化混杂和融合中容纳和吸收多种文化因素，成为超然于文化冲突和种族对立之上的"世界公民"。

华裔作家任璧莲的《莫娜在希望之乡》（*Mona in the Promised Land*，1996）则以另一种方式突破了本质主义身份观。在这本小说里，文化身份不仅是变动不居的，甚至可以由个人自由选择。

莫娜的父母是《典型的美国人》中的拉尔夫·张和海伦。他们是到美国的第一代移民，经历了艰苦创业、实现美国梦，最后跻身美国中产阶级成为"典型的美国人"的过程。莫娜作为第二代华裔，最初并不排斥自己的华裔身份，甚至到处炫耀自己是"正宗华人"。但生

① 陈霆. 漂流北美[M]. 北京：人民文学出版社，1998：95.
② 陈涵平. 美华文学中的"世界公民"形象探析[J]. 世界华文文学论坛，2005（2）.
③ 陈霆. 漂流北美[M]. 北京：人民文学出版社，1998：130.
④ 陈霆. 漂流北美[M]. 北京：人民文学出版社，1998：130.

活于美国社会中，她也早已深受美国价值观的影响，认为自己的身份可以随意选择，"做美国人意味着你要以什么身份出现都可以"①。莫娜在族裔交往上也很开放，曾与日本人谢尔曼谈恋爱，分手后又开始接触犹太教，被犹太教的自由精神和现世情怀感化而决心皈依犹太教。不仅莫娜经历了身份的转换，小说中其他人的身份也或多或少发生了变化。莫娜的姐姐凯莉一开始讨厌做华人，"她不理解为什么别人都去听音乐会而她们却得在餐馆里忙活"②；上大学后在黑人室友的影响下，开始回归中华文化，甚至穿上了中国传统的棉衣和布鞋，以至于她自己的父母都怀疑女儿"是不是生病了"。莫娜的男友赛斯是个美国犹太人，倡导无政府主义，与主流文化背道而驰，希望通过信仰犹太教找寻到真正的自我，但是在与莫娜分手后，又放弃了犹太教，最终在日本文化中获得了心灵的平静。

任璧莲秉持的是一种非本质主义的身份观，她更赞同个人身份在多元文化下的流动和异质文化的相互影响及融合。她在采访中表达了对族裔属性的看法："我希望读者明白，族裔属性是非常复杂的，它不是稳定的、单一的。现在很多人认为如果你是华裔美国人，这无疑就是你最重要的身份。你生来就是华裔美国人，永远都是华裔美国人。如果你改变这一点，就意味着你背叛了真正的自我。在我看来这是完全错误的观念。我认为美国的所有族裔都因相互接触都对彼此产生了影响，没有哪个族裔是纯粹的，不受外来影响的……总以为一个人一辈子只有一个身份，是非常幼稚的想法。"③

在当今全球化背景下，国与国之间、文化与文化之间的接触和交流更加频繁，即使在本国境内保持单一的文化传统都难以实现，更不要说处于中美两种文化前沿和交锋地带的美国华人。美国华人作家承袭了中华文化的因子，又与美国文化正面相逢，两种文化在美国华人的心中和头脑中既有冲突和竞争，又有共存和合作。但是无论哪种方

---

① Gish Jen. *Mona in the Promised Land* [M]. New York: Alfred A. Knopf, 1996: 49.

② Gish Jen. *Mona in the Promised Land* [M]. New York: Alfred A. Knopf, 1996: 29.

③ 转引自石平萍. 任璧莲："美国亚裔作家就是美国作家" [A]. 华裔美国作家研究[C]. 吴冰，王立礼主编. 天津：南开大学出版社，2009：331-332.

式，他们都不可避免地接受了多种文化的影响，因而不可能保持单一和纯粹的文化身份。第三空间以杂糅和推倒壁垒的方式构建一种超越二元对立、跨越边界游走的文化身份，这为饱受身份困扰的华人作家提供了最终的栖身之所——美国华人不必也无须在中国和美国、中国文化与美国文化做出非此即彼的单项选择，反倒可以充分利用跨界、跨文化的优势，依据对两个国家和两种文化的理解和认知，采其优长，摒其短处，成为具有开阔视野和胸怀的"世界公民"。

结　语

　　美国华人文学处于中国文学和美国文学的双重边缘，其创作主体在跨国、跨种族和跨文化的语境中经常产生对自身文化属性和身份认同的困惑与追索，因而身份认同问题成为美国华人文学中一个绵延不绝而又格外突出的话题。既有的华人文学研究在此领域已经取得了丰硕的成果，但主要是从后殖民、文化、性别、流散等视角展开，从空间批评切入美国华人文学的努力寥寥无几。本书是将空间理论运诸美国华人文学的一次大胆尝试：在空间理论的照拂下，考察美国华人文学文本中空间形式与身份认同之间的关系。

　　本书首先对空间理论和身份认同理论做了细致的梳理，然后将空间理论与叙事学结合起来，借助叙事学对于文学文本对于故事层和话语层的区分，将文本中的空间形式分为故事层的空间和话语层的空间。故事层的空间主要关注了地志空间、人际交往空间、文化空间与身份认同的关系，而话语层的空间则分别考察了语言空间、文体空间和空间形式如何参与和表现了华人文学的身份建构。

　　通过对美国华人文学的文本分析，本书发现，地志空间是华人作家身份认同的重要表征方式。美国华人文学文本中的空间场域参与了作家的身份建构并且体现出华人作家的认同倾向；华人作家带着强烈的主观性和情感色彩来描写笔下的地志空间，使得文本中的地志空间打上了作家身份认同的烙印。美国华人文学的人际交往空间中，无论接触的人群还是远近亲疏的影响因素，与国内社会都有了显著的差别：

本书按照由近及远的顺序，分别考察了美国华人文学文本中的代际关系、同胞互看和异族交往三个外环的社会交往，发现无论哪个外环中，人物的身份认同都成为其中的重要因子，在人物关系中起着举足轻重的作用。中国文化和美国文化，其核心价值观和行为模式有着巨大的差别，美国华人和华裔既传承了中华文化因子，又暴露于西方文化环境之中，华人作家把对中西文化的体认和感悟付诸笔下的文化空间呈现之中。在美国华人文学的话语层，本书重点考察了语言空间、文体空间和空间形式与身份认同的关系。本书发现，英语和汉语语言空间的选择，对于构建作家身份起着重要作用；而在美国华人文学的文体空间中，自传体写作占据了巨大的优势，这主要由两方面的合力造成：一是主流社会对华裔族群的阅读期待和猎奇心理，一是华裔作家在主流社会发声、构建华裔身份的内在诉求。而美国华人文学中的空间形式，作为一种"有意味的形式"，也往往契合了华人作家对自己文化身份的诠释和理解。"第三空间"是后现代地理学家索亚和后殖民理论家霍米·巴巴所提出的概念。虽然二者学术背景不同，他们的"第三空间"也不尽相同，但是二者都提倡消解二元对立，包容边缘和异质，而处于中美两国边缘、两种文化边缘的美国华人文学在书写上表现出了强烈的"第三空间"色彩：这不仅体现在其语言的中英文杂糅上，也体现在华裔作家的中国文化改写上。因而本书认为，"第三空间"为处于中美两种文化边缘的华人作家提供了最终的栖身之所。

空间以多个层次存在于美国华人文学文本之中，它不仅指代文学作品中的地志空间，还包括故事层的人际交往空间和文化空间，以及话语层的语言空间和文体空间等。而不同层面的空间形式，都折射出作家的身份认同倾向，空间成为身份认同的重要方式。

空间理论是本书的重要理论资源之一，本书尝试将空间理论与美国华人文学的身份认同结合起来，在这个过程中，也对空间理论进行了反思。

首先，我们应该肯定空间理论对于文学批评的启发意义。空间理论以新的视角看待空间，空间的政治文化意义得到了极大的阐发，空间摆脱了以往一成不变的刻板面孔，变得无限生动和活跃，这启发了文学批评的空间思考。由是，我们可以以新的眼光来重新阐释文学作品中的生活空间、景观和环境，发现空间因素对于主题的建构作用。本书中关于地志空间与身份认同的结合思考，就是受惠于空间理论对于空间政治文化意义的挖掘和阐释。

其次，值得注意的是，空间理论包含了多个学科的理论资源，它丰富的跨学科性一方面为文学文本提供了丰富的阐释空间，另一方面也因为其理论系统本身的庞杂和互相抵牾而让人无所适从。由第一章的梳理我们知道，空间理论包括地理学、建筑学、社会学等多个学科的资源，每个学科的空间理论都是根据本学科的特性而阐发的，这使空间理论本身成为一个众语喧哗的场所。尽管有些学科的空间学说可以相互印证和借鉴，但是从很大程度来说，各个学科还是在自说自话，很难达到较好的沟通和融合。举个例子：人文地理学中的空间与列斐伏尔等人的空间意义几乎是完全相反的。人文地理学区分了地点和空间，认为空间是社会与经济发生的物质载体，是实证的和普适性的，地方则具有丰富的历史文化意义——这与列斐伏尔等人对于空间的阐释完全逆向而行。所以，在进行文学的空间批评时，一定要对此有所警惕并加以甄别。

再次，文化地理学认为，文学并不是单纯地反映外部世界，而是现实世界复杂意义之网的一部分，文学也提供了认识世界的方法，揭示了一个包含地理意义、地理经历和地理知识的广泛领域。文化地理学的这一观点，是立足于地理学的立场，把文学作品当作一种富有主观感情的地理学参考资料，因为原来干巴巴的地理学数据无法提供"由人亲身感受的丰富内涵"[①]，这促进了文学批评走向文化批评。在这里，笔者不想诟病任何研究路径，因为文化研究也好，文化地理学研究也好，都有各自的学理优势和研究所长。但是本书认为，文化地理学对文学文本使用的是"拿来主义"，把文学文本当作地理学研究的一种资源而已。从文学批评的角度而言，我们在接受文化地理学研

---

① [英] 迈克·克朗. 文化地理学[M]. 杨淑华，宋慧敏译. 南京：南京大学出版社，2003：55.

究视野的时候，应该对此有所警惕，不应就此倒戈，失去文学批评对于文学学科独立性的坚守。

美国文艺学家艾布拉姆斯在《镜与灯》中提出了有名的文学四要素说，即每一个文学文本都涉及四个方面：作品、作家、世界和读者①。作品处于文学批评的中心地位。而文学作品与世界的关系比较复杂。20世纪初的英国文论家A. C. 布拉德利在《为诗而诗》中道出了文学与世界的本质："诗的本质既不是真实世界的一个部分，也不是对真实世界的复制，而是一个自身的世界，独立的、完整的、自治的；为了完全理解诗，你必须进入那个世界，遵循它的法则，忽视属于你所在的现实世界中的信仰、目的和特殊条件……诗与现实，是平行发展，永不相遇的……它们是类似的……却是完全不同的……因为它们属于不同类型的存在。"②

所以文学的世界与现实的世界既有差别又有联系，文学文本中的空间亦不能直接套用文化地理学和人文地理学的思维模式。文化地理学和人文地理学直接针对的是现实世界的人地关系。而文学文本中的地理和空间因素，已经经过了作家的转译和处理，这其中既牵扯作家对现实世界的地理、环境等空间因素的认识和理解方式，也涉及相关空间因素在文学中的表征方式。文学文本中的空间表征方式也由于空间视角的选择而有所差别。所以我们在运用空间理论中的文化地理学等资源时，要根据文学自身的特点有选择地吸收和利用，更要注意文学文本的艺术形式等因素，不能取消对文学文本文学性和审美性的关注。

本书在撰写过程中，确实遇到了不少困难。首先，由于笔者并非文艺学科班出身，理论基础薄弱，包括叙事学在内的很多文艺理论都要从头学起，个中生涩和艰难可想而知。而且本书的撰写需要有跨学科的视野，融会贯通地理学、叙事学、历史学、语言学等多学科领域

① [美] M. H. 艾布拉姆斯. 镜与灯——浪漫主义文论及批评传统[M]. 郦稚牛等译. 北京：北京大学出版社，2004：5.

② [英] A. C. 布拉德利. 为诗而诗[A]. 刘象愚译. 拉曼·塞尔登编. 文学批评理论：从柏拉图到现在[C]. 北京：北京大学出版社，2003：256.

的知识，笔者的知识积累远非"匮乏"二字可以形容，因此驾驭本题时常有无力和挫败之感。其次，本书的撰写难度还在于相关资料的难以获得和巨大的阅读量。美国华人文学包括中文文本和英文文本，相关文献也包括中英文两种。本书涉及的一些原著和研究资料是从国图和北外的华裔美国研究中心获得，还有些作品是在台湾出版发行，台湾的版本多为繁体字，对习惯简体中文的我来说，不仅不习惯，而且读起来速度极慢；还有些英文原著和研究资料遍寻无果，只好作罢。但是即便如此，现在所拥有的作品和研究资料，也已造成了巨大的阅读负担。有些重要的理论著作和文本，笔者为了吃透原著，中英文都读了不止一遍，比如克朗的《文化地理学》、弗兰克的《现代小说的空间形式》、谭恩美的《喜福会》、汤亭亭的《女勇士》《中国佬》等，再加上相关的理论资料和大量的作品，阅读量之大可以想见。再次，本书期望在结合理论进行文本分析的同时，能从文学现象反观理论，对空间理论和身份认同提出一些反思，但是由于本人浸淫文艺学时间太短，缺乏足够的自信和能力，在对文学现象进行理论升华的时候倍感吃力。

　　本书在撰写过程中遇到的困难加之本人学术能力所限，使得本书难免存在种种不足之处。首先，由于本书的题目所限，不得不舍弃美国华人文学中一些非常优秀的作品，比如严歌苓的很多长篇小说，还有裘小龙的侦探小说、张系国的政治小说，等等——这不能不说是一种缺憾。另外由于时间、精力、篇幅和资料来源的限制，有些文本也未能包含其中，比如新生代华裔作家何舜莲的《玛德莲在沉睡》，经笔者多方寻找，没有找到文本，只好舍弃；还有新移民作家作品也未能全部囊括。其次，由于笔者理论基础的薄弱，在驾驭理论时难免捉襟见肘，在结合文本现象进行理论反思时深度也不够。这一切都有待在夯实理论基础上进一步提高和改进。

　　尽管存在诸多不尽如人意之处，但本书还是在能力所及之内，对美国华人文学研究做出了一点小小的贡献，可能在以下方面有所突破和创新：

　　1. 将空间批评引入美国华人文学研究领域，这在华裔美国文学和美国华文文学研究中并不多见。到目前为止，cnki 搜索结果仅有几篇万余字的零散文章。但是这些零散的文章缺乏对空间批评的系统认识以及对美国华人文学的整体观照。本书对以往的空间批评理论和范式进行了细致的梳理，找出适用于美国华人文学研究的可行路径，结合具体的文本批评案例，从总体上把握研究对象。

2. 将空间批评和华人的身份认同结合起来，是一种较为新颖的尝试。以往华裔美国文学和美国华文文学中对身份的研究可谓数见不鲜，但是这些研究的侧重点均为华人身份认同的特点，或者作家在作品中认同了什么样的文化身份。本书关注的重心是文学文本中空间形式与身份认同的关系，即身份认同如何通过空间的形式展现出来，或者如何通过空间形式实现了身份认同。这样的研究方式把文学作品的"内部研究"与"外部研究"结合起来，突破了以往身份研究偏重社会历史语境的"唯文化批评"，也更符合文艺学的研究路径。

3. 既有的空间理论分布于社会学、地理学、建筑学等各个领域，这既为空间理论提供了丰富的理论资源和结合路径，但同时也造成了一定的困扰，因为空间理论并不是针对文学领域而特别阐发，从某种意义上来说，在应用于文学作品时，空间理论并不"合脚"。本书针对文学作品的特性，尤其是美国华人文学的特性，将空间理论与叙事学结合起来，建立了一个独属于文学文本的空间体系，提出空间在文学文本中的多层次存在，既包括文本话语层的空间，也包括故事层的空间，而在各个层面，美国华人文学都不同程度折射了其与身份认同的复杂关系。

囿于笔者学术能力的限制，本书只是在这个领域中一个很粗浅的尝试，可能存在种种漏洞和不足。但是空间理论，尤其是其中的文化地理学和人文地理学资源，对于文学研究有着很大的启发意义，本书权当是抛砖引玉，期待能够引起后来者的兴趣，并做出有益的贡献。笔者也将把这一选题继续下去，希望能够在以后的努力中，与各位研究者共勉。

参考文献

（按文中先后为序）

作品类（中文）：

1. [美]白先勇. 白先勇经典作品[M]. 北京：当代世界出版社，2004.

2. [美]白先勇. 白先勇自选集[M]. 广州：花城出版社，2009.

3. [美]白先勇. 寂寞的十七岁[M]. 桂林：广西师范大学出版社，2010.

4. [美]白先勇. 暮然回首[M]. 台北：尔雅出版社，1978.

5. [美]丛甦. 想飞[M]. 台北：联经出版事业公司，1977.

6. 王周生. 陪读夫人[M]. 北京：华龄出版社，2000.

7. 王周生. 陪读夫人[M]. 上海：上海译文出版社，1993.

8. [美]於梨华. 又见棕榈，又见棕榈[M]. 南京：江苏文艺出版社，2010.

9. [美]查建英. 丛林下的冰河[A]. 郑宗培，郑绪源主编. 丛林下的冰河[C]. 合肥：安徽文艺出版社，1990.

10. [美]查建英. 到美国去，到美国去[M]. 北京：作家出版社，1991.

11. 林语堂. 唐人街[M]. 唐强译. 西安：陕西师范大学出版社，2004.

12. [美]伍慧明. 骨[M]. 陆薇译. 南京：译林出版社，2004.

13. [美]汤亭亭. 女勇士[M]. 李剑波，陆承毅译. 桂林：漓江出版社，1998.

14. [美]汤亭亭. 中国佬[M]. 赵伏柱，赵文书译. 桂林：漓江出版社，1998.

15. [美]丛甦. 兽与魔[M]. 石家庄：河北教育出版社，1995.

16. [美]於梨华. 考验[M]. 北京：人民文学出版社，1982.

17. [美]曹桂林. 北京人在纽约[M]. 北京：中国文联出版公司，1991.

18. [美]周励. 曼哈顿的中国女人[M]. 上海：上海文艺出版社，2003.

19. [美]欧阳子. 魔女[A]. 台港澳与海外华文文学精度文库·欧阳子卷[C]. 吴军编. 北京：中国人民大学出版社，1994.

20. [美]於梨华. 傅家的儿女们[M]. 石家庄：河北教育出版社，1996.

21. [美]陈若曦. 纸婚[M]. 南京：江苏文艺出版社，2010.

22. [美]聂华苓. 千山外，水长流[M]. 成都：四川人民出版社，1984.

23. [美]聂华苓. 黑色，黑色，最美丽的颜色[M]. 广州：花城出版社，1986.

24. [美]於梨华. 小琳达[A]. 中国留学生文学大系：当代小说台港地区卷[C]. 上海：上海文艺出版社，2000.

25. [美]严歌苓. 吴川是个黄女孩[M]. 西安：陕西师范大学出版社，2008.

26. [美]严力. 母语的遭遇[M]. 上海：上海文艺出版社，2002.

27. [美]黄玉雪. 五姑娘[M]. 太原：山西教育出版社，2002.

28. [美]于濛. 啤酒肚文明[A]. 郑宗培，郑绪源主编. 丛林下的冰河[C]. 合肥：安徽文出版社，1990.

29. [美]严歌苓. 海那边[M]. 南京：江苏文艺出版社，2013.

30. [美]于仁秋. 名人老古和他的室友们[A]. 江曾培主编. 中国留学生文学大系：当代小说欧美卷[C]. 上海：上海文艺出版社，2000.

31. 林语堂. 翦拂集[M]. 北京：人民文学出版社，2000.

32. 林语堂. 中国文化之精神——一九三二年春在牛津大学和平会演讲稿[A]. 范炎选编. 林语堂散文[C]. 杭州：浙江文艺出版社，2000.

33. 林语堂. 林语堂自传[M]. 南京：江苏文艺出版社，1995.

34. [美]黎锦扬. 旗袍姑娘[M]. 济南：山东文艺出版社，1999.

35. [美]聂华苓. 桑青与桃红流放小记[A]. 桑青与桃红[M]. 台北：时报文化，1997.

36. [美]聂华苓. 黑色，黑色，最美丽的颜色[M]. 广州：花城出版社，1986.

37. [美]聂华苓. 桑青与桃红[M]. 沈阳：春风文艺出版社，1990.

38. [美]严歌苓. 波西米亚楼[M]. 西安：陕西师范大学出版社，2009.

39. [美]苏炜. 远行人[M]. 北京：北京十月文艺出版社，1988.

40. [美]陈谦. 爱在无爱的硅谷[M]. 上海：上海文艺出版社，2004.

41. [美]赵健秀. 甘加丁之路[M]. 赵文书，康文凯译. 南京：译林出版社，2003.

42. 陈霆. 漂流北美[M]. 北京：人民文学出版社，1998.

43. [美]任璧莲. 典型的美国佬[M]. 王光林译. 南京：译林出版社，2000 年.

44. 吴奕锜编. 海外华文文学读本·短篇小说卷[C]. 广州：暨南大学出版社，2009.

45. 刘俊编. 海外华文文学读本·中篇小说卷[C]. 广州：暨南大学出版社，2009.

46. 李黎编. 海外华人作家小说选[C]. 香港：三联书店，1983.

作品类（英文）：

1. Gish Jen. *Typical American* [M]. Boston: Houghton Mifflin/Seymour Lawrence, 1991.

2. Sui Sin Far. *Mrs Fragrance and Other Writings* [M]. Eds., Amy

Ling and Annette White-Parks. Urbana and Chicago: University of Illinois Press, 1995.

3. Fae Myenne Ng. *Bone* [M]. New York: Hyperion, 1993.

4. Amy Tan. *The Joy Luck Club* [M]. New York: Ivy Books, 1989.

5. Amy Tan. *The Kitchen God's Wife* [M]. New York: Putnam, 1991.

6. Amy Tan. *The Bonesetter's Daughter* [M]. London: Flamingo, 2001.

7. Maxine Hong Kingston. *The Woman Warrior: Memoirs of a Girlhood Among Ghosts* [M]. New York: Vintage, 1989.

8. Maxine Hong Kingston. *China Men* [M]. New York: Vintage International, 1980.

9. Maxine Hong Kingston. *Tripmaster Monkey: His Fake Book* [M]. New York: Alfred A. Knopf, 1989.

10. Pardee Lowe. *Father and Glorious Descendant* [M]. Boston: Little Brown, 1943.

11. Gus Lee. *China Boy* [M]. New York: Dutton, 1991.

12. Frank Chin. *Donald Duk* [M]. Minneapolis: Coffee House Press, 1991.

13. Frank Chin. *The Chickencoop Chinaman / The Year of the Dragon: Two Plays* [M]. Seattle: University of Washington Press, 1981.

14. Amy Tan. *The Opposite of Fate: A Book of Musings* [M]. London: Harper Collins, 2003.

15. Ha Jin. *The Writer as Migrant* [M]. Chicago: The University of Chicago Press, 2008.

16. Ha Jin. *Waiting* [M]. New York: Vintage International, 1999.

17. Ha Jin. *Under the Red Flag* [M]. Athens: U of Georgia P, 1997.

18. Ha Jin. *Ocean of Words* [M]. New York: Vintage International, 1998.

19. Anchee Min. *Red Azalea* [M]. New York: Pantheon Books, 1994.

20. Yiyun Li. *A Thousand Years of Good Prayers* [M]. New York: Harper Perennial, 2006.

21. Lee Yan Phou. *When I was a Boy in China* [M]. Boston: Lothrop, 1887.

22. Frank Chin. "A Chinaman in Singapore", in *Bulletproof Buddhists and Other Essays*. Hawaii: University of Hawaii Press, 1998.

23. Jeffery Paul Chan, et al. eds. *The Big Aiiieeeee!: An Anthology of Chinese American and Japanese American Literature*. New York: Meridian, 1991.

24. Frank Chin. *Gunga Din Highway* [M]. Minneapolis: Coffee House Press, 1994.

25. Gish Jen. *Mona in the Promised Land* [M]. New York: Alfred A. Knopf, 1996.

26. Louis Chu. *Eat a Bowl of Tea* [M]. Seattle: U of Washington P, 1979.

27. Mei Ng. *Eating Chinese Food Naked* [M]. New York: Scribner, 1998.

理论著作类（中文）：

1. 陈贤茂. 海外华文文学史[C]. 厦门：鹭江出版社，1999.

2. 刘登翰. 双重经验的跨域书写——20世纪美华文学史论[C]. 上海：上海三联书店，2007.

3. 倪立秋. 新移民小说研究[M]. 上海：上海交通大学出版社，2009.

4. 周南京. 世界华侨华人词典[C]. 北京：北京大学出版社，1993.

5. 赵文书. 和声与嬗变——华美文学文化取向的历史嬗变[M]. 天津：南开大学出版社，2009.

6. 谢纳. 空间生产与文化表征——空间转向视域中的文学研究[M]. 北京：中国人民大学出版社，2010.

7. 罗志野. 西方文学批评史[M]. 桂林：广西师范大学出版社，1991.

8. 孟樊. 后现代的认同政治[M]. 台湾：扬智文化事业股份有限公

司，2001.

9. 周宪. 文学与认同：跨学科的反思[C]. 北京：中华书局，2008.

10. 赵一凡，张中载，李德恩. 西方文论关键词[M]. 北京：外语教学与研究出版社，2006.

11. 殷曼婷. 认同建构中的时间取向[A]. 中国文学与文化的认同[C]. 周宪主编. 北京：北京大学出版社，2008.

12. 王宁. 全球化：文学研究与文化研究[M]. 桂林：广西师范大学出版社，2003.

13. 冯雷. 理解空间：现代空间观念的批判与重构[M]. 北京：中央编译出版社，2008.

14. 甘阳. 从"理性的批判"到"文化的批判"[A]. 语言与神话[M]. 北京：生活·读书·新知三联书店，1988.

15. 季广茂. 隐喻视野中的诗性传统[M]. 北京：高等教育出版社，1998.

16. 刘俐俐. "文学"如何：理论与方法[M]. 北京：北京大学出版社，2009.

17. 刘俐俐. 外国经典小说文本分析[M]. 北京：北京大学出版社，2004.

18. 朱立立. 身份认同与华文文学研究[M]. 上海：上海三联书店，2008.

19. 刘俊. 悲悯情怀：白先勇评传[M]. 广州：花城出版社，2000.

20. 浦安迪. 中国叙事学[M]. 北京：北京大学出版社，1996.

21. 赵毅衡. "新批评"文集[C]. 天津：百花文艺出版社，2001.

22. 杨妍. 地域主义与国家认同[M]. 天津：天津人民出版社，2007.

23. 饶芃子，杨匡汉. 海外华文文学教程[C]. 广州：暨南大学出版社，2009.

24. 汪民安. 身体、空间与后现代性[M]. 南京：江苏人民出版社，2006.

25. 李小兵等. 美国华人：从历史到现实[M]. 成都：四川人民出版社，2003.

26. 薛玉凤. 美国华裔文学之文化研究[M]. 北京：人民文学出版社，2007.

27. 蒲若茜. 族裔经验与文化想象[M]. 北京：中国社会科学出版社，2006.

28. 费孝通. 乡土中国[M]. 北京：北京大学出版社，1998.

29. 金莉. 20 世纪美国女性小说研究[M]. 北京：北京大学出版社，2010.

30. 张涵平. 北美新华文文学[M]. 银川：宁夏人民出版社，2006.

31. 吴冰，王立礼主编. 华裔美国作家研究[C]. 天津：南开大学出版社，2009.

32. 曹顺庆. 比较文学概论[M]. 北京：中国人民大学出版社，2011.

33. 施琳. 美国族裔概论[C]. 北京：中央民族大学出版社，2006.

34. 龙长吟. 民族文学学论纲[M]. 长沙：湖南文艺出版社，1997.

35. 李亚萍. 故国回望：20 世纪中后期美国华文文学主题研究[M]. 北京：中国社会科学出版社，2006.

36. 杨匡汉，庄伟杰. 海外华文文学知识谱系的诗学考辩[M]. 北京：中国社会科学出版社，2012.

37. 王岳川. 中国镜像：90 年代文化研究[M]. 北京：中央编译出版社，2001.

38. 徐颖果. 跨文化视野下的美国华裔文学——赵健秀作品研究[M]. 天津：南开大学出版社，2008.

39. 王岳川. 后殖民主义与新历史主义文论[M]. 济南：山东教育出版社，1999.

40. 公仲. 世界华文文学概要[M]. 北京：人民文学出版社，2000.

41. 彦火. 海外华人作家掠影[M]. 香港：三联书店，1994.

42. 杨正润. 现代传记学[M]. 南京：南京大学出版社，2009.

43. 赵白生. 传记文学理论[M]. 北京：北京大学出版社，2003.

44. 单德兴. "开疆"与"辟土"——美国华裔文学与文化：作家访谈录与研究论文集[C]. 天津：南开大学山版社，2006.

45. 程志敏. 荷马史诗导读[M]. 上海：华东师范大学出版社，2007.

46. 朱立元. 当代西方文艺理论（第二版）[C]. 上海：华东师范大学出版社，2005.

47. 汪民安. 文化研究关键词[C]. 南京：江苏人民出版社，2007.

48. 卫景宜. 西方语境中的中国故事[M]. 北京：中国美术出版社，2002.

49. 卫景宜. 跨文化语境中的英美文学与翻译研究[M]. 广州：暨南大学出版社，2007.

50. [德]恩斯特·卡西尔. 人论[M]. 甘阳译. 上海：上海译文出版社，2004.

51. [美]菲利普·韦格纳. 空间批评：批评的地理、空间、场所与文本性[A]. 阎嘉主编. 文学理论精粹读本[C]. 北京：中国人民大学出版社，2006.

52. [法]福柯. 地理学问题[A]. 夏铸九、王志弘编译. 空间的文化形式与社会理论读本[C]. 台北：台湾明文书局，1977.

53. [德]黑格尔. 自然哲学[M]. 梁志学译. 北京：商务印书馆，1980.

54. [英]E. M. 福斯特. 小说面面观[M]. 冯涛译. 北京：人民文学出版社，2009.

55. [英]鲍温. 小说家的技巧[A]. 吕同六主编. 20 世纪世界小说经典·上卷[C]. 北京：华夏出版社，1995.

56. [英]迈克·克朗. 文化地理学[M]. 杨淑华，宋慧敏译. 南京：南京大学出版社，2003.

57. [美]爱德华·W. 索亚. 后现代地理学——重申批判社会理论中的空间[M]. 王文斌译. 北京：商务印书馆，2004.

58. [美]爱德华·W. 索亚. 第三空间——去往洛杉矶和其他真实和想象地方的旅程[M]. 陆扬等译. 上海：上海教育出版社，2005.

59. [美]约瑟夫·弗兰克. 现代小说中的空间形式. 秦林芳译. 北京：北京大学出版社，1991.

60. [美]赫根汉. 人格心理学导论[M]. 何瑾，冯增俊译. 海口：海南人民出版社，1988.

61. [加]查尔斯·泰勒. 自我的根源：现代认同的形成[M]. 韩震等译. 南京：凤凰出版传媒集团，2008.

62. [英]曼纽尔·卡斯特. 认同的力量[M]. 夏铸九，黄丽玲等译. 北京：社会科学文献出版社，2003.

63. [英]齐格蒙特·鲍曼. 作为实践的文化[M]. 北京：北京大学出版社，2009.

64. [法]阿尔弗雷德·格罗塞. 身份认同的困境[M]. 北京：社会科学文献出版社，2010.

65. [美]尹晓煌. 美国华裔文学史[M]. 徐颖果主译. 天津：南开大学出版社，2006.

66. [古希腊]亚里士多德. 诗学[M]. 罗念生译. 上海：上海人民出版社，2006.

67. [意大利]维科. 新科学[M]. 朱光潜译. 北京：人民文学出版社，1986.

68. [美]温迪·达比. 风景与认同：英国民族与阶级地理[M]. 张箭飞，赵红英译. 南京：译林出版社，2011.

69. [美]陈依范. 美国华人史[M]. 韩有毅，何勇，包川运译. 北京：世界知识出版社，1987.

70. [美]周敏. 唐人街——深具社会经济潜质的华人社区[M]. 鲍霭斌译. 北京：商务印书馆，1995.

71. [美]金惠经. 亚裔美国文学：作品及社会背景介绍[M]. 北京：外语教学与研究出版社，2006.

72. [法]彼埃尔·布尔迪厄. 社会空间与象征权力[A]. 包亚明编. 后现代与地理学的政治[C]. 上海：上海教育出版社，2001.

73. [美]戴维·哈维. 后现代的状况[M]. 阎嘉译. 北京：商务印书馆，2003.

74. [法]达尼埃尔-亨利·巴柔. 从文化形象到集体想象物[A]. 孟华译. 孟华主编. 比较文学形象学[C]. 北京：北京大学出版社：2001.

75. [德]海德格尔. 在通向语言的途中[M]. 孙周兴译. 北京：商务印书馆，2004.

76. [美]苏珊·S. 兰瑟. 虚构的权威: 女性作家与叙述声音[M]. 黄必康译. 北京: 北京大学出版社, 2002.

77. [美]爱德华·W. 赛义德. 文化与帝国主义[M]. 李琨译. 北京: 生活·读书·新知三联书店, 2003.

78. [美]爱德华·W. 赛义德. 东方学[M]. 王宇根译. 北京: 生活·读书·新知三联书店, 1999.

79. [美]斯图亚特·米勒. 不受欢迎的移民——中国人印象, 1785—1882. 伯克利: 加州大学出版社, 1969.

80. [美]李玫瑰. 在美国的中国人[M]. 香港: 香港大学出版社, 1960.

81. [德]卡西尔. 语言和神话[M]. 于晓等译. 北京: 生活·读书·新知三联书店, 1988.

82. [加拿大]J. 格朗迈松. 魁北克语言前途十二论[M]. 蒙特利尔: 蒙特利尔出版社, 1989.

83. [德]洪堡特. 论人类语言结构的差异及其对人类精神发展的影响[M]. 姚小平译. 北京: 商务印书馆, 2002.

84. [古罗马]奥古斯丁. 忏悔录[M]. 向云常译. 北京: 华文出版社, 2003.

85. [俄]别林斯基. 外国理论家作家论形象思维[C]. 朱光潜译. 北京: 中国社会科学出版社, 1979.

86. [英]克莱夫·贝尔. 艺术[M]. 北京: 中国文联出版社, 1984.

87. [英]A. C. 布拉德利. 为诗而诗[A]. 刘象愚译. 拉曼·塞尔登编. 文学批评理论: 从柏拉图到现在[C]. 北京: 北京大学出版社, 2003.

理论著作类（英文）:

1. Frank Chin, et al. eds. *Aiiieeeee! An Anthology of Asian American Writers* [C]. New York: Anchor, 1975.

2. King-Kok Cheung and Stan Yogi. *Asian American Literature: An Annotated Bibliography* [M]. New York: MLA Press, 1988.

3. Henri Lefebvre. *The Production of Space* [M]. Trans., Donald

Nicholson-Smith. Massachusetts: Blackwell, 1991.

4. Philip E. Wegner. "Spatial Criticism: Critical Geography, Space, Place and Textuality", in *Introducing Criticism at the 21st Century* [C]. Ed., Julian Wolfreys. Edinburgh: Edinburgh University Press, 2002.

5. Mike Crang. *Cultural Geography* [M]. London: Routledge, 1998.

6. Kwame Anthony Appiah and Henry Louis Gates, Jr. eds. *Identities* [C]. Chicago: University of Chicago Press, 1995.

7. Homi K. Bhabha. *The Location of Culture* [M]. New York: Routledge, 1994.

8. Elaine Kim. *Asian American Literature: An Introduction to the Writings and Their Social Context* [M]. Philadelphia: Temple University Press, 1982.

9. Ling Jinqi. "Identity Crisis and Gender Politics: Reappropriating Asian American Miscibility", in *An Interethnic Companion to Asian American Literature* [C]. Ed., King-Kok Cheung. Cambridge: Cambridge UP, 1997.

10. I. A. Richards. *The Philosophy of Rhetoric* [M]. London: Oxford University Press, 1936.

11. Edward Relph. *Place and Placelessness* [M]. London: Pion Limited, 1976.

12. Tuan Y. F. *Topophilia: A Study of Environmental Perception* [M]. Englewood Cliffs: Prentice Hall, 1974

13. Amy Ling. "Creating One's Self: the Eaton Sisters", in *Reading the Literatures of Asian America* [C]. Eds., Shirley Geok-lin Lim and Amy Ling. Philadelphia: Temple University Press, 1992.

14. Amy Ling. "Chinese American Women Writers: The Tradition Behind Maxine Hong Kingston", in *Maxine Hong Kingston's The Woman Warrior: A Case Book* [C]. Ed., Sau-ling Cynthia Wong. New York: Oxford University Press, 1999.

15. Elaine H. Kim. "Defining Asian American Realities Through

Literature", in *The Nature and Context of Minority Discourse* [C]. Eds., Abdul R. Jan Mohamed and David Lloyd. Now York and Oxford: Oxford UP, 1990.

16. Lisa Lowe. *Immigrant Acts: On Asian American Cultural Politics* [M]. Durham, N.C.: Duke University Press, 1996.

17. Stuart Hall. "Minimal Selves", in *Identity: The Real Me* [C]. Ed., Homi K. Bhabha. London: Institute of Contemporary Arts, 1987.

18. Sau-ling Cynthia Wang. *Reading Asian American Literature: From Necessity to Extravagance* [M]. Princeton: Princeton University Press, 1993.

19. Sau-ling Cynthia Wang. "'Sugar Sisterhood': Situating the Amy Tan Phenomenon", in *The Ethnic Canon: Theories, Institutions and Interventions* [C]. Ed., David Palumbo-Liu. Minneapolis: University of Minnesota Press, 1995.

20. Claire Kramsche. *Language and Culture* [M]. Oxford: Oxford University Press, 1998.

21. Jessica Hegedorn, ed. *Charlie Chan Is Dead: An Anthology of Contemporary Asian American Fiction* [C]. New York: Penguin Books, 1993.

22. John Chareles Gishert. *Frank Chin* [M]. Boise: Boise State University, 2002

23. Frank Chin, et al. eds. *Aiiieeeee! An Anthology of Asian American Writers* [C]. Washington D.C.: Howard University Press, 1974.

24. Bill Ashcroft, Gareth Giffiths, Helen Tiffin, eds. *The Post-colonial Studies Reader* [C]. London: Routledge, 2002.

25. Amy Tan. "Mother Tongue", in *Mother: Famous Writers Celebrate Motherhood with a Treasury of Short Stories, Essays, and Poems* [C]. Ed., Claudia O'Keefe. New York: Simon & Schuster, 1996.

26. Joseph Brodsky, ed. *Less than One: Selected Essays* [C]. New York: Penguin, 1986.

27. Lawrence Venuti. *The Translator's Invisibility* [M]. London & New York: Routledge, 1995.

28. Brian Niiya. "Asian American Autobiographical Tradition", in *The Asian American Heritage: A Companion to Literature and the Arts* [C]. Ed., G. J. Leonard. London and New York: Garland, 1999.

29. Robert F. Sayers, "Autobiography and the Making of America", in *Autobiography: Essays Theoretical and Critical* [C]. Princeton: Princeton University Press, 1980.

30. Susanna Egan. "Self-Conscious History: American Autobiography after the Civil War", in *American Autobiography: Retrospect and Prospect* [C]. Ed., Paul John Eakin. Wisconsin: University of Wisconsin Press, 1991.

31. Maxine Hong Kingston. "Cultural Misunderstandings by American Reviewers", in *Asian and Western Writers in Dialogue: New Cultural Identities* [C]. Ed., Guy Amirthanayagam. London: Macmillan, 1982.

32. Michael M. J. Fischer. "Ethnicity as Text and Model", in *Anthropology as Cultural Critique* [C]. Eds., George E. Marcus & Michael M. J. Fischer. Chicago & London: University of Chicago Press, 1986.

33. Georg Misch. *A History of Autobiography in Antiquity* [M]. Cambridge: Harvard University Press, 1951.

34. Philippe Lejeune. *On Autobiography* [M]. Ed., Paul John Eakin. Minneapolis: University of Minnesota Press, 1989.

35. Joseph S. M. Lau. "Kingston as Exorcist", in *Modern Chinese Women Writers: Critical Appraisals* [C]. Ed., Michael Duke. New York: East Gate Books, 1989.

36. Paul Skenazy and Tera Martin, eds. *Conversations with Maxine Hong Kingston* [C]. Jackson: U P of Mississippi, 1998.

37. Homi K. Bhabha and Jonathan Rutherford. "The Third Space", in *Identity: Community, Culture, Difference* [C]. Ed., Jonathan Rutherford. London: Lawrence and Wishart, 1990.

论文类（中文）：

1. 吴冰. 20 世纪兴起的亚裔美国文学[J]. 英美文学研究论丛（第 2 辑）. 上海：上海外语教育出版社，2001（7）.

2. 张子清. 与亚裔美国文学共生共荣的华裔美国文学[J]. 外国文学评论，2000（1）.

3. 董美含. "华裔美国文学"的概念界定[J]. 文艺争鸣，2011（3）.

4. 杨匡汉. 海外华文文学：学科之名与学理之弦[J]. 暨南学报（哲学社会科学版），2012（6）.

5. 向忆秋. 华裔美国文学·美国华文文学·美国华人文学·旅美华人文学[J]. 华文文学，2008（5）.

6. 王少杰. 留学生文学：定义和区分[J]. 寒山师范学院学报，2005（2）.

7. 梁丽芳. 扩大视野：从海外华文文学到海外华人文学[J]. 当代外国文学，2004（4）.

8. 黄万华. 华人文学：拓展了的文化视角和空间[J]. 福建师范大学学报（哲学社会科学版），2006（5）.

9. 赵毅衡. 三层茧内：华人小说的题材自限[J]. 暨南学报（哲学社会科学版），2005（2）.

10. 黎湘萍. 族群、文化身份与华人文学——以台湾香港澳门文学史的撰述为例[J]. 华文文学，2004（1）.

11. 胡贤林，朱文斌. 华文文学与华人文学之辩——关于华文文学转向华人文学的反思[J]. 安徽大学学报（哲学社会科学版），2007（5）.

12. 公仲. 离散与文学[J]. 华文文学，2007（5）.

13. 饶芃子，蒲若茜. 从"本土"到"离散"：近三十年华裔美国文学批评理论评述[J]. 暨南学报（哲学社会科学版），2005（1）.

14. 刘俊. 第一代美国华人文学的多重面向——以白先勇、聂华苓、严歌苓、哈金为例[J]. 常州工学院学报，2006（12）.

15. 孙胜忠. 质疑华裔美国文学研究中的"唯文化批评"[J]. 外国文学，2007（3）.

16. 陆扬. 空间理论与文学空间[J]. 外国文学研究，2004（4）.

17. 王成兵. 对当代认同概念的一种理解[J]. 学习与探索，2004（6）.

18. 樊义红. 从本质的认同论到建构的认同论[J]. 武汉科技大学学报（哲学社会科学版），2012（4）.

19. 钱超英. 流散文学与身份研究——兼论海外华人华文文学阐释空间的拓展[J]. 中国比较文学，2006（2）.

20. 朱竑等. 地方与认同：欧美人文地理学对于地方的再认识[J]. 人文地理，2010（6）.

21. 陆扬. 析索亚的"第三空间"理论[J]. 天津社会科学，2005（2）.

22. 申丹. "故事与话语"解构之解构[J]. 外国文学评论，2002（2）.

23. 张文诺. 空间转向视阈下的中国现当代文学研究[J]. 烟台大学学报（哲学社会科学版），2012（1）.

24. 石平萍. 《典型美国人》中的文化认同[J]. 南京师大学报（社会科学版），2001（4）.

25. 刘俐俐. 文学中身份印痕的复杂与魅力[J]. 甘肃社会科学，2002（1）.

26. 杨钧. 试论小说中反讽的四种类型[J]. 学术交流，1994（6）.

27. 马金起. 论古典反讽与现代反讽[J]. 山东社会科学，2005（10）.

28. 王家湘. 漫谈海外华人作家诗选[J]. 中国比较文学，1983（1）.

29. 欧志雄. 浅析美国早期地方排华及其对华侨的影响[J]. 东南亚纵横，2005（6）.

30. 刘桂茹. 论美国华人小说的"唐人街"书写[J]. 学术界，2008（6）.

31. 蒲若茜，饶芃子. 华裔美国女性的母性谱系追寻与身份建构悖论[J]. 外国文学评论，2006（4）.

32. 魏蓉婷. 美国华裔小说中"父子"代际文化关系解读[J]. 文教资料，2011（5）.

33. 张延军. 汤亭亭《女勇士》中的多重身份认同与文化融合[J]. 世界文学评论，2008（2）.

34. 史进. 论东西方华文作家文化身份之异同[J]. 山东师范大学学报（人文社会科学版），2003（6）.

35. 何木英. 语言选择与文化取向[J]. 西南民族大学学报（人文社科版），2004（10）.

36. 杨丽娟. "新移民文学"的文化嬗变[J]. 河南纺织高等专科学院学报，2007（9）.

37. 罗虹. 透视语言与"文化身份"[J]. 中南民族大学学报（人文社会科学版），2009（1）.

38. 陈志明. 华裔族群：语言、国籍与认同[J]. 冯光火译. 广西民族学院学报（哲学社会科学版），1999（4）.

39. 韩虹. 论赵健秀的语言关怀[J]. 暨南学报（哲学社会科学版），2011（5）.

40. 刘莉芳. 华裔美国作家谭恩美专访[N]. 外滩画报，2007-04-04.

41. 谭恩美访谈：我不可能有中国人的视角[N]. 新京报，2006-04-14.

42. 赵毅衡. 中国血统作家用外语写作[N]. 文艺报，2008-2-26（003）.

43. 赵毅衡. 中国侨居者的外语文学："获得语"中国文学[J]. 西南民族大学学报（人文社科版），2008（10）.

44. 黄忠廉. 林语堂：中国文化译出的典范[N]. 光明日报，2013-5-13（005）.

45. 李翊云. 中国背景是脱不掉的胎记[N]. 时代周报，2009-4-24.

46. 黄灿然. 耐性就是一切——哈金专访[J]. 素叶文学，2000（68）.

47. 童明. 家园的跨民族译本：论"后"时代的飞散视角[J]. 中国比较文学，2005（3）.

48. 罗选民. 论文化/语言层面的异化/归化翻译[J]. 外语学刊，2004（1）.

49. 裴在美. 逼人的况境——谈哈金的短篇小说[J]. 华文文学，2006（2）.

50. 鲁西. 海外华文文学论[J]. 广西民族学院学报（哲学社科版），1997.

51. 公仲. 贯穿和延续的血脉仍是中华文化血脉[N]. 文艺报，2004-5-11.

52. 刘登翰，刘小新. 华人文化诗学：华文文学研究的范式转移[J]. 东南学术，2004（6）.

53. 张珊珊. 论"赵汤之争"下的《女勇士》的自传文体写作[J]. 华文文学，2010（1）.

54. 弥沙. 从冲突到融合：美国华裔小说发展管窥[J]. 学术交流，2010（5）.

55. 龙迪勇. 空间形式：现代小说的叙事结构[J]. 思想战线，2005（6）.

56. 刘登翰，刘小新. 华人文化诗学：华文文学研究的范式转移[J]. 东南学术，2004（6）.

57. 董晓烨. 史实的空间讲述——《中国佬》的叙事空间研究[J]. 外语教学，2012（9）.

58. 熊学惠. 现当代华裔美国文学的发展和研究[J]. 短篇小说，2012（11）.

59. 陈国恩. 海外华文文学不能进入中国现当代文学[J]. 中国现代文学研究丛刊，2010（1）.

60. 黄万华. 回报母语滋养的生命方式——华人新生代和新移民作家创作的语言追求[J]. 中山大学学报（社会科学版），2008（1）.

61. 赵毅衡. 流外丧志——关于海外大陆小说的几点思考[J]. 当代作家评论，1997（1）.

62. 韩子满. 文学翻译与杂合[J]. 中国翻译，2002（2）.

63. 卫景宜. 早期美国华裔文学写作与"华人形象"的互文关系[J]. 东方丛刊，2002（2）.

64. 卫景宜. 改写中国故事：文化想象的空间[J]. 国外文学，2003（2）.

65. 刘俊. 他者的存在和身份的追寻[J]. 南京大学学报（哲学·人文科学·社会科学），2003（5）.

66. 陈涵平. 美华文学中的"世界公民"形象探析[J]. 世界华文文学论坛，2005（2）.

67. [澳] 庄伟杰. 流散写作、华人散居和华文文学[J]. 世界华文文学论坛，2010（3）.

68. [英]H. C. 达比. 托马斯·哈代威塞克斯的区域地理[J]. 英国地理学家会刊，1993（4）.

69. [美]周敏. 美国华裔人口发展趋势和多元化[J]. 高伟浓，方晓宏译. 人口与经济，2004（3）.

70. [美]吕红. 海外移民文学视点：文化属性与文化身份[J]. 福建论坛（人文社会科学版），2006（12）.

71. [美]黄秀玲. 华美作家小说中的婚姻主题[J]. 广东社会科学，1987（1）.

72. [美]於梨华. 我的留美经历[N]. 人民日报（副刊），1980-04-20.

73. [美]张系国. 爱岛的人[J]. 四海，1986（5）.

74. [美]严歌苓. 母体的认可[N]. 中国时报，1998-3-30.

75. [美]詹斯·布洛克迈尔. 定位自我：自传式记忆、文化记忆和亚裔美国人的经历. 于世华译. 国际社会科学杂志（中文版），2012（4）.

76. [澳]庄伟杰. 边缘族群与第三文化空间[J]. 华文文学，2003（5）.

77. [美]严歌苓. 双语写作：刺激并快乐着[N]. 文学报，2007-11-08.

78. [美]严歌苓. 躲在文字背后的胆略[N]. 北京晨报，2012-09-30.

79. [美]聂华苓：我从未与中国文化失去联系[N]. 中国青年报，2008-07-22.

论文类（英文）：

1. Stuart Hall. "The Question of Cultural Identity", in *Modernity and its Future* [C]. Ed., Stuart Hall. Cambridge: Polity Press, 1991.

2. Simpson, J. C. "Fresh Voices above the Noisy Din" [N]. *Time*, 1991-06-03.

3. Cristina Chevereşan. "Asian-Americans in New York: Two Men's Adventures in Immigrant-Land" [J]. *Arcadia*, 2013, 48(1).

4. Samarth, Manini. "Affirmations: Speaking the Self into Being" [J]. *Parnassus: Poetry in Review.* 1992(17).

5. Lawenthal D. "Past time, present place: Landscape and memory" [J]. *Geographical Review*, 1975, 65(1).

6. Joan Chiung-huei Chang. "Transforming Chinese American Literature: A Study of History, Sexuality, and Ethnity", in *Modern American Literature: New Approaches* [C]. General ed., Yoshinobu Hakutani. New York: Peter Lang, 2000(20).

7. Gish Jen. "Who is to Judge" [N]. *The New Republic*, April 21, 1997.

8. Ruth Maxey. "'The East is Where Things Begin': Writing the Ancestral Home Land in Amy Tan and Maxine Hong Kingston" [J]. *Orbis Litterarum*, 2005(60).

9. Wenying Xu. "Agency via Guilt in Anchee Min's *Red Azalea*" [J]. *MELUS*, 25, 3/4(2000).

10. Albert E. Stone. "Autobiography and American Culture" [J]. *American Study*, 1972(12).

网络资源类：

1. Identitas [EB/OL]. Wiktionary. http://en.wiktionary.org/wiki/identitas #Latin, 2013-10-25.

2. Jaggi, Maya. "Ghosts at my shoulder" [EB/OL]. *The Guardian* (UK). 3 March, 2001. http://www.theguardian.com/books/2001/mar/03/ fiction.features.

3. [美]陈瑞琳. 北美华文文学[EB/OL]. http://club.topsage.com/thread-1571995-1-1.html.

4. [美]戴夫·韦奇. 哈金的舍弃[EB/OL]. http://www.powells.com/ authors/jin.htm.

5. A. O. Scott. "The Reeducation of Anchee Min" [EB/OL]. http://partners.nytimes.com/library/magazine/home/20000618mag-ancheemin.html.

6. [美]李翊云：我不是政治作家[EB/OL]. http://www.gmw.cn/content/2008-03/27/content_754173.htm.

7. [美]哈金. 为外语腔辩护[EB/OL]. 明迪译. http://www.zgnfys.com/a/nfpl-34609.shtml.

8. [美]张慈. 对我而言，生活只是些文学现象[EB/OL]. http://www.docin.com/p-698023610.html.

9. Masterzhong. 红色年代的人性[EB/OL]. http://blog.sina.com.cn/s/blog_6035742c0100e0y9.html.

10. 钟雪萍. 流行的中国故事怎么编[EB/OL]. http://www.qstheory.cn/wh/whsy/201305/t20130517_231663.htm.

11. 聂华苓专访[EB/OL]. http://www.xici.net/d5400942.htm.

12. 李欧梵. 全球化语境中的当代写作[EB/OL]. http://wxy.hqu.edu.cn/WLS/newsdetail.asp?id=108.

13. 李亚萍. 与严歌苓对谈[EB/OL]. http://book.kanunu.org/files/chinese/201103/2010/46397.html.

14. 廖玉蕙. 逃与困：聂华苓女士访谈录[EB/OL]. http://www.docin.com/p-16979481.html.